I0543628

Just Want to Be With You

但求白首今生

Amy Bi（小西西西）

Wisdom Publishing LLC, USA

Copyright © 2016

Wisdom Publishing LLC, USA

Author: Amy (Shuhan) Bi（小西西西）

All rights reserved. No Part of this book may be reproduced or transmitted in any form or by any means, electronic or mechanical, including photocopying or recording, or by any information storage and retrieval system with permission of the copyright holder.

Executive Editor: Jianfeng Wang

ISBN 978-0-578-18316-9

PRINTED IN USA

2016

序 言

从来没写过序，更别提为自己的书写序。

不过我琢磨着，序里大概需要介绍一下这本书的内容？

如果按照我印象里的样子为这篇小说写一个故事简介，那么它的样子大致是这样的：

东汉末年，战火纷乱，群雄割据。孙策与周瑜年纪相仿，理想亦同样远大，遂结为义兄弟，后更是一同辗转扫荡江东。建安五年，讨逆将军孙策于丹徒狩猎时被许贡门客刺杀身亡。趁曹操与袁绍官渡对峙时奇袭许都、迎当朝天子的计划也不得已而搁置。而周瑜则以中护军的身份继续辅佐孙权，开疆拓土，更在建安十三年大破曹操、以赤壁一役名扬天下。建安十五年，周瑜欲征益州，却在奔赴江陵途中染病身亡……然而，他非但没死，反而离奇地穿越到了现代，并结识了另一个孙策。为解开这谜，江东双璧——孙策周瑜——并肩作战，驰骋沙场，完成了他们以前未完成的梦想。

虽然以上一段文字看起来高端，但我写这个故事的目的其实很简单，想法也不复杂。在我眼里，它就是一个历史的延续，是我对历史上那些没发生的可能性的猜想与假设。出于对他们的热爱，我给了他们一个相对美好的结局——两人并非英年早逝，而是可以像他们少年时设想的那样，在沙场上大展身手，闯出属于他们的一片天地，在史书上留下一抹绚烂。

喜欢上他们完全是偶然，但是爱上他们却似乎是注定。孙策和周瑜，符合一个年少者对于热血未来的所有美好憧憬。他们的热情，勇敢，聪明，一往无前，永远保持初心，而且从很小便承担了并敢于承担极其重大的责任。

生在乱世的他们，生命虽然短暂，却青史留名，被后人称颂。可是，大概是粉丝对待偶像的心理，我总是希望他们活得再长些，人生再精彩些，梦再接近现实些，于是便有了这一部为我爱的他们续写人生的小说。

这个故事不完美，不足之处数不胜数，而且或许在别人看来微不足道，但是对于我来说的确是极有意义的。写作之时，我总是不经意地将自己代入孙策的视角，想象着自己也是那个热血的、无惧无畏的、敢于拼搏的、敢于挑战自己的少年。而我，也正想变成这样的人。一路走来，我的生活称得上平静安稳，但是，越了解孙策与周瑜，我就越希望我能像他们那样无畏地迎接生活中的任何挑战。不管是成是败，都能在经历中成长。不管成功的希望有多渺茫，它终归是存在的。而它也只为敢于去争取和挑战的人而绽放。

小西西西于美国纽黑文

2016 年 7 月 25 日

作者简介

小西西西，北京人，生活在纽约，原名 Shuhan Bi，英文名 Amy，1999年出生，死宅巨蟹座。前十年在北京度过，十一岁至今停停走走待过了加拿大和美国。喜欢一切赏心悦目的人和物，更喜欢用码字填补空闲的时间。

Preface

By the end of the East Han Dynasty, riots were taking place throughout the divided China. Sun Ce and Zhou Yu were teenagers with similar ambitions for the country's future, and as a result they became sworn brothers, fighting for the south-eastern territory of China. In the fifth year of Jian'an (200 CE), Ce was assassinated by Xu Gong's protege while hunting in Dantu. As a result, his plan of a surprise attack on the capital of Han while Cao Cao and Yuan Shao were in a stalemate at Guandu was forced to put aside. After Sun's death, Yu, the general of Wu, kept assisting Sun Quan, Ce's brother. Yu expanded Wu's territory and won the famous Battle of Red Cliff in the thirteenth year of Jian'an. As of the next step, Yu was planning on conquering Yizhou, a territory west of Wu, two years after the battle. However, he got extremely sick on his way to Jiangling. Yet, he not only didn't die, but also traveled through time to the 21st century. In this modern time, Yu met another Sun Ce. Confused and somewhat terrified by this fact, he decided to find out what actually happened. As a result, he fell into a parallel world where Yu and Ce fought together again, completing the goal and the promise they had not had the chance to achieve.

Even though the above description seems profound, I have to say, my original intention of writing this story is super simple. From my perspective, it is a continuation of history, an assumption of things that did not have the chance to happen in history. As a result of my love to the two, I provided them a relatively glorious and happy ending -- they didn't die young; rather, they fought bravely and ingeniously on the battlefield and expanded their territories just like they wished when they were younger.

It was completely accidental that I started to like them, yet it is destined that I fell in love with them. Ce and Yu's story meets all my exciting and great visions of the future. They are passionate, brave, wise, indomitable, persistent, and able and willing to bear great responsibilities.

Born in a time of warfare, their lives were brief, yet they are admired by many people today. Yet, from a fan's perspective, I wish they could live longer and more remarkable lives and get closer to their dreams. So, there it is, a resuming story of their lives.

This story is nowhere near perfect and probably insignificant in some people's eyes, but it is extremely influential for me. While I was writing, I unintentionally put myself into Sun Ce's shoes, imagining that I am also the hot-blooded and fearless teenager who is willing to face and overcome any challenge. And I do want to become someone like him. I consider my life peaceful and I had always liked it. However, as I learn more and more about Ce and Yu, I desire to become a person like them, fearlessly embrace any challenge I face in my life. No matter what the outcome is, I could always learn from it. No matter how impossible it seems, there is always a chance of success. And this chance, only belongs to people who are willing to fight and struggle.

目 录

第一章 是死是生

周瑜再次睁开眼睛时，映入眼帘的不是他以为的阴间冥火，而是一张熟悉的不能再熟悉的脸庞。

帅气的脸上带着灿烂的笑容，就连黑白分明的眼眸里流露出的关切之情都一模一样。

"伯符……"周瑜呢喃出声，却不知这幻境是虚是实，忍不住伸手去触碰那人近在咫尺的脸，"原来……你一直在等我。真的对不起……"他眼圈儿微红，苦笑，"我不曾想到会如此急着来见你，真的没想到，我只撑了十年……你想要的天下，属于江东小霸王的天下，我未能替你打下来……现在只留仲谋一人……伯符，你可怨我么？"

周瑜打开了话匣子絮絮叨叨地说着，眼前的人眼睛一眨不眨，听到那句"伯符，你可怨我么"时竟怔住了，周瑜语气中的酸楚在他听来感觉如此真切，仿佛下一刻就要与他一同伤心落泪。他眨巴几下眼睛，眸子里露出一丝关切，轻声问道："你……还好么？"

周瑜听出眼前人的关怀，愣了愣，忽而笑了，"伯符，十年了，你果真没有弃我而去，真好。"

眼前的人却晃了晃脑袋，斜飞的剑眉拧在一起，神色迷茫至极，"我……你说什么？你，你认识我吗……"

话已至此，周瑜也登时察觉不对劲。他伸手抓起那人的手臂，直到可以清晰地感知那人的体温后，才确信对方并不是鬼。只是……周瑜一时怔住，又盯着面前的人打量。

对方胡乱扎在脑后的头发也比伯符的短了不少，衣物奇特且暴露，真是……不不，兴许，这根本就不是他？

压下最初的惊喜，周瑜神情淡定地松开了抓住那人的手，略带歉疚地道："抱歉，我的兄长与小哥你相貌有八九分相像，想来我是认错了人，还请见谅。"

那人连连摆手，笑得格外灿烂，"哈哈，没事的，昨晚我把你拖回家的时候你就晕着，现在才醒，眼神儿不好很正常啦。"

周瑜心想虽然这人言行、举止、衣着处处透着古怪，也虽然他好像并不认识自己，但在他昏迷之际将他救回来，谅来是友非敌。于是感激一笑，说道："多谢你的相救之恩。在下周瑜，还未请教？"

那人闻言露出一个更大的笑容，笑得阳光灿烂，见牙不见眼。

"我叫孙策。"

第二章 第二个孙策

"孙……策？"

周瑜差点咬到自己的舌头。开什么玩笑？孙策怎么会对伯符这个称呼没反应？又怎么会不认识他？

孙策猜得周瑜发怔的原因，忍不住耸肩，道，"都怪我爹那个三国迷，你说姓孙叫什么不好，非要叫孙策，难道是希望我和那孙策一样短命么？"

原本是句不经过大脑、脱口而出的话，可当孙策说完后，登时觉得屋内的温度降到冰点，小心翼翼地去看瞬间黑脸的周瑜，孙策试探着道："怎么了？"

周瑜瞥了孙策一眼，居然笑了，只是那笑未达眼底，孙策看了，不免有些瘆得慌。

"你若再说一次他是短命鬼，我就能办到你和他一样早死。"

孙策撇嘴，又有些不满，嘟囔，"干吗这么激动，难不成你也是个三国迷，还迷上了那个江东小霸王？"

周瑜没理他。

孙策低头想了一阵，又奇迹般地高兴起来，笑着道："周瑜啊，我随便救你回来，没想到居然救了个周大都督，我还那么凑巧地叫孙策，真是缘分啊！反正我家还够住下一个人，不如你就住我这儿吧？也算续了历史上那两个家伙未了的缘。哎呀，这主意真好，喷，你一看就是个下得厨房的人，以后有人给我做饭了耶……不用再吃方便面了！"他越说越兴奋，手舞足蹈双眼放光，仿佛已经将眼前的人当作了自己的所有物。

周瑜还在琢磨"方便面"究竟是什么东西，那厢孙策已经擅做主张地做了决定，"就这么定了！房租我给你免了，你每天给我做饭就行！哈哈！"

周瑜："……"

他觉得他还是去死一死比较好……

从那日以后，周瑜就留在了孙策家里，研究着这个不知是梦是真的时空，开始着哭笑不得的生活。

偶尔他会期冀这个梦能够醒来，可因着另一个"孙策"的缘故，他反倒有些贪恋。

明明不是一个人啊，可又有什么关系呢。

眼前的人仍然能带给他那种熟悉至极的感觉和温暖，虽然在这熟悉中掺杂了一份极度的陌生。

罢了，他要奢求什么呢。

孙策很唠叨，和那个人有点像。

每天都能听到他聒噪，"哎，周瑜，给你尝尝这个冰淇淋，黑莓配巧克力，很贵的！"

"周瑜！把圆珠笔给我一下，喏，挑那支红色的。"

"周瑜周瑜，这电影你看过？也讲三国的哟，哼哼，这里面也有周瑜，但是……喷喷，长得比你可差远啦。"

"周瑜呀，来玩这网络游戏吗？你看这里面的周瑜和你有点像哟，孙策和我长得好像也差不多，就是没我帅……"

"周瑜……"

"周~小~瑜~"

每天被噪音洗脑，周瑜表示压力很大，以前同伯符在一起，他们聊的多是作战方案、军队训练等等，可是现在，他却要应付这些烂事儿。

周瑜现在反射弧有点长，不，非常长，以至于孙策总以为他太爱神游或者脑子有问题，其实他只不过是在认真研究冰淇淋、圆珠笔、电影、网络和游戏都是什么罢了。

对于"周小瑜"这个称呼，他表示不能接受。好歹他也是三十六岁的人了，被孙策这样二十出头的小年轻叫周小瑜，实在是别扭之极。

但现在周围的环境对他来说实在陌生，这几日除了听孙策唠叨，就是埋头研究这个世界，所以他并不能直接离开孙策的家。既然走不得，那便只能忍耐了。好在这十年里，他一直都在忍，于这一道已经驾轻就熟。

"周小瑜！"孙策一把将他手里的大部头书抢过来扔在一旁，一只手勾着他的肩，好哥们似的晃了晃，"你能不能别看了，我都说了你想知道什么就来问我，这几天你也不理我，加起来对我说过的话还没你刚醒的时候多！"孙小策表示他不能被无视，这种家里有个大活人却跟死人没区别的感觉真的很不爽啊喂。

周瑜静静抬头看着他，蹙眉："你想让我跟你说什么？"

虽然这家伙很烦，还说了那人是短命鬼，但是他也没小气到跟他赌气很多天的程度。之所以不理他，是因为不知道怎么解释自己的处境，毕竟这几天他也多少了解到了，现在的时空，距离他们的世代，已经过去了一千八百年。

孙策见他有了反应，立刻眉开眼笑起来，"走啦，我都快饿死啦，跟我出去吃点儿东西吧。我请客！"

周瑜被他的笑容晃得眼花，勾起唇角，道："你之前不是让我给你做饭么。"

孙策闻言，抬手抹了下额头，呵呵笑："呃呃呃，不用了，我那么大方的一个好人，暂且让你白吃白住好啦。"

其实事情的真相是，周瑜醒来的头两天只是让孙策给他弄了些史书，整天埋头看书，对孙策说的话理都不理。孙策饿得又吃了几顿方便面后终于爆发，朝周瑜嚷嚷"我不是救了你回来让你白吃白喝的！不给钱你也得对得起我吧！好歹给我做顿饭去！"一向温文尔雅的周君子被他这么一说，心下确实过意不去，风度翩然地走到了厨房准备弄顿晚饭。半个小时后……孙策看着卷了刃儿的菜刀、差点被劈成两半的砧板、断了电的冰箱、一直在漏煤气的火眼以及算得上被"凌迟致死"的一尾鱼，他森森地感到自己失策，真的太失策了。

那厢的周公子依旧优雅，唇边带着笑意，声音中带着歉意，"哎呀，真的对不起，我真的不会做饭，真的已经尽力了。"

孙策不知道，微笑下的周瑜其实也多少有些不好意思，毕竟这些奇奇怪怪的厨具他都没见过，习惯玩火的他没把孙策家厨房烧了已经是孙小策运气好了。不敢吵架的孙小策躲在角落里嘤嘤嘤，他就一穷哈哈的游戏设计师，房子都是租的，这厨具都是房主留下的，要是把人家厨房拆了他可赔不起。

周瑜见到他一脸"求你了别糟蹋我家了"的表情，也忍不住笑了出来。和之前谦和疏离的笑容不同，这次他的笑意从唇角漫开，一直浸到眼底，温暖如冬日的阳光，让笑容秒人的孙策都怔住了。

"哎哟，周小瑜笑起来怎么那么好看呢！"

周瑜谦虚："哪里哪里。"

孙策一想也是，"周小瑜你说得有理，再好看也没我好看啊。"

周瑜："……"

真是和伯符一样不谦虚啊……

"周小瑜，你喜欢吃什么？吃辣吗？还是喜欢清淡一点儿的？还是海鲜？但是海鲜我好像买不起唉……你吃得多么？"

孙策嘻嘻哈哈地说个不停，和周瑜勾肩搭背地一起走在路上。

周瑜本来想要挣开，毕竟以他的武力值眼前这个孙策根本无还手之力，但是那压在肩头的重量以及位置都和记忆中的画面重合起来，一分一毫都不差，让他无法挣开他的手。

记忆中那两个舒城的少年也曾是这样无忧无虑，打打闹闹，不知以后会发生什么，也不管以后会发生什么。他一身红衣，悠闲地躺在河边的草地上，眯着眼睛望着头顶的太阳。"公瑾你看我多厉害，随手就抓到这么大一条鱼。"白衣少年手中抓着鱼，兴冲冲地在他身边坐下，笑眯眯地跟他显摆。

他坐起身来，浅浅一笑，"义兄的本领自然是大的，就是不知道你做的鱼能不能入口。"

白衣少年也不在意，大手一挥，笑得甚是得意，"公瑾你等着吧，我做的烤鱼啊，一定是这世上最好吃的。"

没过多久白衣少年便往他手里塞了一片烤鱼，自己蹲在一旁眼睛亮晶晶地看着，嘴里还不停地催促："公瑾快点尝尝，看看你义兄我手艺如何？"

他盛情难却，笑着尝了一口，咽下去之后表情毫无波澜。

"到底怎么样呀？我做的一定很好吃对不对？不好吃我帮你吃完！"白衣少年信心满满。

他眨巴两下眼睛，微微一笑，反问道："义兄以前吃过自己做的烤鱼吗？"

白衣少年不明所以，只得诚实地摇了摇头，笑道："那又如何？"

他松了口气，笑得可恼人，"吓死我了，还以为义兄你没有味觉呢。"

白衣少年愣了半天才反应过来他话里的意思，气鼓鼓地抢过他手里的鱼，咬了一口，没嚼两下就"呸呸呸"地吐了出来，一脸苦相。抬头见他一直在笑，笑得前仰后合，喘息的空当里对白衣少年道："义兄

你刚才说的，不好吃你要帮我吃完。"白衣少年苦着脸看了眼那条貌似很美味的鱼，一脸悲壮："公瑾，我死以后你一定不能忘了我，每年来看我的时候都要记得带一条好吃点的烤鱼……"

他听他语声悲哀，扑哧一声笑了出来，"义兄你大可放心，我肯定给你找最难吃的烤鱼，让你忘不了这味道。"

白衣少年嘻嘻一笑，"那我就把这些鱼都拿去给阎王吃，吃到他晕头转向，把我再放回到阳间，因为……我还等着跟公瑾你一起完成梦想呢啊。"

他看着眼前少年灿烂的笑容，心中满满都是暖意，也微笑道："好，那么我会等你。"

他和他都不知道，当年总角时的几句玩笑话，日后竟然成真。而他也会在每年他的忌日，一个人带着烤鱼来到他的坟前，一边哭一边笑，一边吃着烤鱼，一边唠唠叨叨地回忆着和他在一起的时光。

"伯符，我会等你，等你回来，一同策马天下……"

周瑜沉浸在回忆中，眼中尽是那些在舒城时鲜衣怒马的片段，一时间甚至忘了，自己是在现实，还是梦境。

"周小……周瑜，你怎么了？"

周瑜回过神来，看到眼前是孙策关切中带着迷茫的神情，"你突然就发呆了，还没回答我你想吃什么呢。"

周瑜怔了怔，看着面前人的脸，不知怎的有些恍惚。

"吃烧烤吧，烤肉、烤鱼什么的。"

"好啊，烤鱼好，我小时候就经常……"

孙策说到一半突然消音，一脸的迷惑不解，"我在说什么啊……"

他从小就嫌吃鱼麻烦，怎么会说出小时候常吃这样的话？刚才那话完全是不经大脑直接说出来的，快到他反应不能，说完之后才感到迷惑。

他的神色自然是被周瑜都捕捉到了，突然就激动起来，会不会，他根本就是孙伯符？虽然他现在身处一个奇怪的时空，不，或许就是一个梦，但是，谁说这个梦里不能有孙伯符和周公瑾？

不过一切都只是他的猜测，想要证实还为时过早。周瑜收起自己的想法，朝孙策笑了笑，说道："你不是说带我吃饭吗，还发什么呆？"

孙策一拍脑门，笑道："对呀，走，我这就带你去。"说着将手臂放上了他的肩，一摇一晃地向前走去。

周瑜时不时地侧过头看那人的脸，想，不管你是孙策还是伯符，周公瑾都有办法查清楚这一切，因为，孙讨逆的事情，就没有周公瑾不知道的。

第三章 熟人

"老板！来五串儿羊肉串，五串儿烤鱼！"孙策拉着周瑜走进一家大排档。没办法，他这种穷人也吃不起山珍海味啊。不过这地方他是常客了，量足味道好，价格还便宜。

老板还没应声，便听那个常来这里的青年身边的帅哥吩咐道："各来十串儿。"

老板立刻眉开眼笑，"好嘞！"

孙策有些心痛地捂着荷包，"啧啧，没想到这个周瑜这么能吃啊……"周瑜瞥了他一眼，高声朝老板道："老板，他说他昨天捡了一个钱袋，里面好多钱，正愁没处花，让你把今天剩下的烧烤都端上来给他。"

"哎哟老板！真没这回事儿！"孙策连忙道，"我这朋友爱开玩笑，您别理他！"

垂头丧气地坐了回去，孙策瞧了眼笑得甚是开心的周瑜，心情顿时又好了起来，凑到他身边道："周瑜，我还没问你，为什么你说话都文绉绉的？还钱袋什么的……特别是你刚醒来那会儿，什么请教、见谅、在下的，听得我一愣一愣的，你这 cos 也太敬业了吧……"孙策见到他发自内心的笑容，突然觉得他和自己的距离很近，不像几天前那样，虽然温和却也疏离，于是不自觉地就把困扰了他好几天的问题问了出来。他苦恼地道："跟你说实话，当时你说了那一大堆，我啥也没听明白……"

周瑜心下一沉，他终于还是问到这个问题了。憋到今天才问出来，也不容易啊。看着孙策好奇又好学的眼神，眼前的人轻而易举地便和舒城中的白衣少年重合在一起。心心念念的人好像就在眼前，周瑜最终还是没能狠下心拒绝孙策，只得叹息，"这里人多，等回家了再告诉你。"

孙策乐开了花，"小瑜你可真好，对我百依……"然后就因为周瑜飞来的一记眼刀而自动消音。

"二位，十串烤鱼，十串羊肉串。"

"多谢。"周公子很有礼貌地道谢。

老板触到他的目光，不可避免地被电了一下，怔了半天后哈哈笑道："嘿嘿，分内……分内之事。"

孙策将他的脸扳过来正对着他，有些不满地道："我说小瑜，你怎么随便对人放电啊？还真男女通吃了是吧？"他索性连"周"字都省却了。

"我哪里比得过你。"周瑜谦虚地一笑。从孙策家到这个烧烤店，只走了不到半柱香的时间，已经见到孙策朝路边七个豆蔻少女和三个莫约总角年纪的少年放过电了。而他暂住在孙策家的这几天，就算再无视他，也每天都能被他阳光灿烂的笑容闪上那么几回。

孙策眨巴眨巴眼，一脸幸福地笑道："既然小瑜儿不让我随便看别的人，那我就只看你一个好啦。"说完真的很认真地瞧着他，眸子亮亮的，看得可专注。

孙策这丫，天生带了三分风流性儿，兼之有一副好皮囊，从小就是姑娘们众星捧月的对象。几天前头脑一热留下了这个陌生的男子，就连自己也不知为什么，只是潜意识里那种莫名其妙熟识的感觉，让他觉得这个人似乎与自己有着千丝万缕的联系。

至于这联系是什么，他也说不清楚。

此刻周瑜俊秀的脸近在咫尺，孙策心中突然又多了几分困惑，本该不相识的人却莫名多了些许亲切感，那人的眉眼和脑海深处的某一人渐渐重合，眉是眉，眼是眼，朝他笑得欢欢喜喜。

可重合那人，到底是谁呢？

周瑜察觉到孙策变幻的神情，心中一酸。

伯符啊，面前的人，可是你？

不忍让熟悉的感觉将自己吞没，周瑜顺手抄过一条烤鱼扔到孙策面前，侧过头不去看他，"吃吧。"

"这烤鱼不错。"孙策接过烤鱼，一边吃一边称赞。周瑜也拿起来尝了一口，皱眉："不好吃。"随即怔了怔，洒然一笑，朝孙策道："挺好吃的。"

究竟不是伯符做的，又怎能奢望有一样的味道？周瑜自嘲地笑了笑，若有哪家店的烤鱼做得和那小霸王一样，恐怕没两天就得倒闭。

"喜欢就好，那要多吃点。"孙策听他说好吃，笑得眼睛都弯了起来。多点了十串烤串的周瑜同学其实饭量出乎意料地小，只吃了他手中的一串烤鱼就说饱了。

"明明吃不了刚才还点那么多，我挣的钱是有限的好吧……周少爷，我可没有多余的钱让你随便挥霍……"孙策并没发现周瑜心情不好，自顾自地说着，专心致志地消灭着周公子点的食物。

周瑜也不接茬，单手撑着下巴，若有所思地看着孙策称得上是惨不忍睹的吃相。想要弄清楚他到底在哪里、究竟发生了什么，接着替伯符完成他未完的梦想，完成当年两个少年坚定的信念。但是，在这个莫名其妙的梦里，出现了一个莫名其妙的时空，也意外地有着另一个他。虽然没有了两个人在一起的记忆，却一次次地让他回想起在舒城的那段日子。

好像，就这样，和这个他，在这个梦里，也没什么不好……毕竟，两个人的誓言，又怎能比得过活生生守在他身边的人？

可是……身边的孙策，真的就是伯符吗？

　　本着不浪费的观念，好青年孙策同学一个人干掉了周公子点了又不吃的所有烤串。之后又在周公子好奇又惊异的目光下用毛爷爷交了款，孙策从头到尾就没搞明白为什么交个钱周瑜会那么惊奇。难道是这孩子穷的没见过毛爷爷？孙策摇了摇头，向周瑜投去的目光中带了几分心疼，啧啧，可怜的周家小瑜啊。

　　"周瑜……"孙策用他那双足够秒人的大眼睛眼巴巴地望着周瑜。

　　周公子不动声色，"怎么了？"

　　"我吃太多，走不动了。"孙策拉着他"义正辞严"地讲道理，"你看啊，这么多都是你点的，还花了我那么多钱，现在把我撑到了，你得对我负责吧？"

　　周瑜挑眉，"你这什么逻辑？你以为敲诈我很容易么？"

　　孙策不依不饶，"不行，我走不动了，你得背……呃，抱……扶……对，你得扶我回去！而且钥匙在我这儿，你又不认路，自己回不去的！"

　　周瑜想笑，"刚才跟你走过来的时候我就已经将路线记下了。"这点儿破路都记不住，怎么指挥作战？至于钥匙嘛……那是什么玩意儿？有什么门是他周瑜弄不开的？要知道在舒城那阵子，跟着姓孙的小流氓没少干偷鸡摸狗的事情，撬锁是手到擒来的活计。再不济……他也完全可以使用暴力。

　　"走吧。"周瑜优雅地站起身，又优雅地把孙策也拎起来，随便杵在一边，勾起唇角，"你要是愿意待在这我也不反对。"

　　"嘿嘿，自然不愿意。"目光划过周瑜嘴角的笑意，孙策再次无耻地跑过去跟周瑜勾肩搭背，这次却将全身的重量都压在了周瑜身上。

　　周公子皱了皱眉，将他推开，加快脚步向前走去，走的还真是来时的那条路。

　　孙策微微叹气，周瑜为什么总是一副拒人于千里之外的样子？明明笑起来那样好看，干吗总是皱眉？孙策纠结地摸了摸下巴，难道周瑜见过比他长得还帅的？

"哎，等等我！"孙策回过神来，见周瑜早已走出好远，连忙跟上。

"周瑜！"孙策被眼前的景象吓得呆住。他抬头的瞬间正好看到一辆银灰色的轿车旁若无人地朝周瑜呼啸而去，周公子非但没躲，还专心致志地冲着那汽车发呆，直到那辆车尖叫着停在周瑜面前，差那么一厘米就要撞上他，周瑜这才向左边让了两步。

孙策三步并作两步跑过去拉住周瑜，连声问："周瑜你没事吧？有没有撞到哪里啊？"

刚才那一刻，他的心简直提到了嗓子眼，全身如坠冰窖，脑中在那一瞬间闪过的念头居然是，"他千万不能有事，他们还有梦想没有一起实现！"。

至于到底是什么梦想，孙策根本来不及多想。

不同于孙策的紧张，周瑜反倒表现得很平静，只朝孙策笑了笑，说了声"没事"，便又开始盯着那辆车看。

孙策想坏了坏了那车有什么好看啊，难道脑子被撞坏了？没办法朝周瑜生气，只能把气撒在那车主身上，"你开车长没长眼睛啊？看见这么个大活人就往他身上撞？想打架吗？冲我来啊！小爷不把你打得跪地求饶我就不姓孙！"

敢撞人？他怎么看这 BMW 的车主那么不爽呢！真想砸了他的车然后痛痛快快跟他打一架！虽然以他的收入也就够买个自行车赔人家的，但是钱算个啥子嘛？

"想打架？"那银灰色轿车的主人开了门出来，目测个头至少185+，T 恤衫下的手臂上都是肌肉，相貌不算丑，但也算不得好看，一双鹰眼倒是令人过目不忘。

孙策看见他敢出来，语气还带着挑衅，自然更加不爽，"打就打，谁怕谁？"

"等一下。"就当两个人气势汹汹地瞪着对方，眼看就要打起来的时候，那个造成现在局面的罪魁祸首周公子说话了。

孙策不解地看着他，心想这家伙废什么话啊他是替他出气好吧？

周瑜盯着那车主的脸，漆黑的眸子中翻滚着一种孙策看不懂的情绪，似乎有些激动，也似乎有些……怀念？

"不知阁下……"周瑜缓缓开口，声音有些涩，"尊姓大名？"

第四章 太史子义

车主看周瑜的眼神就跟看神经病似的，"我叫什么跟你有关系吗？"然后又瞪了一眼周瑜身边同样莫名其妙的孙策，"明明是你不走人行道，被撞死也活该。这小子还想揍我呢，我凭什么告诉你？"他开车开得好好的，有人突然走到机动车道上还不知道躲开，他还憋屈呢。

"我揍你怎么了？你就该挨揍！"孙策见周瑜神情有异，心知这人可能和他有什么关系。但是这家伙说话没遮拦，还理直气壮地骂周瑜，周瑜还不还口，全然不似平日里挤兑他时候的毒舌，让孙策气不打一处来。

那人低头看了眼手表，"老子今天没空，不跟你们纠缠。"说着就要上车离开。

孙策本也不想生事，心想他走了就算了，谁知周瑜再次做出了让他大跌眼镜的事。

周瑜走上前拦住了打开车门要进去的车主，朝他微微一笑，"子义，前面阳光小区左转二号楼608，周瑜公瑾随时恭候。"

孙策："……"你咋把我家地址背得那么熟？

那人看周瑜的眼神越来越奇怪，一把推开他，然后砰地一声关上车门，嘟囔了句什么。周瑜耳音好，听得清楚那是"疯子"二字。

"太史慈！太史子义！你一定要来！"周瑜不以为意，冲着慢慢开远的车喊道，听到"太史慈"三字时，那辆车的速度好像慢了下来。

周瑜低下头，用只有自己听得见的声音说，"子义，你一定会来。"不知是在安慰自己，还是真的有此自信。

"……周瑜？"孙策有些担心地走到他身边，见他不知道想什么想的出神，只得拍了拍他的肩膀，"走吧，回家。"

一路都沉默无言，走到楼门口的时候，孙策忙说，"周瑜，咱们坐电梯吧……"

他家住六楼，是个走楼梯也可以接受的高度。但是作为一枚懒癌患者，孙同学向来都是坐电梯。不过刚才下来的时候，周瑜在电梯和楼梯口徘徊了好久，神色是他读不懂的莫测。转悠了得有五分钟，周瑜这才指着楼梯跟他说，，"孙策，走这个吧。"因为下楼省力，刚把周瑜哄出来的孙策自然不愿意逆了他的意思，于是两人是走楼梯下的楼。可是上楼嘛，有电梯还是坐电梯吧。

周瑜一直在想着刚才见到的人和他的"坐骑"，根本没注意孙策在说什么，随口道；"好。"

当孙策高高兴兴地把周瑜拉上电梯后，周公子才反应过来自己正置身于一个奇怪的从没见过的方形箱子里。周围挤满了人，其中孙策正在他的右边噼里啪啦地按着一堆数字，还有人不停地跟他说，"帮忙按一下九。""小伙子，十四。"等等类似的言语。

周公子怔了半天，还想着刚才偶遇的太史慈，直到被孙策拉出那小箱子才反应过来自己已经到了孙策家。而刚才孙策按的数字，其实并不是什么密码，而是他居住的这个高级建筑物的楼层数。刚才的小箱子，不过是个类似传送器的东西罢了……

孙策将周瑜拉进屋，让他坐到沙发上，自己又去前几天差不多被周瑜捣毁的冰箱里拿出一瓶饮料放到周瑜面前，"周瑜，你刚才答应我告诉我关于你的事情的。不过你什么时候说都行，等你心情好了或者什么的，反正我一直在这儿听着。"直觉告诉他，周瑜是一个有故事的人。

周瑜没去动那瓶深红色的颜色像血的饮料，而是问了孙策一个问题，"孙策……你对于东汉末年的事情，有多少了解？"

孙策一呆，随即笑道："东汉末年？你说三国吗？我是游戏设计师，最近我的 boss 让我负责新游戏里三国的这一块儿，所以算是有点了解吧。"

"那大概背景你应该知道了。"周瑜道，"东汉末年时舒城周瑜仰慕并且认为破虏将军孙坚能为动荡的天下带来安宁，于是他前去相邀孙家一家来舒城周府小住。孙策，不是说你，而是破虏将军的长子，与周瑜有总角之好，二人结拜为义兄弟。两个少年对未来都有憧憬，许下誓言日后要并肩作战、一同打天下。后来破虏将军身死，孙策屈居袁术之下许久，终于将破虏将军留下的军队讨了回来。再后来孙策与周瑜几次辗转，聚少离多，也算打下了一片天下，这便是江东。建安五年，孙策……孙策狩猎时死于喂毒箭矢，江东上下奉其弟孙仲谋为主，舒城时两人共同许下的誓言，只剩下一个人来实现。孙策死后的十年里，周瑜为江东打了很多场胜仗，是江东军中众人敬仰的都督。但是，一切的一切，都只不过是为了当年的诺言罢了。他如此拼命，直到十年后将自己的命都赔上，不过是想尽快替自己的义兄打下一片江山，圆那两个少年的梦。"周瑜说到这里微微顿了顿，又续道："周瑜以为自己死了，或许他本来就已经死了，但是不知怎的，昏迷的意识再次清醒时，他看到的并不是阴间的景象，而是自己心心念念的义兄孙伯符。不过这次，他并不认识周瑜……也或许，这只是他的一场梦……"

一梦千百年，真的，太久也太陌生了。

孙策真的不知道该说什么。他早已透过周瑜的故事将这里面的主人公和经历猜了个八九不离十，但是真的听到他自己说出来，还用那么淡漠的、满不在乎的语气说出来，孙策还是觉得不是滋味。他不敢想象周瑜刚醒来时看到他有一种怎么样的惊喜，更不敢想象在他知道了自己并不是那个孙策时默默无言的失望。

如周瑜所说这真的只是一个梦吗，明明他自己是那么客观的一个存在。

"我再次醒来时就是在你家，这几天我也多少了解了，现在距离我们那个时代已经过了一千八百年。我一直觉得这是个梦，不过是真实了些，说不定某天我醒来的时候，这个梦就解开了……"见孙策仍没有开口说话的意思，周瑜又道："我知道的也只有这么多。你不一定要接受也不一定要相信我，毕竟这事情的确太过匪夷所思……"

"我当然信你！"

说完后孙策有些哑然，居然想不通说这话的根据。

不合适，真的太不合适了。

周瑜一笑，"谢谢你的信任。"

孙策撇嘴，"如果我不信你，那我肯定是要打电话报警的，还留你住在这里做什么？"

周瑜："……打电话报警？"

"啊？"孙策莫名其妙，随即"哎哟"一声跳了起来，讪讪笑道："对不起啊，我给忘了，你既然是千百年前的人，肯定不知道这些……"他从裤兜里翻出自己的手机，递给周瑜看，"喏，这就是手机，可以打电话的，算是……呃，通讯仪吧，有了它你就可以听到你百里之外的人说话。报警嘛，就是打电话给警察局……呃……衙门？县令？反正就是打电话给管事儿的……"孙策觉得头疼，跟古人解释点儿东西怎么那么难的？

"对了！"孙策突然一拍脑门。

"怎么了？"周瑜刚消化完手机、打电话和报警这三个词儿，就听孙策叫了起来。

孙策一脸的不好意思，又忙着挥手，摇头，讪讪地笑道，"没什么，没什么。"

之前跟他说的那些诸如电脑、厨具、电梯甚至还有刚刚疾驰的汽车，那人大约都不知道吧。说起来孙策觉得自己还是挺值得让人佩服的，毕竟一个故人坐着时光机飞到一千八百年之后的现代，他居然一点也没有震惊，当然，也有可能是他哆啦A梦看多了……

"周瑜，你在想什么？"

回过神来，孙策看周瑜挑着眉头入了神，不知道在想些什么，忙问道。

"我在想……如果我能回去，是不是可以把你说的手机和车还有其他东西一并带回去，那样他的江东，定然不会像历史上那样失败收场……"

周瑜眼中神采奕奕，语气豪气干云，仿佛他此刻没穿着宽松的 T 恤衫和运动裤，更没坐在沙发上，而是披着盔甲、腰悬长剑，身处战火纷飞的战场上，是一位指挥若定、号令千军的将军。

这才是周瑜啊。

孙策……那个千百年前的孙策，又到底是个什么样的少年英豪，居然也能让这样的周瑜为他牵肠挂肚。

难怪，周瑜再也没有把自己当作孙策，因为……孙策微微苦笑，这两个孙策之间的差距，实在是太大了。

两个人各怀心事，却都默契地沉默着，如果不是有个没默契的人突然造访，这种默契说不定还会持续更久。

"周瑜！你出来！你太史爷爷来找你了！"

孙策笑了出来，"周瑜，他真的来了。"虽然对太史慈什么的了解不够多，但是听声音还是能听出来是回来的路上碰到的那个欠扁的车主。

"嗯，不愧是贵然重诺的子义。"屋内的气氛因为太史慈而缓和了许多，周瑜笑盈盈的，"当年伯符果真没看错人，再怎么样……他的性子也依旧是那个样子。"

孙策暗暗记下了"贵然重诺太史慈"这个名字，心想到时候要好好了解一下这个人。

"周瑜，找我来干什么？"孙策给太史慈开了门，太史慈叼着根烟走进来，"还想打架？"

周瑜看到太史慈脸上那种带着兴奋的表情，像是嗜血的野兽见到猎物，想要大干一番的架势。

"子义的这种表情，瑜已四年余未见，甚是怀念。"周瑜笑看着他。

太史慈觉得他这种似乎一切都在掌握之中的笑容也有种说不出的熟悉感，忍不住觉得怪异。"你别文绉绉地说话，你到底打不打？刚才我们刘总找我有事儿，现在没事儿了，随便跟你打。"太史慈略带挑衅地道。

谁知周瑜还是没打算跟他打架，反而表情有些惊喜，"刘总？刘总……你是说刘正礼？哦不……刘繇？"

太史慈呆住了，嘴里叼着的烟"啪嗒"一声落在地上，奇道："你怎么会知道他的名字？你查我？"说着一副如临大敌的样子。

周瑜忍俊不禁，"子义莫慌，我没有查你。但是你真的在跟着刘繇干？不是别人？"

"是啊。"太史慈不明所以。

"这样啊……那可真好。"周瑜眼中流露出了喜悦之情，心情顿时大好。一千八百年前，于他就是几天前的那个时空里，太史子义于建安元年投靠孙策，而在这之前，他和如今一样，都是刘繇的下属。在兵败于江东军、太史慈被俘虏以后，刘繇在建安二年病逝，而太史慈卒于建安十一年。在这个时空里，他遇到或知道的人，孙策、太史慈、刘繇，都早于他逝世，而且太史慈依旧是刘繇的属下，这一切，难道都是巧合吗？孙策给他的熟悉的感觉，太史慈熟悉的行事作风，都不应该只是错觉。但是，孙策和太史慈都显然没有那段时间的记忆，他却都记得清清楚楚，这又是为什么？若是死了的人都要来到这里，那么，他又该怎么回去？或者说，他该不该回去？

太史慈看向再次出神的周瑜，有些崩溃地道："周瑜？！你到底找我来干什么？"

"子义，刘繇他，有没有子嗣？"本以为周瑜能给他答案，谁知道他又问了这么个莫名其妙的问题。

太史慈麻木地道："虽然我真的不叫子义，但是……我们刘总至今都没有儿子。"

周瑜笑得高深莫测，"哦……既然如此，那么多谢子义了。"他再一次证实了自己的猜想。刘繇正礼为什么没有儿子？因为他的儿子们，刘基、刘铄还有刘尚，他们都还好好地活着啊！

"孙策……"周瑜转向一直在努力消化两人之间对话的孙策，"你之前说的那个手机，要怎么把人和人的区分开来？我如果想找太史慈呢？"

孙策连忙拿出自己的手机递给太史慈，说道："你把你手机号留下吧。"然后又跟周瑜解释，"每个人都有特定的手机号的，打这个号码就找到了。"

太史慈："……"这周瑜是哪儿来的啊？手机怎么用都不知道吗？

腹诽归腹诽，太史慈被周瑜笑得头皮发麻，不太敢不按他说的办，于是迷迷糊糊地留下了自己的手机号。

周公子满意地看着他留下了自己的号码，优雅地笑道："子义若是有事，大可先回去忙，只不过以后若是有需要，还请子义随叫随到。"

太史慈瞪着他，脑中一片浆糊："……"

这都什么人啊！

第五章 真的是你

"公瑾，公瑾？你睡了？"他闭着眼睛躺在榻上，清楚地听着有人蹑手蹑脚地推开了他的房门，然后小心翼翼地来到床边。

"公瑾呀，你别生我气，我也不是故意的。"孙策见他不理他，也不以为意，一直在自顾自地讲话。

"公瑾，你也知道，我诈死的消息不能传出去啊，万一同你说了，一不小心被笮融的手下听到，那可就不好了……"

"你信不过我么？"听到这话他忍不住翻身而起，恨恨地瞪了那人一眼，却见那人委屈的脸，终究还是不落忍，叹了口气，"你呀……"

想说些埋怨的话却无论如何也说不出口了。

这个伯符。

这个伯符……

孙策的眼睛亮亮的，"公瑾，你是不是还在恼我？"

周瑜白了他一眼"伯符，你以后不可如此涉险，这次是你运气好，伤的是腿，下次若是没这么好运，你让我找谁说理去？"

孙策闻言低低一笑，"公瑾，你又不是不了解我。"

他沉默了半晌，然后也笑了出来，笑得甚是酣畅，"江东的小霸王，别说临阵退缩了，就是让他在战场上冲第二个，那他也是绝对不答应的。"

是啊，伯符啊，若没有了这股冲劲儿，又哪里是孙伯符了？

"不过，我是不会死的。"孙策突然正经了起来，"公瑾，咱们要死一起死，孙策绝不独留周公瑾一人。"

周瑜没想到孙策会提到死不死的，刚有些发怔便听那人笑着接了下去，"就算要死，也要等到百年之后，你我一起策马扬鞭打下这天下以后再说。"

"到时候啊，江山一统，百姓安居乐业，都称赞江东双璧有勇有谋，为国为民。等咱们两个都老了，打架也没力气了，就把皇帝扔给仲谋去做，反正他心眼儿多，肯定干得好。到时候周公瑾和孙伯符啊，就抛下这一切，带上各自的夫人和一群小崽子们，去一个山清水秀的地方，过些清静日子。"整个江东大营没有一个人知道，就在破了笮融的那天晚上，他们的孙郎与周郎在后者的帐中言归于好，一起憧憬着日后策马天下并肩驰骋的日子，一起向往着一切可能发生的美好。

不知道多久以后，一个声音传来，"中护军，讨逆将军……殁了。"

他嗤笑，"唉，去告诉他，我不是笮融，不信他这一套的。"

"中护军……"

他又道："假死什么的，一次是聪明，两次都用同样的招数就是傻子了。"

"不亲眼见到……终究不放心。孙策，孙伯符，咱们还有约定，你我要一同打下这片江山！你一定要等我！"

画面一转，入目都是刺眼的白。

身边的人酷似那人，他却清楚地知道有什么东西悄悄地变了。

"公瑾哥……"孙权忧心忡忡地看着他，"你……节哀。"

他想，仲谋或许以为，以他和伯符的交情，怕是得哭上个三天三夜。

"仲谋。"他淡淡开口，声音却出乎意料地平静，只有衣袖里握到指节发白的拳头泄露了他此刻的心情，"以后，故讨逆将军留下的江东，周公瑾定会依他遗言，奉你为主，替你打下这天下！"

孙策，你背信弃义，撒手而去，我却不能不管。以后，这双份的誓言，便由我一人来担。江东双璧，孙策伯符，总不能就此被人遗忘。也，只有如此了。

……

周瑜沉默地望着天花板，半晌勾起一个淡然的微笑，"又做梦了啊……"

这十年间，他为孙权尽心尽力，打赢了一次又一次漂亮的胜仗。那战场上英姿勃发的身影，酒席间豪气而又自若的言语，锋芒毕露的眼神或者狠绝如地狱修罗的瞬间，每一次都会让他，让江东上下想起孙伯符。那样的周瑜，和几年前谨慎优雅的他已经大不一样，反而越来越像故讨逆将军。周瑜用这个方法让孙策的灵魂与他的活在一起，时时刻刻看到自己都能想起他，再加上日间的辛劳，夜里少有梦到两人在一起的情景，就算有，也是舒城那段最美好的回忆。而刚才的那几段回忆，却是很久都没有出现在他梦里了。

"孙伯符，你在怨我扔下仲谋不管吗？哼，你我又有什么差别了？"周瑜嘴角的笑颇为嘲讽，也不知是在嘲笑谁，"不过……若是我能带你回去，那么我也不跟你计较……江东双璧的传奇，再重来一次也并非不行！"

周瑜在舍友孙策的盛情邀请下，难得答应不抱着三国志研究历史，跟着孙策去了他的公司。按照孙策的意思，是想给周瑜弄份工作。他知道他的 boss 最近要做的游戏需要人手，虽然他明白古人周公瑾不擅长这方面，但是还是想让 boss 见见他，这样多半就能搞定，毕竟以周瑜的相貌气质和谦谦君子的谈吐，是个人都会看上他。而且……那个游戏的背景设定就在汉末三国时期，以周瑜对那段时间的了解，boss 肯定会被折服。

孙策还特意把他衣柜里唯一一套正式到不能再正式的西装翻出来给周瑜穿上，虽然周瑜比他高那么小半头，不过他身形比较纤瘦，穿

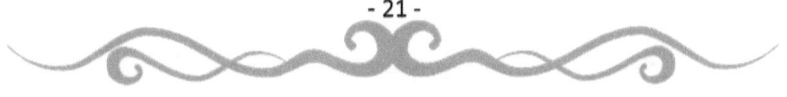

起来倒也合身。不过孙策同学很快就否了这套衣服。他承认周瑜穿着很好看，非常好看，但是孙策看起来却很别扭，似乎周瑜不适合被禁锢在紧身的西装里，别扭，真真是太别扭了，怎么看都不对。因了这种奇怪的感觉，兼之周少爷也表示他并不喜欢穿西装的感觉，孙策最后还是给他选了一件清爽的白衬衫，搭配着周瑜束在脑后的长发，端的是清俊温雅。

公司离得也不远，两个人走路就到了。一路上周瑜都尽量不表现出对大部分事物的好奇，不过孙策现在知道了身边这家伙其实活在一千八百年前的世界里，便非常尽心尽力地给他讲解。基本上周瑜目光所到处，孙策都能在下一秒反应过来并且用周瑜能听懂的语言简单解释一下那些东西的名称和存在价值。毕竟这几天，他已经兴致勃勃地给周瑜讲了不少东西，也已经习惯了这样的角色。

孙策到了公司后没有立刻带着周瑜去见他的 boss，反而将周瑜拉到自己的电脑前，开始让他熟悉运用和操作这台台式机——这样去 boss 那里要工作要高薪才容易嘛！

孙策在家里已经教过周瑜使用电脑，后者也很快适应了这种高科技，一边感叹着现代人真是太聪明了，一边研究得津津有味。

其实周公子是很想把什么电脑啊手机啊汽车啊的一并带回古代去的，但是当得知了电脑手机需要充电，而汽车需要随时加油的时候，周公子一边感叹现代人实在是太麻烦太笨，一边默默放弃了这种想法。就在孙策替他惋惜的时候，周瑜来了句"就算没有这些玩意儿，我周公瑾依旧能辅佐孙氏一统天下！"，然后孙小策立刻就闭嘴了……

"周瑜啊，这个模板我家里的电脑没有，你先熟悉一下，其实依你这智商，不出十分钟就能会用……"就算知道了周瑜的事，他也并没有改口叫他公瑾，而周瑜也依旧叫他孙策，其中原因，两人心照不宣。

"嗯。"

周瑜的手握着鼠标，而孙策则站在他身后，手把手地教着。

就在周瑜专心致志研究三国游戏雏形的时候，一个带着万分惊讶的声音插了进来，"周公瑾？真的是你？

　　周瑜一怔，心中微惊，不由自主地回头去看说话的人。直觉告诉他，那人绝对不简单，因为自从来到现代开始，他就再没有被人叫过周公瑾。

　　那人手里端着咖啡，正路过孙策的小隔间，看到周瑜时清俊的脸上神情极为惊讶。他年纪不大，却身材瘦削单薄，脸色也有些苍白，虽有几分清减，但依旧风采翩然。

　　这个人……他怎么会在这里……周瑜皱眉，站起身瞧着他，"郭奉孝？"

　　那人先是有些疑惑，随即释然地一笑，"哦，原来公瑾也……哈哈，嘉早该想到的。"这清瘦的青年，正是曹操的谋士，那位被曹孟德极为重视的祭酒大人郭嘉。

　　孙策狐疑地瞥了眼郭嘉，然后拉了拉周瑜，"周瑜，他认识你？难不成……"难不成，他真的是三国时期的郭嘉？还是个记得前世的郭嘉？

　　郭嘉嘴角勾起的笑容很有几分高深莫测的味道，"公瑾，不知可否借一步说话？"

　　"哎！周瑜？"孙策依旧拉着他，"我跟你一起去。"

　　看着郭嘉那副狐狸一样的笑容，周瑜若有所思。

　　"孙策，你等我一下，我很快回来。"他抬起目光朝孙策一笑，笑容中带着几分令人安心的魔力，但同时也有着难以抑制的兴奋。

　　孙策感觉出了周瑜的情绪有些激动，有些像上次遇到太史慈的时候，但似乎比那次还要激动和兴奋些。"好吧，那我等你。"孙策扬起一个笑，拍了拍周瑜的肩膀。

　　"奉孝，你是郭奉孝？"周瑜跟着轻车熟路的郭嘉走到一处僻静无人的楼道，皱眉望着他。

　　"是我。公瑾你不会这样健忘吧？"郭嘉挑眉一笑，"轻而无备,性急少谋,乃匹夫之勇耳,他日必死于小人之手。都这样了，公瑾怎能忘了嘉？你信我都不信。"

周瑜轻笑道："当然不能忘，孙伯符的仇，必须要算到奉孝身上才行。"刚才郭嘉说的话，正是他评价孙策的，而这句话后来竟然成真。周瑜于孙策之死的调查自然不少，也并不信孙策是因为这句话而死。但是三国时期两人各为其主，并无深交，也不会这样开玩笑。不过既然两人都已经算是死人，那么前世的事情，不那么计较也罢。

"不过，奉孝你为何会有那时候的记忆？"周瑜觉得奇怪，"瑜前几日曾见过太史子义，他并不记得瑜。"

"而且，孙讨逆也没有记忆。"郭嘉直奔主题，"这才是公瑾想问的吧？"

周瑜笑得淡然，"奉孝说得对，所以瑜想请问，你可知道，这一切都是怎么回事？"

郭嘉喝了一口手中的咖啡，笑吟吟地解释道："其实我知道的也不是很完整，不过当时我以为我死了，事实上我却没有，反而来到了这个梦里，而且还回到了更加年轻时候的样子。我有着那时候的记忆，我记得每一个和……每一件发生的事情和每一个人，我记得文若、记得仲德、记得妙才，当然……也记得孟德。这些都让我以为自己没死，不过是做了一个很长很长的梦。后来我遇到了孙伯符，就是在这里，我发现，他并不记得那时的事情，甚至不记得公瑾你。"说到这里，郭嘉特意停顿了一下，笑嘻嘻地打量着周瑜的反应，谁知周瑜眼中没有丝毫波澜，微笑颔首，"这点瑜已经发现了，奉孝继续。"

"我刚来的时候一心想着回去，后来渐渐发现那是不可能的事，于是便没了这想法。可是遇到孙伯符后，他又成功地勾起了我对这一切的好奇。因为他，我在这个公司当着小职员，不过事情却没什么进展。再后来，也就是半年前，我和你一样，遇到了太史子义。而他，也没有记忆。"

"但是瑜与奉孝却将那一世记得清清楚楚。"周瑜依旧跟他保持着距离，但是眼中神情却很激动，"奉孝在此比瑜久上三年，聪明如你，一定已经发现了原因。"

郭嘉有些无语，这是在夸他聪明还是嘲他短命？周公瑾夸人的方式也太奇葩了吧……

郭嘉避开周瑜灼灼的目光，沉吟了半晌，说道："也罢，公瑾，嘉带你去见……呃，见个人，见了他，你一切都会明白。嘉知道的不如他多，所以还是直接带你去见他比较好。"

周瑜勾了勾唇角，"如此，多谢了。"

第六章 小凤凰

郭嘉看了眼手表，指针指向十点半，"这个点儿，他应该自己在家。咱们走吧。"他将手中的咖啡几口喝完，侧头看着周瑜。

"奉孝何时弃了美酒，反而爱上了咖啡？"周瑜答应了一声，然后笑吟吟地调侃他。

郭嘉斜睨着周瑜，"这里的酒没有了之前的味道，不如不碰。"没人相陪，再好的酒也不过如此。周瑜微一沉吟便明白了他的意思，微微一笑，"那瑜与奉孝……也算是同病相怜。"他又何尝不明白，曹孟德于郭奉孝，便如伯符于他。他们两个的执着，两个才华横溢的人最初决定的一生追随，都是因为那个人，而不是因为那片天下。

郭嘉轻车熟路地带着周瑜从公司没什么人的后门绕了出来，看清了方向后打了辆车直奔市中心。

两个人一路上都很沉默，郭嘉不能与周瑜聊古代的事情，否则肯定会把司机吓得心脏病发，而周瑜则有种近乡情怯的感觉。

如果郭嘉没骗他，那么见到这个人以后，一切都会真相大白，说不定他也可以如愿回到古代，继续撑起孙伯符打下的天下。可是，他就这么无牵无挂地回去了吗？现代的这个孙策，这个从相貌到身材到笑容都和他一模一样的人，这个尽心尽力还很乐意帮助他适应这里生活的人，对于他来说真的那么可有可无？真的可以随意弃之敝屣？哪怕再不相见也无所谓？

现在的孙策不是小霸王孙伯符，但他还是周瑜，更是江东的周公瑾。

江东是他孙伯符的，他怎么能丢下伯符的江东？

"公瑾，到了。"郭嘉的声音在耳边响起，拉回了周瑜的思绪。

两个人下了车，眼前是一个很漂亮的别墅区。

周瑜瞪大了眼睛，"市中心的别墅区？"虽然他在这里的时间不长，但是天天听孙策唠叨房价，对这些事情还是有些认知，"这人得多有钱？"

郭嘉露出一个笑容，"在这儿混久了嘛，自然混得比咱们好。还有就是咱们要找的人……不能住一般的公寓的。"

周瑜："……"这话说的。

周瑜看着郭嘉敲响了小区里最豪华的别墅的门，还是三短一长的规律，内心顿时奔腾过一群草泥马。这什么大神啊？敲门还要暗号的？

门被打开后，周瑜看到屋内那个替他们开门的家伙，又是无数群草泥马在内心飞奔而过。

而当郭嘉淡定地和那家伙打招呼、并且那家伙还回了声"早"的时候，周瑜觉得他的三观已经彻底被毁了。

"奉孝，能给我解释一下这是怎么回事么？"周瑜扶额，努力装出镇定的样子，表情略悲催地望着屋里那个刚才给他们开门的……鸟类。

他一向自诩承受能力比较强，而且有种泰山崩于前而面不改色的镇定自若，伯符的死都能接受，而且还能去安慰其他人，但是当他看到一只鸟听懂了郭嘉敲门的暗号、从容地开门然后自然而熟络地跟郭嘉打招呼的时候，周都督还是表示稍微有那么点儿接受无能。

郭嘉看到周瑜这副样子，心中也暗暗好笑，毕竟这样失态的周公瑾，这辈子也见不了几次。而他当初刚知道真相的时候，也震惊了好久好久……

"公瑾，他就是我跟你说的人。"郭嘉眯起眼睛打量着那只鸟。

周瑜叹气，"这真的是人么……？"

郭嘉笑道："他也可以是人。"随即朝那鸟道："喏，小麒麟，给咱们周大都督玩儿个变身。"

周瑜再次被雷到，一只鸟叫麒麟？

当那只鸟华丽丽地变身成一个俊美青年的时候，早已被雷得外焦里嫩的周公子已经可以很淡定地跟那只鸟……那个人……那个鸟人打招呼了。

那青年瞥了眼郭嘉，哼道："郭奉孝，跟你说了多少次不要叫我麒麟，要叫火煜知道吗？"

郭嘉无所谓道："你不是很喜欢文台的一切吗？他起的名字也不能例外啊。"

"文台？"周瑜捕捉到一个熟悉的字眼，"你是说破虏将军？！"

郭嘉拍拍周瑜的肩，"是啊，这栋别墅和这只鸟儿的主人，就是孙破虏将军。"

周瑜："……"他已经不知道该说什么了。文台大人，您养的鸟这么牛您自己知道吗？

不知道叫火煜还是麒麟的青年又哼了一声，神情不满，"公瑾，文台他早已不是什么破虏将军啦。"

周瑜被这句话一提醒，立即反应过来眼前的不知道是鸟还是人的生物虽然给人一种无害的气质，但依旧是郭嘉口中那个知道一切的人，自然不能放松了警惕。"多谢麒麟的提醒。"周瑜微微一笑，从笑容到气质都温文尔雅。

青年再次炸毛，"说了我叫火煜不叫麒麟！麒麟那种动物怎配做我金凤凰的名字？"

"金凤凰……"周瑜无语地重复。

青年得意地笑了笑，"我不是什么普通的鸟，而是凤凰一族少有的可以掌控时间与时空的金凤，名字叫火煜。"

郭嘉笑着补充道："十九年前到现在乃至于以后的几十年他的身份都是孙文台的宠物鸟麒麟。"

"郭奉孝！你要知道我随时可以离开孙文台！那样你永远也找不到我！"金凤凰再次炸毛。

郭嘉眼中的笑意带着毫不掩饰的狡黠，"你倒是走啊。"

小凤凰："……"

周瑜已经不去纠结为什么一只变种的金凤凰会叫火煜了，更加接受了文台大人养的宠物就是一只凤凰的事实，现在他关注的事情只有一件，"麒麟，我们这些人来到这里，是不是都与你有关？"

小凤凰嘿嘿笑了起来，"当初奉孝搞明白我的身份以后的第一个问题也是这个。"

郭嘉一副回忆往事的表情，"嘉还记得当时麒麟你很自恋地承认了。"

周瑜笑得很温柔，"那好吧，小凤凰你最好把这一切给我解释清楚了，否则把你做成烤凤凰也无不可。"

小凤凰默默回忆了一下赤壁那日掌火种的火凤凰小表妹被逼着放火放到虚脱的神情，自觉玩儿火比不过眼前这位，只好哼了一声，然后乖乖道："作为时空的控制者，我可以任意穿越时空，自然也就去过你们的时期。一开始我并没有太感兴趣，后来发现三国时期死去的人很多执念都很重，属于打死也不愿意入轮回的那种，文台就是我遇到的第一个。我当时在现代住得很舒服，遇到文台之后对不愿入轮回的他有很大的好奇心，但是我们家族有条不成文的规定，转世或重生，皆不能有前世的记忆。所以，我封印了文台的记忆，扭转时空将他带到了现代。后来的刘正礼、太史子义等皆是如此。基本上每一个或因执念太深、或因戾气太重而不愿或不能立刻入轮回的人，我看在文台的面子上，没有强行消除他们的记忆让他们进入轮回，而是都封印记忆带到了现代。不过奉孝却是个特例。我的确封印了他的记忆，但是不知为何，他醒来时仍有着三国时的记忆，并且分毫不差。"小凤凰说到这里停顿了一下，叹道："奉孝的执念实在太深，以我的能力根本无法阻止他回忆那时候的事。"

　　郭嘉侧首望向周瑜，悠悠笑道："现在又多了一个公瑾。"周公瑾和郭奉孝，原本就是同一种人。为了他，倾一己之能，尽一生之力，守一片天下，不愿忘记，亦无怨无悔。

　　"那伯符呢？他……他也没有记忆。"周瑜微微苦笑，虽然已经知道答案，但依旧有那么一丝的不能接受。

　　他记住了他，而他那么轻易就忘了他的义弟。

　　"哎，公瑾不要难过。"小凤凰笑嘻嘻的，"孙伯符他的情况比较特殊。"

　　"情况特殊？"周瑜脸现惊喜之色，随即抱拳道："瑜洗耳恭听。"

　　小凤凰很享受这种说教的感觉，清了清嗓子道："我本来不知道也没兴趣知道这些事情，不过文台当初非要在地府等他儿子，我就对这小霸王起了好奇心，去观察过他一段时间。这一看不要紧，却看出了大毛病。孙伯符七魄之根本、三魂之一的命魂于轮回之时与七魄中的精魄一同缺失，而精英二魄主身体主强健，二魄失其一……公瑾，我这样说你别怪我，孙伯符就算再是江东无人能敌的小霸王，缺失一魂一魄，仍是活不过三十岁。缺少魂魄的孙伯符却好巧不巧地还有着帝王之气，兼之戾气重、杀业也造了不少，魂魄不全根本无法支撑，是以早早死去。哼，依我看，少了命魂和精魄，又杀了那么多人，还有普通人无法支撑的帝王之气，他能活到二十六都不容易了。"小凤凰说到这里神色多少有些鄙夷，"这老孙家的基因真是够暴力的，儿子跟爹一个模样。"

　　一旁旁若无人地坐在沙发上玩手机的郭嘉抬头道："还好文台将军不喜欢吃鸟肉。"被小凤凰死死地瞪了几眼以后又低头在手机上划拉，液晶屏幕上显示的是曹操的百度百科词条，郭嘉皱着眉看了几眼，忍不住点了"编辑"之后，大改特改起来。

　　周瑜却没心情开玩笑，问小凤凰道："那伯符的命魂与精魄，到底在哪里？"他心中已经隐约有了一个答案，但还是觉得太过匪夷所思，需要求证一下。

　　小凤凰眯着眼睛看着他，"你不是已经知道了吗？那命魂与精魄，便是现在你身边的孙策。"

果然是这样……

周瑜了然地一笑，心中微觉酸楚。怪不得他和伯符相貌一模一样，怪不得初时见他便有熟悉之感。原来，他本就是伯符的一部分。

"那么这个孙策，只有命魂、精魄，为何……为何平安无事？"周瑜看着小凤凰的眼睛问道。

小凤凰道："现代的这个孙策虽然魂魄更少，但因为他不伤人不害己，无帝王之气，更不动武杀人，所以没事。他在冥冥之中将你带回，并且受到公瑾你强大执念的影响，竟然能隐约感受到其余魂魄的记忆，这也是为何你们两个总会觉得对方很熟悉的原因。奉孝告诉我孙策的存在后，我曾为孙策也加了封印，就是为了他不被别人影响。可是即便如此，只有一魂一魄且被封印的孙策还是在和公瑾你互相影响着。想来……算了。"小凤凰叹了口气，"都是命吧。"

"伯符他杀人，他动武，都是为了解这动荡之局……"周瑜轻叹了一声，回到正题，"那么，伯符，他……他的魂魄又去了哪里？是不是也在这时空里？"

小凤凰笑着摇了摇头，"我也曾试过，因为那毕竟是文台的亲人，可是孙伯符魂魄不全，无法转世，更无法来到现代，他的魂魄现在依旧在你们的时空里。"

周瑜忽然勾起一抹笑，朝小凤凰道："你把我送回三国时期，就现在。"既然伯符还在那里，他又怎能舍他而去？

小凤凰看到他那种带着算计的笑，连忙反射性地摇头，"不行。"

周瑜走上前两步，仗着身高优势居高临下地看着小凤凰，"你说伯符是因为魂魄不全而早逝，那么这里的孙策若不能魂魄合一，就凭着命魂精魄迟早也要没命。你既能扭曲时空，那么送我回去也没什么。若是你不愿，那么你就是葬送了四条命。"

"四条？"小凤凰一呆，重复道，"除了两个孙策，还有谁？"

"你我。"周瑜无所谓地挑了挑眉，"你若不愿帮我，那我还有必要留你一命吗？而你认为，没有孙伯符的周公瑾，就算活着，又和死了有什么两样？"

小凤凰："……"这跟人家有什么关系啊……他是欠他的还是怎么着?

在玩手机的郭嘉好容易编辑完了曹操的百度词条,正巧听到那句"没有孙伯符的周公瑾,就算活着,又和死了有什么两样"。他闻言便会心一笑,这人,真的和他一样。若是孟德先他离去,他郭奉孝,会不会也像周公瑾那样尽心尽力地辅佐下一代主公?那个答案是肯定的,不为别的,只为了那人对自己的信任。

小凤凰被周瑜盯得发毛,心想周瑜和孙策的死活他倒不是很在意,可是自己这条鸟命……呃,凤凰命,真的很宝贵的唉,几千年才出的一只金凤凰唉,真的不能就这么死了,要是被这玩火玩命的家伙烧成烤鸟……烤凤凰,他就没脸去见自己的火凤凰小表妹了啊!

"……好吧,我答应你。"小凤凰终于屈服于周公子的"淫威"。

"你答应了?"这次说话的却不是周瑜,而是郭嘉。他快步走到小凤凰面前,一向淡然到面无表情的他也激动起来,"那你也一并送我回去好了!"

周瑜:"……奉孝,你不觉得你这么捡便宜非君子所为么。"郭嘉要回去干什么,他怎能不知道?无非就是去帮曹操争夺天下。可是,都是一样的人,他周瑜,又有什么立场去阻止郭嘉?

郭嘉头也不回,"嘉本非君子,为了孟德,更加什么也不在乎了。"他能这样直白地说出自己的心意,无非就是明白周瑜懂他,而那只鸟根本没有足够的智商明白他们之间的感情而已。

小凤凰插口道:"公瑾和奉孝先别急。以我的能力,在不惊动文台和其他族内长辈的前提下,每次只能送两个人回去,而且每半年才有一次契机,今天是一次,下次就要等到半年以后了。"他话锋一转,笑眯眯地朝周瑜道:"对了公瑾,你也知道,孙策的魂魄若不提早合一,那两边都是魂飞魄散的下场。若要等到半年以后,那时小霸王孙伯符的魂魄还不知散了多少。"言下之意便是,孙策他越早回去越好,晚了就等于直接玩儿完。

现在,周瑜,孙策,郭嘉,一共三个人,只有两个能回去。小凤凰心里很爽,非常爽。这个毒舌地折磨了他三个多月的郭奉孝,还有那个不停威胁他要把他干掉的周公瑾，两个人会不会互相谦让呢？一定很纠结吧？哈哈哈哈哈哈。

事实证明，智商不足的小鸟到底还是不明白高智商奇才的周瑜和郭嘉心中的想法。

什么互相谦让？什么很纠结？根本没有。

周瑜在小凤凰解释的时候便已下了决心，小凤凰话音刚落他便向郭嘉望去。

而那厢郭嘉也不是白吃饭不长脑子的，两个人视线在空中一对郭嘉就明白了周瑜的意图，心中警铃大作。

可惜，或许是因为吃的饭都长脑子用了，郭奉孝同学的武力值约等于零，刚要躲就被武力值远大于他的周都督三下两下制服。干净利落，迅捷漂亮。

"奉孝，瑜对你不住，但也别无他法，只好先委屈你啦。"周瑜语气中甚至有点轻快，"反正曹孟德……"周瑜顿了顿，终究没说出来，而是转了话头，说道："伯符只有我。"

郭嘉手腕被周瑜抓得生疼，但神色依旧淡然，"嘉技不如人，人各有命，公瑾没对不起我。大不了，嘉就在此等孟德罢了。"小凤凰说只有执念深者方可受到影响来到此地，他觉得，孟德的执念，不管是对什么，总不在自己之下的。

周瑜不再去看郭嘉，一双深沉璀璨的眸子直视小凤凰，"跟我回去，带上孙策一起走。"

小凤凰刚想叹气说不行啊他要等文台，文台找不到他会很着急的，你就去把孙策带过来吧我保证不逃走，谁知他的一大堆解释都没用上，就被那个推门而入的人打断，"不用那么麻烦了！"

第七章 相信我

"孙策？"周瑜看着推门进来的人，眉头微皱，"你一直跟着我们？"

孙策眨了眨眼睛，笑道："我怕你被这人拐跑呀，不过看来我想太多啦。我刚来就看到你把他撂倒。"说着笑嘻嘻地指了一眼郭嘉。

周瑜无奈地摇了摇头，随即淡淡一笑："不过你来得正好。"

"唉，我知道我不是你的义兄伯符，虽然我也叫孙策。"孙策微微笑着看着他，"周瑜你放心好啦，你想回去你的江东，想帮伯符夺取天下以圆他未了的心愿和你们两个的誓言，你跟我说我能怎么帮你，反正不管怎样，我肯定要帮你达成愿望的！"

不知怎的，同周瑜相处了这些天，孙策总有一种强烈的使命感，好像只有跟着周瑜，或者说只有跟着周瑜重新回到三国，他这二十余年的人生才有了意义。

脑海里忽而闪过一个念头，孙策掐了掐自己的大腿，也兴许，置身现代的自己，才是周瑜的梦中梦吧。

周瑜先是一愣，随即反应过来孙策来得比较晚，没听到前面小凤凰关于他和伯符关系的解释，是以还不明白他孙策和伯符之间的关系。

"孙策，其实你和……"

"好了周瑜，"孙策打断周瑜的话，表现得有些迫不及待，"我们走吧，喂，那个金毛，我们该怎么走？"

身为金发碧瞳少年的小凤凰还没反应过来孙小策是在叫他，一时间茫然地没有察觉。

"小麒麟，他在叫你。"周瑜微笑道。

小凤凰送了策瑜二人一人一个白眼，哼声道："就这么走呗。"

孙策："……不说清楚了信不信我揍你？"

小凤凰："你们两个一丘之貉……真暴力！"

周瑜笑得温文尔雅，"文台大人不会那么快回来的，奉孝算准了时间的。小麒麟你别拖延时间了，赶紧吧。对了，一丘之貉不能这么用，孙伯符是土匪和瑜没关系，我是好人，真的。"

你要是温文尔雅我全家都谦谦君子了好吧？小凤凰撇了撇嘴，不以为然，但还是认输地拿出了一块玉佩，递给了周瑜，"喏，这个是钥匙，只有我能启动，另一块在我这里，所以你们不能擅自使用。"

周瑜接过玉佩，只见莹润的白玉上雕刻着翠竹，瑾瑜为美玉，符策从竹……

"这钥匙……你做的？"周瑜握着手里微凉的美玉，心中泛起酸楚。

小凤凰哼了一声，语气酸溜溜地道："才不是呢……是文台当初非要将我原来的钥匙改成这样。"

周瑜："……"

孙策伸手握住周瑜的手，说真的是有些紧张，两个人不知道接下来会发生什么，可孙策看到周瑜淡然的样子，又觉得很安心。

吾得卿，谐也。

恍惚间记得，历史上，孙策确凿是同周瑜讲过这句话的。

想必，这便是他安心的根据吧。

小凤凰走上前，嘴角的笑容带着丝幸灾乐祸，"公瑾，你记住，魂魄合一需要一个契机……还有，你们两个的时间并不多，时间一到，你们就不可能再留在那里……"

孙策还在思考小凤凰的话，但觉眼前一阵刺眼的白光，就在意识介于清醒与模糊之间时，孙策觉得身边的周瑜陡然握紧了他的手，在他耳边轻轻一笑，声音温润而坚定。

"伯符，相信我。"

一阵天旋地转之后，周瑜再次睁开眼睛，自己的手中还握着那块玉佩，不过身边熟悉的人已经不见。他环视周围，知道自己身处一处军帐之中，视线所及的范围内的东西自己竟然非常熟悉，桌椅物什的摆放、桌上的茶具、不远处的盔甲以及那柄古锭刀，一切都是那样熟悉，就像自己这些时日莫名其妙的生活都是一场梦一样。

再将视线投回自己身上，是自己常穿的便服，暗红的颜色，花纹繁复，好不奢华低调，而之前的白衬衫和牛仔裤根本没了踪影，真的就像没出现过似的。

走了两步站到铜镜前，镜中呈现的是自己的面容，但似乎又有什么不一样，好像……年轻了些？他在现代时也照过镜子，现在的自己倒是和现代时差不多，与建安十五年的自己相比，年轻了近十岁。不过那双眼眸中流露出的神情与感情，却不是二十多岁的时候自己有过的。

周瑜皱了皱眉，他这是回到了自己年轻的时候？那么该是什么时候呢？同来的孙策又去了哪里？

"公瑾！"清脆的声音打断了周瑜出神，愕然地看着少妇打扮的秀丽女子进来，然后极为亲昵地挽住他的手臂，"你连日训练水军，铁打的身子也受不住，且先歇歇吧。"

语声带着关心，笑靥如花，美得不可方物。

"连日训练水军……"周瑜猛地一惊，连忙反握住小乔的手，"今天什么日子？"

小乔吃惊地看着他，不明白他为什么会有这么大反应，但仍旧乖巧地答道："四月……四月初一啊，公瑾，怎么了？"

"四月初一？建安五年四月初一？"周瑜声音里带着激动，又有些焦急。

小乔神色莫名其妙地点了点头，"是啊。"

四月初一……离初四还有三天……来得及么……现在走应该还来得及吧……

周瑜扔下一句多谢和一句抱歉便冲了出去，留小乔一人在帐中，一脸的疑惑不解。

好好的，她夫君这又是怎么了？

日夜兼程，马不停蹄。三天三夜不长也不短，他也不知道能否赶到丹徒，只是拼尽全力罢了。就像十年前一样，他星夜从巴丘赶回，不知道等待他的会是什么。当初得了消息，心中不信，却又不得不信，还是在得到消息的当天便连夜往回赶。而十年前他留给他的，不过是一具棺木和一堂白幡。当时只知道往回赶，快一分便多一分希望，路上他心中一片茫然，不知道更不敢想象，万一这是真的，接下来他会怎么办。

而现在的心情，和当初相似，却又并不相同。策马奔驰在熟悉的路上，仍然可以清楚地记得十年前的担心与绝望，但是却多了一份莫名的信心。相信自己可以赶在初四之前回去，更相信，他会等他。

已经错过了一次，现在重新再来，同样的事情，定然不会发生第二次。

……

"公瑾哥？你……你怎么回来了？"碧眼少年瞪大了眼睛看着眼前的人。

他刚才就听人来报说有一单骑飞奔而来，发髻散乱，风尘仆仆的样子，谁也不问就直闯大营，有人拦他他也不跟人打，而是避过他们，似是不欲伤人。

孙权好奇那人是谁，却怎么也想不到会是他。更加想不到自己有生之年居然能见到他从来都无限优雅、风度翩翩的公瑾哥这番狼狈的样子，而一向注重仪容的他居然毫不在意，就这么出现在自己面前。

"仲谋，伯符呢？"周瑜连赶了三日三夜，终于在初四这日赶到了丹徒。这样狼狈地出现在营中，就是想在他出外狩猎前拦下他，谁知却先见到了孙权。

"我就知道公瑾哥回来肯定是要问我哥的事……"孙权吐了吐舌头，"他刚才带人去上山狩猎了，才走不久，公瑾哥找他有……"

孙权一句话还没说完，就目瞪口呆地看着自己的公瑾哥风一样速度地翻身上马离开了。

"这……这都什么跟什么啊？"孙权呆了半晌，不得其解，抬头瞥到不远处的身影，碧色眼瞳顿时一亮，"幼平幼平！快过来一下……"

周瑜辨明方向，带着随身的古锭刀和刚从大营中随手抢来的一张弓和一袋羽箭便向丹徒山的方向策马扬鞭而去。

仲谋说他们刚刚离开，那他应该还来得及吧？

周瑜转了小半个山头还没见到有人的踪迹，只靠留在地下的马蹄印记找人。过不多时这一串清晰的印记旁突然又多了更多杂乱的脚印，周瑜顿时心中雪亮，看来自己的路线一定能找到伯符，但是，有些人渣先他一步去找他了。

长箭破空之声清晰地响在耳边，周瑜被眼前的景象吓得心跳都停了一拍。

刚刚赶来就看到一支箭头蓝盈盈的喂毒箭矢朝那再熟悉不过的人的侧脸飞去，周瑜身体先于大脑做出反应，将弓拉满把箭射了出去，同时向前扑了出去。

孙策感到劲风扑面，想要闪躲已经来不及，心中有一瞬的茫然，有一刹那的错觉，觉得自己那一刻必死无疑了。只是预想中的死亡终究没有发生，孙策转身，惊喜地发现，那将他挡在身后、拉着他躲开箭矢的人，正是周瑜。

此刻那人正站在他身侧，执弓对准自己身后的树丛，温润的容颜上神情冷峻，孙策惊喜之极，忙喊，"公瑾？！"看到向来谦谦君子的周瑜神情这样严峻，孙策立刻意识到事情似乎不妙，当即取过自己的弓箭，毫不犹豫地向树丛射了一箭，里面的人应声而倒。

树丛中又有两支和之前相同的冷箭射出，分射策瑜二人，两人早有准备，拦下箭后迅速将树丛中剩下的二人擒住，"我就说来的不会只有一个。还剩两个，还有的问。"孙策笑嘻嘻的。

周瑜上前想要搜查那二人，孙策正等着周瑜检查完，谁知周瑜就随便看了两眼，然后淡淡道："死了，服毒。"

"……那也没什么，哼，总会抓到这些人的。"孙策并不在乎地笑笑，随即走到周瑜身侧，"公瑾，你怎么会突然来了？还知道有人要行刺我？这次可多亏了你……否则……"

孙策顿了顿，嘿嘿笑道，却不知怎的，没有说下去。

"伯符……你没事就好，先回去吧，回去再跟你解释。"

周瑜从巴丘连夜赶到丹徒，虽说这种事他也常做，不过这几日的担惊受怕却远超其他时候，到底有些累。他更加不知道该怎么向孙策解释这一切，喜悦、疲惫与无措让他现在无心解释一切原委。不过，其实这一切也没什么重要，重要的是，江东小霸王还在，他也及时赶到了。

孙策这才注意到公瑾神色和平常很有些不一样，神情疲惫，且衣冠不整。他从巴丘赶到这里，一路上真的不近，还要马不停蹄地跑来救他，周公瑾啊周公瑾，此生能得义弟如此，他还有什么可求呢？

"走，公瑾，"孙策拍了拍周瑜的肩膀，"咱们回家。"

"你们怎么看的人啊！打个猎都能把人弄丢？"帅帐外，孙权跳着脚炸着毛看着眼前一脸羞愧的骑兵。

"二公子……属下……其他几人仍在寻找主公，让属下先回来报告二公子……"

"幼平你说他丢了我哥居然还好意思回来？"孙权一边向周泰求援助求安慰，一边继续炸毛，"那公瑾哥呐？你看到他没有？他好像去找我哥了。别告诉我你们把他俩都丢了！"

"仲谋，谁也没丢，你小子别吵吵。"孙权抬头看去，只见自家大哥朝他这里走来，身边却不见周瑜。

"哥？公瑾哥去找你了吗？他在哪儿呢？"孙权见到孙策回来，立刻将音量降低几个等级，语声也温顺乖巧了不少。

"公瑾刚从巴丘赶来，休息。"孙策揉了揉眉心，"又跑去找我这会儿也该累了，我让他在房间。"

孙权同学听懂了，听得很明白，于是很乖地闭上嘴，默默拉着周泰飘走。大哥说是休息，那打死他也不敢去打扰了，否则公瑾哥不生气大哥也会因为不爽而把他找各种理由揍一顿。

打发走了好奇心旺盛的自家二弟和他的跟屁虫的周泰，孙策想了想，心情愉悦地转而去了周瑜的房间。

周瑜刚刚洗完澡，看到孙策进来挑了挑眉，甩了甩半干的头发，朝人微微一笑。

孙策打量着周瑜啧啧，丝毫不吝自己的夸赞，"公瑾呀，身材还挺好。"

周瑜挑了挑眉，像是想到了什么，突然笑了，忍不住问孙策，"伯符，你说，是赤壁里的梁朝伟帅还是我帅？"

孙策："……啥？"

第八章 找人

"那个梁什么……他是谁啊？"

孙策表示梁什么的，他真的没听说过。

"伯符你不知道梁朝伟吗？"周瑜微微有些诧异，而后敛起神色道，"他是……我的一个朋友，刚认识的，到时候给你引荐。"

周瑜还记得，他跟孙策解释清楚身份后，孙策给他看的第一部电影就是赤壁，一边看还一边说"这个演你的演员叫梁朝伟，是个帅哥呢，不过却没法和周瑜你相比。"

既然眼前的孙伯符不认识这人……难不成那一魂一魄没回到他身上？那自己又是怎么回事？

"公瑾所识之人，定然都不简单……"孙策若有所思地点了点头，回过神来看周瑜正在发呆，忍不住问道，"公瑾你发什么呆？"

"哦……没什么。"

周瑜回过神来，极力告诉自己不去想那些自己根本就不能理解，亦不能解决的事，他注视着眼前真真切切的人，良久，突然弯着一边嘴角笑起来。

"伯符，你可还记得，当初我去巴丘前跟你说的话？"

孙策被周瑜笑得心里发毛，迅速回想了一番。

"当然记得。公瑾你说……"

孙策说了一半突然消音，脸上的表情有些微微尴尬，想含混过去可看周瑜严肃的模样又有些不敢。

"当时瑜劝讨逆将军要步步小心，切勿躁进，更要注意安全。"周瑜声音有些发凉，"瑜还记得将军答应得极为爽快，还道若是他做了什么令瑜不满的事情，那么他在一年之内便唯瑜之命是从，不知道他自己还记不记得？"说到最后周瑜自己都忍不住发笑。十年前的话，自己竟然还记得这么清楚。

"不管怎样我都对公瑾唯命是从啊。"孙策心知公瑾现在正没好气，急需顺毛，于是立刻做出温顺的架势，"我以后肯定不会这么鲁莽了。"

毕竟孙策是主，而周瑜与他十年未见，亦没有真的追究责任的意思。他敛了笑意，微微叹道："最好是这样。"

义兄，这一切，到底是怎么回事？

翌日。

昨天晚上周瑜到底没和孙策解释自己急着赶回来的原因，不是不想解释，而是……不知如何开口。

一大清早，周瑜不顾舟车劳顿，特意早起去军营查看。

"中护军？"

周瑜刚到大营便看到一个熟悉的身影，那轮廓分明、却仍带着些少年气的年轻男子看到周瑜，登时露出了弯弯笑眼。

"子明！"

周瑜看到吕蒙时，很是怔忡了一阵。想想也是，此时的吕子明只不过是刚刚及冠的少年，还不是日后那个有勇有谋、刚毅又内敛的将军。想来他自己现在也想不到，十年之后的他会是孙权最得力的左膀右臂之一。

"中护军，没想到您真的回来了啊。"年轻版吕子明乐呵呵地走到周瑜身边，神色中带着些崇拜，"听说是您昨日单骑上山救了主公！"

周瑜依然觉得这个神情亢奋的吕蒙稍微有那么点儿别扭，果然除了孙伯符以外见到其他人都需要时间适应么……？

"子明，这孩子……"周瑜看到吕蒙一直带着个十岁上下的小娃娃，清秀得几乎辨不出男女，越看越觉得这小孩儿眼熟。

"谁是孩子？"那小孩秀气的眉毛一扬，神情骄傲，哼道，"我才不是小孩子。"

看到这副神情，周瑜不由得失笑，"……公绩？"

这副不服输的骄傲的表情，除了凌公绩还有谁？周瑜笑眯眯的摸下巴，原来小时候的他，不只是对着兴霸，而是对谁都会这样啊？这叫什么来着？哦对，傲娇……

"公鸡？那是谁？"小娃娃给了周瑜一个大大的白眼，"我叫凌统，不是什么公鸡。"

吕蒙忍着笑朝周瑜道："中护军，他是凌校尉的儿子，凌校尉把他扔……把他送来这里，想让他长长见识。"

"是历练历练！什么长见识啊？"

凌统连忙纠正道，还是脆脆的童音。说得就跟他没见识似的。

吕蒙注视着自家中护军，却发现他看着凌统的神情算得上是……呃，慈爱？吕蒙有些懵，不记得中护军以前说过喜欢孩子啊。

殊不知此刻的周瑜真的有一种"哎这孩子一定要重点保护啊以后绝对帮得上忙"的父亲般的感慨。

周瑜拉过凌统，笑容说得上温柔慈祥，"咳，公……凌统啊，你想历练就先跟着我吧，等我过一阵再给你找个更好的师父。"

公绩和兴霸素来交好，周瑜琢磨着自己当前的任务应该是赶紧把兴霸找来，收归己用。

小凌统眨巴着黑白分明的大眼睛一脸似懂非懂，只是看着眼前这个大哥哥长得是真真好看，刚想答应他，就看到一个长得也很好看的哥哥将他和那个大哥哥隔了开来，顺手把他甩给了没见识的吕什么。

那人勾着笑跟周瑜玩笑似的抱怨，"公瑾你冲那么个小破孩笑得跟朵花儿似的到底是在干吗啊？"

"你才小破孩儿！"凌统冲上去就对孙策拳打脚踢，可惜自己细胳膊细腿，从小又养尊处优，还只有十一岁的凌小公子对小霸王的威胁值约等于零。

"子明把孩子看好了。"孙策再次把凌统扔给了吕蒙，"我跟公瑾去那边看看。"

"凌统，今天下午记得来找我，子明，你也一起来。"

周瑜被孙策喊走前还不忘叮嘱一句，毕竟这两人都是未来的国之栋梁啊，一定要从小培养。

一路上孙策也没跟周瑜说话，而是径直进了周瑜的房间，小心地关上门之后，才转身，一脸凝重地看着周瑜。

孙策这人霸道，也玩闹，脸上鲜少会出现这般郑重的神情，周瑜不禁也紧张起来。

"伯符，找我有什么事？"

"还是公瑾了解我。"孙策淡淡地笑了笑，随即肃容道："公瑾，你这次从巴丘来，时间赶得刚刚好，就像……就像你知道我会遇刺一

样。公瑾你一向是谨慎的人，如果不是知道了什么，断然不会扔下巴丘的军队跑过来丹徒找我的。"

孙策总觉得这次回来后周瑜和以前不太一样，好像他有些看不懂他了，那双眼眸里蕴含的东西，不再单是年少飞扬的信心，而是经历了许多后的沉淀，更加复杂。

周瑜沉默了一下，然后勾唇笑道："我的确知道，知道你会遇刺。"

孙策仍是点头，"公瑾未卜先知，厉害厉害。"

周瑜没应，转身去看身后的沙盘，由着自己的手在沙盘上划来划去，良久才问孙策。"伯符不问我怎么知道的么。"

周瑜有些苦恼，他不知道该怎么解释，是告诉他自己做了一个离奇的梦，还是跟他说自己认识了一个和他长得一模一样的孙策，无论是哪种，他孙伯符都会觉得自己是个疯子吧。

"公瑾愿意说的时候自然不会瞒我。"孙策抱着双臂前后摇晃着，脸上笑吟吟的。

"伯符，如果我说，我比你多活了十年，并且还结识了另一个孙策，你会不会觉得我在说梦话？"犹豫了半天，他还是将事实说出口，说他疯了也罢，说他做梦也可，他实在是不想对孙策有所隐瞒。

只是，孙策那厮明显没按常理出牌……"咦？居然还有另一个孙策吗？下次公瑾介绍给我认识啊？"

周瑜："……"你要不要这么无条件相信我啊？

"公瑾，反正咱们时间还很长。"孙策指着沙盘上的一块地方，神情自信满满，"等拿下许都后公瑾再跟我解释也不迟嘛。"

"许都么……"周瑜记得，十年前因为孙策突然遇刺身亡，奇袭许都的计划便搁置下来，如今历史已经悄然改变，蒙在鼓里的孙策自然不知道。而当年若是孙策没死……许都和那少年天子，是不是都会是他们的？

"伯符。"周瑜侧过头看着他的眼睛，"在夺取许都之前，咱们可不可以先去找两个人？"

"谁啊？"

"两个能帮到你的人。"

"奉孝？"天色渐渐暗下来，曹操进入的帐内比外面还要暗些。

"明天启程么？"靠在榻边的男子见有人进来，见怪不怪地抬头，握紧了手中酒樽，淡淡问道。

"嗯。"曹操走了过去，皱眉看着他，伸手要拿他手中酒樽，"身子不好还喝酒。"

郭嘉将酒樽中剩下的酒一饮而尽，将酒樽递给曹操，"喏，给你。"

曹操一把将酒樽夺过来扔在地上，挑眉看着他，"奉孝，也只有你敢这样对孤。"

"等嘉替明公打下这天下以后，随你怎么处置。"郭嘉语气依旧淡然，只是眉宇间多了丝忧虑。

曹操见他这副神情，怜意顿时盖过了那几分气恼，叹了口气道："奉孝，到那一天，你一定还要在我身边。"

"……好。"郭嘉一笑，"明日启程去延津，都准备好了吧？"

"有文若公达他们，还有奉孝你，自然不惧那袁本初。"曹操低声笑道，"从明日起便要连日操劳，便少有如今日这般宁静了。"

郭嘉应了一声，撑着脑袋打了个哈欠，懒洋洋地道，"明公早些休息吧。"

一切有他应付。

自周瑜从巴丘来到丹徒已经三天，相比起重新回到这里的激动，周瑜开始考虑起回巴丘来。毕竟江夏之地也很重要，十年前他将全军从巴丘撤回，让对荆州的攻势变成了守势，都是因为江东无主，内部不稳。现在一切都没有沿着历史的轨迹重演，那么他也该回去继续攻打江夏、江陵，毕竟荆州才是孙家必争之地。而黄祖是孙家大仇，这国仇家恨，早报八年也挺好。

不过，在回去继续踩蹦黄祖之前，他得先去替孙伯符找几个能堪重用的人。

一大早，周瑜跑到孙策房间，将孙策从床上拖起来，不意外地在门外看到了早就等候着的吕蒙。

"子明，早，凌统呢？"

吕蒙笑了起来，看着周瑜，道，"在二公子那里。"

难得那小魔王不缠着他，吕子明表示很轻松。

"诶？"孙策表示不理解，"凌统？他怎么会在仲谋那小子那里？"他记得凌统是凌操之子，今年也就十一二岁的样子，而他家那二小子孙仲谋也还是个未及冠的半大孩子，这俩是怎么混到一起的？

吕蒙想了想，认真又坦诚地道："他好像是去找周将军的。"

"幼平？"孙策来了兴趣，"走吧，去看看，反正公瑾你不是要找凌统那小子一起么。"

周瑜微微颔首，心想周幼平这难道是要抢了子敬的活儿来当江东的保姆吗？

"凌统你放开！！"

"不放！凭什么！"

"你放不放？！"

"就不！"

周瑜、孙策和吕蒙三人刚进到孙权住的地方便听到了这样的对话。

孙策默默叹气，仲谋好歹也十八了，跟十一岁的小孩子抢什么呢这是？

周瑜松了口气，还好孙伯符没事……他表示很难以想象这样的小子当自己主公啊……

虽然……他已经当过十年了。

进来看清了情况之后三人顿时失笑，还以为抢什么呢，原来是这样啊。

"凌统，你这样子……咳，有失你父的风范啊。"

周瑜哭笑不得地看着八爪鱼一样抱着周泰的凌统同学。

孙策则挑眉看着一旁气得炸毛的孙权，一脸的"孺子不可教也"。

"我说仲谋啊，你光说有什么用呢，想要就去抢过来啊。"老孙家祖训不能忘，没什么就去抢。江东都是他抢来的，他弟弟总不能连个人都抢不来啊。

孙权闻言一脸恍然大悟，"有道理！"

将老孙家喜欢就抢的信条融会贯通的孙仲谋同学走到周泰身边，三下五除二地把凌统扒下来扔在一边，孙权双手握拳，大吼一声，"我赢了，爽！"

周泰："……这是什么该死的胜负欲？

为了不让小凌统纯洁的小心灵过早被孙二公子奇葩的审美荼毒，周瑜一手拎着凌统一手拽着孙策离开了默默眉来眼去的孙权的房间，吕蒙则很有眼力见地跟在他后面。

"人齐了。"周瑜笑眯眯地打量着吕蒙和凌统，"可以出发了。"

然后又笑着朝孙策道："主公啊，你其实没必要去的。"

孙策拍了拍周瑜的肩膀，义正词严地道："有中护军的地方怎能没有我呢？"

周瑜："……"但愿他别给自己添乱。

"从来没这样欣赏过丹徒，今天这体验也不错。"

周瑜眯起眼睛望着明媚的太阳，颇有感慨。十年前他来丹徒，为了什么自然不必说，当时心中一片茫然绝望，就连自己在哪儿都不清楚，更别提欣赏什么风景了。

孙策却笑得很开心，"只要公瑾喜欢，以后我便把这地界赠予你！"

看着前头义兄弟有说有笑，吕蒙很自觉地拉着凌统稍微落后两步，心中暗暗叹了口气。

周瑜回头瞧了一眼，瞥见吕蒙神情里不甚明显的落寞，皱了皱眉，想，子明，别着急，那个与你并肩作战的人，很快就会来到你身边。

一行人在一座外观甚为低调的不大不小的府邸前停了下来，而这座府邸似乎低调得过了头，连牌匾都没有，周瑜能找到这里也属不易。

"这连牌匾都没有的府邸你哪里找到的啊？"凌统抬头看着这座不同平常的建筑，撇了撇嘴。

周瑜笑容带了三分神秘，"有心……而已。"

"子明。"周瑜努努嘴，示意吕蒙去敲门。

吕蒙虽有些不明所以，不过作为听话的好孩子还是顺从地上前敲门。

过不多时门应声而开，开门的是一个少年，他年纪很轻，一双漆黑的眼眸里却是不同与他年龄的老成，带着些书生气的秀雅，不觉文弱，反而有一种翩翩君子的气质。

吕蒙看得怔住，直愣愣地看着那少年，心中有种异常熟悉的感觉。

"诶？公瑾……他怎么看着有些眼熟？和你有点像？"

孙策见到那少年，第一反应就是他怎么会有点眼熟？然后就是怎么他和周瑜有些相似？相貌自然是公瑾好看，但是那种淡然的气质倒是有几分像。但是觉得他眼熟的原因……好像又不止这样。

"伯言……"周瑜唇角的笑容愈发地深，见到那少年时眼中流露出一种"不出我所料"的神情，那其中还带着几分怀念，当然，在场没人看得懂、也不知道这种怀念从何而来。

那少年先是盯着周瑜看了一阵，然后转向孙策，黑色的眼眸中翻滚着一种情绪。就在一直注视着他的吕蒙以为这少年要请他们进去的时候，他抿紧了嘴角，抬手就要关门。

周瑜似是早就知道那少年会有这样的反应，在那少年刚有动作时就将他拦下，"……陆公子，不请我们进去坐坐吗？"

"陆公子……"孙策终于想起越看他越眼熟的原因，"你是陆季宁的……"

虽然他见那陆康时人家已经年逾古稀，而眼前这个怕是还没自家二弟大，但是眉眼之间多少有几分相似，一说他姓陆孙策便想起来了。

那少年抿紧了唇，声音硬邦邦的，"他是议的从祖父。"

孙策的笑容收敛了些，无声地叹了口气。怪不得他的态度转变得这么快，因为他将自己认作杀父仇人了啊，虽说他那时只是棋子，在他身后指挥的另有其人，可围攻庐江以至于陆康病逝的还是他孙伯符不是么？

周瑜则不以为意，温文尔雅地一笑，"陆公子，待客之道为何，总不能将客人拒之门外吧？"

从小家教良好的少年垂眸不语，纠结了半天，虽然一脸的不情愿，但还是给周瑜和孙策他们打开了门。

周瑜看着他的眼神称得上赞许，伯言，不管你是以后的陆逊还是现在的陆议，你都是我要找的、江东需要的人。

第九章 鸟毛大叔

现在还是陆议的陆逊不情不愿地将周瑜、孙策等四人请了进来，自己坐了主位，却依旧冷着一张脸。

周瑜也不在意，笑吟吟地道："伯言怎么想到要来丹徒？公纪没随你一起么？"

凌统："……"为什么这个中护军管什么人都叫公鸡啊？

陆议脸上波澜不惊，语气中却带着刺，"周……哼，中护军，您若不知道议为何在此，议今天哪里还会见得到您？"他声音忿忿的，一双秀气的眉毛微微皱着，神色在吕蒙看来有那么几分委屈。

"中护军……"吕蒙开了口却不知该怎么接下去。

周瑜笑着瞥了他一眼，"子明想说什么？"

吕蒙反射性地摇了摇头，"没什么。"

"伯言，瑜对你绝对没有恶意，只是想请你帮忙，也同时可以让你一展才华。"周瑜用有些怀念有些宽慰的口气道，"从十一岁起就撑起陆家很难吧？但是现在时局动荡，你以一人之力，能保陆家多久？和我们一起，陆家的生活要容易得多。而你……"周瑜笑得深不可测，"绝不是甘愿被陆家束缚的人，以后这片广阔天地，都会有你的一席之地。"不得不说，他看到现在的陆议，就想到当年的自己。多么希望伯言，能早些来到江东，因为他，迟早比他更能展现自己的才华。

"哈哈……"陆议笑得讽刺，"一展才华吗？在仇人身边？"年轻的他再聪明也还多少有些沉不住气，更何况是在孙策面前？尽管他知道幕后指使者是袁术，而孙策也没有选择，但他还是做不到就这么跟着仇人走了。

周瑜悠悠一笑，说道："伯言，其实，我觉得你与我很像。父亲逝世后瑜独自一人撑着偌大的家业，为了保住周家，瑜选择了伯符。我为他散尽家财、为他借兵练兵，与他一同打下这江东的一片天下，一直到今天。而你，可以比我做得更好。与自己真心信任的人并肩作战、驰骋天下，伯言难道不想吗？"

周瑜这番话极为坦率地说了出来，毫不意外地感觉到了屋中的四道目光都投向了自己。

凌统于这些事情有些懵懂，但同时又多少有些憧憬，什么时候，他可以像周瑜这样，找到那个愿意与自己并肩作战的人？

吕蒙记得自己不久前还羡慕主公和中护军的感情，但现在他怎么觉得那些都没什么好的了？眼前的这个人，有些像周瑜，又多了些少年的青涩，让他想要保护，更想要一同驰骋天下。

孙策笑得很得意，却没觉得自己有哪里对不起周瑜，因为他的想法和他一样，心甘情愿并肩一生。而现在欠他的，有一辈子可以慢慢还。

陆议则是内心最纠结的一个。周瑜的话句句击在他心上，让他的心不由自主地叫嚣着赞同。但是那小霸王……从祖父的仇，真的就不报了？

"陆伯言，你若是想报仇，大可以试试。"孙策猜到陆议心中所想，挑眉一笑，"你觉得以你一己之力，或者陆家，能杀得了我？"

见陆议不说话，孙策笑得更畅快了，笑容自信，"我不是推卸责任，你要是觉得你能杀了我那也行，若是杀不了，还不如随我一起先将你真正的仇人袁公路送去地府。"他自从猜到自家公瑾来找陆议的目的后，就一直在思考该怎么把这小子拐回家。这时虽然没想好该怎么表达，不过想来自己心中的真实想法也多少有些说服他的作用吧。

陆议看着孙策骄傲到耀眼的笑容，又看了看笑得云淡风轻、神情运筹帷幄的周瑜，觉得自己纠结得胃疼。固执地守着陆家，到底是为了什么？眼前这四人，能给他的，比守着陆家要多得多。

一直没敢说话的吕蒙见陆议仍旧举棋不定，心里也暗暗替他着急。大着胆子走到陆议身边，鬼使神差地感觉促使他握住那少年微微冰凉的手。

陆议刚抬头就撞进了吕蒙温润的眸子，那双眼眸里的温柔和包容让他浑身一颤，不由自主地想要去相信他。

并肩作战……么？

"伯言……"吕蒙声音中带了唯唯焦急，眉眼依旧温柔

陆议琢磨着这个词语的可行性，看着面前的人急切的表情，良久之后居然也鬼使神差地点了头，轻叹一声，"……好。"

现在，他也算是丢盔弃甲，任人牵着鼻子走。却不知是输了，还是赢了？

"伯言，欢迎你。"周瑜望着陆议，语气真诚。

陆议揉了揉额角，觉得自己一定是没睡好，不然怎么会把人家周瑜友好的笑容看成计谋得逞的算计的笑？

孙策也在笑，嗯，真好，江东又迎来了一个属于它的人。

周瑜带着欣赏的神色望着那倔强坚持的少年，伯言，别怪我让你早了三年卷到这场战争中，不过，你终归是要为这天下添上属于你的靓丽一笔，早一些，也没什么不好。

"伯言，在想什么？"周瑜瞥了眼有些魂不守舍的陆议，微微一笑。

陆议回过神来，摇头，低声道："没什么。"

他怎么敢说自己有种即将被拐卖的感觉？好吧其实已经被拐了……

周瑜觉得好笑，原来十七岁的陆伯言话这么好，还这么羞涩，与他说上几句玩笑话就会脸红，随即正色道："伯言，你放心，既然你是我拐……你是我请来的，那么我不会不管你，我肯定会倾尽所能，教你我能教的一切。"

陆议垂下眼眸，"多谢……先生。"

想叫中护军，却不知为何，说出口的却是先生。

"诶？公瑾你怎么说得那么暧昧？你管他了……"孙策带着戏谑的声音突然插了进来，故意表现出委屈的模样，"……那谁来管我啊？"

周瑜白了他一眼，"我要是不管你就不会来了。"

陆议闻言侧头朝周瑜望去，突然问道："先生，您怎么知道……议在丹徒？"

周瑜温和地笑笑，"巧合，我运气好罢了。"

见陆议仍用有些执拗的神情望着他，周瑜笑着解释道："我要回巴丘，所以想在回去前替伯符找几个人。我两天前就开始在附近查房，只是很巧你正好在这里而已。"

陆议叹息一声，"先生定然是猜到了议听到那消息后定然会特别好奇，然后沉不住气赶过来查看，不然您也不会浪费时间在丹徒找议。"

虽然周瑜比他好像也大不了多少，但是总觉得自己的一切都能被他洞悉。

"公瑾你瞒了我不少事情嘛……"孙策语气却一点也不埋怨，反倒有点儿……哀怨？"若是你回巴丘，那我就更得速战速决，否则……又是很长时间的分离。"

周瑜轻轻"嗯"了一声，不再去理孙策，朝陆议道："伯言，总有一天，你比之瑜，定然不差。等你到我这个年纪啊……"

孙策扶额："公瑾咱们这个年纪有什么问题吗？"他可不知道，他家公瑾现在要大他十岁呢。

周瑜微笑道："没问题，我的伯符永远年轻。"

孙策直率示爱，"公瑾亦如是！"

陆议掩面，跟了这俩货，他怎么有种前途无亮的感觉？

吕蒙默默，伯言等过几天咱俩的关系一定也能发展成这样。

凌统掉头直接走，你们能不能注意点儿，不要再荼毒小孩子了！

拐带了陆议之后，周瑜并没有直接回去，毕竟把凌统带出来是有原因的，这小孩儿，还有用。

几个人里最了解周瑜的孙策摸下巴，"公瑾你还打算去诱拐谁啊？有你一个我就够了，现在还多了陆伯言。"

周瑜笑吟吟地打量着陆议，"就伯言这细胳膊细腿的？你让他去上战场杀敌子明也不舍得呀。"

吕蒙："中护军……"这有他什么事儿啊……？不过让他家伯言去冲锋陷阵他是绝对不同意的！呃不对，伯言好像还不是他家的。

孙策："哈哈，我倒要看看，是哪个将军能让公瑾如此上心。"

良将难求，想他小霸王也是个求贤若渴的人哪，这种事情还是抱有十二万分好奇心的。

周瑜眯了眯眼睛，"哪儿来的醋味儿？"

孙策正色："公瑾你打翻了醋坛子。"

凌统："……"大人的世界好难懂。

来到江边，看到那艘外观低调但很明显一应俱全的船，除了周瑜和孙策以外其他人都很惊讶。前者淡定是因为这船本就是他准备的，后者坦然是因为……他已经习惯了。

"难道公瑾为我准备的是一位精于水战的人物么？"孙策笑嘻嘻地登上了船，侧头瞧着身边之人。

周瑜笑而不语，这位……不止水战，只要是打仗的，都还挺精。

"你们家中护军总是这么神神秘秘的？"陆议趁周瑜不注意跟吕蒙咬耳朵。

吕蒙想了想，"好像也不是……主公都知道他要干什么啊。"

陆小议："……难道这就是传说中的心有灵犀？"

"……"

周瑜过来找他们时正巧看到凌统无聊地原地打转，忍不住喊他过来，道，"我下面告诉你，你接下来要做的事。"

凌统听到他有活儿干立刻精神起来，睁着大眼睛一副洗耳恭听的样子。

"你呢，到时候等咱们见到另外一艘船或者别的什么人，你就立刻到甲板上去。"周瑜心中绕了七八个弯，算计进去不少人，但脸上依旧一副温柔可亲的笑容，"别怕，我们都会在暗处保护你。"

见凌统一副"你要干什么我的命很贵的"的表情，极为可爱，周瑜忍不住摸摸他的头，"你绝对不会有危险。到时候等你看到了一个穿得五颜六色、头上插着鸡毛还带着铃铛的大叔，你就冲着他大叫哥哥，懂了吗？"

凌统表示不懂，"为什么要叫一个大叔为哥哥？"

周瑜表示这只是暂时的，"等过了今天你想叫他什么都可以，大叔也很可以。"

单纯的凌统表示他这次懂了，"好吧，那我就帮你这个忙！"

助人为乐是快乐之本嘛，这是谁说的来着？

周瑜闻言微微笑了笑，转身离去，走的时候用只有自己能听到的音量自言自语，"公绩，你哪里是在帮我，是在帮你自己啊……"

孙策、周瑜等人等了没多久就看到了远远驶来的船只，可是要往甲板上跑的凌统却被周瑜拉着衣领拽了回来。

"干吗？不是你要我去的嘛。"凌统嘟着嘴表示这个人真的很难搞懂啊！

周瑜勾起唇角，"现在还不是时候。等过一会儿船底下传出声音，你再出去。"

"……"凌统直接放弃与周瑜交流，中护军的世界他不懂。

果然没过多一会儿，船底下传出一声闷响，船身还顺带着比较剧烈地摇晃了两下。

周瑜露出满意的神情，向凌统道："差不多了，你出去吧，记得要喊哥哥啊，大声点儿。"

凌统点了点头，带着兴奋的神情小跑着奔向甲板。

凌统在甲板上呆了还不够半盏茶时间，就听到水里一声响，随即冒出来一个花花绿绿插着鸟毛的脑袋，"靠！居然故意防着老子！"

那人随即看到了甲板上的凌统，本来有些恶狠狠的目光又看着凌统那孩子的目瞪愣了愣。。

凌统见了那标志性的鸟毛，顿时想起周瑜的话，立刻朝那一团花花绿绿展开了一个大大的笑容，清脆的童声回响在江上，"鸟毛大叔！"

甘宁觉得他今天真是倒霉到家了。从年少时的锦帆贼到今天，多少年来都没像今天这样栽过。

作为横行江上的锦帆贼，自然不止像强盗那样抢夺货物那样简单，他还是有点儿手艺的。虽然不见得多光彩，但是潜到人家船底下做些手脚还是常有的事。不过他的方法和普通海盗还有些不同，特殊的工具和手法让许多人都防不胜防。而今天，不但没能给人家做成手脚，反而因为人家船底的装置发出的声响而暴露了自己。

他自是不知道，自己建安八年时投东吴，早就把这些小诀窍跟周瑜细细解说过了。现在来反整建安五年的他，周瑜自然是手到擒来。

不过这也罢了，人嘛，谁没个栽跟头的时候，甘宁倒是不太在意这些。

但是……但是被小娃娃，还是个挺漂亮的小娃娃指着鼻子叫鸟毛大叔……他忍不了啊啊啊！

那小娃娃眉梢眼角都是笑意，看着他笑得跟朵花儿似的，甘宁想把那娃娃抓过来揍一顿，但是看那明媚的笑容却又让甘宁下不去手，果然小孩子是最难搞的啊啊啊啊啊！

另一边凌统一句"鸟毛大叔"不但让那大名鼎鼎的锦帆贼受到了惊吓，船上的周瑜也被吓了一跳。

孙策嬉皮笑脸地看着周瑜，"诶？公瑾你不是让他叫哥哥吗？居然还有人不听公瑾的话？"

周瑜却依旧微微笑着，颔首道："咳，正常，这两个家伙一向不对盘。"

孙策挑眉，"哟呵？凌统就算了，那个想要把咱的船凿沉的家伙你也认识？"

周瑜耸肩："当然，自然都是为了孙讨逆的江东。"

孙策笑了起来，"既然如此，那就多谢公瑾喽！"

起身向甲板走去，周瑜又朝孙策颔首，"先去看看兴……凌统他们。"

孙策跟了上去，皱着眉自言自语。

兴？兴什么啊……

"凌统你……"周瑜看到眼前情景，扑哧一声笑了出来。

凌统和甘宁两个人斗鸡一样地瞪着对方，谁也不肯退缩，像是有多大仇似的。花花绿绿的锦帆贼湿淋淋地站在甲板上，用身高优势居高临下地望着凌统。而凌统虽然没甘宁高大，气势却不弱于对方。

"你刚才叫我什么？"甘宁咬牙切齿。

凌统也不甘示弱，笑嘻嘻地道："鸟毛大叔啊，戴着鸟毛，又是大叔啊。"

锦帆贼甘兴霸衣着华丽、身佩铃铛、头戴鸟羽已经是一种标志，今天却被一个小娃娃这样取笑，而且居然还叫他大叔！！

甘宁眯起眼睛，一把过去拉住凌统的衣领，"老子没你说的那么老！"因为身高不够，为了不被憋死，凌统不得不踮起脚尖。

吕蒙和陆议听到动静也出来查看，正巧看到甘宁提着凌统的领子在那儿对视，旁边的孙策和周瑜笑盈盈地看着热闹。

"先生……你们……"陆议刚说了半句，就被吕蒙打断，他悄声朝不明所以的陆议解释道："伯言，相信中护军，他肯定有自己的用意。"

陆议侧首望着谈笑风生似是置身事外的自家不靠谱主公和中护军，再次感叹自己遇人不淑。

凌统呲牙咧嘴地看着他，"哼……你都自称老子了，那还不老吗？"

"有点儿意思。"甘宁突然咧嘴一笑，在凌统的尖叫声中将他一把打横扛在肩上，就要这么把人扛到自己船上去，原来锦帆贼的那艘船不知不觉中已经靠得很近了。

凌统被甘宁扛在肩头，完全无还手之力，"哎中护军你说过没有危险的啊！"

凌统急得下嘴往甘宁肩上咬去，百忙之中还不忘向周瑜求救。

"兴霸且慢。"周瑜挡住了甘宁的去路，笑吟吟地看着他。

甘宁看着挡住自己去路的年轻男子，他眉眼带笑，温润如玉，风度翩跹，怎么看怎么是一文弱书生，"你知道我？"

周瑜笑得跟个正人君子似的，晃得甘宁眼花，"锦帆贼甘兴霸，自然知道。"

孙策也笑了出来，怪不得那身行头看着那么眼熟呢，公瑾想方设法替他挖的墙角，原来是甘兴霸，"锦衣、铃铛、鸟羽，谁人不知？"甘宁的名头，他也听过，但是……他不是在刘表麾下吗？

"兴霸今天怎么有兴致来丹徒？"周瑜神色无辜，好学地问道，"兴霸不是该替刘景升守着他的南阳吗？"

甘宁听周瑜这么说立刻黑了脸，哼了一声不说话，反倒朝肩上依旧在反抗的凌统叫道："你赶紧松口！"

周瑜心中暗笑，不管从头来多少次，甘兴霸和公绩该不对盘还不对盘、在刘景升那里该不被重用也还是不被重用，"兴霸，既然刘景升不看重你，那么你也没必要跟着一个不赏识你的人干啊。"

甘宁皱着眉，"你劝老子造反？"

周瑜一脸真诚，"绝对没有，我只是劝你跟我们一起干而已。"

甘宁："……这和造反有什么区别啊？"

周瑜将手搭在孙策肩上，笑吟吟地看了他一眼，然后朝甘宁道："区别就是，跟着我们，比单干更有展现才华的机会。"

甘宁瞪着周瑜，"你谁啊？我凭什么信你？"

甘宁表示聊这么久了一直还认不出来对方是谁真的挺失败的。

周瑜优雅地道："周瑜公瑾。"

孙策很配合地笑，"孙策伯符。"

甘宁像被雷劈了一样，"孙郎周郎？！"虽然孙周都不再是当年的孙郎与周郎，可很多人还是习惯这样称呼他们。

"兴霸觉得，与瑜与伯符一起扫荡天下，是否好过在刘景升手下一生不能得志？"周瑜声音中带着恳切，甘兴霸不可多得，他如此急切地想要让他加入，不单是为了伯符，也是因为不希望浪费了甘宁这样的猛将。

甘宁闻言没立即反对，沉吟了半晌，可是他还没答话，已经有人替他急急忙忙地回答："不行！绝对不行！我不同意！"

第十章 分离

周瑜莞尔，"凌统，你不希望兴霸成为我们的一份子么？"

被扛在肩上的凌统气忿忿的，"你看我像很希望的样子吗？"

他希望每天被人扛来扛去？开玩笑！

"兴霸，你觉得呢？"周瑜不理已经放弃挣扎的凌统，而是认真地望着甘宁。就在锦帆贼被他看得有点儿发毛的时候，周瑜突然朝他深深一揖，"兴霸，瑜在此向你保证，若你愿与江东之众并肩，日后哪怕倾己所有，江东周瑜定不负卿。"

甘宁见这一直风度翩然而且传闻中极为傲然的从不折节的周郎突然朝自己这么一揖，很是被吓了一跳，"你……"

"瑜向来重诺，这已经是瑜能许诺兴霸的一切。"看到甘宁一副震惊的神情，周瑜淡然地笑了笑，"如是兴霸甘愿一生在刘景升手下碌碌无为，那瑜也不喜这样胸无大志之人，瑜这就离去。但若是兴霸你来，瑜定不相负。"

甘宁拧着眉，良久没答话。

问他想不想跟着孙策周瑜干？当然想啊！他就是因为在南阳待得太憋屈所以才跑出来的，而刘表居然都没派人来找他，更让他觉得自己可有可无。今天突然遇上孙策和周瑜，两个人气度高于常人，谈笑风生什么的不必说，就冲着他们想出了法儿反整他锦帆贼最得意的活计，他就觉得跟着这两个聪明人很值。可是……他本来就是偷偷溜出来的，如果就这么投靠了孙策，那岂不是被人认为他是故意离开南阳的？那会让别人怎么看他啊？

"想来是瑜看错了人，兴霸竟然是如此胸无大志的胆小之人，枉我在此专程等待。瑜这便告辞。"

甘宁迟迟不答话，于是周瑜淡淡一笑，拂袖便走。

"周公瑾留步！"甘宁条件反射般地冲口而出。

周瑜和身边的孙策对视一眼，了然地笑了。

"兴霸待如何？"周瑜笑吟吟地转过身，还特意往旁边让了两步，让甘宁对着孙策。

甘宁看了眼笑容成竹在胸的孙郎和周郎，瞬间下定了决心，朝孙策单膝跪地，"甘宁愿为主公效力一生！"

周瑜眉梢眼角是掩也掩不住的欣喜，而孙策则欣然受了甘宁这一礼，"兴霸请起，从今往后，江东之众，必然倾心待君。"

"哎……"众人正转着不同的心思时，突然有个声音弱弱地插了进来，"我说鸟毛大叔啊，你是不是可以先把我放下来？"

成功地将甘宁和他的麾下百人带回江东，周瑜这一整天的心情都很好。甘宁还有些水师部下没有跟来，但是既然甘宁在吴，他们迟早都会过来，这比那时建安十三年才来好上不知多少。

而甘宁一路上和凌统打打闹闹，两个人斗鸡一样地斗嘴，更是让周瑜觉得庆幸。庆幸甘兴霸还未有那机会与凌统结下无可化解的杀父之仇，庆幸两个人能像如今这样，只做知己好友，不做仇人。

欣慰激动过后周瑜脸上又生出了几分凝重，人也给孙伯符找齐了，看来是时候回巴丘了。

　　欣慰激动过后周瑜多少生出一丝惆怅来，人也给孙伯符找齐了，他还有什么借口，可以继续留在他身边吗？

　　"公瑾，今天你辛苦了。"孙策笑眯眯地走进来，然后很认真地关上了门，嗯，不能有人打扰他和公瑾。

　　"嗯。"周瑜轻轻一笑，瞥了他一眼，"所以你今天晚上最好给我克制一点。"

　　孙策突然哼了一声，"那可不行。"

　　周瑜翩然起身，"好吧，那我现在就走。"

　　"哎，别呀。"孙策一把搂住周瑜，语气有点儿酸溜溜的，"公瑾，你今天跟甘兴霸说若他来江东，你定不负他，是不是这样？"

　　"吃醋了？"周瑜好笑地看着他，这都什么跟什么？他还是为了他嘛。

　　"那是当然啊。"孙策摸摸鼻子，"你去不负他了，谁来不负我？"

　　"周公瑾一生不愿负人。不过孙伯符，与众不同。"周瑜悠悠一笑，"我不愿负了其他人，是因为不愿对不起他们，不过却可以随意对不起你孙伯符。因为……我有的是时间慢慢补偿，实在不行，用我周瑜的一辈子来偿还孙伯符也无不可。"希望，他的这个一辈子，能剩下不止十年的时间。

　　孙策听他这么说，心中忽然涌起感动，这次周瑜回来后带给他的疑惑和不解瞬间消失无踪，不管发生什么，公瑾依旧是他的公瑾。"公瑾，能一辈子和你耗在一起，是我孙策梦寐以求的事。"孙策的笑容没有平日里那么阳光灿烂，但却多了一分只为那一个人绽放的温柔。

　　一时间没有人说话，两个人都不愿打破这份美好和宁静。因为这份静谧，对于孙郎和周郎来说，真的很难得。

　　"伯符，我打算明天回巴丘。"终于还是周瑜先打破了沉默，但是他的一句话却让室内气氛变得更加沉重，仅剩的几分暧昧都消失不见。

　　孙策也不是那种磨叽的人，他与周瑜的想法一样，两人在两条不同的战线，总归要分开的，这次周瑜能回来于他已经是意外之喜，更何况还救了他的性命。但是两个人之前也经历了不少次分离，这次……他怎么就那么不舍呢。好像，真的有什么东西有些不一样了。

　　"好。"不过即使再不舍，孙策还是很爽快地答应了。他和周公瑾，都是为这战场而生，等一切平息之后，他们还有很多时间可以在一起。

　　"不过公瑾，良宵苦短。"孙策又笑了起来，为了明天的事情让今天也在烦恼中度过，不是他孙伯符的作风啊。

　　周瑜抬眼看着他，忍不住莞尔，"这么急？"。

　　"这不是每次分开前必做的功课么？"孙策一脸无辜。

　　周瑜看着某人神情纯良的俊颜，笑着叹息道："也罢。"他和他的想法一样，不是么？

　　不过，孙伯符，这次分离，一定不会太久。

　　第二天一早，周瑜很早就起来了，安静地整理了下行李就出了门，没有跟孙策道别，想来只要心意相通，似乎也不必道别。

　　"诶？"

　　周瑜有预感虽然他要离去除了孙策外谁也不知道，但是回去的这一路可能仍然不会太顺利，不过却没想到刚从屋中出来没两步就被人拦住。

　　"子明，伯言，你们……"看着对面睡眼惺忪的吕蒙和陆议，周瑜忍不住莞尔。

　　"主公说让伯言与蒙随您一起回巴丘。"吕蒙眨了眨眼睛，扶着身边根本没睡醒的陆议，认真地朝周瑜解释道。

　　周瑜朝孙策的房间方向望了一眼，心下了然，于是朝两人微微颔首，道："既是如此，那你们便随我一同回去。"

孙策思虑周详，既不愿他独自回去，于是便挑了两个最能帮到他的人。想来跟着他的子明和伯言也会学到不少。

"只是辛苦伯言了。"周瑜看着昨天刚被拐回来今天就要跟着他回巴丘的少年，声音微带歉意。

陆议也清醒得差不多了，听他如此说，连忙道："先生，逊愿意跟随先生。"

"逊？"周瑜一怔，昨天还叫陆议来着呢？这么快就改了？

陆逊点点头，神色坚定，"以后在这军营里的，只有为主公和先生效力的陆逊，没有陆议。"既然决定了跟随他们，就不该再有任何私心，该全心全意为江东。但是陆议究竟不能做到完全放下，所以，死心塌地跟了仇人的……到底不能再是陆议。

周瑜丝毫没有惊讶的神情，而是略显欣慰地一笑，"嗯，伯言，多谢你。"难为伯言了，不过值得开心的是，他终于成为了江东孙氏的陆逊。

陆逊笑着摇了摇头，"这是我自己的决定。"

周瑜侧首凝望着巴丘的方向，儒雅的神情中添了几分嗜血似的霸气，似乎有几分那人的影子。他缓缓开口，声音清朗而又平静，那是一种对自己绝对的信心和对敌人的蔑视。

"黄祖，且等我将江夏，并入孙伯符的江东版图！"

带上了吕蒙和陆逊，再加上没有来的时候那么心急如焚，周瑜等三人花了五天时间才从丹徒回到巴丘，意料之外的是，这一路上居然平安无事。

周瑜一直觉得路上会发生什么事情，但是他一向很准确的直觉这次居然失了准头，路上别说大事儿了，就连芝麻大点儿的小事儿都没发生一桩。不过这种出乎意料的平静，却让周瑜更加警惕起来。

回到巴丘营中，周瑜首先去问了小乔他离开的消息她都告诉了谁，好在小乔机警，对别人说的都是中护军去寻她父亲桥公有要事相商，

不久即回。周瑜向来得人心，又知他不会对下属隐瞒要事，所以大家都信了小乔，十余天来倒也相安无事。

小乔不好意思地跟周瑜道歉，"公瑾你突然离开，我一时间不知该怎么办，又猜你这么急定然不愿行踪被泄露，所以编了这个借口。突然为私事离开巴丘于你声名有损，是我考虑不周，公瑾你责罚我好啦。"

周瑜微微一笑，"是我离开得太过突然，委屈你这几日周旋，已经做得很好了。你的这个借口，正好掩人耳目，就算得知了我周瑜在此练兵，想来也会因我擅自离开而放松警惕。"

小乔点了点头，心中微有失望，她在于他，就只是掩人耳目的工具么？她的周郎日夜以礼相待，真的是因为他根本不爱她？

她离开周瑜回到自己帐中，想着那个清俊挺拔的身影，心中泛着苦涩。世人皆说周郎好，风流儒雅风姿无双，满腹智计只为江东，唯有她知道，相伴这一心为孙郎的周郎，虽甜，亦苦。

周瑜回到巴丘后一边再次开始加紧训练水军，另一边开始更加密切地观察着江夏黄祖的动向。就像是在暗处盯紧了猎物的一匹狼，一切尽在掌握之中，一旦出击，务必一击即中。

上一次因为孙伯符那冒失鬼，不得不放弃易攻不易守的江夏乃至于放弃了荆州，这一次暂且应该没有后顾之忧，时机已经渐渐成熟，一次性把黄祖拿下，之后再打刘表，应该比较顺利。

周瑜正低头研究着该怎么样蹂躏黄祖，听到有人掀帐而入的动静，还以为是近几天都被他逼着学兵法谋略的吕蒙和陆逊进来找他，头也不抬地道："子明伯言，你们来的正好，过来看看这个。"

回答他的却不是吕蒙或者陆逊那声恭敬中带着些小敬佩的"先生"，而是一片沉默。

周瑜心中一瞬间升起了一种极其荒诞的想法，反射性地抬头去看来人，却半张着嘴惊讶了良久，然后用一种既诧异又激动的语气朝来人道："你……你居然在这里？！"

第十一章 计划

那天从周瑜出门直到离开，孙策在窗前早已看到。

他知道他注视了他多久、知道他什么时候离开的，只是他没有出来相送。

到底也没有意义，他们都是做大事的人，在礼节上婆婆妈妈终归不是彼此作风。于是孙策在周瑜离开后立刻起身，一大清早便拉了一堆文官武将商议奇袭许都之计，于众人前款款而谈怎样过历阳、涂中，怎样折而向西扰乱曹军视线，再怎样取颍阴、颍阳、颍川，最后怎样直捣许都，表现得比之前急上许多，一副要速战速决的样子。这场慢慢打也可以的仗，这小霸王恨不得一天之内拿下许都才好。跟随他日久的将领知道他平常就是急性子，但却没想到他急成这样，居然还能在急切中从容不迫地部署这一盘棋，好像……好像周郎。

他们不知道，这个近乎完美又不能有一步踏错的计划是周瑜回来这几天后和孙策一起讨论出的两个人都满意的结果，只不过答应了周瑜不心急的孙策还是硬性缩短了这场战争本该持续的时间。就像一支划破长空的利箭，一旦射出，电光火石间便见分晓。

他详细部署安排了程普、韩当、周泰等人领兵作战的路线，又不顾程普等德高望重的老臣的反对，坚持让刚刚投了江东的甘宁领兵。程普问他原因，他只说自己相信甘兴霸，甘宁对他又敬佩又感激，而孙策自己知道，他相信的，不过是周公瑾罢了。

"公覆，子义，你们二人现在便前去巴丘相助公瑾，一切听他调遣。"孙策最后朝没捞到活儿干所以有些郁闷的黄盖和太史慈道，"不要赶上他们，跟他们前后脚到便可。想来，公瑾那边，也很快就要行动了。"

他急着拿下许都，而身在巴丘的周瑜，应该也很想赶紧击败黄祖吧。依照他们两个的默契，虽然没有明说，但是他们两个这几天早就默认，谁先打赢了属于他的征战，谁就二话不说前去相帮另一边，非得狠狠地踢了曹操的屁股再玩儿死黄祖不可。唉，不能亲手干掉杀父仇人，还真有点儿可惜。不过他与公瑾升堂拜母，之后更是并肩作战，世上应该没有比他们还亲密的人了，公瑾若能一举拿下江夏，和他自己亲至也没什么区别。当然，他急着拿下许都，不也是想要赶回江夏和公瑾一起手刃仇人么？

孙策眼中有着毫不掩饰的锋芒，如刚出鞘的利刃一般凌厉夺目，许都，且等着小霸王来取。

周瑜有些难以置信地看着眼前的人，一向泰然的他都没了平日里的那分自若，"这……这是怎么回事？"

来人嘴角挂着苦笑，俊颜上也是茫然不解，摇了摇头，"我还以为你会知道。"

周瑜来来回回打量着他，衣着打扮皆是那小霸王的喜好，而五官和气质也俨然就是那人，孙策。

周瑜差点儿就以为真的是那远在丹徒的孙伯符来找他了，不过面前的人和他那孙伯符除了脸上的神情不同，还有一点让他立刻否认了此孙策就是彼孙策。

"孙策你……"周瑜纠结了半天，根本想不出怎么能不打击对方自尊心还有效地进行提问，最后还是放弃措词，直接问道："你现在这个样子，别人看得到你吗？"

"公……周瑜你觉得，如果你的属下能看到我，我还能站在你面前吗？"

孙策看着眼前面如冠玉谦谦君子一般的周瑜，顿时觉得原来这样长袍束发的装扮才能让他尽显风姿，是以那声"公瑾"不自觉地便要说出口来，随即反应过来他只是孙伯符的周公瑾，而自己，或许只能叫他周瑜。

见周瑜拧起了好看的双眉，一副不解的样子，孙策忙向周瑜解释，"当时咱们两个一起被那小火鸟弄来了这里，我醒来后本以为能见到你，谁知道身边却一个人都没有。这还不是最坏的，更惨的是我能看得到别人，却没人能看见我。后来我猜自己处于灵魂状态，所以没人能看见我，我也没有吃饭、睡觉这样的需要。玉佩在你那里，我完全不知道该怎么办。不过心想反正也没人看得见我，索性就大摇大摆地将这巴丘里里外外逛了个遍，当然，你的这个军营我也来过好几次了，就是没见到你。

　　"我大概等了有十天，昨天又想着来看看。虽然没见到你，却听到吕蒙和陆逊提到了你，但显然他们也看不到我。我想你既然回来了，那我还是来碰碰运气，说不定你能看到我呢。"孙策说到这里绽开了笑容，"还好你能看见我，否则我真的不知道该怎么办才好啦。"

　　"也就是说……只有我能看到你？"周瑜哭笑不得地接受了他身边现在多了个鬼的事实，当然心中更多的是内疚，看到笑得满不在乎的孙策时更加愧疚到不能自己，"孙策，是我太自私，连累了你。"

　　若不是他为了伯符的私心，面前的人又岂会在这人生地不熟的地方过着鬼魂一样没人能看见的生活？

　　孙策笑着眨了眨眼睛，"中护军，你可别这么说，这可都是我自愿的啊。"顿了顿，孙策又笑道："中护军大人，您可别不管我啊，现在我可就你这么一根儿救命稻草了，你可要替我找到孙伯符哦。"

　　周瑜看着孙策灿烂的笑容配上有些耍无赖的语气，顿时想到了那个同样相貌、同样无赖的孙伯符。唉，他们来之前那小凤凰说魂魄合一需要一个契机，而且给孙策魂魄合一的时间并不多，眼前的魂体怎么看怎么不像能坚持很久的样子，而他那缺少了命魂精魄的小霸王正在不怕死的领兵作战，怎么想怎么危险。

　　时间不多了，他的时间……好像永远都不多……

　　"孙策你放心，我会以最快的速度拿下江夏，然后北上汇合伯符攻打许都，那时候，咱们肯定能见到他。"

　　"……嗯。"

　　孙策笑着点了点头。周公瑾啊周公瑾，你让我放心，其实你自己，根本无法放下替他悬着的心。

　　孙策和周瑜两队人马都急着攻打自己的目标然后去相助对方，是以两人的两个目标和其周边地区很快就遭了殃。

周瑜打黄祖虽然心里着急，但是依旧延续了自己往日的风格。在暴风骤雨来临之前，先用看起来不疼不痒的手法暗中截断了黄祖那边很重要的几环，等时机一到便用雷霆手段让敌人土崩瓦解。

小霸王这边则很快就毫不含糊地拿下了历阳和涂唐，所到之处可以说得上无人能敌。莫说程普这些老将，就连甘宁都因为这几战积累了不少战功。锦帆贼在庆幸自己当初的选择的同时，还不忘跟凌统炫耀自己今天干掉了几个人，都有什么名头。

甘宁这样做的结果，就是让本来就跟他看不对眼的小凌统彻底炸毛。为了不让甘宁整天在自己面前显摆，凌统在第一时刻找到了最强有力的外援——自家老爹凌操。

"爹！你到底行不行呀？"凌统可怜巴巴地拉着凌操的衣角，"那个大叔太嘚瑟啦！您愿意看他压在您头上？"

凌操看了眼自家儿子，的确，最近孙策军中就属甘宁风头最盛，别说他了，就是程公那些老将都比不上甘宁。

"你爹我和兴霸都是为了江东孙氏，有什么好争的？"

凌操觉得他家凌统还是不能太争强好胜了，跟自家人都非要争个你死我活，那可咋办？

凌统拖着自家老爹的袖子死活不让他离开，见凌操不为所动，索性八爪鱼一样地抱住了他，而这种行为是他五岁上就再没有过的，"不行！爹你非得赢了他，比他多杀一个敌人也好呀。要不然……要不然我就去找伯……去找主公，让他也让我上阵杀敌！"哼，爹不帮他，那他就自力更生算了。

"你……"凌操看着自家年底才到十二岁的儿子，扶额道："主公要是真的脑残到同意你上战场，那你爹我立刻抛弃他另寻明主去。"

凌统："……爹你是我亲爹么？"

凌操把他从自己身上扒下来，二话不说就向门外走去，"不是，所以更加不会听你的去跟兴霸争抢什么。"

凌统看着爹地离去的背影在心中默默咬手绢，为啥我爹有的时候对我还没那个大叔对我好？

"主公！"凌统被自家无良的老爹扔下之后，立刻决定采取第二套方案——亲自上阵打败鸟毛大叔。他也不知道为什么总是跟那人置气，总之看见甘宁爽他凌统就不爽。

行动派的凌统立刻找到了孙策。

正低头研究沙盘的孙策听到这声清脆的主公，有一瞬间的愕然。看到找他的居然是凌统，孙策立刻笑了起来，一副逗小孩的语气道："嗯，小凌统找我什么事？"

凌统虽然不喜欢被别人在名字前面冠上"小"字，但是对方是自家老爹的顶头上司，自然另作别论。"主公，下次也让我上战场替你开疆扩土好不好？"

孙策很是愣了一下，差点把手边的沙盘都弄乱了，默默问道："小凌统，你说的这个'下次'，是指五年之后？"

五年之后的凌统大概也可以子承父业了吧？但是现在这个小娃娃……孙策表示他就算是脑残了也不会答应他上战场。

凌统连连摇头，"就是下次啊，打涂中？或者颍阴？实在不行……就许都？"

甘宁好像跟他说过这两个地方，凌统索性就现学现卖了。至于许都嘛，他还是知道他们这次的最终目的为何的。

"……小凌统啊，你知道我为什么没带仲谋出来而是让他留下看家么？"孙策"慈爱"地利用身高优势摸了摸凌统的头，然后突然明白了为什么甘宁那么喜欢凌统，因为……小孩子真的很可爱啊，而且任你怎么蹂躏都不会……都没能力反抗。

凌统反射性地躲开孙策的魔爪，想了想道："……他稳重？不躁进？"在凌统的印象里，这个仲谋二哥虽然打仗不如他大哥，但是看个家还是可以的，毕竟这些年好像他也没少干这种事。

孙策心想你要不要那么聪明啊，不过还是正色道："不是，是因为他太傻，而且麻烦，跟幼平在一起会更傻，保不齐要做什么傻事，所以我把他扔给子敬了。"

凌统："……哦。"这跟他有什么关系吗？

孙策拍了拍他肩膀，一脸后悔，"早知道你比仲谋还傻我就把你也一并留给子敬了。"

凌统："……"

他这叫志向远大！

在孙策处求人反而被调戏的凌统满腔沮丧，垂头丧气地走着走着却很不巧地撞到了自己目前最不想看见的人。

"鸟毛大叔！你故意的吧！"

一头撞到甘宁胸前然后心中突然升起异样感觉的凌统彻底炸毛，不管不顾地冲着甘宁发火。

甘宁莫名其妙地看着瞬间急眼的凌统，也没顾及到那个他很忌讳的称呼，而是关心地道："凌统你……你这是怎么了？"这孩子没发烧吧？

凌统看着甘宁这一脸无辜样儿，更加气不打一处来，朝他嚷道："他们都小瞧我！我想上阵杀敌，连主公都不让！还不是因为我不如你吗！年龄算什么！主公和中护军并肩打天下的时候也没比我大多少啊！凭什么他们行你行就我不行！"

甘宁其实很想表示十七岁和十一岁的差距还是挺大的，但是现在他认为安慰凌统才是最重要的，毕竟看着这小孩儿难受他也不会让自己好过。

"喏，你放心好啦，现在我就去跟主公说，下一战让你也上战场！"

他边笑着说边安慰般地摸了摸他的头，心想哎呀这手感真的不是一般的好。

凌统也顾不得被摸头了，而是一把抓住甘宁的手臂，神情兴奋，"真的吗？现在么？快走快走！"

这……

甘宁也是没想到凌统这么积极，不由得哈哈笑起来——小孩儿还真挺可爱啊！

孙策的思路再次被一声"主公"打断，这次不是那个清脆的正太音，而是那语气豪放又得意的甘兴霸。

下意识地停下手中的沙盘，孙策又看了甘宁和凌统一眼，道，"什么情况？"

孙策愕然看着不久前还垂头丧气地离开的凌统瞬间满血复活，一脸兴奋地看着他。

而那个令小凌统心情阳光灿烂的家伙用一种志在必得的语气朝他道："主公，你让凌统上战场吧！可以编在我麾下，他的安危一切由我负责！我来保护他，绝对不让他出事！"

第十二章 死别

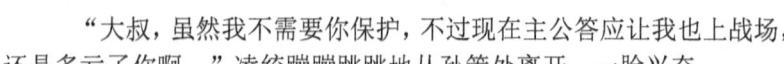

"大叔，虽然我不需要你保护，不过现在主公答应让我也上战场，还是多亏了你啊。"凌统蹦蹦跳跳地从孙策处离开，一脸兴奋。

甘宁先是得意地一笑，然后板起脸，"不准叫我大叔！叫哥哥！否则我现在就去跟主公说让他把你扔回丹徒。"

凌统哼声，"切？主公能听你的啊？就叫你大叔，不但是大叔，还是插着鸟毛的穿得五颜六色的怪大叔！"

甘宁被这一串略显……哦不，非常贬义的形容词砸得有些晕头转向，还没想出什么可以反驳的词儿，眼前的小娃儿已经走远了，只给自己留下了一个又得意又嘚瑟的背影。

甘宁："……"

他说了什么吗？就这么把他扔下了？他怎么记得刚才凌统还黏着他一副"世上只有甘宁好"的神情呢？

这世道，变化也太快了吧。

孙策军北伐的下一个目标，是涂中涂水一带。江东军比之曹军、袁军的一大优势就是水战，常在长江上的军队，遇到有水的地方真的只剩如鱼得水四字来形容。在涂水，江东上到孙策下到一个寻常士兵都对此战异常有信心。想着打完这仗就离那曹操的老窝许都更近了一步，也离那名义上的汉帝更近了，这让年轻的战士们更加热血沸腾。

"大叔，快来看看，合身嘛？我第一次穿诶！"

凌统兴奋地拉着甘宁欣赏他身上那套为他赶制的小号盔甲，虽然他最近长高的好像比较快，但是也因为这样让本来就不胖的他显得瘦了不少。

甘宁一脸"我家有子初长成"的欣慰，"很合身，虽然没我帅，但是也还不错了。"

凌统看了一眼就算身着盔甲也掩盖不住花里胡哨本色的甘宁，不屑地哼了一声，"别拿本少爷跟你比，太掉价。"

甘宁："……"他明明挺帅的啊？

凌统也懒得和他吵架，神情向往又兴奋地道："好了，时间差不多了，赶紧的吧！打水战，咱们只赢不输！"

这场早已被孙策精心部署的战争基本上没什么悬念，而被选来打头阵的甘宁虽然武职不如大部分老将，但是锦帆贼的名头让大家都很默契地认可了孙策的选择。

显然对方也不认为这场仗有什么好打的，刚一开始就没什么精神头，对打头阵的甘宁和凌操部只是很消极地防守，在暗中准备着的其他将领和士兵都没什么施展的机会，似乎甘宁凌操凌统三人的部队就能干掉对方。

凌统虽然没正经的近身肉搏，但是隔空射了几箭的凌统还是过了瘾，虽然身边的甘宁一直在嘲笑他根本没射中目标。

"那你射一个给我看看啊？"

凌统不满地将自己的弓箭递给了甘宁，一副不相信他能射得多好的样子。

甘宁侧头看了眼凌统的弓，扬眉一笑，从身边士兵的手中取过自己的弓，"喏，你那个是小孩儿的玩具，我用不惯的。"

甘宁甘兴霸的确不是吹牛，在他眼里凌统现在的弓的确就是小孩子的玩具，因为不管是以前还是以后，亦或是那个时空里，被他射杀的将领数量还是很可观的，还有不少能说得出名字的。

例如……例如凌统的父亲凌操。

当然，现在与凌操身处同一阵营的甘宁自然不会对同伴下手。他在凌统有些羡慕有些嫉妒的目光中沉着冷静地弯弓搭箭，眯起眼睛对准了对面敌方战船中最前面的将领，手指轻轻一松，丝毫不费力地松了弦，离了弦的箭向那领头之人破空而去。

在甘宁意料之外的，那将领居然应声而倒，连闪避都没有就这么被击中。甘宁一脸的惊奇，虽然他自负，但是他真的没想到敌方居然这么弱？

凌统也是一脸的目瞪口呆，"你……大叔你也太厉害了吧！"

他终于发现自己决定观摩甘宁而不是自家父亲这个选择是对的了。

"嘿嘿，那是自然……"甘宁得意地一笑，随即有些诧异地盯着对面的战船，"诶？怎么回事？"

本来只防守不进攻而且全无斗志的敌人好像打了兴奋剂一样，各式各样的武器源源不断，带着火光的箭矢像烟花一样燃满江面，幽蓝的箭头带着刺骨冷意朝甘宁等人铺天盖地而来。

这还不是让甘宁惊讶的，毕竟锦帆贼对于江上的一切反抗还都算了然于胸，这点段数他还不那么放在眼里，更何况身边的人个个都是经过统一训练的精英？当然凌统除外。

亦不是周围渐渐包围上来的战船，毕竟己方一直暗中等待埋伏的将领们此时从后方包抄上来，替战局中心的甘宁等部干掉了不少敌人，所以也没什么太担心的。

引起甘宁注意的是一艘速度很快地挤进包围圈的小船。

乍一看其实并没有什么，但是甘宁有种奇怪的感觉，这艘船上的人，才是他们真正的敌人。

一个念头还没转完，甘宁就感到劲风扑面，一支利箭准头极佳地朝他射来。

同时，耳边响起凌统的惊呼声。

自知不能闪躲，不然身后将士难免遭殃，而且甘宁心系凌统，关心则乱。他凭声音感知到凌统依旧在自己左侧，所以不及细想，大力将朝自己射来的箭矢拨到右边，然后根本没再去关心那支箭，而是迅速转向凌统，在不及闪躲的凌统被利箭穿身而过之前截下了朝凌统射去的冷箭。

甘宁在这一瞬间惊出了一身冷汗，在看到凌统平安无事后他悬起的心终于放下。甘宁刚想朝凌统露出一个带着安慰的笑容，可是嘴角刚刚勾起一半却听到了凌统惊恐的叫喊声，"大叔！快救我爹！"

从来没听过凌统这样撕心裂肺的叫喊声，甘宁顿时心下一沉，条件反射性地转头向右首边看去。

不出他所料，敌人既然朝他和凌统都放了冷箭，那么凌操自然也不能落下。而他之所以救凌统而非凌操，那自是因为前者的年龄和经验让他几乎没有躲避的可能，反之，凌统的父亲凌操是一位身经百战的将领，他甘兴霸能躲得过，凌坤桃完全没理由躲不过。

但是，演变成现在这样的情况，甘宁是完全没有想到的。

他完全没想到，自己为了不伤到身后将士于是使劲拨转方向的那支利箭，现在正飞快地朝着凌操呼啸而去。那箭来势本就凌厉，加上甘宁无意中的助力，速度快到……甘宁根本来不及救人。

本来轻易就能躲过去的局面现在变成了前后夹击，即使凌操反应再快十倍也不一定能够将两股力量都躲过去。

整个世界都仿佛静止，甘宁眼中是那两支箭矢，心中想着的却是凌统那张惊慌失措的脸，他那声惊恐的"快救我爹"一遍遍地在甘宁耳边回响，让他备受折磨。

直到，一切都结束的那一刻。

"爹！！"凌统的惊呼声打破了甘宁沉默到窒息的心情，他一下子反应过来，连忙上前查看情况。

刚迈出一条腿就僵在了原地，甘宁内心煎熬之极，无法再向前一步。

"进攻！非打得他们屁滚尿流夹着尾巴逃跑不可！"甘宁咬着牙向身后挥手，拉了满弓射了出去，直有雷霆万钧之势。

他告诉自己，现在要以大局为重，干掉对方以后就没有了后顾之忧。耳边是嘈杂的杀声震天的战场，自己每一个动作都在结束别人的生命，偏偏这种时候，耳边凌统带着哭腔的一声声"大叔"和"救救我爹"却清晰可闻，每一声都牵动得他的心阵阵抽痛。

甘兴霸，问问你自己，你真的是为了顾全大局？还是……仅仅在逃避早已发生了的事实？

不过后者，而已。

涂水一战，江东军有着周密详细的计划，更有熟悉水战的将士们，赢得可谓干脆利落又漂亮。

涂水一战，让江东少年们更加兴奋，因为他们离目标又近了一步。

而涂水一战，又是两个人心中永远不可磨灭的痛，因为凌操到底不是神仙，而甘宁或者凌统，到底没有起死回生的神奇法术。

江东军一路高歌前进，营中人人兴奋，但是入目却是与气氛不符的刺眼的白，有些跟了凌操很久的士兵，或者交情深的将领，皆是浑身缟素。

一众军士，包括孙策在内，至少也是一条白腰带。

至于凌统，不但从头到脚全是白色，就连脸色都苍白无血色。

这段时间，众人望着他的眼神都是有心疼有怜惜的，至于原因，哪个十一岁的孩子一下子失去了父亲不惹人心疼啊？

可是一向娇气又骄傲的凌统却出乎众人意料的沉默，除了那第一天之外，没有任何一个人见到他哭过，即使是面对那具棺椁，他也只是默然红了眼眶，连一滴眼泪都没掉，冷漠到让人有种去世的那人不是他的父亲一样。

对比沉默到可怕的凌统，军营里的另一位可以说得上是暴躁得吓人，这个人便是爆竹脾气一点就着的甘宁。

本来甘宁也不是脾气温和的人，现在更是每天阴沉着脸谁也不理，很有几分凌统的风范，不过一旦有人提及和凌统凌操有那么一星半点关系的话题，这位保证不让你活着离开他的视线范围。

更加奇特的现象就是，甘宁和凌统这两个之前一见面就掐的人，现在见了面周围的气氛就会立刻微妙起来。甘将军总是好像有一肚子话想要跟凌小公子说，但是凌小公子见到甘将军都冷着脸绕着走，根本不给前者说话的机会。

这两人之间的关系固然搞得围观者们莫名其妙，两个当局者也迷得不行。

这天像往常一样，凌统早晨在校场遇到了甘宁。

也像最近每一天的反应一样，凌统冷着脸一句话不说就打算绕开他。

和往常不一样的是，这次甘宁似乎没打算纵容地放凌统离开，而是一把抓住他的手臂。

"……凌统。"想要解释却不知如何说起，先是自己逃避然后又被凌统无视的甘宁只叫了声名字就没了下文。他隔着衣服都能感到凌统最近纤瘦了不少，不由得又是一阵心疼。

凌统看了一眼心疼都表现在脸上的甘宁，抿紧了嘴角，转过头不理他。

"你……你最近还好么？"甘宁憋了半天憋出这么一句。

此时听到人禀报说甘将军和凌公子又在校场大眼瞪小眼然后"恰巧"路过的孙策正好听到了甘宁这句话，心里不停地唾弃甘宁。你丫还不知道小凌统最近过得怎么样？你死了爹你能过得好？！

果然不出孙策所料，凌统听完这句话以后本来就黑的脸更黑了。

甘宁还没来得及补救，凌统就已经开始挣巴，还破天荒地跟甘宁说了这些天来的第一句话，"甘将军，请你别挡着路！"

凌统还没到变声期，依旧是清脆的童音，和涂水之战以前没什么差别，不过现在声音里带了一种不符合年纪的成熟和冷漠，用清脆的声音冷冷地说出的"甘将军"三字，就像一盆冷水当头浇下，顿时就让甘宁愣在当地。

"你叫我什么？"甘宁怔怔地看着他，便是想说什么也说不出来，那声"甘将军"，字字如刀，突然很怀念那一声声带着促狭笑意的"大叔"。

凌统紧绷着脸，努力保持着漠然的神情，不去理他。

甘宁见状，怔了半晌，有些泄气地道："凌统，是我对不起你，我……我也没想到事情会那样……"甘宁不知道该怎么解释，虽然他是为了救凌统才分神，可是，事实依旧是事实。无心之失，依旧是过失。

"甘将军，"凌统的小脸白得吓人，看着甘宁一字一顿，"我父亲因你而死，我已经尽量抑制自己不去杀了你，也希望你以后不去招惹我，否则难保我不会一时被激怒而动手。"

"凌统……"

"不要喊我的名字！"凌统突然崩溃，竟当着众人哭了起来，"我爹死了！死了！活转不过来了！甘宁，你害的！你知道吗！告诉你，我会记一辈子！不会忘的，不会放过你的！"

"我真的没想到事情会变成这样……"

凌统努力克制着恨意，不愿再当着众人落泪。他不听也不看，抹了抹眼泪转身往回走，一边走，眼泪掉得更是厉害。

错的是他自己啊。

一直都是他。

跟甘宁有什么关系呢？只是他不想承认也不敢承认，甘宁何尝不是为了保护他？若不是他太任性，执意要自不量力地跟他争个高低，他又怎么会出现在战场上？甘宁又怎么会一门心思地保护自己以至于出了岔子？其实害死父亲的罪魁祸首，是自己才对吧。

他口口声声说着不能放过甘宁，只是不想放过他自己罢了。

江夏。

"准备好了么？"周瑜一身铠甲在阳光下灿灿生辉，被阳光勾勒出的线条俊朗之极，虽然身着戎装，却很有几分谪仙的味道。

"准备好了！"在他面前排成一列的四人都是一副跃跃欲试的神情，其中久经沙场的黄盖与太史慈自是成竹在胸，而经验虽浅却血气方刚的吕蒙和陆逊也透着一股少年人独有的自信。

周瑜颔首，然后侧过头看了眼那个除了他以外谁也见不到的人，笑着轻叹一声。

"周瑜你尽管放心，我也就是去凑凑热闹。"孙策嘿嘿一笑，朝在场唯一一个能听见他说话的人道，"反正都这样了，再死也死不到哪儿去。"

周瑜微微皱了皱眉，说道："这一战，我们必胜，没有其他的可能。"也不知是说给那四人听，还是在安慰孙策。

黄盖神情也很激动，"待将江夏纳入版图，我们便可将那黄祖擒住带给主公，以祭破虏将军在天英灵！"还好，孙郎周郎没让破虏将军等太久。

"嗯。"周瑜微笑，"伯言，你没上过战场，这次跟着我，一切小心。"然后若有若无地瞥了眼身边笑得大大咧咧的孙策，用眼神警告他最好安分点，省得他还要担心他。

"中护军大人，我听从您的安排！"孙策笑嘻嘻地看着周瑜，笑容带着些许促狭些许向往。虽然他不是孙伯符，但是他也很期待那个千军万马前也能指挥若定、雄姿英发的周公瑾。

周瑜点了点头，唇角微微翘起，看向一排排脸上写满了期待的士兵，周瑜的神色染上了几分志在必得的凌厉，"传令下去，出发！"

第十三章 江夏

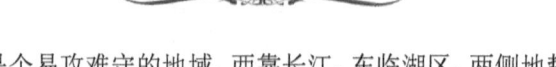

江夏是个易攻难守的地域，西靠长江，东临湖区，两侧地势平坦，于善于水战的江东军来说甚是有利，若是水陆两路齐进，黄祖和江夏都手到擒来。

更何况周瑜有了两年前或者说建安十三年攻打黄祖的经验，知道黄祖若是反击大概会用什么招数，不就是封锁江口然后发射羽箭这点儿伎俩么？打黄祖？他周瑜还没输过。

"子明，你带兵去沔口，若遇上艨艟封锁江口，或者他们要放箭阻挡你们前行，不用硬碰硬，拖住他们即可，尽量避免不必要的折损。"周瑜拍了拍吕蒙的肩，他知道面前的吕蒙还不是那一世的吕子明，但是他依然选择相信他的能力。

"先生！你让逊与子明同去吧！"陆逊一直都沉默着，眼看周瑜下了决定，突然又提起了之前多次的恳求。

周瑜斜睨着他，"那么不想跟着我？我有这么可怕吗？"

虽然神情严肃，但是心中却暗暗好笑，让陆逊跟着他，既是有意培养，也是觉得经验太欠缺的陆逊还不能独当一面，跟着他学学也好，却想不到这个陆逊居然要跟吕蒙一起去。

陆逊连连摇头，"先生不是这样的……"

"你不是可怕，只是吕蒙对待陆逊更温和。"处于半透明灵魂状态的孙策笑嘻嘻地在周瑜耳边说道。

周瑜心想你都看出来了我跟他们相处日久难道看不出来么？情谊啊。

"伯言你一切小心。"周瑜微微一笑，"子明，照顾好他。"

吕蒙和陆逊听了皆是喜出望外，"多谢先生！"在跟着周瑜学了不少东西后，吕蒙也改口和陆逊一样叫周瑜为先生，既然周瑜态度不置可否，他也就这么叫了下去。

太史慈在一旁听得早就不耐烦，见此刻已经有了决定，不顾周瑜主将的身份，连忙道："行啦，中护军，时间真的差不多了。"打江夏啊他可不能再等了，真不明白周瑜吕蒙陆逊他们怎么还有闲心慢悠悠地咬文嚼字。

周瑜也不与太史慈计较，只是笑道："好，再不开打子义可就要等不及了。这次江夏，咱们务必要一举拿下！"

"伯言！先生真是神通广大，就连黄祖要用艨艟封锁江口都猜到了！"乘船带兵来到沔口的吕蒙惊讶地望着不远处的数艘艨艟，虽看起来不如他们江东的船只设计精巧，但是大体也不错了。

吕蒙身边的陆逊也是一脸惊叹，"是啊，想要做到像先生这般，凭你我只怕是要几年十几年了。而先生他原也比咱们大不了多少啊。"年少的陆伯言不知道的是，他敬仰的这位比他们大不了多少的先生，其实已经是奔四的人了。他也不知道，自己运筹帷幄与玩儿火的能力，在自己奔四的时候和周瑜也已经差不了多少了。

虽然吕蒙和陆逊秉着周瑜"拖住敌人"的要旨，一直在不远不近的距离晃荡着，但是对面的敌人显然也已经发现了他们，而且好像并不打算放过他们。

"他们准备了不少弓弩，好像要准备放箭了。"吕蒙朝陆逊道，"先生太厉害了……"

陆逊想了想，说道："子明，现在咱们离得远，他们射不到，不如咱们再离近一点？"他们好像是要装出一副准备进攻的样子吧？

吕蒙本想说再等等看看情况，但是陆逊用那种带着几分犹豫又有几分自信的语气跟他商量的时候，吕蒙立刻道；"好！"不经大脑的一个"好"字脱口而出后他自己都觉得自己一定是在那一刻中邪了，因为他其实是个很有原则的人，真的……

吕蒙和陆逊率军来到了黄祖军弓弩射程可及的距离，不出所料的，羽箭铺天盖地地向他们射来。

吕蒙神情中却没有一丝胆怯，"伯言，先生就给咱们这么点儿任务，再拖不住他们怎么好意思回去见先生？"

"好。"

再说从南面进攻的周瑜以及黄盖、太史慈等人，一反常态地不含蓄。早已在暗中给黄祖捣过乱的周瑜心知因为关键的通讯枢纽般的人物要么被暗杀要么被收买，黄祖根本不知道他的大部队是要从南面进攻，并且打算毫不客气地用小霸王孙伯符般的嚣张气势长驱直入。

其实要是换了十年前的周瑜，他或许不会选择用孙策一般的方法攻打江夏，但是现在的他多经历了十年的战乱和沧桑，早已不是当年那个喜欢谨慎谋划的周公瑾了。现在的他，尽管从头再来，依旧背负着孙伯符的那份誓言，活在他身上的不止是周瑜，还有孙策。

他周瑜似乎注定要打以少胜多的战役，不过这次却不一样了。周瑜心情有几分愉悦，虽然身为江夏太守的黄祖兵将人数比他要多上那么一点儿，但是现在能调动来抵挡他们的却不多。作为奋斗多年的穷屌丝，这次终于过了一把碾压别人的富二代的瘾，周瑜表示他终于知道曹操啊袁绍啊袁术啊每天都是什么样的感觉了。一个字儿，爽。

"攻！只能进不能退，这次要一鼓作气拿下江夏！"周瑜大声道，古锭刀在阳光下泛着寒芒，他策马扬鞭冲在最前头。

其实相比冲锋陷阵，周瑜更喜欢那种指挥若定谈笑自如的感觉，不过这次要的就是士气，而且现在的江东需要的是能坐镇大军也能冲锋陷阵的将军，这是他梦寐以求想回到的，建安五年的江东。

既然回来了，那么就让他当一次喜欢玩儿命的孙伯符，拥抱一下久违了的熟悉感吧。

周瑜、黄盖、太史慈，年轻的士兵们看到他们的主帅们都可以毫不犹豫地冲在最前面，这些年轻的生命变得热血沸腾起来，每一个人都拼了十二分的力气，不在乎血染铠甲，只希望得到江夏。

在拼了命一样的江东将士面前，黄祖的守军连战连退，心中最后的期盼——他们的太守能来救他们——也渐渐熄灭。所有杀得兴奋的周瑜军队在江夏守军的眼里都如同阴间来索命的厉鬼，不是人，而是魔鬼，是强大到他们根本无法抵抗的魔鬼。

而那群魔鬼中的那位即使身在战场也依旧把砍人砍得像弹琴一样优雅的主帅周公瑾，更是像地狱中的修罗一样，美到让人窒息，但如果你分神半秒钟去欣赏他那美到窒息的容颜和气场，你就真的会在接下来的半秒钟里窒息。

周瑜是优雅的，风度翩然的，也是尚有余力的。他见差不多大局已定，便腾出空来看看周围人的作战情况。

嗯，太史子义自然不必说，他周围三米以内就没有活人。

喏，黄公覆果然姜是老的辣，刀刀见血真是稳准狠。

唔，孙策……诶？孙策呢？！

此时的孙策正独自一人在一个旁人意想不到的地方闲逛，哦不，查看情况。

他在黄祖的军营后方。

"你看不见我看不见我。"

孙策笑嘻嘻地在守军身边绕来绕去，身为灵魂体的他不能被普通人看见，说话也不会被人听见。

"哼，周公瑾他看你们不爽，肯定是有道理的。"

孙策看着看守粮草和兵器的士兵，一个大胆但又很可行的念头在心中慢慢形成。

江东双璧孙郎和周郎的事迹，无论是在现代还是来到这里以后，他都听了不少，更何况周郎就在身边，他们那传奇一样的故事他几乎已经耳熟能详。他很羡慕那个小霸王，能够和周瑜一起留下那样的传奇事迹。再看他呢，没错，他也是孙策，但是这两个孙策的差别，何止天差地远。

他也想为周瑜做点什么，虽然才认识不久就有这样的想法很莫名其妙，但是这该死的使命感让他坐立难安……

孙策不由自主地双手握成拳，如果什么都不能做，那他叫这个名字又有什么用？！

孙策叹息一声，虽然周瑜打黄祖自然是轻而易举，但是在他的运筹帷幄之上再多添一把火，将他和自己都点燃，也没什么不好吧？

在脑中构想了许多遍，自己一个灵魂体，没人看得见，这么简单的行动，他真的没有理由不成功。

孙策摸了摸怀中特意带来的物什，越想越兴奋起来，居然有种从来没有过的热血沸腾的感觉。

这样大胆的想法，这一辈子，他是不是也只会做这一次了？

周瑜神情云淡风轻地望着随时都有人死去的战场，手中握紧了自己的弓和箭，心中却不那么平静。

就在刚才，江夏更多的援军已经到来，局势已经从他们压倒性的胜利变为将近持平。而依照周瑜对黄祖的了解，他一定也已经来到战场，只不过还在藏匿着。

他手中的箭，随时都会搭上弓飞射出去，那是只为黄祖准备的礼物。只要黄祖露面，那他就别想活着回去。

但是让他最担心的还不是黄祖，而是不知去向的孙策。

他的直觉告诉他，或许……

周瑜一个念头还没转完，就突然看到了一点让他兴奋和激动的……火光。

远处隐有火起。

周瑜一瞬间心情达到惊喜和兴奋的顶点，果然被他猜对了！果然，不管是这个孙策还是那个小霸王，都会给他惊喜。

"黄祖的后方已经被大火烧了！今日务必破江夏、擒黄祖，为破虏将军报仇！冲啊！"周瑜振臂高呼，清朗又志在必得的声音就像火星，点燃了江东将士们心中的熊熊大火，也烧光了黄祖的兵将心中的最后希望。

不出他所料，在士气大盛的江东军的压迫下，黄祖军开始渐渐散乱。仿佛是为周瑜的军队放烟火庆祝一般，随着倒在江东军士脚下的生命越来越多，远处的大火也越烧越旺，映红了天际，就像是为江东周郎绽放的明媚晚霞，让他突然想起了建安十三年的赤壁，那时候的那一场大火，为了三分天下而点燃，亦是为了他和伯符的梦想而燃烧，三日三夜不曾停息。那是他们的誓言，亦是他八年来对那小霸王的思念和怨气，一起随着那场大火焚烧殆尽。

看着就要控制不住的火势，周瑜不由得轻轻勾起嘴角。伯符，这就是你给我的补偿吗？假孙策之手，烧一份江夏来送给我？

他欣赏着这份自知是送给自己的礼物，同时也发现了那个他一直在寻找的身影，仇人的身影。

周瑜毫不犹豫地弯弓搭箭，拉满了弓，对准了那个人射了出去。虽然不能让伯符手刃仇人，但是他来代劳，也应该是一样的吧？

周瑜其实是个挺有自知之明的人，他臂力不如那孙伯符，不用那种沉重的弓，也向来不喜欢用蛮力拉满弓，而是更愿意用巧劲攻敌之不可不救之处。但是面对黄祖，他头一次觉得自己的这张弓也太轻了点儿，轻到一剑将黄祖穿心而过他都还觉得不满足。

"黄祖已死！江夏已破！破虏将军在天之灵，得以安息！"

江东将士听到周瑜这句充满豪气的话语，都欢欣鼓舞，一群人就像一支无坚不摧的利剑，所到之处，血流成河，将江夏的土地染得血红。

江夏已破，本该兴奋至极，周瑜心中却微有酸意。伯符，你终于能在有生之年，见证你的仇人之死。

伯符，你的仇，我替你报了。

第十四章 谁家的粮草

在黄祖军节节败退后，周瑜、黄盖、太史慈等很顺利地接掌了江夏，而周郎这个江夏太守的虚衔，也终于成为现实。

在众人忙着救那场本来烧了人家地盘现在却在自家地盘上肆虐的大火的时候，周瑜让吕蒙暂时先掌控局面，自己则忙着寻找起某个放了火之后就没再出现的家伙。

让他抛下混乱的局面去找人，孙策这家伙面子也够大的，周瑜忍不住勾起嘴角一笑，若不是只有他能看见孙策，他才懒得去找他。

不过，孙策，今天真该谢谢你，不但让他们更加顺利漂亮地赢得这场战役，更加让他勾勒出了他和孙伯符以后将会一起经历的辉煌画面。

这场大火的确是孙策放的，也只有他才能干得如此神不知鬼不觉。

而这位救火……哦不，放火英雄，此刻正漫无目的地走到了他也不知道在哪里的地方。

自从刚才干了"大事儿"以后，孙策就一直在琢磨，自己到底为啥放了那场火呢？

一开始他鬼使神差地带了火折子是没错，但是他为啥一定要放火呢？为了周瑜吗？

嗯，是为了周瑜。

从来到这个莫名其妙的三国时期开始，特别是在莫名其妙地找到周瑜之后，一切都变得非常特别极其莫名其妙起来。

他一直有种强烈的、想要保护周瑜的奇怪欲望，简直就像他以前很鄙视的那种屌丝想要保护女神的心情一样。孙策忍不住暗暗唾弃自己，这什么破想法啊？真把自己当成那小霸王了？自己自我感觉良好就算了，架不住人家周瑜肯定不给自己面子啊。

但是话又说回来，他在放火的时候真的很有自己就是孙伯符的感觉。孙策有些抓狂，他知道自己是那人的魂魄的一部分，但是把孙伯符说成是自己的一部分也无不可吧？凭什么自己的生活要被孙伯符不停地影响？甚至还要不由自主地去保护孙伯符的周公瑾？居然还神奇地有种自己就是他的感觉？但是，为什么那个远在千里之外的自己的另一部分，才是真的孙伯符？

孙策被一大堆问题弄得越想越郁闷，就差躲到角落里画圈圈了。事实上，他也差不多身处在江夏的一个角落里。

这个角落，大概只有周瑜能找得到。

"孙策，你真的在这里。"一只手拍上他的肩，孙策转身，有些意外地看着那唯一一个能接触到他的人站在他面前。

"你怎么找来的啊？"孙策笑了一笑，"……这是哪里啊？"

周瑜看了看不远处的溪流，脸上一种恍然的神情，微笑道："没什么的。"

还记得建安四年时沙羡一战小霸王与他一同大败黄祖，当时他领了江夏太守，那人跟他说，到时候咱们彻底灭了黄祖，然后去江夏找条河，还得是有鱼的河，没有就自己养一些。他们两个打仗打腻了就去那儿玩儿几天，就像在舒城的时候一样，他烤鱼，他等着吃。

刚才在河边发现孙策，周瑜有一瞬间的恍惚，还以为眼前这个，是那个记得他们的承诺的小霸王孙伯符。

"哦……周瑜你别怪我啊，我也是想帮忙。应该……没惹什么乱子吧？"

孙策有些不安，还以为周瑜是来兴师问罪的。

周瑜莞尔，"这次要多谢你。这场大火，烧得真好。"

孙策听他这么说，立刻得意了起来，"我就知道你不怪我！我也是想帮你点儿什么事情嘛，否则我赖着你多不好啊。"

周瑜微微一怔，随即笑道："随便赖，我不在乎的。"

只是说完自己居然也疑惑了，不在乎么？是因为他是江东小霸王的一部分？如果他不是呢？在现代的时候那人能让他无缘无故地赖着，为什么回到这里，他却只是因为他是伯符的一部分呢？

这样对孙策，是不是太不公平了？

孙策没注意到周瑜的神情变化，反而闻言越发嘚瑟起来，"呐，能完好无损地办好这么高难度的事情，怎么看也都只有我一个啦。烧人家粮草这样的点子，也只有我……"

"烧粮草？"周瑜有些讶异地打断了孙策的滔滔不绝，"你烧的是粮草？"他放下事情就来找他，都忘了问究竟什么东西被烧了。

孙策点了点头，有些莫名其妙地道："是啊……不应该么？我们游戏里设计的梗都是烧人家粮草以绝后路，没有粮草人都饿死了岂不是比杀人更有效。你看神雕侠侣里杨过不也烧了蒙古军粮草么？还有啊……"

"你先等等。"周瑜再次打断了他的唠叨，有一部分原因是他不知道神雕侠侣和杨过是什么玩意儿，"孙策啊，你烧什么不好非得烧粮草？玩儿火也讲技术的懂么？"

孙策眨巴着眼睛，"不是有句话叫兵马未动，粮草先行么……？我又错啦？"

周瑜扶额，"江夏的粮草虽然是黄祖的，但是现在都是我们的了啊！你烧的是江东军的粮草……"

孙策："QAQ！"

在不少人意料之外的，江夏的一众子民各路百姓们对于周郎的到来接受程度简直不是一般的高。

周瑜来了没几天就已经家喻户晓到上个街都能被各种年纪的女人围追堵截，放眼望去，大到风韵犹存的半老徐娘，小到尚未及笄的豆蔻少女，见了他一口一个周郎叫得比蜜还甜。

陆逊对此的结论是，黄祖治下治安估计也不怎么好，长得那副样子更加提不起这些女人的兴致，是以来了个江东人人交口称赞的美周郎，她们不激动到疯掉才怪。

吕蒙对此的反应是，像先生那样太完美了也有烦恼，还不如他和伯言这样没什么人知道的好。太史慈对此则有些情绪，中护军你走到哪儿都这么招蜂引蝶的，明明主公才有这般待遇。只是他好像忘了，以前在江东，这两个家伙都是一同招蜂引蝶的，还总是嘲笑对方女人缘太好。

发生的这一切虽然只有短短几天，周瑜也不会在江夏长待，但还是有两个人对此非常不满。

其一就是美周郎的正牌夫人小乔，想当年她和姐姐分别嫁与周郎和孙郎，那是何等的风光。而这几年来两人虽不算如胶似漆也是相敬如宾，再看她这般美貌，守着这样的夫人，街上那些歪瓜裂枣她家公瑾怎么看得上？还多少有些懵懂的小乔到底也不懂，周瑜的确是因为有一个人的存在所以其他人无人能入眼，可惜那个人不是她小乔，而且永远都不会是。

另一个不满的就是半透明状态的某灵魂体了。他不是小乔，不是太史慈，不是黄盖吕蒙陆逊，作为没人看得见的一只鬼，他可以随时随地跟在周瑜身边，而他也的确那么做了。

这么做的结果就是他见证了一群疯女人抢一个男人的空前盛况，猴赛雷啊。来到江夏的第二天周瑜象征性地礼节性地在街上绕了一圈儿，死活要跟他出来的孙策正处于半赌气半好奇的状态。原因是周瑜并没有解释那场大火到底是怎么回事，所以江东军上下都很心照不宣地理解为了周郎是这幕后的策划者，一切都在他的掌控之中，至于为什么要烧已经成为自己家的粮草，众人更加心照不宣地理解为了这是周郎计划里的一部分，这让始作俑者孙小策同学多少有些小小的羡慕，拜托，侬帮帮忙好伐，那火是他放的，粮草也是他点的，怎么到了这里，就全是他周瑜的功劳了？

这个暂且不论的话，令他好奇的是，面对各种运筹帷幄的周郎，这些个差点被战火波及的江夏同志们，到底会有什么反应？

不过，这些同志们的反应令孙小策大跌眼镜，用孙策的话来说，周瑜刚一上街就掉入了脂粉堆里，而那些女人的战斗力完全不比现代的那些个女汉子差。女汉子们会的她们会，女汉子不会的她们也会。

他一开始还是跟在周瑜身边的，但是在被众女人无视多次而且毫不犹豫地穿过他的身体扑向周瑜后，完全没有战斗力的孙策立刻明智地离开了造成混乱的根源，周瑜同学。

逃到远处等待周瑜的孙策同学开始认真思考，自己过来的紧急任务，不过是找着那个小霸王赶紧合体，在那之前他不能胡思乱想，更不能肆意妄为，可在那之后呢，他还是他吗？梦醒了之后，周瑜还在身边吗？他还能回到现代吗？

孙策想不清也理不明，干脆一耸肩，想着去找周瑜算了。可惜行动派的他还没来得及去找周瑜，就已经被扑面而来的一股脂粉味熏得晕头转向。

"哎哟我去，熏死我算了！"孙策捂着鼻子瞪着眼前的人，"你这一身味儿……！"

周瑜淡然地掸了掸衣摆，正色道："为了你的魂体安全，还是赶紧赶到许都与伯符汇合吧，江夏不宜多留。"

孙策："……阿嚏！"

周瑜你丫要离开江夏是为了我的魂体安全还是你自己的人身安全啊？！

被江夏的姑娘们折腾得不轻的周瑜义正辞严地在破江夏后的第十天启程北上。

习惯把一切都安排得妥当再离开的周瑜在选人留下看家的时候纠结了半天，他最看好的人选是陆逊，但是又担心他太过年轻，要知道虽然他十二岁起就管理陆家上下，不过管理江夏又岂是在陆家那点儿经验可以管好的？

　　若说留吕蒙和陆逊共同管理江夏，听起来是个不错的主意，奈何周瑜私心想要将这两只小的带在身边多学些东西，也好让他们更快地能独当一面。

　　至于黄盖和太史慈，那就更不可能留下。这俩人主要管冲锋打仗，而且一个比一个急着要去见孙策，谁要留心初平的江夏的繁琐小事啊？

　　这个时候的周瑜越发思念起一个人来。这人与他交情好，足智多谋，兼之细心又耐心，此刻让他管理江夏是上上之选。

　　而这个根本不可能在此时间出现的人，却奇迹般地赶在周瑜离开前来到了江夏。

　　当周瑜看到明显连日赶路而来的鲁肃时，着实吃了一惊，"子敬？你这是……"

　　鲁肃神色有些疲倦，但是依旧给人温和清雅的感觉，"主公离开丹徒前曾嘱托肃，若周公瑾夺取了江夏，立刻前来相助，一切听从公瑾之意。好在我没来晚。"

　　周瑜眼中流露出不经意的笑，"正愁没有信任之人可以留守江夏，子敬这次着实帮了大忙。

　　孙伯符不愧是孙伯符，自己的想法都能被他猜得一清二楚，想来世上没有第二个人这样了解他了。

　　鲁肃听到"留守江夏"四字随即了然，微笑道："原来如此，公瑾你将江夏重任交于我，肃定然不负嘱托。"想想也是，周瑜身边的确少了个留下来可以让他无后顾之忧的人，而身为至交好友的他，则正是这个合适的人选。

　　周瑜颔首，"那么多谢子敬了。"有鲁子敬这个专职保姆管理江夏，他可以放一万个心。

　　鲁肃却没有离开的意思，而是有些赧然地道："对了公瑾，还有一事……二公子也跟我一起来了。"

　　"……仲谋？"周瑜讶异地挑起一边眉毛，"他来做什么？"这时候一直在外面转来转去的孙权听到周瑜鲁肃二人提起自己，立刻掀

帐而入，一脸乖巧，"公瑾哥，我哥把我一个人扔在丹徒，实在是太没劲啦，这次连子敬都要出来。我可不想和那个老头儿在一起，还不如来找公瑾哥你呢。"

"……那个老头儿？"周瑜不由得呆了一呆，随即莞尔，"仲谋，长史大人年纪也不大，别这么称呼他。"想张子布也不过四十余岁年纪，被孙权这么称呼为老头真的好吗？

孙权撇了撇嘴，无所谓道："公瑾哥你和我哥都不过二十多岁，子敬也不大，其他人年纪更轻，他和咱们比起来不是老头儿是什么？"

周瑜也不气恼，反而很温和地朝孙权一笑，"仲谋说的好像也有几分道理。这样吧，你先歇歇，一会儿我派人把你送回丹徒，也好让你把这番道理跟长史大人好好说道说道。你如果说得好了，说不定你哥也会给你弄个长史当当。"

孙权："……公瑾哥我错了再也不敢了！"

鲁肃来江夏的第二天周瑜就放心大胆地启程前往许都。

撒泼打滚求带走的孙权同学在再三保证不会捣乱拖后腿的情况下被周瑜带了一起走，周瑜的理由是让他多见见世面也是好的，培养下一代渣攻君主人人有责，虽然这个下一代目前还处于被攻得欢乐的状态。

从江夏到曹操的老家许都说远不远，说近却也不近。

在黄祖这儿耽搁了半月之久的周瑜认为，凭着自家义兄雷厉风行的性子，肯定早就鬼鬼祟祟绕到许都附近等着冲进去狠狠地将许都蹂躏一番然后大摇大摆地抢了那小皇帝回家。

他如果能赶在一触即发的这次大战之前赶到许都，那么也该算他运气好了，抑或是两个人太过心有灵犀，连时间都能算得那样巧。

其实周瑜对孙策的了解不可谓不透彻，此时的孙策，的确已经偷偷摸摸地绕到许都边儿上，一改往日凌厉嚣张的作风，并非大张旗鼓地宣战，而是默默地等待着一个让他可以一击即中的时机。

这一战，若胜，会是江东小霸王扫荡中原的雷霆万钧的第一步。

若败，那便是全军覆没，莫说他孙策不可能活着回去，就是江东大本营的存在都成了未知数。

许都，小皇帝，都近在咫尺。

小霸王对抗曹操的大战，一触即发。

第十五章 孙策和孙伯符

就在孙策的江东军偷偷来到许都外围时，曹军正在许都以北的官渡驻扎。

在南阪击败了袁军的曹操以弱胜强，杀了文丑，大挫了袁绍的锐气，顺利退回官渡。

曹操在官渡还没待几天，孙策军已经到达许都的战报便已传来。

"孙策！"曹操咬着牙，声音里有些颤抖，一把将战报撕成两半，"哼，我还是小瞧你了！你怎么敢！"

曹操按了按疼痛的额角，脸色格外难看。

前些日子一直绞尽脑汁想着要怎么击败袁绍，心中既对自家将士们有足够的自信，又怀着轻视那年轻的孙讨逆的心思，是以孙策一路逼近许都的战报虽然不停传来，他却也没太在意。正是因为他曹操的这份自信和淡定，才没让曹军在处于袁军追捕的情况下军心浮动，甚至还能杀了文丑毫发无损地退回官渡。

直到今天，那小霸王已经要兵临城下。

大帐内一片沉默，心知那战报肯定不是捷报，于是没人敢在此时接上一句话。

静默到快要窒息的时候，突然有人没打通报就掀帘而入，不是那位祭酒大人还会有谁？

"明公。"郭嘉微微一笑，朝曹操拱手，神情淡定。

帐内众人看了眼曹操铁青的脸色，都很识趣地不说话，心想现在这种时候，也只有这位祭酒大人才能笑得出来，也只有他笑出来了不会被明公责罚。

曹操脸色有了些许缓和，但依旧算不得好看。

"嘉有几句话想同明公说。"郭嘉半眯着眼睛，懒洋洋地道。

曹操领会了他的意思，一句"退下"的下字话音还没落，本来大帐里挤满的人已经争先恐后地掀开帐帘逃了出去，唯一剩下的郭嘉津津有味地看着那些人，随后笑道："明公果然威严，您一句话其他人无敢不从。"

曹操叹了一声，有些烦躁地道："奉孝你莫说这些无用的了，孙策那小儿已经打到了许都，依奉孝看，我该如何应对？"袁绍这边刚刚安定了一点，虽说南阪一战以少胜多，可袁绍毕竟兵力是他数倍，相持不了多久大战就会爆发，根本脱不开身。可是许都那边也是火烧眉毛，若是那小皇帝被孙策掳了去，后果真是不堪设想。

郭嘉扫了眼被撕成两半的战报，勾起嘴角懒懒笑道："明公自是脱不开身的。"

"这我当然知道。"曹操皱起眉毛，"所以奉孝何意？"

郭嘉道："但是我可以，张辽、徐晃和曹仁将军可以，二位夏侯将军也可以，明公只要让守将只守不攻，再派几位将军回去增援，两边展开拉锯战，等官渡这边稳定后再多派人回去，那时候孙策定然已经耗不起，而且还会忧心他老窝的稳定程度，那时孙策已是明公的囊中之物了。他自己送上门来，倒还省了咱们渡长江去打他们。"

曹操渐渐脸上有了喜色，"奉孝言之有理，有你在我才放心。你最近好好歇息，别再乱跑了。我这就让子孝与公明带千人前去增援，想来那孙策小儿也闹不出什么乱子。"

郭嘉若有所思，"听说同那孙郎一起扫荡江东的周郎周公瑾刚刚夺取了江夏，他下一步必定要去许都与孙策汇合，到时候明公便可以一网打尽，一举铲除江东的首脑人物。"

曹操点了点头，说道："虽说奉孝此计甚好，不过我却另有打算。"

　　郭嘉了解曹操便如周瑜了解孙策那样，稍微察言观色便即了然。他勾起嘴角，说道："喔，原来明公起了纳贤之意，觉得只嘉一人帮不了明公多大的忙。"

　　语气中竟然带了几分淡淡的落寞，似是认真，又似是玩笑。

　　曹操淡笑，看着郭嘉神情郑重，"军师祭酒一职，只有你，也只能是你。"

　　郭嘉侧过头去，轻轻叹道："只怕那孙策之于周瑜，就像明公之于嘉一样……"

　　心如磐石，不可移也。

　　小霸王孙伯符的军队从丹徒到许都，所向披靡，一个败仗都没吃过，军中士气大振。

　　此番已经到了许都，他们的主公却没了之前那种一往无前的霸气，明明大好的攻城机会就放在眼前，孙策却选择了等待。

　　眼见着胜券在握却不能有任何动作的程普有些急躁，他曾跟随孙坚征战四方，战功累累。又是江东众人中最年长的。性子很直的他直接找到孙策问出了他的疑虑，"主公，趁着曹贼援军未到，为何不赶紧攻打许都？您一路都速战速决，不就是为了这一天么？"

　　孙策侧头望着许都的方向，挑眉笑道："你以为我不想么？"

　　程普愕然："那为何不进攻？"

　　"曹贼现在定然已经接到咱们来到许都的战报，可是他无法抽身回来，只有让许都守将死守城门不出，他们与袁军速战速决以好回来增援。现在打不过是浪费咱们自己的兵力，而且既然要偷袭，总得好好计划一番。"孙策眼中带着暖意，"总得……等他过来。"

　　"主公可是在等我么？"孙策话音刚落，帐外便响起一个清朗温润的声音。

　　孙策听到这个声音顿时喜上眉梢，快步走到帐外，那立在阳光下朝他微笑的年轻将军，不是周瑜却又是谁？

"公瑾！"孙策朝他露出一个大大的笑容，带着毫不掩饰的喜悦之情，"你什么时候到的？"

"刚到。"周瑜也报以一笑，还没等孙策说话便跪下行礼，"瑜幸不辱命，得以为故破虏将军报仇，此番江夏一战，瑜得黄祖之颈上人头，以祭破虏将军在天之英灵。"

听到周瑜这句话，周围的将士们突然呼啦啦跪了一地，齐声道："祭破虏将军在天英灵！"振奋人心的声音远远传出，似有回响，久不停歇。

周瑜身侧的黄盖将一只锦盒双手献给孙策，小霸王打开一看，赫然便是他那杀父仇人黄祖的脑袋。

一时间，气氛竟然变得凝固又静默，一向骄傲到目空一切的孙策在看到那颗人头时呼吸都变得粗重起来。

低着头的周瑜虽然看不到孙策此时的神情，但是他知道，孙策此时的心情应该已经激动到无以复加，因为，他对黄祖的恨比任何人都要多。

他闭了闭眼睛，唇角露出如释重负的笑容。

伯符，恭喜你终于大仇得报。

连日奔波的周瑜军队终于在孙策攻许都之前赶来与其汇合，两边的士兵都受到了鼓舞，一副随时准备冲上战场杀它个三天三夜的架势，而两位主将心中除了豪情，则是更多了几分柔情。

这一夜同平时没什么不同，但一切又都不一样。

江东万余人的讨逆将军孙策半夜趁着天黑摸到了中护军的军帐，本想喝壶酒庆祝一番，谁知公瑾床上，居然坐着一个人。

"公……哎你谁啊公瑾的床是你随便坐的？！"孙策刚一进来，没看见周瑜，却看见了一个让他惊讶到无以复加的人。

"伯符？"坐在桌边的周瑜声音里带着满满的讶异，"你能看见他？"

孙策闻言呆了一下，条件反射性地转头去看床边那人。那个人也抬起头来看他，眼中的神情带着惊讶。

孙策就像被雷劈了一样当场呆住，瞪大了眼睛震惊得无以复加。眼前的人一双剑眉斜飞，双眸漆黑，鼻梁直挺，一张帅气的脸轮廓分明，除了眼神里带着他不会有的羡慕，眼前这个看起来半透明的人和他孙伯符的相貌就像一个模子里刻出来的，没有任何差别。

"你……你你你谁啊你！"孙策瞪着那人，结结巴巴地道，"公瑾我这是见了鬼了？"

周瑜神情还是有些惊讶，但是被孙策这句话逗得笑了出来，想了想道："嗯，算是吧。只是没想到你居然能看见他。"

小霸王被吓了一跳，完全没了平日里的骄傲和霸气，"诶他真的是鬼？那公瑾你怎么也看得见他？"

"也不能说我是鬼吧……"一直被两个人无视的某鬼……哦不，某人接话道，"孙伯符？我可以这么叫你么？"

"呃……"有些没回过神儿来的孙讨逆求助似的看了眼周瑜，见他点了点头，便道，"……好吧。"奈何他依旧满肚子疑惑，暗暗想道，这人谁啊？怎么公瑾离开自己没多长时间就认识了这么个和自己长得一样的家伙？

"伯符，你想什么呢？"周瑜难得见孙策这样放空，莞尔道，"你听懂他是谁了吗？"

"啊？"孙策一怔，撇撇嘴，刚才光顾着自己脑补了，"根本没听。"

"替身"同学顿时觉得自己被无视了，默默在墙角画圈圈。

周瑜将手搭孙伯符肩上，笑眯眯地道："简而言之，他是你的一部分，以前生活在另一个时空，这次来到这里，也是为了你。"

孙策："……那公瑾你怎么认识他的？"

"你刚才果然什么都没听。"周瑜忍俊不禁，"还记得你在丹徒山狩猎遇刺的事情吗？"

孙策点头。

"想知道我怎么猜到你会遇刺么？"

再点头。

"伯符，其实我并不会什么未卜先知。"周瑜正色道，"我早已经历过这些事情，在我之前所处的时空里，你命中注定，在建安五年四月初四狩猎时，于丹徒山遇刺身亡了。"

孙策："……你逗我？"

周瑜笑了起来，"我可没那个闲心。"

"公瑾你别绕我啦，给我解释解释到底怎么回事？"孙策叹了口气，挫败地看着周瑜，第一次觉得自己脑容量不够用。

"嗯，好。"周瑜忍着笑安慰伯符，"这个真的不好解释。之前你一定觉得我有些不一样，都是因为我比你多经历了十年。上辈子……呃，我也不知道该如何形容，就当成一个梦境吧。那里，我和你一同经历到了建安五年，那年四月你遇刺身亡，立仲谋为江东之主，张公与我共同辅佐。"

"仲谋？"孙策挑眉，"我怎么不知道？"

周瑜："……你还是继续听我说下去吧。那时情况很乱，我一接到消息便赶回江东，在丹徒的将士们也立刻回缩本部。结果就是，江夏黄祖既没打成，许都也没有偷袭。"

孙策有些惊讶，就跟听故事一样，"公瑾？你说真的？"

周瑜悠悠道："这是真的，虽然我当时也不敢相信，谁知道骄扬肆意、英勇果敢如孙讨逆，还会关键时刻这么掉链子？"

"哎呀公瑾，我的错！"孙策虽然一头雾水，但为了继续听，立刻承认错误，然后催道，"接下来呢？怎么了？"

周瑜微微一叹，不再调侃，回到正题，"从建安五年到建安十五年，我一直在辅佐仲谋。像伯言、兴霸，他们在这十年中来到了江东，为孙氏尽心尽力。还有子明，十年内的成长也令我赞叹，他早已非你认识的那个吕蒙了。对了，还有公绩，就是现在的凌统。"

"怪不得你一回来就急着去找伯言兴霸他们。"孙策顿了顿，试探着道："那建安十五年之后呢？"

周瑜在摇曳烛光下勾起盈盈一笑，无所谓道："建安五年的你如何了，建安十五年的我便如何了。本以为还能再多坚持几年，可是……"

"公瑾……"孙策听得心里发酸，想说些安慰的话，却无论如何也说不出来。他能说什么？说对不起，不该死那么早？？还是说，没有下次了？

"后来我本以为我死了，结果却被一只小鸟……呃，凤凰，拐到了另一个时空，在那里遇到了孙策。"周瑜选择无视安抚之言，将一直被孙伯符选择性无视的孙策同学拉到了他面前，"小鸟跟我解释说伯符你和他其实是两个不全的灵魂体，你缺少了一魂一魄以至于在二十六岁时便早亡，而孙策就是那一魂一魄。我逼那只鸟送我和孙策回来，就是为了让你二人魂魄合一，都不至于再早早便……便死去。"

小霸王神情有那么几分茫然，超负荷运作的大脑还在纠结"自己少了一魂一魄而且已经死过一次"的问题，而周瑜另一侧的半透明孙策则一副慷慨就义的表情，"周瑜你知道该怎么合体么？"

周瑜："……不知道。"

孙伯符崩溃，"公瑾……"

周郎努力回忆在现代时小凤凰对他说的话，"那小鸟说魂魄合一需要一个契机，但是契机究竟是什么……我也不清楚。"

孙伯符："……那么公瑾你觉得类似的契机出现过么？"

周瑜想了想，"不知道，应该没有吧。"

孙伯符："公瑾，你知道什么叫一问三不知么？"

"……这个知道。"周瑜瞥了他一眼，浅笑道，"伯符大半夜的来找我就是为了探讨这件事儿么？没点儿其他的正事儿了？"既然契机是什么还不知道，那目前看来打许都才是比较重要的，就没必要把时间浪费在一个他一问三不知的话题上了。

"哦对，正事儿……诶？"孙伯符被折磨得大脑短路，问出了一个说出口就立刻后悔问的问题，"正事儿是什么来着？"

灵魂体孙策默默扭头，二货。

周瑜也忍俊不禁，"咳，伯符，许都啊。"这信息量果然太大了么？

"哦哈哈，许都。"小霸王提起许都，眼睛顿时亮了起来，笑嘻嘻地道，"公瑾，程公和兴霸他们不停地问我为什么已经兵临城下却屯兵不出。他们可都没一个理解我的，对吧公瑾？"

周瑜看着神采奕奕的孙讨逆，也笑道："曹孟德已然收到了咱们来到许都的消息，定然严令许都守将死守不出，咱们如果这么硬碰硬肯定十天半个月也打不下来。等拖到曹军打赢了袁军，再赶回来收拾咱们，只怕许都没破，小皇帝没到手，你孙讨逆这条小命儿也要送在这儿了。"

"高啊！还是公瑾最了解我！和我所想不谋而合。"孙伯符抚掌而笑，"我就等公瑾来商量对策了。奇袭嘛，总比硬碰硬来得好。"

周瑜也起了兴致，拉着他走到沙盘前推来划去，全然忘了现在已经是大半夜。

再次被两个正在兴头上的人无视的半透明孙策看着那二人边说边笑，神色满满都是羡慕。

他终于知道自己和那孙讨逆的差距在哪儿了。孙伯符和周公瑾两个人是最契合的伙伴，轻轻一擦便能碰出最明艳的火花。而他，虽然看上去和孙讨逆没差别，但终究，再努力也无法成为完美契合周公瑾的孙伯符。

孙策苦笑，他本来就不是啊，再努力又有什么用？

第十六章 许都 （上）

翌日清晨。

两拨刚刚会合的将士们一大清早神采奕奕，就等着自家主帅下令攻城，一个个的都跟打了鸡血一样兴奋。

两位主帅却一人顶着两个黑眼圈，一夜没睡的样子，不过神情运筹帷幄，仿佛对着即将到来的战事有着百分之两百的信心。

没人看得到的那个灵魂体孙小策亦是一夜没睡，如果他有身体那么肯定也是两个大大的黑眼圈。这位看上去和平时没差别的同学此时正默默地看着那两个并肩而立英姿飒爽的人，心中盘算着这一夜的成果，心道如果他能像孙伯符和周瑜一般侃侃而谈，运筹帷幄，给他十个八个熊猫眼也值了啊！

那两个熊猫一样的青年并肩沐浴在阳光下，见人都差不多已经到齐，程普、黄盖、太史慈、甘宁、吕蒙、陆逊等都已整装待发，两人相视一笑，小霸王自信的声音远远传了出去，"今日合我江东上下之力，定然能破许都、迎汉帝！"

"破许都！迎汉帝！"

破许都，迎汉帝。

周瑜侧首看着身边信心满满的人，上辈子的孙伯符没能完成的愿望，这次他周公瑾，一定要帮他一起完成。

许都城内。

清秀通雅的男子自身带了一股书卷气，安然淡定，一袭白衣在灯光有些昏暗的屋中仿佛一盏明灯，有着聚集众人信心的神奇魔力。就像能感染别人一样，即使身周众人都神色凝重，在看到他时也多少放了些心。孙郎的军队已经兵临城下多日，眼前这位却依旧不慌不忙得紧，可谓奇葩。这人有一种临危不乱的温和与淡然，他眉头微皱，看东西看得专注，右手在桌上轻叩，节奏一直有条不紊。

"令君，明公他……说了什么？"在沉默了好一阵后，终于有人好奇地问了出来。

荀彧抬起头，笑容直如谦谦君子一般，让人看着就想要去相信他。

"明公言道，只守不攻，与那小霸王拖延，近日子孝将军与公明将军便将带兵回来增援。"

"只守不攻？"众将领都一副失望的样子，"那令君您定然需要这么做了？"虽然还没与那孙策的军队正式照面，但一路上他的战绩也已听说了不少，他们心中早就有气，早就想着要与那孙郎一较高下了，更何况现在连那刚刚击败黄祖并将江夏收入囊中的周郎也已赶到，江东首领都差不多到齐了，再不开打，真的当缩头乌龟么？

但是想想这位尚书令大人做事算是谨慎的，而且连曹操都命令他们只严守城门便可，想来这一场仗是打不起来了。

荀彧微微一笑，"有时守即是攻。"

众将听了这句话更加失望，看来连荀彧也赞同守城了。

"奉孝此计好虽好，不过……"荀彧一句话又燃起了众武将的希望，"那孙郎与周郎，虽然年轻，却已不是什么没有经验不懂计谋的小儿了，你我能想到的，他们又怎会想不到？"

"令君大人的意思是，这计策是祭酒大人所出？而您……似乎并不认同？"一支军队里总要有那么几个胆子大的，连这话也问得出来。

"在这种情况下还敢出谋划策而且明公还愿意采纳的，应该也只有奉孝了。"荀彧又是一笑，起身将手负在身后，"既然明公有意守城，那么彧也不敢抗命，不过，一味死守亦不是上策。想来奉孝没提，不是没想到，而是猜到我明白他的意思。"

众人一点儿也没听懂荀彧这番似是自言自语的话，至于那个祭酒大人没提又猜到令君大人能明白的意思到底是什么意思，就更加没人明白了。

"既然如此……"荀彧唇角温雅的笑意带了几分意味深长，"那便来战。"

江东双璧一晚上的成果即将展示在众人面前，两个主角兴奋地做着最后的准备计划。

"公瑾，咱们这次一定能迎汉帝回吴。"小霸王眼中的笑意亮闪闪的，"那曹贼想回来也没办法了，那时候，小皇帝早已随着你我南下啦。"

周瑜嘴角也带着笑，神色却多少有些担忧，"伯符，这次多少有些危险，你要多多小心。对手是那荀文若与郭奉孝，不能掉以轻心。"

孙伯符笑容中带着绝对的自信，"公瑾，比这次还要冒险的行动，你我经历的还少么？"

周瑜心知以义兄的性子，再劝也是无用，只得无奈地摇了摇头，"好了，总之一切小心，这次兵分三路，希望都能安然无损地汇聚许都城内。"

"嗯，一定！"

一天时间很快就过去了，这一天里城内的曹操守军心神不宁，情绪紧张，因为孙策军随时都有可能进攻。但是令他们纳闷的是，整整一天孙策那边什么动静都没有。

一直到深夜，城内的守军渐渐放下了心，想着先好好睡一觉，等明天再来提心吊胆。

自从孙策的军队兵临城下之后，曹军的每一天都是这样过的，百天精神高度集中，晚上想着自己又多活了一天，是以睡得酣畅。

不过他们忘了，今天有那么几分与众不同，因为江东双璧，孙郎周郎，都已到来，正在虎视眈眈。

丑时。

月亮光华已退，正是一天中最黑暗的时候，整个许都城内城外都安静得可怕。

大部分士兵都睡得很熟，不过江东军的大营中，却有一部分人蠢蠢欲动。

"准备好了么？"黑夜中一双深邃的眼睛格外的亮，眼中全是狐狸般的狡黠和算计。

没有人大声回答，但是每张脸上那种抑制不住的兴奋早已给出了答案。

"好，那么……出发。"周瑜侧首看了眼笼罩在黑暗中的许都，掩去唇角的笑容，轻声下令。

巨大的声响惊醒了正在沉睡中的整个许都，睡眼惺忪的守军惊慌失措地查看情况。

"不好了！孙郎周郎攻城了！"有人慌忙地禀报城中现在的主心骨尚书令大人，声音中都带了颤抖。

荀彧的神色依旧镇定，似是一切都在掌握之中，"有多少人？"

"大概有一两千人的样子。"

荀彧盘算着他们在许都还剩下的兵力，说道："在子孝公明二位将军没回来之前，先率城中七成兵力去城门抵挡，先拖住他们。"

"令君，他们……他们是从西侧城门进攻的。"

"西侧？"荀彧微微皱眉，要知道许都地势从西向东倾斜，东边多为平原地带，相比起来许都西侧算得易守难攻，没想到孙策和周瑜会选择从地势最高的地方进攻。

"令君，好像只有那周郎一人在领军。"

荀彧神情若有所思，微笑颔首道："那么，拨一半兵力去西侧城门。"

周瑜的军队从西侧进攻，等荀彧的援军来时城门堪堪就要破，在最意想不到的时刻从最意想不到的方向攻击，周郎的第一计很快就奏效。

不过半个多时辰，他带领的一千人已经要破城而入。

吕蒙和陆逊本来还有些睡意，结果跟着自家先生越打越兴奋，不停地赞叹孙策和周瑜是自己学习的榜样。

　　这是陆逊第一次真刀真枪地跟别人干架，他自己本来没打过，从小也都是学文而轻武，全靠吕蒙在旁边帮着他，否则早就不知道是谁的刀下亡魂了。

　　边打着陆逊边总结出了两条经验。

　　第一，他再次印证了身边之人吕子明的可靠，感觉有了他便什么都不用怕了，令他安心之极。

　　第二，他以后还是该跟周瑜多学领兵之道，据说当了统帅就不用亲自砍人了？

　　这厢周瑜刚刚将曹军打得溃不成军，那边荀彧派来的另一波兵将恰好在周瑜军入城前赶到。

　　"这荀文若，时辰算得刚刚好。"周瑜见到对方援军，一点儿也不惊讶，神色里反而还带了些欣赏和赞扬。曹操身边谋士这样多，他却偏偏重用这君子一般的荀令君，这人定然有与众不同之处，也更加不是什么温文尔雅的君子。

　　这其实就是周瑜不了解荀彧了。他也很温文尔雅，或者说自诩为温文尔雅之人，但是他的温雅下隐藏的是狐狸般的狡猾腹黑，不过人家荀文若就真的是个温文尔雅的君子了。

　　"中护军，他们援军已到……"

　　周瑜眼中带着志在必得的笑意，倒是有几分那小霸王的风采，"没关系，跟他们慢慢耗。"

　　就在周瑜跟曹军进行缠斗的时候，另外两路兵将也已出发。

　　等这一战等得焦躁的老将程普和同样经验丰富的黄盖带兵从南面包围上去，形成了半个包围圈，将许都团团围住。

　　而在东边直面荀彧剩余的曹军的，就是小霸王孙策。

　　孙策和太史慈率剩余三千精锐攻城，锐气不可挡。

孙策终于等到了周瑜与他会合，终于可以攻打许都，自是兴奋激动得紧。他挥舞着长戟首先冲杀入敌军阵营，每刺进一个人的身体就结果一条性命，所到之处敌方死亡率都大大提升。

太史慈也不甘示弱，一对短戟舞将开来，在敌人还没看清来势之时就已经被夺取了性命。

见着自家主师都这样拼命，江东的其余将士们士气大振，都被激发出了以一当十的拼命气势，与曹军厮杀在一起。

城头的荀彧衣着一尘不染，清雅得不似身在战场，反而像是谪仙一般。他居高临下地看着双方在拼命，心想也差不多是时候了，刚想要下令，却被传来的声音弄得一怔，"令君，战况如此胶着，亏得明公命我与公明带援军赶回！"

荀彧向说话之人望去，眼眸顿时一亮，喜道："子孝与公明二位将军到了，真是及时。还劳烦子孝带领一半兵将前去西侧城门支援，那周郎就在那边，全靠子孝了。"

曹仁朝西边眺望，点点头笑道："素闻那江东双璧中的周郎文武双全，虽然年轻，不过带兵打仗却是很有一套，这次倒是可以好好会会他。"说着点了五百余人，赶着去跟周瑜打架了。

剩下徐晃皱眉望着城下的激烈厮杀，倒似是孙策军占了上风，"令君，曹公命令死守城门，与那孙策展开拉锯战，我这就去增援。"

"公明且慢。"一直注视着场上情况的荀彧突然将徐晃拦了下来，"若能将那小霸王的军队诱入城中……那样便可一举将他们歼灭。"

徐晃扬眉，"曹公言道，死守许都便可。"

荀彧突然看着他笑了笑，自言自语般地道："公明和子孝他们比起来，跟随明公的时间固算不得长，功勋亦没他们多，这种时候将你从官渡派回许都，还要子孝跟着你，唉……公明若是能将那孙郎的军队一举歼灭于许都城内，那么明公可得多高兴？"

荀彧这一番"自言自语"直撩拨得徐晃心里痒痒，很快就脑补了一幅曹操身边武将唯他最受器重的画面。

徐晃忍不住道："那么……如果失败了……"那曹操不是更懒得用他了么？

荀彧望着越发占着上风的孙策军，朝徐晃道："公明将军，如若有任何失误，彧愿一力承担，与将军无任何干系。"

徐晃眼前晃着的是荀彧那张真诚的君子般的脸，心中对得到曹操重用的渴望还是压倒了曹操死守的命令，"好，要怎么做，令君吩咐便是！"

第十七章 许都 （中）

听了荀彧的话，徐晃立刻带兵和孙策"真刀真枪"地打了起来。

徐晃本意是听从荀彧的，让他们一让，不能把这些人杀干净，也不能跟他们耗上个三五天，而是要将他们诱入城门，聚而歼之。不过令他没想到的是，孙策军的气势在他带兵来援后不消反涨，拼杀得更狠了。他如若不出全力，说不定还输在孙策手下。

"呸，这孙讨逆，还真是只疯狗，带着一群疯狗。"徐晃暗骂一声，心想他家曹公说的果然没错，真是疯狗难与争锋。

这厢的"疯狗"果真越打越兴奋，一柄长戟挥舞得没人近得了身，在他三步范围内的要么没人，要么就是死人。

以前周瑜总跟他说，你身为主帅，别那么拼命，冲在最前头不是你要干的活。后来两个人一起打笮融、刘繇、黄祖，周瑜就再没跟他提过别冒险拼命这档子事儿了。

这时清楚地知道破许都就等于能抢到小皇帝的孙伯符既有了目标，就越发拼命起来。江东的儿郎也不是吃素的，很快就在曹操大军中杀出一条血路，直逼城门。

徐晃心里想着荀彧的嘱咐，见此刻己方虽然人数占优，却竟然微有败象，不如趁这个机会撤退引他们上钩，于是立刻下令，"快！退回城内！"倒是比做戏还要真。

小霸王乍然见到明明在人数上有优势怎么也不会输的曹军往城内撤退，心中第一个念头就是"乘胜追击"，随即想到此间必有阴谋，否则徐晃他傻啊？赢面五五分的局面扔下不要，往城里撤退？

心知许都城不是这么容易就能打下来，但是一鼓作气，都已经到此境地，难道还要他放弃吗？他露出一个得意的、带着挑衅的笑容，没把握的事情，他孙讨逆做得还少么？

"乘胜追击！进城！"

此刻，相比在战场上杀得兴起的孙伯符，根本没什么战斗力也无法被人看到的孙策正骑了马拼命往许都城西边赶。

他之前一直跟在那小霸王身边，两军如何厮杀、荀彧和徐晃如何在城楼谈话、徐晃领军援助、又渐渐显得不敌，他都看在眼里。许是旁观者清，他这个没人管没人杀的"旁观者"，很快就发现了事情有异。

他自知劝那小霸王是不可能的，人家心高气傲，两个人又根本不熟，他一个真真正正的小透明怎么劝人家孙郎啊？

在有些不知所措的情况下，孙策想到了在西侧作战的周瑜。周瑜一定会听他的，因为周瑜比他还要在乎那孙郎的生死。

于是，孙策毅然选择了在环境艰苦落后的古代最快的交通工具：战马。

因为没人看得见他，孙策很容易就顺手牵马，就这么拥有了自己的坐骑。

问题是……他从来没学过骑马啊！

孙策颇为为难地跟那匹马大眼瞪小眼了许久，最后还是咬着牙笨拙地爬上了马背。

于是，在南面围城的以程普黄盖为首的江东军看到的就是这样神奇的一幕：一匹战马正在以飞速向西边奔去，但是马背上却空无一人。

因为连日冷战所以被迫和许都城门处的甘宁分开的凌统，正百无聊赖地在程普身边儿待着，蓦然间看到一匹发了疯的马，想要教程普他们也看到这奇怪的景象，谁知几位老将军却都没心思搭理他这小孩儿。凌统自怨自艾之余突然想起了甘宁，他撇了撇嘴，如果那个大叔在这儿，肯定不会因为他是小孩子就无视他，而是会专心听他说话吧。

逼自己不去想他，可是却会不自觉地去关心他的情况，凌统拿自己没办法，终于放弃了抵抗，专心致志琢磨起甘宁的情况来。

不知道，大叔他们那里，怎么样了？

孙策的一魂一魄在被马颠得要散了之前到达了周瑜军后方。

"周瑜！要出大事儿了！"孙策灰头土脸地出现在周瑜面前，那表情就跟见了鬼一样惊慌。

周瑜架还没打完就被孙策拉住，只得先让吕蒙和陆逊稳住局面，自己跟着孙策闪到一边，"孙策？你……掏鸟窝去了？"一个灵魂体都能狼狈成这样，他也是服了。

"还不是为了孙伯符？"孙策有些小怨念，他一个没骑过马的人能活着站在周瑜面前已经很不容易了，"周瑜，我来的时候你家孙伯符已经占了上风，但是我看到徐晃和荀彧两个人嘀嘀咕咕，估计是有什么阴谋诡计。如果他进城，我总觉得有点儿瘆的慌似的。"

周瑜皱起了双眉，有种不好的预感，"他要进城？荀令君足智多谋，还是小心为上。"

孙策连连点头，"所以我才赶过来跟你说啊，现在去应该还来得及吧。"

周瑜叹了口气，有些担忧，"好，谢谢你，我这就过去。"

他将拖住曹仁的任务交给了吕蒙陆逊，心想他们有了江夏的经验，应该不至于出错。

至于这曹子孝，留到南郡再虐他也无不可。

周瑜紧赶慢赶，还是没能赶在孙策军进许都前把他们拦下来。

他赶到时，曹军已经全部退入了许都，就连孙策军也跟进去一大半，包括冲在最前面的那小霸王自己。

周瑜微微苦笑，事已至此，他也只好陪这个任性的主公一起疯了。

抱着"舍命陪义兄"的心态，周瑜换了套普通兵士的衣服，跟着江东军混进了城门。

进城之后却连之前那一点小小的担忧也消失殆尽，想到即将到来的一场拼杀，胸中尽是豪情。

周瑜刚一进城就听到了一阵铃音声响，顺着声音望去，果不其然看到了花花绿绿的甘宁。

"兴霸！"周瑜策马赶到甘宁身边，朝一脸诧异的甘宁摇了摇手，低声道，"先别急着去跟伯符说。兴霸你带人去控制城门附近的曹军，莫要让他们关上城门，将咱们围在这城中。"

甘宁有些莫名其妙，但是这当口儿却容不得他犹豫。毕竟是眼前之人将他带来江东，他这才得以一展才华，是以对周瑜，他比对孙策还要信任那么一点点。

"好。"甘宁也不多问，答应得干脆，径自带了人去控制城门守军。

甘宁刚刚退回城门口便看到曹军在关城门，骂了声"奶奶的"，赶紧带人去打了起来。城门关上那么江东军便如瓮中之鳖，想逃都难，多半会沦落到任人宰割的地步。江东的将士们自然也明白这一点，是以一个个都杀红了眼，长枪的枪尖上血还没滴落便又插入了另一人的身躯。

要知道城门守军均是精锐，但是架不住江东军从一开始打许都就是不要命的，一副打不下来这座城那么性命扔在这里也没什么的架势，没多一会儿就控制了城门。曹军尸体遍地，从伤口处流出的血将原本黄色的土地染上了一片血红。

　　甘宁吩咐手下看好了城门，心中对周瑜的佩服更多了几分，"嘿，这中护军还真有两把刷子，如果不是他，老子说不定就出不去这许都城了。"

　　这厢周瑜在几条分岔路中选择了看起来厮杀最狠烈的那一条，毫不犹豫地冲到最前方，不出意外地在一群人中看到了那个挥舞着长戟杀得兴起的身影。

　　若说他周瑜灵活矫捷，见缝插针，能以巧劲克制敌人，那么前方的孙伯符便是一夫当关之勇，真的像一头猛虎一样，将自己的利爪展示给对方，在对方惊羡后则毫不留情地把人家一巴掌拍死。

　　周瑜混在普通士兵里，采取"人不犯我我不犯人"的君子杀人法。基本上属于有人挡他路他就把别人掀翻，如果没人来找死他也懒得去招别人。

　　谁知道偏偏有不长眼的曹军，那么多人不杀，好死不死地挡了周瑜的路。

　　那人挺枪刺向周瑜面门，一股子蛮力倒是挺大。对于天天跟那小霸王打架的周瑜来说，这自然不能算什么，他侧身躲了过去，顺势将手中的古锭刀刺入那人心口。

　　"噗"的一声，殷红的血再次绽开在了古锭刀的刀尖。

　　周瑜看了一眼倒在自己脚下的年轻士兵，情绪并没有多大起伏。

　　这就是命，身处乱世的人的命。

　　成者王，败者寇。

　　他能做的，就是让那孙伯符，成王。

　　周瑜开始思索，许都毕竟是座城，城内有百姓居住，荀彧能给他们下什么套？这么几天又能赶制出什么难以抵挡的东西？

　　火攻吗？他荀令君那般的人，又岂是甘愿舍弃许都城中百姓民房以放火烧他们江东军之人？

想到那晚赤壁的大火，再脑补一下在这小巷中燃烧着熊熊烈火的景象，如果荀文若真的敢这么做，估摸着他江东之众一大半就得把命扔在这许都城中了。

周瑜替孙策盘算着该如何减少伤亡或者躲开荀彧设下的计策，而这孙伯符自己却早已脱离了本该在他身边保护的士兵，自己一个人冲入敌军中杀将起来。

都说小霸王神勇，不过曹军再怎么样也只是听说过他的名头而已。这一次却是切身感受到了他的可怕。

一般主帅不往后躲都算勇敢的了，他们还没见过这不要命一样往前冲的，偏偏他还武力值太高，所到之处曹军血流成河。

阳光下的他给人的感觉非但不是压抑可怕，反而是耀眼明媚的。

自始至终，不管有多少人被他夺去生命，那小霸王依旧神色淡然，脸上甚至还带着笑，淡定自若。

只有拥有对敌人的绝对藐视和对自己的绝对信心，才能有他那样的气魄，才敢独闯敌军阵营。

荀彧在远处居高临下看着在巷战中亦有着压倒性优势的孙策军，心下暗暗佩服。

孙策军不是人数多，更加不是训练比自家军队好。他们之所以能占到优势，单纯是因为他们的主将。他们的主将所到之处所向披靡，他们的主将丝毫不惧一往无前，正是这样的胆气和霸气激励了其他士兵，所以他们才能占到赢面。

"差不多了，再输下去，只怕这许都真得易主。"荀彧一挥手，眼中的温润如玉被几分凌厉取代。就算你再一往无前又怎样？既然到了这城内，这曹公的城，他与他的城，你便是我盘中之物，休也再想逃脱。

"喀拉……喀拉……"

极轻极轻的声音绵绵密密地响起，混战中的人没人注意到，不过心思不在杀敌上面的周瑜却捕捉到了。

还没来得及细思这是什么声音，周瑜就已经变色，"小心头顶和前方箭雨！"周瑜大喊，一柄古锭刀舞得很急，尽可能地先保护好自己，要不然也没法救别人。

他现在明白刚才那喀拉声是怎么回事了。原来屋顶上早已有人埋伏，就等荀彧一声令下，他们掀起屋顶上瓦片，将箭矢如雨一般撒下，再加上前方曹军弓箭手放的箭，他们根本就没有逃脱的可能。

流矢像流星一样朝他们飞来，更可恨的是居然还带着火光，这荀令君却是将箭雨和火攻省事儿地合二为一了。

周瑜暗暗叹气，他还是低估了荀彧，为了这许都，他也开始发疯了。还好早让江东兵士们准备了盾牌以防万一，现在居然用上了。

曹军立刻撤离这被箭雨肆虐的巷子，因为荀令君自然舍不得自己人伤在这箭雨之下。

而孙策军却无处可退。他们的确可以赶紧离开许都城，但是没有一个人后退。

他们有盾牌的忙将盾牌举过头顶，每面盾牌底下都躲了好几个人。然而他们毕竟事先不知道城内的布置，是以没办法赶制武器以作防御，所以并非每一个人都有盾牌。

没有盾牌的只能竭力躲避着，可是多数却是徒劳无功。被射中后的人受着箭伤和烧伤两重折磨，可是还是忍着伤痛前行。

每一个人，都想要为江东战到最后一刻。

夹着火星的箭矢铺垫盖地般朝他们飞撒而下，噼啪的声音夹杂着肉体被烧焦的味道，弥漫在许都城再普通不过的小巷子里，牵动得孙策和周瑜心中疼痛。

没有硝烟，但却火光蔓延，任意地肆虐着。

在一轮猛烈的攻击之下，江东军的伤亡数量明显增加，地下两军的尸体已经可以对半开。

周瑜心下暗暗着急，好在他隔着人群看到孙策没事，否则只怕真是要心急如焚。

这第一轮下来已经要支持不住，那后面该怎么办？

"咦？"没过多久，城楼上和巷子中有三个人突然不约而同地皱起眉头。

城楼上那人，自然就是策划一切的荀彧。按照他的计划，埋伏着的弓箭手们的攻击只会越来越强烈，怎么现在突然停下来了？他可也没让停啊！

可是由于埋伏着的人都在民屋内，他根本看不出出了什么岔子。荀彧疑窦重重，心中不安起来。

巷子中躲过了第一轮猛攻的孙策和周瑜也以为接下来的攻击会更加猛烈，谁知道屋顶上却再没有羽箭射下来，整个巷子里除了受伤士兵的叫声就没有别的声音，一时间两人心头都涌上了有些诡异的感觉。

孙伯符那种奇异的感觉只持续了一瞬便消失无踪，取而代之的是豪情万丈。既然对方不知出了什么问题，等荀彧徐晃他们发现问题就来不及了。这进攻的好机会转瞬即逝，他怎能任由时间就这样溜走？

他举起手中长戟用力一挥，声音中带着志在必得的信心，"继续攻城！今日我孙伯符，定要破了这许都城！"

第十八章 许都 （下）

此时此刻，许都城一处民居内。

"嘿嘿，小凌统，怎么样？"甘宁瞥了一眼地上横七竖八躺着的士兵，有些得意地瞧着眼前的少年。

凌统眼中带着羡慕，但小脸儿上却神色严肃，努力压制着声音里的激动，淡淡道："还行。"

虽然只是一句"还行"，但是对于连日来和凌统冷战的甘宁来说已经是莫大的夸奖，这孩子看来也没那么别扭嘛。

"凌统，你还在生气么？"甘宁虽然这么问，但是脸上却是掩饰不住的笑容。

至于他这么开心的原因，和那些埋伏的曹军突然集体"阵亡"也是有关系的。

时间退回到孙策军刚刚被铺天盖地的箭雨包围之时。

因为有一部分箭矢射到了民屋和草垛上，没多久城内就燃起火光，这些情况都被城外待命的程普、黄盖、凌统等人尽收眼底。

程普黄盖虽然焦急，但是他们两个都是久经战阵的老将，对孙策也有足够的信任，这些经验足以让他们原地待命。

可是凌统不一样。

凌统年纪小，没经验，最主要的，一直同他并肩作战的甘宁还在城中。

城里火光乍现，凌统立刻就想到了甘宁。虽说他知道，甘宁不是他，以那大叔的战斗力，自保应该还是没问题的，但是万一他狠劲儿上来，偏要跟曹军分个高低，那可怎么办？

只是……那人可是他的杀父仇人啊……

死了就死了，不过是报仇而已，他又纠结什么呢？只是到底他对甘宁的安危的担忧占了上风。反正大叔他再怎么说也是江东的一员，去救自己的战友应该是很正常的吧？

于是，凌统大着胆子做了一个决定：他打算进城。

按说凌统是不可能在程普和黄盖眼皮子底下带人溜走的，但是小凌统毕竟年纪小，基本上没人管他。

他偷偷摸摸地来到自家军队后方，捡了一些看着眼熟的，好像是自家父亲的旧部的，然后一脸严肃地搬出了父亲，跟他们讲凌操是多么渴望许都能够易主，他现在就想替父亲完成愿望，在这里什么都不做父亲肯定会失望，吧啦吧啦吧啦，语声悲戚，眼圈儿泛红，就差真的哭出来了。

凌统亲情牌打够了，最后以一句"你们也不想看着自己的主公和同袍们被困死在城内吧？是男人就跟我去救他们！"结尾，戳得一群大老爷们儿心疼。

这些凌操旧部毅然决然地下决心跟凌统进城，可是凌统还是觉得人手不够。

于是这些被小凌统忽悠得热血沸腾的青年们又去忽悠了自己同样热血的战友们，这些战友们又去忽悠其他的同袍，谁也不甘示弱，不愿被说"不是男人"，最后导致程普黄盖的两千个"男人们"被男孩凌统划拉走了七八百带进了许都城。

当程普和黄盖对赶着去相救同袍的热血男人们的拦截失败、并且查出莫名其妙拉走自家八百士兵的家伙是凌统时，两人你望天，我看地，最后看看对方，一声长叹。

做贼心虚的凌统带了人几乎是逃到许都城门下的。本以为进城要很是费一番口舌，谁知道正好碰到了一脸着急的甘宁。

甘宁见到凌统以及他身后那一群本不该出现在这里的士兵，诧异之情难以言表，"凌统？你怎么会在这里？"

凌统皱了皱眉，道，"我在城外见到城内有火光，所以过来看看能不能帮忙。"

甘宁神色中带着惊喜，脸上是抑制不住的笑容，"小凌统你来的正是时候！"

那时候他正准备赶去参战，谁知却看到进入小巷的军队被铺天盖地的箭雨围攻，他自知自己去了也无法帮忙，能做的只有想办法调兵去制住藏在暗处放冷箭的那些家伙。

他急得很，就差将看守城门的守军拉过去帮忙了，却很巧地看到了凌统带兵来援。

甘宁大喜过望，他既不在乎城中百姓的住所是否完好，闯民宅是分分钟的事。他将八百人分成了四个小分队，闯入暗处隐藏着的曹军所在的民居，没遇到多少抵抗就将那些依旧在专心放冷箭的家伙一一擒获，八百人折损了还不到五十人，解了小巷中江东军的燃眉之急。

"小凌统，你自己在这看着他们？行么？"

甘宁心情大好，刚才的焦急早就抛到九霄云外，现在的他一心想要赶上孙策的大部队，去战场上杀个痛快。

凌统撇了撇嘴，神情有些不满，"我也就干干后勤是吧。"甘宁挠挠头，糟糕，他是不是又说错话了？

正想着该如何安慰凌统，眼前的小孩子突然开口道："好吧，我看着，你去你的，放心好了。"

甘宁错愕地看着他，有点难以置信，这小孩子什么时候变得这么懂事了，刚想开口再说些什么，凌统却不给他说话的机会，迅速地将他推出屋外，"我知道你想去，战场才是你的天地。"

不同于得意洋洋的甘宁和凌统，荀彧被莫名其妙停止的暗中偷袭搞得忧心忡忡。

战也不打算观了，想来徐晃应该可以随机应变。放弃观战的荀彧不是临阵脱逃当缩头乌龟，而是去找了一个他认为现在很有必要找的人。

荀彧来到一间无人打扰的暗室，室内酒香弥漫，桌边坐着个身材瘦削的男子，正拿着酒杯自斟自饮。

见到荀彧进来，他漆黑的眼眸中染上淡淡笑意，举了举手中酒杯向他示意，"文若，外面怎么样了？"

荀彧看着那人无所谓的神情，无奈地笑笑，"外面都打成那个样子了，你就不担心？"

"有你呢，不担心。"他仰头将杯中酒一饮而尽，转头朝荀彧笑笑。

荀彧叹了口气，走上前抢过那人的酒杯，倒了一杯给自己，仰头喝尽，"奉孝，公明现在自己一个人在外面应对那孙郎，你也真放心。"

郭嘉望着眉头微皱的荀彧，戏谑道："现在明公身边，多嘉一个不多，少一个也不少。我放不放心又有什么关系了？"

荀彧听了他这句话，眉头皱得更紧了，"你的计策未能奏效，现在只能与他们硬拼。唉，如此冒险法，究竟不是次次都能成功。"

"那就与他们硬拼好了。"郭嘉拍案起身，神情中带着几分冷厉，不似那懒洋洋的、计谋都藏在心中的谋士，倒是有了几分征战天下的武将风采，"嘉就不信，咱们人数占优，又熟悉城中地形，还能让他们在眼皮底下将这都城夺了去！"

再说这孙伯符和周公瑾，领着士气高涨的江东军一路凯歌，离那小皇帝所在的宫城越来越近。

徐晃更加不明所以，不知道他们家荀令君那里出了什么岔子。但是孙策他们是他诱进来的，如果真将曹公的老家许都输给了小霸王，那曹公回来还不得撕了他？

"咱们不能输！许都若破，何为家？"徐晃一斧头砍翻了离他最近的一名江东士兵，大声喊道，眼睛泛红。

"不能输！不能输！"

曹军的喊声冲破云霄，仿佛是要将胸中这些天来积攒的怒意都发泄出来，只有这样才可以给他们保卫家国的决心。

一时间气势大振的曹军跟江东军厮杀在一起，像是仇人一样，不可磨灭的仇恨太过浓烈，非得把对方吞进自己肚子里才能罢休。

这一切自然都被周瑜看在眼里。

对于曹军，他有一瞬间的佩服，这番骁勇和气魄，他们江东的儿郎，又何尝不是如此？

周瑜见以徐晃为首的曹军士气大涨，那徐公明更是杀得红了眼，拼了命也要守住许都，一副来一个我砍一个，来两个我宰一双的架势。

周瑜表示他可以理解，人嘛，特别是武将，终归都是有血性的。这血性一旦被激发出来，那就跟疯了一样谁也拦不住，他也是见识过的。

这看起来是件好事，但是也可以是坏事。

周瑜向着徐晃的方向微微一笑，徐公明，你固然能多杀几名我江东儿郎，但是你自己的不查，可是将性命交于我手了。

周瑜将古锭刀从面前士兵的身体中抽出来，任那人软倒在地上，看也不看一眼。

旋即把刀尖依旧滴着血的古锭刀悬挂回腰间，他看准了斜前方一名曹营士兵背后背着的弓箭，伸手在他肩上一拍。没等那人回过神来，弓箭已经被周瑜夺在手里。

"兄弟，先借我一下，一会儿还你。"周瑜朝那错愕的士兵笑得温雅可亲，在那人还没反应过来之前他便已经抽出刀送那倒霉的家伙上了西天。

古锭刀再次被插回腰间，曹营将士们的血顺着刀身滴落，一滴一滴砸在地上，啪嗒声在嘈杂战场上依旧清晰可闻。

周瑜试了试手中的弓，虽然不如自己的用得顺手，但也还凑合能用。

他弯弓搭箭，第一次在战场上拉了满弓。嘴角带着有些冰冷的笑意，周瑜将弓对准了远处徐晃的眉心，手指微松，离弦的羽箭向徐晃飞射而去。

与此同时，一支速度同样快极的箭矢从身后射来，破空之声响在周瑜耳边。

那暗箭却不是射向他的，而是，射向不远处正在酣战的孙策。

"孙伯符！"一声惊叫如同平地惊雷，炸响在小霸王耳边，声音中充满惊恐。

然而这声音却不是周瑜发出的，整个战场上也只有两个人听得到。

是孙策。

他在给周瑜报信后，心想孙伯符有了周公瑾，他也没必要过去添乱，索性便留在了吕蒙陆逊军中，没人看得见他，倒也乐得清闲。

本来以为能耗上许久，谁知道曹仁不愧是曹仁，他带兵来援后隔着纷飞战火和张牙舞爪的江东军，透过表象看本质，没多久就发现吕蒙陆逊不过是在拖延时间。

作为训练有素的将领，曹仁当断则断，本着对自己的判断的充分相信，他当机立断地带兵往回赶，扔下一小部分人接着跟吕蒙陆逊小打小闹。

好在吕蒙和陆逊发现得早，看着一地曹军尸首，果断放弃了攻打城门，而是也转了回去，争取在半路截下曹仁的援军。

吕蒙和陆逊身为暂时的主帅，自然不能脱离大部队。

然而孙策不一样。

他再次充分利用了没人看得见的外挂，发了疯一样地往城东面赶去，目标为争取充当周公瑾的神助攻。

打不了架，报个信也行啊。

谁知道他还是反应太慢，抑或是曹仁那家伙也开了挂，竟然在他之前赶到。

单单是赶到也就算了，那也没什么，但是让他很不爽的是，你赶到了就到了吧，还显摆个啥呢？显摆就显摆吧，你朝人家放冷箭算是怎么回事儿？

你放就放吧，为啥还偏偏挑了人家主帅？

你挑了他咱也认了，但问题是看到你捣鬼的只有他孙策啊！只有他看到倒也没什么，可是能救人的只有他一个啊！

孙策一把鼻涕一把泪，心想自己怎么那么倒霉？

不过既然这样，他也只有认命。

电光火石之间他根本不及细思，条件反射地惊叫一声后想也不想便朝孙伯符扑了过去。

周瑜啊，他可是为了你才去保护那个小霸王的啊。

听到呼喊声的孙伯符转身，惊异地看着朝他飞扑过来的孙策，以及，来不及躲避的暗箭。

孙策一下子扑在孙伯符怀里，随即一股大力从背后推至，火辣辣的疼痛从身后的一点蔓延至全身，心中的恐惧瞬间被难以忍受的痛苦取代。

在神智被疼痛完全撕裂吞噬前，孙策咧嘴一笑，心想，还好刚才他离着孙伯符比较近。

周瑜眼睁睁地瞧着那箭矢飞一般地朝那人呼啸而去，又眼睁睁地看着孙策在电光火石间扑了上去。

他张大了嘴却一声也叫不出来，利箭将孙策穿身而过的一瞬，他站在同样呆若木鸡的将士中，仿佛一桶冰冷的雪水从头上淋下，又像双脚黏在了地上一样，连挪动一步的力气都没有。

"主公！"

"徐将军！"

只一个呼吸之间，两边主帅双双中箭倒地，没人去想到底是哪两个人这样心有灵犀的放暗箭，他们现在关心的是，主帅生死不知，他们能否活着离开战场？

惊恐的叫喊声如层层巨浪响彻在周瑜耳边，仿若窒息的一瞬一闪即过，周瑜顾不上暴露身份，也暂时不想知道是哪个家伙作死地放箭，更加懒得去管徐晃到底死了没有。

这一切都没有他的义兄重要。

没事的，没事的，义兄不会有事的。年纪轻轻便闯出自己一片天地的孙讨逆，又怎会有事？周瑜反反复复地告诉自己，即便是他真的出了什么事，他也会拼尽全力救他。

既然他能救他一次，就能救他第二次！

总之，周公瑾不能看着孙伯符在自己眼前死去！

古锭刀出鞘，在阳光下闪着寒芒，随时准备勾去人的魂魄。刀身很快就染上一层鲜血，机械般地进出人的身体，点点梅花般的殷红绽开在周瑜身边，有种奇异的明媚绚烂。

此刻的他丝毫不似平日里温文尔雅的周公子，身处战场的他仿佛暗夜的修罗，没有丝毫感情地收割着人命。

为了他，血染天下亦不足为惧。

愤怒到达顶点的周瑜顷刻间便已杀出一条血路，双眸中神色如利刃般凛冽，俊秀的脸庞上溅上了点点血迹，却不知道是谁的。

"伯符！"周瑜推开挤成一团的江东将士，将那紧闭了眼睛的人揽入自己怀中，眼睛一眨不眨地看着他。

"中护军！"有人认出了周瑜，声音中带着惊喜，"您居然在这儿！"

"说，"周瑜皱着眉望着怀中的孙伯符，他胸口有一摊血迹，不过伤口不深，就是普通皮外伤，可是怎么会叫不醒他？"这怎么回事？"

"中护军，刚才……刚才主公就在我不远处，我……我看到一支箭向他射来，然后……然后就现在这样了。"

"算了，你别在这儿废话了。"

周瑜实在没什么好气儿。与其听他们絮叨，还不如将一将自己所知道的东西。

他清楚地记得自己见到孙策在最后一刻扑上去护住了伯符，然后呢？

哦，然后就消失了。

周瑜一怔，他都快被自己的冷静打败了，消失了？怎么会这样？

迷茫中他突然想起了在现代时那只小鸟儿的话，他说伯符的魂魄合一需要一个契机，什么是契机？难道两人死一块儿就是所谓的契机？

那也说不通啊，如果真是契机，怀中的伯符为何会昏迷不醒？

周瑜叹了口气，望向怀中的人。

五官都英气得恰到好处，精致却不女气，也没有过分粗犷。一双剑眉斜飞入鬓，张扬地昭示着主人自信到狂妄的性格，那双紧闭着的眼眸似乎怎么样都压不住、配不上这样一双眉毛，不过周瑜知道，这一双眼睛，是他见过的最好看的。

然而现在根本就不是欣赏帅哥的时候，更何况是个昏迷不醒的帅哥。

周瑜一抬头，刚待下令，却见本来已经散乱的曹军突然间再次齐整了起来，仿佛有什么神力将他们拧成一股绳一样朝江东军冲了过来。

本就惊疑不定担心孙策生死的江东军更加不知所措，被恐惧占据内心的他们奋力抵抗，却依旧渐渐被曹军占了上风。

每多过一瞬，便是数个十数个江东男儿的死亡，拼尽全力后却仍难逃命数，枯叶落地般毫无声息地倒在其他战友和敌人的血泊中。

周瑜唇角勾起一丝冷笑，心有灵犀般地侧头望去，果不其然在不远处看到了那人。

在风度翩翩的荀令君身边，那个笑容狡猾得像狐狸一样的郭奉孝。

第十九章 两个灵魂

　　硝烟弥漫中，郭嘉转头，目光正巧与周瑜的在空中相撞。他弯起眼睛，露出志在必得的笑容，勾起的唇角带着几分挑衅的意味。

　　周瑜有一瞬的恍惚。这家伙，怎么看怎么不像郭祭酒啊？也不是不像，就是眼中含着的得意有几分复仇的感觉，倒像他们俩之前有多大仇似的。

　　然而处在杀声震天的战场，这样的环境根本不容许周瑜静下来多想。管他是谁呢，现在最重要的，是保住这批江东儿郎……还有自己的义兄。

　　周瑜看了眼倒在血泊中的将士，又看了看怀中依旧昏迷不醒的人。失而复得后，一切都变得十万分珍贵。现在真的别无他法了，这许都，又怎及孙伯符万分之一的重要？

　　"传令下去，撤军！向城门处速速撤退！"

　　不远处的荀彧和郭嘉微笑着看着一切，见到江东军开始渐渐撤退，两人对视一眼，都是一笑。

　　荀彧清楚地看到对方眼神里对于唾手可得的胜利的迫不及待，心中虽仍然微觉不妥，但是……但是看到身边这真切的人，便即下令要追。

　　谁知他一个"追"字还没说出口，前方即有人疾驰而来，骏马马蹄翻飞带起了阵阵尘土。

　　"令君！曹公……曹公刚下的命令……"

　　前来传信之人一阵飞奔后喘息连连，望了一眼依旧拼杀的两军，神色并不好看，"曹公言道，前方战况胶着，急需后方安定，但祭酒大人有一计或能成功击退袁军，请令君务必将孙策军拒之城外，静待来援。到时候便可将其聚而歼之。"

　　荀彧神色也称不上好看，只淡淡一声，"知道了。"

见那人行了个礼退下，荀彧侧身转向刚才躲到了暗处的郭嘉，苦笑道："奉孝不必躲，他们看不到你。"

郭嘉却没想着这档子事儿。他眉头微皱，叹了口气，"嘉这是自己给自己挖了个坑往里跳？前方明公一道命令，文若想必不会再追击。"他也想不到在这个被扭曲的历史中，建安五年的郭嘉会给曹操出这样的馊主意啊！

身边的荀彧沉默着，郭嘉便认为他已经默认，"嘉这次赶来也没用什么正大光明的手段，时间也很紧迫，真不知哪天便无法再待下去。然而明公之命……终究不可违。"郭嘉望着荀彧的侧颜，微微叹息一声，如果真出了什么乱子，他郭奉孝自然不怕。但是他逼着那小凤凰送他回来，根本不知道哪一天会被人家强行拽回去，到那时候，难道他郭奉孝惹出的事儿，要身边的荀文若一人来扛？

自然不能。

"文若，便这样吧。"

再说甘宁。他和凌统分开后，便即带人想要杀个痛快。

谁知道连敌人都还没遇见一个半个，前方变故已生，接着便是己方军队大批撤退回来。冲在最前面的居然是中护军周瑜。这也罢了，周瑜怀中居然还抱着他们家主公孙策。最可怕的是，他们家主公居然还昏迷不醒，这让甘宁接受不能。

甘宁先是吓了一大跳，没待问清楚情况，便听周瑜朝他喊道："兴霸，撤退！"

身体的反应先于大脑，甘宁虽然没搞清楚情况，但是周瑜说什么就是什么，甘宁立刻带人边掩护边撤退。

纷乱战火中，时不时从死亡边缘擦过，或者脚下有时踩到软物，那是曾经与自己并肩作战的战友，抑或是敌人，是来许都的目标。这种时候，甘宁特别想去找凌统，想去告诉他快撤，别傻傻地等着他了。

然而他不能在此刻离开，即便是为了找凌统也不行。

周瑜一马当先，怀中抱着孙策从来时的路冲了回去。

他一向记性好，周围的民居和小摊都是很熟悉的，还有地上江东儿郎们的尸身，他们将长眠于此，虽然或有不甘，但是却也值得。甚至是来的时候被包围时的每一个细节，屋顶瓦片打开的"喀拉"声，火光四溅的箭矢的方向和角度，他闭上眼睛都能清楚地描绘出来。

然而唯独有一样东西不一样了。

来的时候他在远处看着伯符，看着他肆意挥洒汗水，看着他每一个动作，都很潇洒。

而回去时，那人却在自己怀中，昏迷不醒，生死不知，就连导致现在这样情况的原因他都不知道。

奔出一阵，回头看向身后，周瑜"咦"地一声，一双好看的眉毛微微皱起，对现在的情况很不解。

身后的每一张年轻的脸上都和他一样写满了迷惑。

意料之外地，曹军并没有乘胜追击，甚至连追都懒得追来。江东将士身后，连半个曹军的影子都没有。

刚才还激烈地厮杀着，独属于沙场的兵器碰撞声和刀枪入肉声响彻在许都城内。然而连半柱香也还不到，曹军就跟人间蒸发了一样，当江东军士停下脚步，响在耳边的就只有自己和身边之人的呼吸之声。整个许都城内静得可怕，一根针掉在地上都能听得见。

周瑜微怔后哂然一笑，不再去想这诡异的局面，"既然曹军不敢追，那么咱们就这么大摇大摆地出了许都城也无不可。"

相比许都城内硝烟弥漫和斗智斗勇，一时杀声震天，一时又悄无声息得如死寂一般，城外的守军则在漫长的等待中变得心急如焚。

"德谋，快看！"在久久等待后，大开的城门中一骑黑色骏马四蹄翻飞，风驰电掣而来，虽然离得远，但是黄盖还是一眼认出来，那是孙策的坐骑。

骏马上之人黑色的长发随风飞扬，银色的盔甲在阳光下反射着亮光，身姿潇洒。他怀中斜斜靠着一人，长发倾泻而下，挡住了脸，看不清容貌，但是那一身淡淡金色的盔甲，倒是眼熟得紧……

"噫？"程普看着那人，怔住了。

孙策他看得惯了，自然知道这坐骑虽然属于孙讨逆，但那马上的人却不是他。

还有那怀里的人，容貌看不清，然而那一身张扬耀眼的铠甲……

除了孙策以外还有谁会那么得瑟？

既然那是孙策，那抱着他的人自然不必说，必须是他那要好到不行的义弟周瑜了。程普心中惊诧，心知定然出了什么事，连忙率人迎了上去。

"程公！"周瑜侧头望了望身后，见江东军都已经撤了出来，放下了一直悬着的心，朝程普露出一抹让人能不知不觉放宽心的微笑。

然而程普根本就懒得理周瑜，第一眼就看到了他怀中的孙策，大惊道："他……主公这是怎么了？！"

周瑜看了眼没有丝毫醒转迹象的孙策，微微苦笑，"都是瑜护主不力，不过现在，还是先赶紧离开的好。"

程普这才将目光从孙策身上移开，望向周瑜的眼神里带了几分不满和责备，"唉，若是他有什么三长两短，那可……"

周瑜闭了闭眼，看向程普。

"别说了，先赶紧离开吧。"

许都城内一片狼藉，城中的各个角落都遍布着将士们的尸身，有来过又离开的孙策军的，亦有曹操守军的。

荀彧一步步踏过敌人或者战友的尸体，眼中翻滚着说不清的情绪。

"文若，就这么出主意让他们进来，却又这样轻巧地放了他们走，你不怪嘉任性么？"郭嘉半眯着眼睛一笑，侧头望着那个如玉一般的温润男子。

荀彧眨了眨眼睛，勾起一抹笑，笑容让人放心和释怀，"为何要责怪奉孝？咱们未能赢，他孙讨逆却也没占到便宜啊，而且，他将命送在这里了也说不定。"

郭嘉挑起半边眉毛，"这么说，他一命换徐晃将军一命，倒还是咱们赚了？"

荀彧一怔，掩住了唇角笑容，"或许吧。"

"文若是不是觉得嘉很无情啊？"郭嘉笑了起来，狐狸般狡黠的眼中流露出笑意，"特别是现在，比之前好像更冷酷了呢。"

荀彧微微叹息一声，"自然没有。"

奉孝，就算你回来是为了明公，然而于彧来说，失而复得已然是万幸，又何必与你计较这些。

你冷酷也好，无情也罢，能有你在身边，便已是莫大幸福。

"伯符，已经三天了，你怎么还不醒？"

"伯符啊，都过了五天了，江东上上下下都需要你，你不能这么逃避责任吧？"

"伯符，你那么放心让仲谋那丫接管你这烂摊子？"

"诶？伯符你醒了？！"

自从许都一战到现在，已经过了七天，孙策一直没醒过。这段时间里，白天周瑜要打点军中大小事务，晚上则在孙策床边，一守就是一晚。

一天一天下去，周瑜从最初的充满希望到后来的麻木。他不知道接下去该怎么样，腰间悬着的竹形玉佩时刻提醒着他，自己很有可能一下子失去了两个关心他的人，失去了最后的扭转历史结局的可能。提醒着他，他的义兄伯符，终是活不过建安五年。

直到第八天晚上，周瑜照例在晚间来看孙策，照例守着他怔怔出神，照例抱怨几句他的不负责任。不过他的坚持究竟没有白费，孙策终于醒了。

周瑜惊喜交集，一把握住那人的手，"伯符！"

孙策眨了眨眼睛，刚醒来的他明亮的眼眸中染上了一层水雾，神色显得稍微有些迷茫。

"伯符，你……"周瑜顿了顿，仿佛在想该怎么组织语言，"你还认得我么？"

孙策闻言微微一怔，似是不懂为何周瑜如此相询，不过他随即笑得阳光灿烂，"当然认得。"

一直都高度紧张的周瑜暗暗舒了口气，可是还没等他接话，便听孙策道："你是周瑜嘛。"

"周瑜？"周瑜一怔，不自觉地挑起眉毛，"你叫我周瑜？"

他说完这句话，孙策并没有立刻接话，小小帐中连空气都一下子凝固，彼此的呼吸清晰可闻。

过了半晌，就连周瑜都开始觉得不自在时，孙策微微垂下眼睫，突然就有些不好意思，"我就是那个现代的孙策……"

周瑜："ヾ(。′Д′。)！！"

他一向自诩随机应变能力不错，然而此刻心中却天人交战，完全不知道该怎样接话。

孙策是伯符，又不是伯符。他的容貌身形与伯符丝毫不差，然而性格却天差地远。

这也罢了。

但是孙伯符，是那个与周公瑾幼时总角相识，长大后并肩征战天下的小霸王，而不是现在这个，在现代生活了二十来年，认识梁朝伟周润发，却同他没有任何交集的孙策……

周瑜头疼地按了按额角。他想过孙策从此一睡不醒，也想过醒来后仍然魂魄不全活不过建安五年，但是，现在这个被取而代之的情况，到底是怎么回事啊？！！

"那……周瑜你累了先去休息吧。"

周瑜征了征，抬起头看了看那人的眸子，清澈如一潭秋水的神色全然不似伯符。

"嗯，好。"周瑜微微笑了笑，起身向外走去，"那我明日再来看你。"

孙策望着那绯色身影推门而出，低头一笑，眼中情绪复杂。

周瑜回到自己帐中，神情少有的崩溃。

他拿下腰间自己早已用指尖勾勒过无数遍的竹形玉佩，一脸嫌弃地看着它，就差将这玩意儿直接摔在地上了。

想着那个睁眼就叫他"周瑜"的家伙，又回忆了一遍自己两世想要救人都没能成功的悲惨经历，心中一股邪火窜起来就压不下去。

"小破鸟你再不出来信不信我烧了你全家！"

21 世纪。

某大城市。

某市中心别墅内。

某句高分贝的话带着怒意炸响在某神兽耳边，惊得他差点没把手里的东西扔到地上。

"吵什么吵啊！烦死了简直！"小凤凰掀开被子，抓了抓自己乱糟糟的一头金毛，不满地唠唠叨叨，"文台出差了，郭嘉也跑了，周瑜来了又回去了，还带走个孙策，我都无聊到没事儿干就想睡个觉，你却又来吵我不让我睡！我欠了你们的啊？"

耳边还回响着周瑜那句要烤了他全家的威胁，小凤凰自觉地脑补了一下被赤壁那种级别的大火烧烤的情景，然后抖了三抖。

周瑜公瑾不能惹，惹炸毛的话，太暴力，太可怕。

小凤凰看了眼手中白玉钥匙中周瑜的俊颜和冷冰冰刀子似的小眼神儿，觉得他还是不要惹他为好。

"周公瑾！你在不在？有什么问题现在问我！快！"

周瑜气的骂了句小凤凰，但是打死他也想不到骂了这么一句后居然骂出一只鸟儿来。

听着竹形玉佩中传出那小鸟的声音，周瑜先是吓了一跳，随即开心得简直快要喜极而泣。

"小麒麟，你一直在？！"周瑜还没忘他家文台大人起的昵称。

玉佩中小凤凰有些气急败坏的声音传来，"周公瑾！说了多少遍我叫火煜！"

"行了别闹了。"周瑜根本不给小凤凰解释的时间和机会，"你之前说伯符的魂魄合一需要一个契机，现在这个契机好像已经来了。"

"这是好事儿啊，你干嘛还那么生气？你玩儿我？"小凤凰睡觉睡着一半被吵醒，实在没什么好气儿。

周瑜为小鸟的智商感到着急，"自然不是这样。问题是魂魄合一的结果会是怎样的？现在孙策消失了，然而伯符醒来后没有任何属于孙讨逆的记忆，这正常吗？"

"啊？不应该啊……"小凤凰嘟囔了两声，"没有现代那个孙策的记忆倒是还靠谱，毕竟你家孙伯符的魂体要更加强大些，融合不好就会出现孙策消失的情况。"

"所以说这种情况你没见过？"周瑜皱起眉毛，心想这小鸟真心不靠谱。

小凤凰在那头呵呵一笑，赔笑道："那个，公瑾，我这一切都只是理论上的而已……从来没实践过……"周瑜应该不会撕了他吧……？

"合着伯符被当作试验品了？"周瑜低低的笑声传来，听得小凤凰一阵毛骨悚然。

"周公瑾这是你自愿的啊……"小凤凰的声音一下子变得很委屈，生怕周瑜隔着时空都能过来干掉他。

"那瑜该怎么做？"周瑜倒是冷静得紧，只是声音里夹杂的笑意听得格外瘆人。

小凤凰显然是被他的反应弄得愣住，半天没回话，"……呃，那个，要不然你刺激刺激他？说不定能想起来以前的事儿？按理论讲两个灵魂合二为一后该有两世的记忆，说不定是因为本体受伤所以记忆被封印什么的……？"他真的不清楚啊啊啊。

"哦，好……瑜知道了。"周瑜尾音上翘，意味深长地笑，"小麒麟啊，以后记得随叫随到，不然的话，相信我，你一定不得好死。"

小凤凰抓着白玉钥匙欲哭无泪："……"

他一定是上辈子欠他们孙家的，从爹到儿子再到儿子的兄弟都欺负他！

第二十章 私奔

翌日清晨。

孙权这几天一直都没睡好。他那能在谈笑间指点江山的大哥一向都将自己护在身后，犹如遮风挡雨的屏障般将他和世事险恶隔绝。然而大哥此次一睡就是好几天，他们其他人也是一天比一天绝望。

而公瑾哥呢，倒是将他看做了接班人一般，做什么事情都将他带在身边，跟他讲这讲那，颇有几分将他当作大哥的感觉。

孙权整天胆战心惊的，想找个人求安慰也没有，因为天天被周瑜盯着，就连周泰他都好多天没见了。

这日清晨，孙权醒来的第一件事就是掰着手指头算今天是大哥昏迷的第几天。

他算了算，估摸着已经是第九天了。

孙权撇了撇嘴，叹息一声，深深觉得自己前途无"亮"。

"二公子。"帐外传来一个熟悉的声音，孙权猛地撩开帐帘，看到周泰立刻欢喜起来，"幼平你来了！"

周泰表情一如既往的波澜不惊，点点头，道，"二公子，这里有一封中护军给您的信。"

孙权愣了愣，从周泰手中接过信，一边看信一边念，"仲谋，你大哥已于昨夜醒来……诶真的么！那太好了！然他已将昔日之事悉数忘却……啊啊怎么会这样？！不是吧……！瑜别无他法，只一计尚可行也。经许都一役，江东猛虎獠牙初露，初闻天下，江东数郡定然不敢有任何异动。曹袁对垒，少则一两月多则数月，曹操必能得胜。在此之前，江东尚安。为求伯符忆起往昔，瑜将带他访少时之地，望他记起。江东上下，靠仲谋保其平安。遇事可找张公子敬等相商，子明伯言可信。瑜深知此事太过荒唐，不过确可一试。待功成后，瑜自当承担一切罪责。随信附上伯符手信，如有人不服，大可给他们看。周瑜公瑾书。"

读完这封信，说孙权快哭出来了一点儿都不夸张。

"幼平……"孙权咬手绢，泪汪汪地瞧着周泰，"我大哥和公瑾哥不要我了……"

深思熟虑一夜后，周瑜最终还是决定带着孙策离家出走，哦不，找回记忆。

就像周瑜在信中所说的，许都一战是江东的扬名之战，现在是个人就知道江东双璧领军直接冲到了曹操老巢，大摇大摆地进去转了一圈，又毫发无损地出来。

对，传说中，是毫发无损地出来。

周瑜乐得大家这么说，既然人家荀彧郭嘉都没否认，那他何必给自家义兄的光辉形象抹黑呢。

此一战奠定了日后渡江北上的基础，也让短时间内不安分的家伙不敢有异动。

衡量利弊，周瑜决定扔孙权看着江东大营，他自己带孙策出来，按照那不靠谱的小凤凰说的，找事儿刺激刺激他。

"伯符，咱们去舒城如何？"周瑜找了家酒楼，很怀念地点了几样以前在舒城时两个人逃学时常点的点心，捻起一个尝了一口，微微一笑。

"好！"孙策伸手拿了块枣泥糕，咬了一口满口甜香，笑弯了眼眸，"真好吃诶。"

周瑜眼光瞥向那盘枣泥糕，翘起唇角，"以前伯符也喜欢吃枣泥糕，每次都和瑜抢。"

孙策的母亲厨艺很好，南方常见的点心在她手下做出来都别有一番风味。孙策和周瑜小时候口味就很相近，每次他母亲做枣糕都是一人一份，然而每次孙策都会抢了周瑜那份自己吃，还笑得没皮没脸，义正辞严道结义兄弟嘛，公瑾的就是他的，更何况连公瑾都是他的。当时一句笑话，导致他家娘亲哭笑不得，导致他周瑜至今都一直记着那些话。

孙策微微怔住，随即嘿嘿笑道："口味是改不了的嘛，当初和公瑾抢，公瑾应该不介意的吧。"再次吃的时候，他换了一块桂花糕。

"自然不介意。"周瑜浅浅一笑，眼中光华璀璨。

孙策滔滔不绝道："公瑾人长得好看，周郎大名传天下，引得小姑娘往上贴。公瑾选的糕点也真美味，引得孙郎念念不忘……"

周瑜笑得很优雅，很无害，很纯良，"很久以前在舒城，伯符也喜欢开玩笑，后来他就再没这般了。"

孙策："……不开玩笑了。"这绝对是欺负人不知道你的黑历史啊。

周瑜笑了笑，垂下眼睫，掩住眸中情绪，若是伯符这般说他，他多半不会制止的……

他现在这般做法，这般不负责任，到底对是不对？

孙策和周瑜一路走一路游山玩水，隔了好几天才到舒城。

这些天里周瑜不厌其烦地给孙策讲两个人之前的事，也已经习惯这个有些熟悉又有些陌生的孙策张口闭口叫他公瑾。

而孙策则充分发挥了他现代的记忆，结合了周瑜给他科普的情况，刷刷刷画出好几张草图，结合了化学物理数学等等学科的精华，让周瑜叹为观止，好几次唠叨着回去一定要照着图做出几样宝贝来。

"以前的宅子我早已卖了，现在你打算住哪儿？"周瑜信步走在多年前和孙策一起走过无数次的路上，笑吟吟地询问身边的人。

"到了你的地盘儿上自然听你的。"孙策侧头一笑，阳光下勾勒出的轮廓让周瑜恍惚，仿佛两人都还是很多年前的少年。仿佛是孙策第一次来舒城，笑得比太阳都灿烂，勾肩搭背地跟他说，到了你家自然什么都听你的。

"好。"周瑜抬头，半眯着眼睛感受着独属于舒城的、带着些许少年味道的阳光，"那就跟我去个地方吧。"

舒城的春天景致极美，向来姗姗来迟，却是一年中最舒服的时节。

轻风吹过卷着柳叶儿落在河水上，再顺着溪流缓缓漂下，浸湿了像小船儿一样飘飘荡荡。

现在已是晚春，天气已经有了些炎热的迹象，溪边不乏赤着脚玩儿水的小孩子，嬉笑声延绵不绝。

周瑜带着孙策来到河边，却是一处寂静无人的地方。

"幼时咱们便喜欢来这儿，没什么别人来打扰，清净得很。"周瑜很自然地用了"咱们"，见孙策有些发怔地瞧着不远处一处草屋，他笑了起来，续道："那时候跟家里有了什么口角，两个人就喜欢偷跑出来，有的时候还在外面过夜。后来次数多了就学精了，弄了间屋子遮风挡雨。"

孙策背对着周瑜，看着那间草屋时神色中含着怀念，似笑非笑地勾起嘴角。

"进去看看吧，说不定能想起来什么。"孙策转过身，眨着眼睛笑看着周瑜。

周瑜颔首，"好。"

孙策很自然地挽起周瑜的手，明显地感觉到那人不自觉地僵了一下。

公瑾，你在怕什么？

推开屋门的一刻，周瑜不由得皱了皱眉。

孙策见状忍不住一笑，"公瑾你这么多……这么多灰，要不要打扫一下？"

环视这间屋子，尘土遍布，蜘蛛网也积了好几层，空气更加算不上有多清新，别说一贯洁癖的周瑜了，就是他也受不了。

周瑜看着和记忆中全然不同的草屋，哂然一笑，"这么多年了，原也不会是老样子。"都说物是人非，事物都非旧物，那么人呢？

孙策一见周瑜的神情便知道他在想什么，心中安慰之词一堆一堆的，但是对于目前的情况似乎都不太能就这么说出来。

孙策笑了笑，拍拍周瑜的肩膀，"好啦，先收拾一下，不然今天晚上咱们的中护军可要露宿街头了。"

周少爷真是个少爷，自小便没做过这清扫的活计，莫看他在战场上指挥若定谈笑自如，实际上在面对着蛛网灰尘破木头却全然不知该如何下手。

于是孙策很善解人意地包揽了打扫屋子的任务，让周瑜弄点吃的东西晚上吃。

孙策在屋中打扫时，每见到一样旧物便怔怔出神，唇角的笑容抑制不住地蔓延至眼底，只是这笑容，是决然不能被周瑜发现的。

因了这三个时辰打鱼两个时辰晒网，直到夕阳西下孙策才将屋子打扫得焕然一新。

只是屋中既没有了蛛网和灰尘，也没了当年少年时的味道。

"伯符，吃饭了。"周瑜适时地出现，身上一股烧烤的香味儿。

孙策出得屋来，一眼便看到了支在溪边的火堆，立时笑弯了一双眼眸，"啧啧，劳烦中护军下河摸鱼，还亲自下厨，这待遇可真不错。"

周瑜温雅一笑，席地而坐，"我的厨艺你是领教过的，无法下咽可别怪我。"

孙策微微一怔，然后笑嘻嘻地道："怎么会呢，能得公瑾下厨，我怎么会嫌弃。"

"想当年下河摸鱼之时，向来都是伯符负责烧烤"，周瑜撕了一片烤鱼，"那味道，简直是……"

"令人怀念？"孙策接口。

周瑜正色："不，是难以下咽。"

孙策："真有这么差？"

周瑜摇头："比这还差。"

孙策吃了口周瑜递过来的烤鱼，立刻一副想要去死一死的样子，"……肯定没公瑾你这个差……"

周瑜挑眉："真的很难吃？"

孙策眼泪汪汪："……挺好吃的。"

……

第二天清晨，孙策醒来的时候周瑜已经不知道去哪儿了。

迷茫地在房间里转了一圈，这儿摸摸，那儿动动，时不时地再弯着嘴角傻笑两声，真是，若让江东大本营那群人见了，定然会以为他们敬爱的讨逆将军脑子有病。

正出神的时候，周瑜在此刻推门而入，将一坨红乎乎的东西对准了他扔了过去，"伯符，接着。"

孙策一把接住，展开，端详，呆住。

看了眼一身红色长袍、英姿飒爽亦如多年前舒城少年的周瑜，又看了看自己手中的物什，孙策在心中笑得根本就停不下来，偏偏要装出一副正人君子的样子，半垂着眼眸，声音中微带羞涩，"公瑾你……这是情侣装吗？"

"……"周瑜显然没想到一向不怎么僭越的他会来这么一句，抑制住想要冲过去揍他一顿的冲动，板着脸毫无波澜地淡淡道："就问一次。换不换？"

周瑜为了孙策也是蛮拼的。

再一次升堂拜母，有无通共，就连衣饰都与十余年前的相似之极，一人一袭红衣，就是为了找回记忆中的孙策。

唯一的区别就是，上一次是孙策死皮赖脸地要和周瑜穿情侣装，而这次，是周瑜自愿地将情侣装给了一个是他，又不是他的人。

母亲自是不在这里的，两个人只好面对着空气跪了下来。

本来的开场白该是年纪大一个月的孙策的，然而周瑜念在现在这种情况，根本不能完全复制之前的那一次，只好他先来。

"苍天在上。"周瑜还没来得及开口，就听见他旁边的孙策的声音在耳边响起，"今日我孙策伯符与周瑜公瑾结为兄弟。从今往后，有福他来享，有难我一个人当。谁欺负他，我定然十倍欺负回去。而周公瑾以诚待我，我必百倍报还于他。"

"你……"

和当初说得一字不差。

第二十一章 真相

周瑜深吸了几口气，克制着自己不要一拳打在眼前这张在他看来笑得很欠扁的脸上。他挑眉看着那张得意又耀眼的笑颜，不发一言。

"公瑾，你是不是很想打我一顿啊……"

孙策的眸子亮晶晶的。

周瑜丝毫不给面子地给了他一巴掌，"让开点。孙伯符你给我交代清楚，你什么时候想起来的？还有这中间发生了什么事？"

孙策却反应很快地往旁边一躲，整个人都笑得很欠扁，"诶，公瑾好聪明？是什么时候发现的？"

周瑜哼了一声，斜睨着他，"从第二天上就有怀疑了，你也瞒得好，我试探你，你却一直嘴硬不上钩。直到……"周瑜顿了顿，又满不在乎地说下去，"直到昨夜，我才确定真的是你。"

"唉……"孙策装模作样地叹息一声，"到底是瞒不过公瑾啊。"

"那你就快说，到底怎么想起来的。"周瑜瞪着那个丝毫不知廉耻为何物的家伙，迫切地想要知道个所以然。

"公瑾，你这算是要挟你的主公我吗？"孙策嘿嘿一笑，斜斜靠在榻上，还悠闲地翘了个二郎腿。

"你说算就算，那又如何？"周瑜一脸的淡定，"磨蹭了这么久，你现在可以告诉我事情的原委了吧？"他微微眯起眼睛，心想如果孙策再跟他油嘴滑舌就一脚把他踹下去。

孙策对周瑜有足够的了解，并且清楚地知道他的底线在哪里，或者超出底线之后他会对自己进行什么样惨无人道的折磨。承受周公瑾的怒火，可并不是那么好玩的。

他正了正神色，认真得道："其实我一开始真的没有骗你啊，刚醒的时候真的什么都想不起来。"

"说重点。"周瑜瞥了他一眼。

"啊……重点嘛……"孙策轻笑，"那天晚上我见公瑾离开，心知肯定有什么不对，但是怎么也想不出哪里不对，只是脑中模模糊糊地有个影子，茕茕孑立，孤单得很，看得我心中难受。当夜入梦，梦中也有个一样的影子，看起来很像是公瑾你。我急着想去找你，谁知道半途中突然有个家伙冲出来挡住了咱们，那人一脸的欠扁样儿，还一头金灿灿的黄毛……"

"小凤凰？"周瑜一直认真听着，当孙策说到有个黄毛的时候，他条件反射地想到了那只变异了的罪魁祸首小凤凰。

没想到孙策居然点了点头，一脸嫌弃地道："没错，就是那小破鸟。"

"然后呢？"周瑜没想到小凤凰居然主动进入了孙策的梦境，原来他还挺负责任的哈？知道这些都是他搞出来的。

孙策眨了眨眼，笑得善良无辜，"然后就没有然后了。"

"嘭！"

"哎哟！"

孙策抱着一团被子，哼唧着从地上爬起来，"公瑾，你什么时候这么暴力了？"

周瑜见他那副表情，也忍俊不禁起来，"别闹了，快说之后怎么了。"

"说真的……"孙策正了神色，"他出现过一瞬之后就消失了，就跟做梦一样。"

周瑜板着脸，面无表情道："我才觉得像做梦。"短短十天内，心情的跌宕起伏难以言喻，就算孙策现在真真切切地在他面前，却依旧觉得是梦一场。

"第二天我醒来的时候，竟然记起了十余年前你初来寿春寻我时的场景。"孙策露出怀念的神色，"之后每当和公瑾你在一起，我就会想起更多的咱们之间的点点滴滴。再后来也想起了其他人和事，像仲谋、子义他们。"

"那么……"周瑜皱了皱眉，轻声道，"孙策呢？"

"公瑾……孙策和伯符，本就是一个人。"孙策勾了勾嘴角，心中杂乱，不知该怎么解释，"完全恢复记忆后，我知道了一切，在现代的相遇，以及在父亲身边的那只笨蛋小鸟。公瑾还记得来舒城的途中我给你画的那些图纸吗？你知道的，原本的我根本画不出，连写字都会被你嘲笑的我，既没有美术功底，也不懂那些构造之类。然而现在我可以。"

周瑜回忆了一下，孙策是游戏设计师，大概是个会画画的理工男？这也说得过去。

"不只是这样。"孙策摸了摸下巴，一副思考的神情，"不只是记忆，还有其他的东西，和以前不太一样，但又说不上什么不一样。"

周瑜也若有所思，心想找个时候把小凤凰揪出来问问情况。

不过……现在这样，好像也挺好的？

"对了公瑾。"孙策见周瑜不再追问他，颇有点反客为主的意思，"公瑾啊，你发现我瞒着你为什么不说啊？"

是他先骗人的他还好意思问？周瑜哼了一声，"你铁了心要骗人，我有什么好说的？"

"公瑾是我不好。"见周瑜这副神情，孙策也只好乖乖承认错误，"我想着反正江东此刻没必要也不太适合再次征战，让仲谋管着，太平一阵儿也挺好的，公瑾你也没提要回去……我就索性瞒下去了。"

周瑜斜睨着他，"你其实是想看我面对那样的义兄，会有什么反应吧？"

"哎呀公瑾好聪明什么诸葛亮哪里及得上你半分啊？"孙策笑得谄媚，随口就拽过来诸葛亮，心想后世好意思拿诸葛孔明来和英明神武的周郎比较，也是抬举那后生了。

作为曾经有幸拜读过那本名著的人，周瑜也被孙策逗笑，"你够了，油嘴滑舌的性子倒是一点没变。"到底是拗不过他。

"我简直太熟悉你，是以早就猜到你是伯符。然而你喜爱这般的生活，我亦贪恋这样的闲逸，又怎能狠心戳破？"

孙伯符，你便是另一个我，我又怎能，不了解自己？

就在江东的策主公和中护军两个灵魂人物惬意享受的时候，大本营里被他们俩抛弃的二公子孙仲谋可谓身处水深火热之中。

被公文折磨了十余日后，孙权终于明白了他公瑾哥离开时的潇洒。

最初以为公瑾哥和大哥不一样，公瑾哥对他好，公瑾哥是好人，将担子抛给他是为了锻炼他，谁知道根本不是这么一回事啊！

孙权在心中一再叹息，他那温柔体贴疼爱弟弟的公瑾哥不知不觉中已经被他大哥带坏了。

他受伤的小心灵需要安慰。

秉着需要安慰找幼平的良好习惯，孙权毅然将堆积如山的自己有一半看不懂的公文扔给了陆伯言和吕子明，一个人偷偷溜出去找周泰。

孙仲谋同学满心欢喜地避开其他人，偷偷摸摸地来到周泰处，心想他身为二公子，找个幼平都跟进敌营一样高度紧张外加偷偷摸摸，这待遇也是差得可以。

"诶……幼平呢？"孙权望着空无一人的屋子，心情顿时一落千丈。

"二公子，周将军刚才去找您了。没走多久。"某路过的路人甲大众脸说道。

孙权满腹委屈说不出，"……我运气也真好……"

此时，孙权的书房中，陆家小伯言正被埋没在成堆的公文中。

　　吕家子明愤懑，"伯言啊，二公子将这些都扔给你，真是太不够义气了……"

　　陆逊叹了口气，头也不抬地道："谁让他是二公子呢？"

　　吕子明叹了口气，默默走到陆逊身边，望着那些他看不懂意思的公文，暗暗叹息，暗自下决心一定要多读书多看报，好好学习天天向上，争当三好学生，到时候帮伯言分担一些公务。

　　就在两人一站一坐、一个转着发愤图强学习的念头另一个麻木地批阅公文的时候，一句"二公子"打破了屋内的安静。

　　周泰在屋内扫了一圈，看不到孙权，只好将目光落到屋内的吕蒙和陆逊身上，愣了半天。

　　陆逊明显也怔住了，反应过来后忍不住莞尔，"周将军，二公子刚才去找您了。要不然……您再去找他？"

　　周泰内心暗叹自己运气太差，不过面儿上却毫无波澜。他摇了摇头，严肃道："不是泰想找二公子，而是……刚刚传来的消息，曹操打赢官渡，现已经在赶回许都的路上了。"

　　"啥？！"孙权用光速跑回自己的书房找周泰，却听到了这么一句，心中顿时崩溃得要泪奔。

　　大哥公瑾哥，你们别耍了赶快回来吧！

　　此刻，许都。

　　"奉孝，明公打赢了官渡之战，这几日内应该就能与他一起赶回了。"

　　荀彧轻声道，他周身有一种温和的气息，可靠又让人放心。

　　郭嘉拇指与食指扣成圈，轻轻在桌上敲击，若有所思，"回来便回来……文若是怕明公看得见嘉？"他自然知道荀彧言中的"他"指的是谁，还不是建安五年的自己嘛。如果让曹操发现有两个郭嘉……这后果他不太愿意去想。

　　荀彧勾了勾唇角，微带酸涩之意，"既然彧都能看见你，周公瑾也看得到你，那么明公……"

　　明白荀彧言中之意，郭嘉默然叹息一声，随即却又笑道："文若不必担心，嘉根本就不知道自己还能在这里待多久。说不定，都坚持不到明公回来……"话没说完，被一阵咳嗽声硬生生打断。

　　"奉孝！"见郭嘉突然伏在桌上一阵咳嗽，荀彧大反平日温润君子的常态，也不顾什么礼法，连忙凑到他身边扶着他，将自己的手帕递给郭嘉。

　　一阵猛烈的咳嗽过后，郭嘉云淡风轻地瞧着雪白的帕子上殷红点点，满不在乎地笑了笑，"当初送嘉回来之人并非自愿，亦说了嘉在这边待不长。想来……这样也属正常，文若不必太过担忧了。只不过……就这样回去，还真有那么点儿不甘心。"

　　小凤凰说了，时光轮回的契机每半年才出现一次，他这次回来有悖时空轮转的定律，而且小凤凰法力不够他坚持太久，所以到了这边以后什么诡异的事情都有可能发生，这是没办法的。然而，他郭奉孝运气从来不好，倒霉事儿果然还是发生了。例如他根本没能回到本体之中，反而成了现在这样别人看不见的魂体状态。又例如，他连曹操一面都还没见到，或许就要这么回去了。

　　难道，只有他周公瑾可以扭转历史，而他郭奉孝就注定不行？

　　难道，他郭奉孝，真的没福气辅佐孟德继续平定天下？

　　荀彧对郭嘉很了解，是那种超过普通朋友的了解。望着郭嘉这副神情，有些无奈有些寂寥，不用问，他肯定又在念着曹操了。

　　"奉孝，你想怎么样，彧都会帮你的。"

　　就在孙仲谋和荀文若纠结着的时候，孙伯符和周公瑾很珍惜时间，把每一天都过得惬意悠闲。

　　周瑜很清楚地认识到，自己的厨艺完全见不得人，自家义兄做的菜却也根本入不了口。

　　这个时空既没有方便面可以天天吃，他们两个也没有足够的银子让挑剔的周瑜每一顿都吃得很精致，为了不让自己被饿死，周瑜决定好好锻炼一下他孙伯符的厨艺。

　　虽然不会做菜，但吃菜周瑜还是很拿手的，以至于短短数天内，江东小霸王的厨艺突飞猛进，被周瑜称赞可以媲美酒楼的大厨。

　　这天风和日丽，周瑜正悠闲地吹着微风叼着狗尾草，用一副孙伯符般懒散的、不雅的、但是却很舒服的姿势靠在树下，眯着眼睛等着伯符买了食材回来整治晚餐。

　　这样清静的日子，他真是过得越来越习惯了，偶尔想回到江东，却是因为想念并肩叱咤天下的日子，而不是……出现在他面前的这个人以及孙仲谋。

　　"幼平，你……"周瑜吐出嘴里的狗尾草，换了个周公瑾一点儿的坐姿，有些吃惊地看着来人，"你来找瑜？"

　　周泰点了点头，木头脸上浮现出一丝焦急，"中护军，曹孟德打赢了官渡，已经回到许都。还请主公与中护军回到江东替二公子主持大局！"

　　周瑜神色中丝毫没有慌张，反而染上了兴奋，挑眉笑道："好极了！这便走！"

　　孙策买了吃的兴冲冲地赶回来时，却见周瑜已经打好了包袱。

　　"公瑾？这是怎么了？"孙策莫名其妙。

　　周瑜笑着将其中一个包袱扔给孙策，"走了伯符，咱们接着打架去！"

第二十二章 借不走的荆州

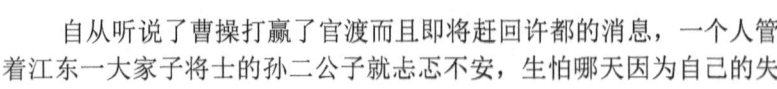

自从听说了曹操打赢了官渡而且即将赶回许都的消息，一个人管着江东一大家子将士的孙二公子就忐忑不安，生怕哪天因为自己的失误给江东惹出什么麻烦来。

这天早上他正掰着手指头算自家大哥和公瑾哥离开有多少天，那两个让他日思夜想的不负责任的家伙就奇迹般地……或者说合乎情理地出现在他眼前。

孙权也不理一同回来的周泰了，飞身就扑到了孙策和周瑜怀里，"大哥公瑾哥你们总算回来了！"声音中还带了点儿小哽咽。

孙策侧头看着周瑜，一脸"不出我所料"的神情，得意地笑道："公瑾我说什么来着？仲谋巴不得你我回来呢。"

孙权一把拉了周泰，头也不回撒腿就往屋外跑，"大哥公瑾哥江东交给你们了啊有事儿找伯言子明！"

周瑜眨了眨眼睛，下了结论，"仲谋还需要多锻炼锻炼。"

孙策和周瑜回到江东的第二天，曹军凯旋回到许都的消息就已经传来。

周瑜正在替孙策写一封"真诚无比"的道歉信。

给曹操的道歉信。

他语气谦卑真诚，虽然全然不似吴侯霸气，但是他才懒得管那么多。

周公瑾用伯符的口吻说道，他真傻，真的。

他单知道曹公打袁本初时许都防守不够，会有可能出乱子；却不知道曹公是这么的谨慎严密。刘景升离着许都近，他大抵是怕那家伙趁着这机会去打许都，便拉着自家将士浩浩荡荡地出兵去保护许都了。他们家将士很听话的，他的话句句听。他一路打到许都，是为了替曹公扫清障碍。谁知好不容易到了许都，去各处一查看，刘景升居然真没在。他急了，点了自家的兵将，找啊找，直找了大半天，找来找去找到了许都城里，看见街上全是荀令君布置的陷阱，独独没有那刘景升。大家都说，糟了，怕是猜错了。再进去，果然遇到了军队，想也没想就打了一架。后来才发现，那居然是曹公的人。突然发现自己犯错了，想也没想就撤了出来，卷了铺盖回到江东老家了。他真傻，真的。

孙策看完了之后笑得根本停不下来，十二万分真诚地跟周瑜说："公瑾，要不然让子布也直接卷铺盖回老家吧，你这么有才，完全可以替代了他的位置啊。"

周瑜笑了笑，谦虚道："哪里哪里，不过是有幸拜读了我本家的作品罢了。"

孙策最后拍板，"好，就这样好啦，然后……"他眼中闪着笑意，和周瑜目光在空中相撞，都从对方眼中读出了……狡猾。

"都到这一步了……"孙策一拳捶在桌案上，发出一声闷响，伴随着的是小霸王得意洋洋的宣告，"不做点什么，都对不起刘景升。"

许都。

曹操捏着那封字字句句都真情流露的道歉信，头疼得已经不想说什么了。

"奉孝，你看看吧。"曹操叹了口气，将东西递给郭嘉。

"哟，这是将错儿全都推到刘表身上了。"将酒盅里的酒一饮而尽，郭嘉懒洋洋地接过来扫了一眼，挑了挑眉，"他将这玩意儿昭告天下，明摆着是要让明公你进退两难。"

不接受是不宽宏大量，毕竟人家都这么说了，而且也没给你许都造成什么大的损伤，你还咬着不放？接受吧，这口气还真咽不下去。

"奉孝可有良策？"曹操皱眉。

郭嘉轻轻一笑，懒懒道："还能有什么良策了？他孙伯符周公瑾先发制人，明公只能任了他们去。"

"这……"曹操有些不满，"别无他法么？"

"其实明公心中早有答案，就是不愿承认罢了。"郭嘉又给自己倒了杯酒，拿在手中轻轻摇晃，半眯着眼睛轻笑，"江东此举已然是料到明公不会再找他们麻烦，他们要的就是相安无事罢了。明公就这么放了他们，心中固然不快，但得个大度仁义之名，也没什么不好。与其说是咱们输了，还不如说是双赢。"

曹操叹了口气，随即勾出一抹笑，释然道："还是奉孝了解我的心意，这孙家的小儿，且放他们一马吧。"

郭嘉笑了笑，"既然明公做了决定，那么嘉就先告退了。"

好容易赢了官渡回到许都，可也得歇两天了。

"奉孝，你还好吧？"荀彧双眉微微皱着，叹息了一声看着几日来日渐消瘦的人……呃，魂体。

郭嘉点点头，又是一阵咳嗽。

"还好。"

荀彧叹了口气，敛眉道，"近日要面对两个军师祭酒，彧的演技算是被练得越来越好了。"

郭嘉随意抹掉唇角的血迹，勾起一抹笑，"辛苦文若啦，不过很快就不会这样了。"

荀彧自然明白郭嘉的意思，心里难受，却无计可施，只得望着那笑得满不在乎的人，沉默不语。

郭嘉见荀彧的模样，想笑着安慰他几句，可是刚一扯嘴角，喉中就顿时涌起一股腥甜。

他想像之前无数次那样随意将难受的感觉压下去，但是这次铺天盖地而来的痛感一波强过一波，就要将他完全包围吞噬。

郭嘉咳得撕心裂肺，到最后连掩饰的力气都没有。其实也是，面对了解他多过了解自己的荀文若，郭嘉还有什么可掩饰的呢？

他的要强，他的固执，他的执着，都被荀令君一丝不落的看透。

郭嘉整个人软软地靠在荀彧身上，心中清楚地知道，那小凤凰法力不够，自己也是时候回到现代，不能再逗留在此处妄图扭转历史了。

"文若……嘉这次回来，也终于算是见了明公一面……不管怎么样都值了……"郭嘉有些吃力地笑了笑。

"嗯，对。"荀彧轻轻地笑道，笑容苦涩。

"明公赢了官渡……可江东双璧依旧虎视眈眈，不可小觑……案上书简中有嘉替明公想的法子，或许大胆了些……不似你荀令君严谨的做法，但是……"郭嘉笑意微微，"还请文若想方设法呈给明公，就当我求你……"

"彧……自当办到。"荀彧声音中带着轻轻颤抖，字字句句心如刀割。

"如此……麻烦文若了。"郭嘉轻轻闭上眼睛，最后的呢喃飘落在室中，"嘉两世相负，但愿来世……文若别再对嘉倾心相爱……"

良久，一滴泪珠"啪嗒"一声落下。

建安五年五月，周瑜率军大破黄祖，斩其首级，取其江夏，太守之名正式落实。

六月，江东周瑜会合孙策，以昂扬之姿闯入许都，射杀大将徐晃后毫发无损地全军撤离。

七月，曹操在官渡战胜袁绍，凯旋回归。

同月，吴侯孙策上书曹操，述其一时不察害得许都横生祸端，求曹操责罚，字字句句皆真情流露。

八月，曹操并没有一字一句责罚孙策，反而还称其骁勇善战，不过下次要小心些。

至此，江东双璧的英勇果敢名扬天下，无人不晓。

九月，曹操、孙策休养生息，并无异动，天下相安无事。

五年十月，双璧将目标，对准了荆州刘景升。

入夜。江东。

"前段日子袁曹两家对峙于官渡，都曾有意向向刘景升求助。然而这刘表生性多疑，不肯轻易相信别人，兼之犹疑不决，不够果断，妇人之仁，奉中庸之道。"孙策笑吟吟地在沙盘上指点，"他这种性格，在乱世之中注定没什么成就。咱两个去抢他个把荆州应该还是手到擒来的。"

周瑜笑看着自家义兄，很不留情面地打击着志在必得的他，"孙伯符你可别忘了，人家刘景升手握重兵，咱们能有几个人与其抗衡？"

孙策满不在乎地笑笑，"想当年公瑾带来三千人都珍贵之极，还不是四处去作死地找人打架？现在咱们总比那个时候人多了，之前敢打，现在怎么不敢？"

"瑜不过是例行提醒主公。"周瑜挑眉笑道，"奈何我江东主公太有主意，别人谁劝都不听的，说了和没说一样。"

孙策闻言凑到周瑜跟前，俊秀的脸上闪烁的笑容得意极了，"公瑾别这么说啊，就算谁劝我都不听，周郎的话我还得听的……"

周瑜侧身避开，瞥了他一眼，拖长了尾调，"最好如此。"

"哈哈哈，好好好，一定，一定！"

翌日，江东以孙策为主帅，周瑜为副帅，还有程普、甘宁、吕蒙、陆逊、凌统等随行，以荆州为目标向刘表方向进发。

江夏郡已然被江东收入囊中，打荆州其余郡就容易不少，例如孙策周瑜看上的长沙郡。拿下长沙后再取武陵等地，荆州便可纳入孙吴版图。

有了荆州这样四通八达的地方，日后北上更是轻松许多。

十月底，孙策军进入江夏，名副其实的江夏太守周瑜好好"招待"了自家主公加义兄。

十一月初，孙策军压至江夏郡与长沙郡的边境。

刘表料到小霸王来得快，但没想到这么快。

他坐拥荆州，自是不可小觑，就连曹操都将他当作劲敌之一，完全没料到像孙策这等乳臭未干的小儿能这么不怕死，说打他还真就来打了。

更可气的是，孙策居然打出了之前"道歉信"里的幌子，说这次是来为曹公鸣不平。他身为汉室皇朝所封的吴侯，他刘景升有乱臣贼子之心，岂能坐视不理？

说白了，孙策就是打着曹操的旗号来抢他的荆州的。

刘表虽然被某人的嚣张气得鼻子都快歪了，不过以他多年来征战四方的经验和气度，自是不惧孙策的。

他亲来长沙，就是一心想要灭一灭孙策的气焰，运气好说不定还能将江夏也夺回来。

刘表自知黄祖虽死，自己却还是孙策的杀父仇人，小霸王这次来恐怕还是带着怨气来的，夺荆州固然重要，报父仇却也是大事。

思前想后了半天，刘表觉得还是自己的安全第一，虽然人已经到了长沙郡，虽然自己人数是孙策的数倍，却还是转着静观其变的念头，将敌不动我不动的策略贯穿到底。

这天已经是孙策军压境的第五日，刘表正思索着为何一向雷厉风行的江东双璧还没动静，下一刻便有人前来长沙寻他了。

刘表心中一沉，紧张感随之而来，"是孙伯符的人？"

进来的却不是孙策或者周瑜，更加不是他们身边的人——因为江东放眼望去也没有年纪这样大的长得这样奇葩的。

刘表看着来人，年纪四十岁上下，高鼻梁丹凤眼，长得还算凑合，却记不太起来他是谁。再看到这人五官中最具标志性的一处时，刘表悟了。

江夏。

孙策看着长沙郡传来的消息，忍不住笑了起来，"咳，这次这么早啊？"

"噫？"周瑜接过来扫了一眼，勾了勾唇角，"啧，这刘玄德来得早不如来得巧，非得要和荆州扯上关系。"

刘表在长沙接待的这位客人，自然就是他本家刘备了。

孙策眯起眼睛微微一笑，眼中闪过寒芒，"这次可容不得他从仲谋那个二货手里借到荆州了。"

周瑜盈盈笑道："这事儿也不能全怪仲谋，要怪就怪他不听我的。"

"有道理。"孙策随手将信报扔在桌上，看着周瑜正色道，"公瑾神机妙算，不听公瑾的迟早吃亏，孙仲谋那死孩子就是个典型的例子。"

周瑜压着自己想要一巴掌拍晕孙策的强烈欲望，哼声道："依瑜愚见，最好先灭掉刘玄德，省得日后再给你搞出个三国鼎立。"

"是是是，都听公瑾的……"

"……"

凌统百无聊赖地在营中晃来晃去。虽说他也是江东的将领之一，然而一个不到十二岁的孩子，又有谁会真把他当事儿？

莫说没人指望他打刘表，大家都觉得他不拖后腿就不错了。

唯一一个不拿他当小孩子看的人……凌统撇了撇嘴，一脸不爽，那家伙和他的关系虽然有所缓和，能做到见面了打个招呼，但是谁也没能迈出那一步，说一句对不起，或者我原谅你。

好奇心终是战胜了凌统心里那小小怨念，他小碎步蹭到了甘宁的军帐前，正待进去找人，却听到帐里传出甘宁的大嗓门。

凌统硬生生止住脚步，侧耳倾听。

"你让我去啊？我不去，绝对不去。"甘宁斩钉截铁的声音传了出来。

　　"兴霸拒绝得这么干脆？"轻轻笑声响起，带着绝对的自信，"兴霸……就这么舍得你手下那些精锐？"

　　帐外凌统不屑地翻了个白眼，心想中护军又在忽悠大叔了，肯定能将某个没脑子的家伙忽悠得主动跳进他挖的坑。

　　"他们……"甘宁犹豫不决起来，"万一他们没跟我出来，我自己也被……"

　　"哟？兴霸这是怕了？"另一个更加戏谑的声音响起，"还是对自己不自信？觉得连刘景升都打不过？"

　　偷听的凌统默默叹息，没想到搞这么大阵仗，策主公都来了，两个黄金搭档一唱一和，大叔你放弃抵抗吧。

　　果不其然，孙策话音刚落，甘宁的声音便即响起，带着不知道哪儿来的自信，"老子怎么会怕？不完好无损地将自己的人带回来，我就不叫甘兴霸！"

　　"兴霸别急，这不是你的主要任务。"周瑜的笑声传来。

　　站累了的凌统干脆一屁股坐在地上。他有些不满地哼了一声，心道怪不得中护军这么上赶着，自然不是为了大叔那些手下，另有所图是肯定的。想来此刻的中护军，肯定一脸阴谋得逞的笑意吧。

　　此刻甘宁帐中的周瑜正是一脸阴谋得逞的笑意，不过得意之情只是一闪而过，随即摆出一副正人君子的样子，拍了拍甘宁的肩膀，"兴霸，你与那刘景升也算老相识，这次……就让你和他玩玩儿吧。"

　　甘宁哈哈一笑，随即沉默了下来，似乎在犹豫该不该说接下来的话。

　　见到甘宁欲言又止的神情，孙策忍不住道，"兴霸想说什么就说吧。"

　　"主公，中护军，可否让凌统与我同去？"甘宁索性便直说，"那孩子嘛，也该历练一番。"

　　孙策向帐帘处瞧了一眼，眼中闪着笑意，"与其问我们，不如问问他自己吧？"

"我去。"

凌统掀开帐帘钻了进来，漆黑的眼眸里满是坚定。思前想后，也只有跟着甘宁他才能真正办点事儿。况且，总该有人迈出这一步的吧，再跟甘宁冷战下去他也受不了。都这么多长时间了，他也渐渐懂了，原谅甘宁就是原谅自己。

"凌统……"

不知怎的，明明凌统只说了两个字，甘宁居然就格外感动起来。

与他并肩作战，甘宁还真有点儿期待起来。

甘宁在没被周瑜拐走之前，是跟手下的弟兄们一起替刘表镇守南阳的。南阳在江夏的西北方向，与长沙郡位置正好反着。本来甘宁想要找自家弟兄，直接去南阳郡就好，说不定还能顺便拿下南阳。可是他被拐到江东之后，不少旧部闻名而来，而那些没来得及走的就被后悔的刘表带在身边严加看管，南阳是回不去了。

按说刘表该对甘宁有着足够的防备，不过越是这样，甘宁就越有优势。

"刘景升肯定想不到大战在即，两军蓄势待发，咱们却在此刻派兴霸去跟他捣乱。"孙策得意地望着沙盘上的长沙郡，神情就仿佛刘表已是唾手可得的砧上之肉，带着毫不掩饰的兴奋。

"什么捣乱啊？"周瑜正色道，"明明是奇袭……不对，连偷袭都算不上。"周瑜笑得眼眸弯弯，"这是光明正大的兵戎相见。"

"嗯对。"孙策表示同意，"公瑾与我，一向都光明正大的。"

周瑜："……"义兄这么胡说八道，真的不会被雷劈死么？

江东儿郎都可谓是行动派，甘宁和凌统更是雷厉风行。两军大战在即，江夏和长沙的边界线更成了无人区，基本属于谁去谁死，还不知道会死在谁手下的那种。

就是这么敏感的地域，甘宁和凌统却带了百余人堂而皇之地来叫阵。

"你们去跟刘表说，都是老朋友了，别那么吝啬，出来见一面吧。"甘宁看着瑟缩的士兵，笑吟吟地说道。

那小兵年纪轻，来参军也没多久，狐疑地扫了两眼眼前这个插着鸟羽身上还叮铃铃作响的家伙，不知道他所言是否属实，更不敢说什么，兼之觉得腿软了点儿，再站估计也站不住，索性一溜烟跑回去禀报情况了。

甘宁朝凌统笑笑，"怕不怕？"

凌统啐了一口，哼声道："怕什么？有你呢，还怕那刘景升么？"甘宁顿时自信心爆棚，战斗力瞬间飙升五颗星。

再说长沙郡内，那小兵跑回来通报刘表，磕磕巴巴地说明了情况，一脸"我错了对不起但是这真的不关我的事"的委屈表情。

"你说什么？"刘表拍案而起，眉头紧皱，"有人叫阵？"

"是……是的。"那小兵牙齿打颤，暗叹自己倒霉，偏偏轮上他换班，"但是他……他没说自己是……是谁，只说自己是您的……您的老朋友。"

"他不说你就不会问啊？！"刘表觉得自己这些手下简直了，都是哪个蠢货教出来的啊！

"他……他他他……"小兵飞速头脑风暴中，想办法给自己开脱，"他头戴鸟羽，身上系着铃铛，服饰很花……"

"鸟羽？"刘表声音突然拔高，一字一句都跟从牙缝里挤出来的似的，"铃铛？！"

"正……正是。"

刘表一拳捶在案上，发出一声闷响，"甘兴霸！你给爷爷等着！"

江夏和长沙的界限上，安静，没有硝烟，气氛甚至是轻快的，没有一丝一毫的紧张感。

甘宁眯着眼睛望着许久不见的"老朋友"，笑着打了个招呼，就真的像朋友一样，"早啊，荆州牧。"

刘表抬眼看了下偏西的日头，努力压下自己的怒气，"甘兴霸，在江东待得可还舒服？"

"舒服极了，多谢关心。"甘宁哈哈一笑，"因为自己的才能而被重用，怎么能不舒服？"

"嘿。"刘表怒极反笑，"既然如此，那甘兴霸为何来寻在下？"

"荆州牧的智商真的是日渐低下啊。"甘宁惋惜地摇了摇头，刀连着刀鞘一起抽出，斜斜地指着刘表，挑眉笑道，"那我就勉为其难告诉你吧，老子我今天就是来跟你要人的。"

"要人？"刘表哼了一声，神色锐利，"甘将军自己投敌也就罢了，还想着回来要荆州的人？"

"什么叫投敌？老子这叫另择明主。"甘宁懒洋洋地道，"老子不要你的人，也不稀罕要。不过我那些弟兄都是跟着我来到荆州的，我自然要带走，要不然你以为就凭你，能让我锦帆甘兴霸的兄弟们心服口服？"

刘表轻蔑地看着他，又回头看了一眼自己身后的大军，嗤笑道："甘兴霸，你凭什么认为我会这么就轻易将他们放行？"

"就凭……"甘宁朝刘表做了个口型，笑的得意洋洋。

第二十三章 为爱而战

"什么？"刘表眯了眯眼睛，根本没看清隔着老远的甘宁做了什么口型。玩儿他呢这是？

甘宁跟凌统对视一眼，笑得更欢畅了。

"大叔，我第一次见比你还傻的人。"凌统神色认真地道。

甘宁得意地哼了一声，"我一向很聪明，别拿我和他相提并论，太掉价。"

凌统扑哧一笑，还待说什么，那厢刘表就已经受不了了，"甘兴霸！大战在即你休得胡言乱语！当我与身后大军都是死的吗？"

"就算不死……"甘宁侧头望了眼天空，似乎在等待着什么。天边湛蓝中点缀着几抹云白，煞是好看，倒是挺符合此刻的气氛。

"轰！"随着一声巨响，蓝白的天空中顿时染上了星星点点的红，夹杂着噼里啪啦的火星，在不远处地动山摇起来。

"……现在也快死了。"甘宁满意地将之前的一句话说完，挑衅地看着刘表，"我敢跟你要人，就凭你傻，傻到家了；我们聪明，玩儿死你手到擒来。"

"唔……大功告成。"凌统偏头，笑眯眯地下了结论。

"轰！"

长沙郡另一侧，不属于这个时代的硝烟四散，孙策和周瑜满意地看着城墙在炸药的猛击之下完全暴露在他们眼前，是脆弱的，毫无防备的。

江东的大军就像猛虎一样，毫不犹豫地撕碎猎物，整个长沙郡外围布防根本没有还击之力。

"这就是传说中的……生化武器？"周瑜挑眉，看着眼前的一片狼藉，忍俊不禁道。

孙策闻言不由得笑了出来，"公瑾别闹，我要是能制造出生化武器，还用费这么大劲儿打荆州么？"

"咳咳，那你这几天一直在鼓捣什么？"周瑜被四散的烟呛了一口，不禁对孙策出品的东西表示怀疑，"威力很大，这叫什么啊？"

"咳咳。"孙策也被呛了一口，笑出了两滴眼泪。抬手随意用衣袖抹干净，孙策抬头望向长沙，神色变得冰凉，半晌挑起一抹笑意，"先拿下这长沙郡，回头再跟公瑾慢慢解释。"

天边染成了耀眼的橙红色，刘表眼中映出的长沙郡生灵涂炭，他顿时明白了甘宁在这儿跟他瞎扯的目的，"你……那是什么？"怎能有如斯威力？

"我……"甘宁顿了顿，然后笑道，"我为什么要告诉你？"

在那东西炸开的一瞬，甘宁顿时懂了。荆州富饶，水土肥沃，尽管他们拥有江夏，可是如果长时间对阵刘表，他们的供给肯定跟不上，既然他都懂，孙策也肯定知道这点。不过孙策按兵不动好几天，和他小霸王的风格不符，想来就是埋头研究这玩意呢。

凌统却不给面子地翻了个白眼，什么不告诉他，实际上是你也不知道吧？

刘表看着对面得意洋洋的两人，从鼻中哼了一声，神色中染上阴狠，"那真不巧，你们毁了长沙，我却不在城内。我这千余人，足够干掉你们。"

看着刘表身后的军队，甘宁忍不住笑了起来。来之前，周瑜曾对他说，刘表生性多疑，虽然实力足够，但是看他只带着百余人就敢叫阵，定然会认为有埋伏，最少也得带个千八百人才敢过来找他。他们家中护军的话果然又一次应验了。

"杀！"刘表一挥手，眼中闪过狠绝。

等速战速决解决了甘宁，他便立刻回援长沙。现在城中虽有近两万兵士，但是群龙无首，两个儿子根本镇不住他们，希望能挺到他回去，决不能轻易将这长沙郡给了江东。

还有……希望那些人，尽快赶来。

"真想一把火将这长沙郡烧干净。"孙策看着惊慌失措的百姓，没有怜悯，反而一脸不爽。

"子明，伯言，你们现在带两千人折回，与兴霸前后夹击，包围刘景升，务必不能让他逃脱。"周瑜吩咐了身边的吕蒙和陆逊，转头看向孙策，神情中带着不解，"干吗对长沙恨得这么咬牙切齿？"

　　孙策曾对他说，虽然目前资源有限，但是想办法弄出些这个时代的人完全无法抵抗的武器也不是不可能。不过他是谁啊？江东的小霸王孙伯符，他有足够的信心，仅凭自己的实力，也可以闯出一片天下。然而这次攻打长沙，孙策却毫不犹豫地整出这么个玩意儿来，而且炸了长沙还不爽，还想着将整个长沙郡夷为平地，根本不像他的风格，这是得有多恨呐？

　　"能不恨吗？简直恨死了。"孙策黑发随着风飘扬，漫不经心的神色中暗藏锐利，嘴角挑起笑容，"因为恨巴丘，连带着整个长沙郡都恨上啦。"

　　听他这么一说，周瑜顿时语塞，垂下眼眸，神情中带了几分黯然。

　　"如果将整个长沙都毁掉……"孙策轻轻一笑，声音中带着温柔，"历史大概就不会重演了吧？"

　　历史……

　　历史已经被扭曲成这样，同样的事情，希望不会再发生在他身上。

　　周瑜整理了心情，勉强勾起唇角一笑，推了孙策一把，"行啦，现在这当口儿却来说这没用的。现在刘玄德应该还没逃出去，这次不能让他逃了，我带人去找他们的踪迹。"

　　"好，我带剩下的人去民居聚集的地方先围起来。虽然不见得光明正大，但是以少敌多，想要控制郡中的将士，目前也只能这样了。"孙策点了点头，也觉得自己这话头提的不对，笑了笑掩盖过去。

　　"嗯，不然的话，真的只有烧城啦。"周瑜微微一笑，点了一千士兵，分成了数十个小分队。

　　"公瑾。"孙策一把将周瑜拉近身边，重重地同他握了握手，随即上马，带着他的人扬尘而去，"一会儿见。"

　　"好了，咱们也该去找人了。"周瑜半眯着眼眸望向混乱奔走的百姓，勾唇笑了笑。不同于以前那次，这一世刘备来寻刘表时，正巧遇上孙策和他来攻，想来刘表也没什么心思安排刘备去新野驻扎，是以这时候刘关张一行肯定还在长沙郡。

周瑜翻身上马，姿态潇洒利落。漾起一抹笑意，周瑜自言自语道："长沙这么大，刘玄德，你会躲在哪里呢？"

就在孙策周瑜破长沙时，一支南下的军队也正到达荆州。

"于将军，孙策军已经从东面破了长沙郡。刘景升与甘兴霸在江夏和长沙的交界处酣战。"探了信的斥候飞奔回来，将长沙的情况一五一十地禀报。

"偏将军，是否现在去相助刘景升？"张辽侧首望着于禁，"再晚些，恐怕长沙便要落入那孙讨逆手中了。"长沙沦陷不要紧，反正那地方本就不属于他们，然而荀令君再三叮嘱，务必不能让孙策周瑜夺了荆州。

"嗯，子远言之有理。"于禁点头，"咱们此刻前去包围长沙郡，将那小霸王包了饺子，看他能怎么办。"

"是。"张辽应了，看向不远处的长沙郡，神情复杂。就在孙策突袭许都、扬长而去后，荀令君曾言道数月之内江东孙策定然再次有所动作，多半是想要夺取荆州。如果刘表被围，请明公放下与刘表的隔阂，务必派人来援，否则若是让江东占了荆州这样的兵家重地，后患无穷。虽然不知荀令君为何如此坚持，但是既然是他说的，那么，他张文远照做便是。

长沙与江夏两郡的交界处，甘宁和刘表率军打得不可开交。

本来甘宁以江东兵马本就不够为由，拒绝孙策周瑜给他留下人埋伏。可是后来凌统放心不下，还是暗中求了周瑜。毕竟以刘表的戒心，带来的将士肯定不下千人，甘宁的人再怎么厉害也未必能以一当十，还是埋伏些人以防万一。

"凌统，要是没有你，爷爷我这条命可要交代在这儿啦。"甘宁挥刀砍翻身侧一名敌人，点点血花飞溅开来，他朝身边的凌统看了一眼，咧嘴一笑。

凌统哼了一声，笑意却止不住地蔓延，"那是自然。"

甘宁侧目看着战场，他们人数只有刘表的一半还不到，但是还是努力地形成半个包围圈，拖住刘表不让他回到长沙给孙策制造麻烦。

"再这样下去，根本耗不起。"凌统叹了口气，有些烦躁起来。主公啊，中护军啊，说好的援军呢？

甘宁嘿嘿一笑，一刀刺进绕到凌统身后偷袭的人的身体里，满不在乎地道："放心好了。"

"我不是这个意思。"凌统皱起眉毛，还有些婴儿肥的脸圆圆的，皱起来像个小包子，惹得甘宁一阵发笑。

"凌统，带一队人去找主公和中护军。"甘宁行若无事地一笑，将自己的配弓递给了凌统，推了他一把，"去给大爷我搬些救兵。"

甘宁眼中映着杀戮无时无刻不在发生的战场，只浅浅微风卷过，便即扬起一阵凝着殷红鲜血的黄沙。

他看着己方的人越来越少，不但没有丝毫胆怯，笑容反倒越发嚣张起来，手底下也愈发不留情，不知是敌人还是自己的血滴落在土地上，在身周带起一个鲜血染成的圈子。

此刻没人敢近甘宁的身，除了作死的凌统。

"你担心自己撑不了多久了？"凌统亦步亦趋跟着甘宁，完全没有要离开的打算，"所以想让我活下来？"

"嘿，小孩子想事情非要绕那么多弯子。"甘宁挑眉，"大爷我才没有那个意思，就是想让你去带人来援而已。"

"那你随便找个人去就可以啦。"凌统呵呵一笑，随手一指，朝不远处的士兵喊了一声，"喂！你快冲出重围，去找主公，告诉他派些人来救我们！"

"你……凌统！老子说的话是军令！"甘宁眼见着凌统倔强起来，不由得气急，下手砍人都多带了几分劲力，仿佛泄愤一般，"你当我开玩笑？"

"我爱听不听，要你管？你是我的谁啊？"凌统哼声，打定了主意绝对不走。

"老子是你······"

"大叔！"见甘宁还待劝他，凌统叫了他一声，语声突然带了哭腔，"我爹已经死了······你就忍心抛我一个人活着？"

凌统提到凌操，甘宁顿时一句话也说不出来。他勉强扯起一个笑容，却不知道该说什么好。可是凌操死于他手，他怎么忍心看着凌统也因为他而去送死？

但是······但是，甘宁忍不住笑了起来，笑得酣畅。这种同生共死的感觉，好像真的挺好。

"杀！活捉刘景升！其他人一个不留！"这厢两人还沉浸在生死离别中，不远处突然响起震天的杀声，硬生生将甘宁和凌统的注意力转移。

"诶？这谁啊？声音听着耳熟······"要活捉刘表的，自然是自家援军，凌统沉浸在大概死不了了的喜悦中，找不着重点地来了这么一句。

"兴霸，凌统！蒙来迟了，辛苦你们了！"一骑雪白在一片血红中乍然闪现，飞快地朝甘宁凌统驰来。马上之人身姿潇洒，骑术精湛，铠甲闪闪发光，年轻的脸庞在阳光下映出坚毅，却是奉命前来包围刘表的吕蒙。

他带来的这两千人解了甘宁的燃眉之急，两方形势顿时逆转。

甘宁望了一眼定要留在自己身边的凌统，笑得开怀，"不迟不迟，子明来得恰到好处。"

"咱们两下合力，人数又多过刘景升，没有理由失手！"吕蒙神情中不自觉地染上几分得意，带着一份独属于少年的意气风发。

"兴霸，我担心伯言一人应付不来，这儿交给你了，我先去他那儿看看。"吕蒙向江东军有着压倒性优势的战场望去，乌泱泱的一堆人，根本看不到陆逊，于是开始后悔刚才没带他一起过来找甘宁，撂下一句话就急匆匆离开了。

"哈哈，子明瞎担心了，陆伯言又哪里只是个读书人了······"甘宁哈哈一笑。

"喂！大叔小心身后啊！"凌统正侧头听着甘宁说话，却突然一惊，脑子还没想清楚身体就先做出了反应。就在甘宁和他说话的时候，一个没注意，就有人绕到他身后偷袭。凌统想也没想就一剑刺出，从那人胸前穿过，鲜血淋漓，再来一个大抵就可以串烤串了。

凌统从来没杀过人，自己也吓了一跳，连忙把剑抽了出来，剑尖上血珠嘀嗒嘀嗒落在地上，他眼睁睁地看着那人在眼前倒下。

"这……"凌统眨了眨眼，镇定了心情，"这算什么？"

甘宁也眨了眨眼，"大概是……为爱而战？"

第二十四章 走一趟

长沙郡硝烟弥漫，人心惶惶，百姓都聚集在临湘，因为长沙郡最中央现在还相对安全些。就算分散的那些人，也都被孙策的将士赶羊入圈一样围了起来，没能逃走几个。

除去刘表带着对付甘宁凌统的那一千来人，长沙中尚有小两万军队，是郡内江东军士的五倍有余。

孙策身着淡金色的盔甲，在阳光下反着光。他就像骄阳一样招摇而耀眼，嚣张地掩盖了所有人的光芒，丝毫不在意地成为了众人的焦点和目标。

他懒洋洋地扫了一眼黑压压的人众，虽然人多，但是陡经混乱，乱的像一盘散沙，"喂，你们不少人的老婆小妾啊、爹啊娘啊、儿子女儿还有小情人儿姘头都在我们的手上，你们就舍得让我把他们统统都杀掉？"孙策笑吟吟的，一副成竹在胸的样子。

见万余士兵没一个人吱声，孙策丝毫不馁，依旧笑得明媚如暖阳，掩住了眼底寒光冰凉，"生养你们的人要因为你们的犹疑不决而去送死，就连说了要执手今生的夫人都保护不了，你们还算男人么？哦对，还有儿女呢。惹我孙伯符不高兴了啊，不光他们得死，你们估计也没法活着离开长沙。你们这一个个的祖上八九十代单传，怎么能在你们这儿断了呢？唉，想想就心酸啊。"

"你们可能在想，这小霸王只有几千人，而我们有两万呢，他怎么就那么有信心能干掉我们？"孙策手里把玩着一个方形的物体，眯着眼睛笑道，"还记得刚才我们是怎么进来的吧？唔，你们虽然傻，但也不至于傻到这都记不得。就刚才那个玩意儿，我还剩下几个。我不想用，但是如果非得用在你们自己还有你们老婆孩子身上……"孙策勾起一抹笑，"我也不介意。"

长沙郡的士兵面面相觑，刚才那东西的威力巨大，他们都是亲眼所见，就算是自己都不太可能生还，更别提那些手无缚鸡之力的女人、老人和小孩了。

可惜就是有作死家伙大着胆子朝孙策嚷嚷，"又不是所有人的老婆孩子都在你们的控制之下！我们有一半人都是荆州牧从零陵和南郡调来的！你又怎能去抓了我们所有人的媳妇来？抓来那么多你也玩儿不过来啊！"

他这话顿时引起一阵哄笑，零陵郡及南郡的将士们都笑了起来，气氛好像轻松了不少。

孙策笑了笑，不予理会，自顾自地道："啧啧，可怜长沙郡的将士们保家卫国，却连同袍都懒得管你们的家人，这般的冷漠无情，真不知道你们这样拼死拼活，是为了谁啊？"他眼神像两把刀刃一样扫过底下的士兵，微微翘起的唇角充满了讽刺。

孙策这番话在长沙士兵的心中种下了怀疑的种子，并且疯狂地滋长发芽，让他们不由得对身边的同袍心生怨念，连自己人都无法信任。

而那些家眷还身在南郡和零陵的将士，则因为身边投来的怀疑目光而委屈怨愤。更有甚者让孙策这番话正中下怀，自己的念头被孙策堂而皇之地说了出来，在羞恨之外还滋生了几分邪念。

"对了，忘了说。"见荆州军的将士们已然默默分成两派，颇有几分内斗的架势，孙策语声轻快地提了一句，"看不见程公他们觉得很奇怪吧？程德谋、黄公覆及韩义公三位，已经在率人攻打南阳和南郡了，此刻，大概已经攻破南郡了吧？他们几个玩不玩你们的夫人女儿，我可就不知道啦。"

　　"怎么样？"孙策笑眯眯地将手中物什抛上抛下，牵得那些将士的心也过山车一样起伏不安，"想投降不？"

　　就在孙策围城的同时，周瑜将两千士兵分成几个小队，各自寻找刘备的踪迹，而自己带了其中三百人，想也不想就直奔江夏方向而去。他知道自己在做什么，可是手下的人却不懂，有多嘴的忍不住问了出来，"中护军，这长沙这么大，您怎么知道那刘玄德藏在哪里？"

　　"我啊？我也不知道。"周瑜迎着日光微微一笑，唇角漾起的笑容似春水般温柔，而他的语气更加怡然自得，听得其他人都是一愣。

　　"那……"那您还这么胸有成竹？不怕自己追错了啊？

　　"我只是猜想，那刘玄德仁心重义，当初……"当初……现在已经没有当初了。周瑜有一瞬的恍惚，随即笑道，"就算刘景升死了他刘玄德也不会愿意取而代之做荆州牧，更何况刘景升只是被围？此刻长沙郡大乱，他应该不会弃长沙和刘景升于不顾。"

　　周瑜勾起一抹笑，在朝他投来的一众佩服的目光中续道："不止这样，刘玄德手下有关云长、张益德等人，皆是勇将，有机会拼上一拼。再有，刘玄德为何来荆州投奔刘景升？还不是因为他被曹孟德逼的急了？如果刘景升被咱们干掉了，荆州失守，他该怎么办？总不能依附于江东啊。"

　　周瑜最后一句话带了调侃的意味，惹得众人哄笑，七嘴八舌道：

　　"是啊，他想来主公和中护军还不稀罕呢"

　　"就是就是"

　　"凭什么要他来"

　　"……"

　　评论此起彼伏。

　　"中护军，您为什么对小小一个刘玄德这样在意？"

　　突然有人问了这么一句，一群人顿时静了下来，好几百双眼睛都盯着周瑜，期待他的答复。

"这个……大概是直觉吧？"周瑜满不在乎地笑笑，然后突然站定，朝身后众人做了个"噤声"的手势，微微眯了眼眸，"我……好像猜对了。"

周瑜从暗中踱步而出，看着眼前几位熟人，笑意温和，神色中暗藏锋锐。

"刘玄德，久闻大名。"周瑜望着刘备，浅浅笑着拱手。

刘备看到周瑜时微微一怔，一双凤眼眯起，神色微有诧异，估摸着是没反应过来此人是谁。

"在下周瑜，周公瑾。"周瑜善解人意地道，一双深不见底的眼眸里闪烁着狐狸般的笑意。

刘备倒是没什么反应，他身后二人却均是一惊。其中一人丹凤眼、卧蚕眉、长髯飘飘，一张重枣脸很有特色，另一人有几分白面书生的感觉，面如满月，神采飞扬，也很好认。

周瑜不禁暗笑某位罗先生写的小说真心是瞎胡闹，一个帅哥都能硬生生地写成了抠脚大汉。

"关云长与张益德二位的英名，瑜也是仰慕已久。"

"周郎说笑了。"刘备首先反应过来，神情中暗暗染上愁色，"不知周郎来找备，所为何事？"这场面话说得他自己都不好意思。明知道长沙已破，刘表被围，这周郎围追堵截地找他，还能为了什么啊？

"其实也没什么大事。"周瑜从善如流地笑了笑，"不过是初到长沙，想请刘玄德慢些走，多跟瑜聊聊罢了。"

刘备微微苦笑，暗暗思索脱身之计。可他还没发话，便有另一个声音冷冷淡淡地响起，"周郎莫急，不如先跟在下走一趟吧。"

随着话语声响起，一支暗箭飞速朝周瑜射来。

周瑜心中暗暗一惊，暗责自己太过托大，一见到刘备便什么都忘了。

　　他闻得风声，连忙想要斜身躲过，可是距离太短，想要反应也已来不及。

　　羽箭从左臂穿过，劲力带着周瑜向前跌了两步才站定。

　　周瑜皱眉看了眼伤口，顺手将羽箭箭尾折断扔在地上，随后微微侧过了身，看着紧张戒备的自家将士以及比他们兵力多上好几倍的敌人，唇角的一抹笑容依旧泰然自若，"这位将军……暗算于人，果然大丈夫，不愧为曹孟德的人。"

　　"都说周郎君子谦谦，辽看到是不见得。"带兵赶来的正是张辽。于禁去追击孙策，他便来追周瑜。见周瑜受了伤、被围困还这样淡定，张辽也暗暗称奇，"辽本不屑于暗算，奈何周郎太过厉害，只得用此下策。然辽本无意取周郎的性命，不过是想让周郎稍微受点轻伤，好将周郎带走罢了。"

　　"见了君子自然要以君子之礼待人，不过见了张将军这样喜欢暗算别人的……跟您说句人话都怕您听不懂啊。"周瑜眨了眨眼，笑意春风和煦，"这哪里是轻伤？文远将军善骑射，征战沙场，可瑜自小便娇生惯养，从没受过伤，现在可疼得紧啊。"笑意中一丝一毫的疼痛都不见。

　　见过能说会道的，可没见过比祭酒大人还能说会道的。不过张辽这些年来效了不少人，本来豪气爽利的性子磨练得愈发稳重，听周瑜如此说不过付之一笑，"周郎不必拖延时间了，文则将军此刻已经率大军前去对阵孙郎，想来他是抽不开身来救你了。"

　　"曹公能放下与刘景升、刘玄德的摩擦与嫌隙，前来相助荆州，瑜与义兄的面子还真大。"周瑜轻轻一笑，侧首望了眼刘关张三人。

　　他面上云淡风轻，实则是在苦思脱身之计。张辽之言想来是不差，这样孙策肯定是指望不上了。他自己刚一照面就被暗算，而且只带了三百人，张辽却有两千余人，再加上刘备的人马，武力值肯定拼不过，是以目前只能寄希望于两边内斗了。然而……周瑜看了眼张辽，又瞥了眼刘备，一个比一个沉稳老练，根本不是能被轻易激怒的人。

　　张辽自然也明白周瑜的心思，微笑着叹道："周公瑾，你已受伤，莫要再挣扎了，此次辽来荆州最主要的目的就是你，所以这一趟许都，公瑾是无论如何都得去的。"

"哦？为了瑜而来？"即便情形这样紧张，周瑜还是不由得失笑，"瑜什么时候这么重要了。"

"这个辽便不得而知了。"张辽淡然道，"周郎，可以跟辽走了吗？"

"不试一试就束手就擒啊……"周瑜勾了勾唇角，脑中不由自主地浮现出孙策张扬又得意的笑容，"不是他的风格，也好像不是我的。"

霎时间，古锭刀脱鞘而出，在阳光下闪着刺眼寒芒，毫不留情地直取张辽面门。

劲风扑面，张辽完全没想到周瑜还想着做困兽之斗。好在常年领兵打仗，他已经将反应能力练到了极致。他见周瑜古锭刀出鞘，身体先于大脑做出了反应，长戟挥了出去。

两样兵器相交，发出"铮"地一声响。周瑜的古锭刀去势偏了些，但是并没有缓下来，在张辽右臂上划了一条不深但是挺长的口子。

见自家主将和周瑜打起来了，而且还受了伤，曹军顿时将周瑜的人团团围在中间，只等张辽一声令下就要大开杀戒。

张辽瞥了一眼自己臂上的伤口，随即抬眸看着周瑜，"周公瑾，还想着能逃走吗？"本来对周瑜有愧疚之心，不过现在见周瑜也这么手下不留情，之前暗箭伤人的歉疚倒是少了几分。

此刻他很欣慰，还好刘玄德够聪明，自从他出现就拉开了与周瑜的距离。否则若是周瑜有机会偷袭刘备，那么不死也得被擒。

周瑜眼见着虽然伤了张辽，可是刚才他的人没有同时出手，错失了偷袭的最好机会。而且自己也不似表现出来的这样云淡风轻。张辽是沙场宿将，而且正当盛年，虽不欲取他性命，但是此刻那一箭的箭伤也疼了起来。此刻再反抗也是徒劳无功，只怕还会将跟自己出来的三百人的性命都送在这里，于是将古锭刀插回腰间，无辜地眨了眨眼，浅浅笑道："本也没想逃啊。"

张辽："……"谁信啊。

"喏，文远啊，咱们商量个事儿吧。"周瑜见张辽不理他，盈盈笑了笑，闲话家常一般地跟他聊天，"瑜手下这三百人也没得罪你，不如就放了他们吧？"

"……不行。"依着这周公瑾现在的处境，凭什么这么悠闲地跟他商量啊？张辽有些郁闷。

"你想杀了他们？"周瑜眼中依旧闪着笑意，不过却暗藏冰冷。

张辽暗自戒备，不置可否道："如果放了他们，他们会去给吴侯报信。"

周瑜望了一眼两边的兵力，迅速在心中盘算了一下努力一拼的胜算，大概约等于零。

他微微叹息，再次拔刀在手，笑吟吟地举刀，却不是冲着张辽，而是悠闲地架到了自己脖子上。

"你……"这是要闹哪样？

"这刀挺沉的，瑜也懒得拿那么久，张将军给个痛快话吧。"周瑜笑得懒洋洋的，"张将军现在放了他们走，瑜保证他们不会同义兄说任何这里发生的事，大丈夫说到做到，瑜向将军保证的，也自不会食言。"

"如果辽不同意呢？"张辽皱眉看着周瑜。

"那瑜就不跟将军回许都啦。"周瑜笑眯眯的，"瑜想要逃出去很难，不过死在这儿却容易得紧。不管将军想要以瑜为质，还是做什么其他鬼鬼祟祟的事情，瑜这一死，你可什么都办不成啦。"

周瑜手臂微沉，锋利的古锭刀刀锋刺入肌肤，立刻沁出丝丝血迹，"哎哟。"他呻吟了一声，眨眼笑道，"这玩意儿还真沉，瑜快拿不住了。"

张辽扫了一眼周瑜的下属们，每个人都一副"如果中护军出了三长两短，我肯定跟你拼命，拉你一起下地狱算便宜你了"的神情。虽然他们只三百人，但是拼起命来，让他折损个千八百人也不是不可能，那可就得不偿失。

"既然如此，那便依了周公瑾。"张辽一挥手，曹军立刻齐刷刷地让开一条路。

"你们大家听好了，回去之后，千万别将这里发生的事情说给吴侯听，也别告诉别的任何人，懂了么？"周瑜见张辽让步，松了口气，语气都轻快了许多。他将古锭刀重新悬回腰间，对白皙脖颈上那道鲜红的伤口看都没看一眼。

"快点回去，不用管我。"周瑜皱了皱眉，看着一群不肯离去的将士，头一次觉得重情重义的人怎么这么讨厌，"别磨蹭，这是军令！"从别人手里抢的小命还不赶紧小心捧着，等什么呢？

众人一片静默。

"哎，你们爱走不走。"周瑜拂袖，转身看着张辽，"文远将军，咱们走不走？"

"行了，走吧，咱们也赶紧回许都，再不走我可要疼死啦。"周瑜老朋友般地拍了拍张辽的肩膀，步调轻快地走到曹军中，真像要回家似的。

张辽看着那人手臂上的伤沁出血迹，但身影却依旧潇洒，居然还有心情和曹军说说笑笑，忍不住一记手刀劈了下去。

周瑜闻身后一阵劲风，忍不住暗笑他丫的张文远太小气，被欺负了两句就想着报复，但是却没想到脖颈处实实在在地传来一阵剧痛，不由得眼前一黑，身子向后软倒。

"这这这……将军，您这是为何？"随行的曹军也是一脸的讶异，可没见他们张将军有过这样的失态啊！

"老子看他不爽。"张辽瞥了一眼周瑜那张横看竖看都很好看的脸，气又不打一处来。

他一把将倒在自己身上的周瑜推给下属，黑着脸翻身上马，"这一路上别让我再看见他！"

世界终于清静了。

第二十五章 周郎与祭酒

回许都的路上，张辽一直和周瑜保持着一定距离。

面对这个丝毫不把自己当外人，更加没有自己是俘虏的意识的周郎，张文远表示压力很大。

周瑜刚醒的时候，只迷茫了一瞬，然后就一脸笑意地望着张辽，神情是悲悯的，语气是可惜的，言辞是句句令张辽吐血的，"还以为文远将军有多么与众不同，原来……啧啧，瑜不过是说两句，便要下此狠手，暗箭伤了瑜还不够，居然还要另行报复，果然还是不能高看了曹孟德的人啊。"

张辽刚想替自家明公辩解几句，便又听周瑜笑道："将军连年征战，皮糙肉厚的，手劲儿可有多大？瑜可是自小便娇生惯养的公子哥儿，这肩不能挑手不能提，柔柔弱弱的，万一让将军打坏了可怎么办？唔，那许都里有曹孟德，好像还有个荀令君，或者那极受信任的祭酒郭奉孝，哪个怪罪下来将军能反抗？既然要瑜有用，瑜现在的命可比将军值钱。如果将军如此公报私仇，只怕将军要死在瑜前头了呢。"

张辽沉默了，不说话了。他就是过来看看这周公瑾醒了没有，一句话没说就被这周瑜数落了老半天。若是说句话让他抓着把柄，他还不得被周瑜批评死？

于是这之后张辽见到周瑜，想都不想就躲着走，弄得他自己倒像是个身在敌营的降人。

周瑜大概是个自来熟，或者憋着什么坏心眼儿，反正见了谁都打招呼，笑得春风和煦，虽然行动受限，又是敌军将领的身份，可是没几天就在曹营里混了个脸熟。

他还是个细心的，很快就把周围将士的姓名记得清清楚楚，而且待人温和有礼，一副翩翩君子模样，搞得所有曹军士兵见了周瑜，都能亲切地叫上一声周郎，真将他当作了自己人一样。

于是张辽更加郁闷了。他自降曹操以来，混了这挺长时间才大概其被将士们熟悉，谁知道这周公瑾这样的身份，居然几天就和大家打成一片，这教他怎生是好？

有次张辽忍不住问手下，为何大家都对周郎那样热情友好？手下的回答令张辽对周瑜的怨气更加深了一层。因为他的手下说，周郎以礼待人，笑容温暖，性格谦逊，谈吐生动风趣，君子风度翩翩，宛如一个翻版的荀令君，而且比令君还要坦然自如，在他面前丝毫没压力。这样的好人，怎能不对他友好？

这人还说，请张将军别再对周郎这副脸色，即使被张将军暗算过，目前箭伤还未愈，可是周郎还总是跟他们说张将军的好，人家那样大度，张将军不可小气了。

张辽这才彻底懂了，原来周郎千面，根本不是他能读得懂的，所以，不招惹他才是上上策。

回程的第三日上，于禁的军队赶来与他们汇合，并带来了令曹军沮丧的消息。

话说那日长沙郡中，于禁率军包围孙策，谁知刚一赶到就中了孙策的埋伏。

于禁带了万人军队，本以为就算中伏也依旧可以擒住孙策和他那寥寥三千人，谁知道形势却来了个大逆转。

孙策手下不是三千人，而是两万多人。

早在于禁带人来援之前，孙策就已经半敲诈半诱拐威逼利诱地将长沙郡两万将士骗到了手。

所以埋伏着偷袭于禁的，可以说是于禁自己要帮助的友军。

好在孙策没打算与曹操再次结仇，意思意思杀了几个人就将于禁军放走，他这才得以逃回来与张辽汇合。

不过不知道怎么回事，于禁撤走后不久，孙策就知道了周瑜被张辽等人暗算的消息，恶狠狠地宣称不论要做什么，他势必要将中护军抢回来，也算与曹操撕破了脸。

另一边的甘宁凌统与吕蒙陆逊前后夹击刘表，他没等到刘备或者曹操的援军，就已经被甘宁吕蒙二部擒住，带出来的千余人杀的杀降的降。

攻打南阳和南郡的程普黄盖等人也收获颇丰，虽然没能一举拿下两郡，不过南阳和南郡也已经岌岌可危。

刘表的两个儿子刘琦和刘琮分别逃到了零陵和桂阳，算是堪堪保住了这两郡。至于刘备，则率人撤退到了武陵郡。

由此，荆州三分。

张辽等人听到消息心情沉重是不必说了，周瑜倒是也没有显得多高兴。

"吴侯得胜，几乎夺得了荆州七郡中的一半，周郎难道不开心？"张辽好了伤疤忘了疼，有些玩味地看着周瑜。

"开心啊，早就开心过了。"周瑜如是道，笑意微微，神采飞扬，"瑜早知道这些人都不是义兄的对手，他定然能够拿下长沙等地，是以一路上一直在开心。"

"……"张辽想不出言辞来反唇相讥，却突然想到了一件事，不由得追问道："周郎那日向辽保证，手下之人绝不会对吴侯说只言片语，也不会对其他人透露当日发生之事。那么吴侯是怎么得知你在辽的手上？周郎曾说辽非君子，依辽看，周郎也不是什么信守承诺之人。"张辽心中忍不住有小小得意，这件事周瑜可无法反驳了吧？

"哦，那件事啊。"周瑜眨了眨眼，笑得纯良，"瑜的确禁止他们与吴侯说道当日之事。至于义兄是怎么得知瑜的去向……想来是他们将当日发生的事情详细写了出来交予吴侯了吧。"

张辽："……"他不要跟周瑜说话了。

一行人好容易到了许都，张辽一副如释重负的神情。

"文远定是在想，终于能不用再与这周公瑾同吃同住了，世界终于美好了，瑜猜得可对？"见到张辽的样子，周瑜免不得戏谑一把。

　　以他的身份，在曹营的日子已然不好过，每日里总不能尽是想着江东，想着孙策，否则非把自己逼疯了不可。他心中自然也觉得不爽，就这么被张辽给暗算了？不过想到孙仲谋和张文远……周瑜顿时觉得自己这点失误也不算什么。

　　无所事事的周瑜只好找些别的乐子，例如欺负老实人。反正他除了嘴上讨些便宜，大概也没办法反击了。

　　"周郎爱怎么说便怎么说罢。"张辽早有自知之明，知道自己说不过周瑜，也就懒得理他了。来之前荀令君同他说，若能擒到周瑜，自可带给郭祭酒调教。于是张辽脑补了一下周瑜郭嘉针锋相对、各自把对方气得半死的情景，心情顿时明媚了许多。

　　周郎啊，你的好日子，可是快到头了。

　　是夜。

　　已经入冬，许都的天气愈发冷了。

　　饶是郭嘉从小生长在北方，习惯也熟知了气候变化，每每一到年底还是会咳嗽低烧不断，看得曹操忧心不已。

　　偏偏郭嘉还说冬天喝酒是暖身子的，曹操拗不过他，只得给他找来好酒。

　　这天于禁张辽等人刚刚回来，虽然没能阻止孙策夺长沙，但是却将一位贵客带了回来，让曹操一整天心情都很好，就连郭嘉喝酒都不那么强烈反对了。

　　"奉孝。"曹操特意带了壶好酒，大晚上的来找郭嘉，一脸毫不掩饰的笑意。

　　"明公今天这样开心？"郭嘉迫不及待地将酒接了过来，赞了一声，"好香！"

　　"今天文则文远他们将那周公瑾带了回来，怎能不开心？"曹操笑了笑，又道，"奉孝，这几日又冷了下来，你少喝点酒，注意身子。"

郭嘉笑了出来，"明公成天这么说，说了这好些年了，也没太见效啊。嘉就这么一个爱好，明公还是成全嘉吧。"

曹操看了他一眼，摇头，很是无奈的样子。

"这就对了。"郭嘉半眯着眼睛，"明公，打算如何处置周公瑾？"

"奉孝认为呢？"曹操掩去眼底笑意，轻描淡写地问道。

"明公还是想让周公瑾为你所用？"郭嘉一针见血，懒得弯弯绕绕。

曹操悠悠一笑，"还是奉孝明白我的心思。"

"那么……"郭嘉想起了江东双壁的名头，想起了传闻中那霸气外露的孙郎和言笑晏晏的周郎，又想起了前阵子与荀彧的一番交谈，若有所思起来，"嘉愿为了明公……勉力一试。"

周瑜被安置在离荀彧和郭嘉都近得很的地方。

每天有人把守，和路上的时候一样。

因为在路上时周瑜不必思考什么军国大事，整天衣来伸手饭来张口，好东西来者不拒，所以这些天来他几处伤好了七七八八，气色也还不错。

这日周瑜正在屋中想着大概怎么可以逃出去，就听见有人敲门之声。

他正奇怪，那人便推门而入。

"嘿，别来无恙。"周瑜看着那提着酒壶进来的人，不由得笑了出来。这可是老朋友了，还是两世的老朋友。

郭嘉微微一怔，随即笑道："嘉此前并未与周郎深交，何谈别来？"

"那就当瑜说错了。"周瑜也是一笑，心想原来此郭奉孝非彼郭奉孝。

郭嘉毫不客气地坐了下来，给周瑜和自己分别倒了杯酒，"来许都这几日，未曾有人替周郎接风洗尘，今日嘉带来的这酒是明公的好酒，周郎是否赏个脸？"

"叫公瑾罢。"周瑜盈盈一笑，拿起了面前的酒杯，"瑜当奉孝是朋友，是不会耍着心计陷害瑜的朋友。"于是将酒盅里的酒一饮而尽，笑意闪烁。

"这酒这样好，嘉还舍不得往里下毒。"郭嘉仰头喝完了自己那杯，朝周瑜示意，"否则岂不是连嘉自己也一并毒死了？那还费劲让文远将军将公瑾带到许都来做什么？"

"奉孝之言也有道理，是瑜小器了。"周瑜眉梢眼角都带了笑意，大大方方地承认错误。

"江东双璧，孙郎周郎英名在外，今日一见果然担得起这名头。"郭嘉又倒了两杯酒，半眯着眼睛，神色懒懒的。

"那又怎能与奉孝相比？"周瑜眨了眨眼睛，笑得欢畅，"奉孝言道瑜的义兄轻而无备,性急少谋,是为匹夫之勇,他日必死于小人之手。这话奉孝可说对了一半儿，前几个月伯符差一点就死于之手了。"

周瑜一直盯着郭嘉的神情，却见郭嘉一样的淡然，"公瑾这样记仇么？"

"自然不会。"周瑜浅浅勾起唇角，"瑜不过是在夸奖奉孝。"

将郭嘉递来的酒喝完，周瑜垂下眼眸，掩住神色中的惋惜。

郭奉孝啊郭奉孝，各为其主，此生终是不能像朋友一般喝酒畅谈。然你今日来此，就真的毫无图谋么？

此后的几日，郭嘉每天都会带着酒来找周瑜谈天说地，从军事计谋扯到风土人情，话题转变都不带痕迹的。两个人都是聪颖之极的人物，且均满腹学识，眼光又都独到有见地，是以不管聊什么都很说得来，当真如相见恨晚的好友一般。

一开始周瑜自是对郭嘉满心戒备，后来见郭嘉真的没有任何异常举动，酒里也不似有东西，防备之心也就渐渐淡了。

但是，郭嘉越是没有动作，周瑜就越是担心自己的处境。

郭奉孝他足够了解，自然不可能毫无目的地来找他。而且张辽费了那么大力气将他弄来许都，郭奉孝怎么可能对他全无所图？

然而在许都的生活就真的这样一直平静了下去，平静到，周瑜愈发好奇，许都祥和的表面之下的风卷云涌，到底是怎样的一番波澜壮阔。

他觉得自己过的实在是太舒服了，舒服到令他不得不怀疑这一切，舒服到，似乎就想一直这样待下去，不愿意回到荆州。

唔……荆州？

此刻，荀彧屋中三个男人围着桌边团团而坐。

其中一人白衣飘飘，气质温润，唇边笑容优雅温和，让人看了就心神宁定，是留香荀令。

另一人身材瘦削，神色懒洋洋的，半眯着眸子，身上散发着清浅酒香，是祭酒郭嘉。

还有一人是个老者，年纪和脸上皱纹成正比，眼眸中流露出的是阅历和沧桑，身周竟有淡淡药味，而且是好闻的药香，可见其在药物一道钻研甚久。

"华神医，您医术神乎其技，而且已然帮了彧一次，为何不肯继续帮彧调配这药？"荀彧眉头微皱，不解地看着那老者。

"令君，并非在下不愿相帮。"那老者正是医术超神的华佗。他叹了口气，对荀彧据实道："若非令君开口，在下本不欲来许都。这次前来，一是为了帮令君的忙，二是因为令君要的这东西完全勾起了在下的兴趣。然这种制人心神的药物在下也是第一次配，全在实验，根本不知道效果如何。在下唯一知道的……就是这类药物用多了便会积累在人体内，产生毒素，百害而无一利。在下学医是为治病救人，是以这药……并不愿多配。"

"您说百害而无一利，那么这百害……都包括了什么呢？"

郭嘉轻轻一笑，神情中坦荡荡地写着"我很好奇"四字。

华佗显然没想到郭嘉会有此一问，愕然了半晌后答道："因为这药控人心神，是以用久了可能心智方面有所退化。还有就是按令君的要求，用这药物的话，记忆会被慢慢抹去，之后能不能记得起来，也是另说。而且长期服用，对身体多处都有危害。在下虽不知道令君要此物何用，但是在下已配了这许多，短短几日令君祭酒便再来索要，足见……唉，在下要劝诫二位，勿要滥用此药。"

郭嘉挑了挑眉，很快就抓住了中心思想，于其他劝告丝毫不理，"就是说，用久了会变成傻子？"简单粗暴多好，干嘛讲那么多。

"……也可以这么说。"华佗暗叹，这郭祭酒也太简单粗暴了些吧。

"哦……多谢了。"郭嘉嘴角的笑容带着十足的玩味，眼中闪着奇异的神色。

原来是这样么？好像，越来越好玩了。

第二十六章 重逢

翌日，郭嘉早早地便来找周瑜，带着酒，意外地，还带着两个人。

周瑜看着来人，微微失笑，"子孝、文远二位将军，别来无恙啊。"原来都是老熟人了。

"周郎再临许都，仁未来看过，实是仁的疏忽。"曹仁嘿嘿一笑，朝周瑜拱手。看着欺负过自己的周瑜被再次拎回许都，曹仁心里很爽，非常爽。

周瑜微笑回礼，面对这样明显的挑衅却未发一言，看得曾经被欺负得要死的张辽啧啧称奇。

"咱们一起喝两杯如何？"郭嘉见气氛似乎有些微妙，笑着解围，将手中的酒放在桌上。

四个人推杯换盏喝了几杯，酒过三巡，郭嘉再次挑起话头，"公瑾，嘉给你带的酒，味道如何？"

"瑜于此道并不精通。"周瑜浅笑，"不过味道甚好。"

"那喝了嘉的酒，大概可以冲淡些公瑾的乡愁？"郭嘉眯着眼睛，笑得狐狸一样。

"乡愁？"周瑜挑眉，"奉孝何意？"

郭嘉眨了眨眼睛，悠悠笑道："就是字面上的意思啊，公瑾想不想念江东？想不想念吴侯孙策？"

"吴侯……孙策？孙策……"周瑜喃喃地念着这个名字，不知道为何又有些迷茫。

"是啊，孙策。"郭嘉勾起唇角，"不过他根本不在意你。你离开这么久，他一点也不着急，没有任何行动。公瑾，你对江东和孙策来说，根本就是可有可无的。"

你对江东和孙策来说，根本就是可有可无的……

"可有可无么……"周瑜微微抬眸，眼中翻滚的情绪深沉，似乎随时有可能爆发，接而吞噬一切。

郭嘉起身，缓缓走到周瑜身边，望着那张俊颜上有些迷茫又有些恍惚的神情，顿时心情大好，"对，可有可无。"他很肯定地点了点头，笑得纯良。

手搭上周瑜的肩，郭嘉侧头看了眼张辽和曹仁。两个人默契地起身走到周瑜身侧，制住他双手。

周瑜似乎是想要挣扎，不过随即变得很顺从，任由张曹二人将他制住，一双眸子茫然望着郭嘉，那一向自信带笑的眼眸中突然染上的脆弱看得郭嘉突然很于心不忍。

"公瑾……"郭嘉俯下身，将周瑜的外衫和里衣解开，露出一片白皙的胸膛，紧致匀称的肌肉看得张辽和曹仁默默扭头。

"公瑾，孙策对你无情无义，忘了和他一起的过往吧。"郭嘉不知道从哪儿掏出一根针来，玩味地在周瑜胸前扫来扫去，最后挑准了

一处刺了下去，肌肤上立刻沁出一串血珠，"公瑾，忘了一切吧……"郭嘉认认真真地用银针写下了一个"策"字，一笔一划都很用力，浅浅勾起唇角，"只要记得，孙策，吴侯孙策，是你的仇人，你要杀了他……不惜代价……"

周瑜怔怔地颔首，然后偏过头去，放弃抵抗般地闭了眼睛。

一滴泪顺着脸颊滑落，轻得没人听得见的呢喃散落在室中，飘散，消失。

"伯符……"

在许都日子似乎过得很快，这日已是腊月三十。

各家张灯结彩，热闹得很，不过许都的天空中飘下鹅毛大雪，白色的雪花覆盖了整座城，令这个年平添一份雪白，是江南少见的景色。

晚上，郭嘉例行带着酒来找周瑜，就像昨天前天大前天晚上一样。

给周瑜斟了酒，郭嘉笑吟吟地提起话头，"公瑾，今天是三十了，你在许都也待了这许多日子啦。"

周瑜神色有些恍惚，轻叹一声，悠悠道："是啊，也一月有余了罢。"

"公瑾可曾想家？"郭嘉微微笑道。

"想家？"周瑜重复了一遍，神色怔忡。

"是啊，江东。"郭嘉勾起了唇角，轻声道，"那里还有吴侯孙策。"

"孙策？"周瑜皱了眉头，"那是瑜的仇人罢？瑜为何要想他。"

郭嘉怔了怔，随即抚掌大笑，"是啊，没错，那是公瑾的仇人。"

周瑜应了声，若有所思。

"公瑾，想报仇么？"郭嘉笑着给他斟酒。

周瑜将酒一饮而尽，点了点头，"自然想。"

"那好。"郭嘉眼中闪着笑意，"等过了年，咱们便随明公南下讨伐孙策！"

荆州。

长沙郡。

年夜晚宴上，一派其乐融融。

武将席上，程普和黄盖相互拼着酒，两个人喝得脸一个比一个红，大笑着说势必要将对方灌醉。

吕蒙已经喝了很多，然而还是不停地在替陆逊挡酒。

甘宁不停地给凌统夹菜，一脸"现在正在长身体一定要多吃"的慈父表情，"凌统你这生日真不怎么样，大年三十，大家都过节了，都没人想着你啦。"

今天是凌统生日，小凌统十二岁了。

"谁说不好的？明明大家都在给我庆祝，多好呀。"凌统乐呵呵的，已经全然谅解了甘宁。

"也对。"甘宁笑笑，转了话题，"凌统，你十二岁了……本该及冠才取字，然你父亲……"他顿了顿，叹了口气，"没人替你做这决定，不如你先替你自己取个字吧，反正早晚都要自己取的。"

"取字？"凌统一怔，不禁恍惚。

"……公绩？"

"公鸡？那是谁？我叫凌统，不是什么公鸡。"

……

"既然这样……"凌统回过神，想着那此刻不知是否安好的人，心中微微酸楚，"便叫公绩吧。"

大堂上众人成双成对，没有对儿的也强行凑了起来，只图一乐。

孙策在所有人里，突然显得有点格格不入。

他自斟自饮，很快就喝了不少，却不自知。

往年这时，身边都会有个人笑吟吟地与他一起喝。他一喝多了那人就会皱眉，跟他说喝酒伤身，别再这么喝。他都会笑笑不理，说男人喝点酒算什么，过年了大家开心嘛。那人往往会笑着叹口气，随他去了，不但这样，而且还会陪着他一起大醉不醒。那人总会说，伯符啊，既然你想醉，那么我陪你便是。

然而今年，没有人劝他少喝点酒，更没有人毫无条件地陪他一起酩酊大醉。

孙策仰头将酒樽中的酒一饮而尽，没有酒的醇香，反而满口尽是苦涩。

他看向门外，月至中天，子时已过，已是建安六年。

公瑾，你拼尽一切，便是为了让我好好活到建安六年。现在我已经迎来了人生的第二十七个年头，然而你呢，本该陪着我共同享福患难、相互扶持的你，却不在我身边。

若没有了你，活得再久又有什么意思？

抑住心中酸涩之意，孙策目光如利刃一般闪着寒芒。公瑾，等着我，等拿下了荆州，灭了刘氏，我便去找你！

那些伤害你的人，我要一个一个，手刃他们替你报仇！

建安五年腊月，南郡、南阳两郡太守率合郡投降，两郡归入江东版图。

建安六年正月，吴侯孙策征讨刘表之子刘琦、刘琮，取零陵和桂阳。

建安六年二月，吴侯取荆州六郡，独留武陵郡刘备等人。

建安六年三月，孙策终于将猛虎的利爪对准了刘备。

同月，养精蓄锐数月有余的曹操派曹仁、张辽等人率军南下对阵孙策，以助刘备，祭酒郭嘉随行。

荆州的最后一战，鹿死谁手，犹未可知。

曹军行得很快，不日便到了武陵郡，与刘备会了面。

曹仁、张辽、郭嘉三人与刘备详谈半日，定下了计策，曹军随即撤出武陵，在外安顿下来。

一切的行动都被孙策看在眼里，然而他这次却一反常态的沉默。往常这种情况，孙策就算不立即行动干掉敌人，也得说两句鼓舞士气的话。可以说，是他的志得意满，是他对自己实力的绝对相信，才让江东走到今天这步。

别人不知道孙策为什么反常，从小被大哥拉扯大的孙权却是知道的。

"哥，你这样犹疑，是觉得公瑾哥被他们带来了？所以无从下手？怕他们以公瑾哥为质？"孙权有些担忧地看着孙策，因为今时这样的大哥，他从没见过。

孙策瞥了孙权一眼，笑着拍了拍他的肩膀，"你小子越来越精了啊！你大哥想什么都瞒不过你啦。"

"不是我学得精了，是大哥你太喜怒形于色了……"孙权忍不住也笑了起来，他大哥心中从来藏不住事，想什么都写在脸上，这是他从小就知道的。

"孙仲谋胆子越来越大了。"孙策斜睨着他，一脸严肃。看着满眼写了"我很无辜"的孙权，倒是孙策他自己先憋不住笑了出来，"仲谋，你多学着点儿也好，万一哪天……"不由得想到了上一世，他二十六岁，公瑾三十六岁。

"哥你说什么呢！"孙权急了，"别多想啊！不就是个刘玄德么，呃，外加个曹孟德，但是哥你那么厉害，还有幼平他们帮你，哪有什么万一？"他觉得，当他的二公子挺好的，悠闲，惬意，有幼平宠着，风雨也有大哥和公瑾哥挡着。

孙策笑了笑，心情颇好地道："我是想说万一哪天你大哥作战抽不开身，也能派你去独当一面啊。仲谋想哪儿去啦？"然而这并不是什

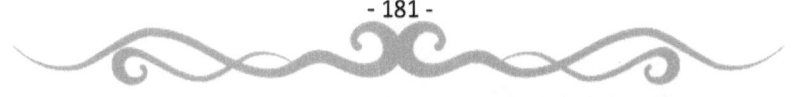

么真心话，孙权那么善于察言观色的孩子，自然也是知道的。不过，善意的谎言，说说也好。

"嗯，是我想多了。"孙权从善如流，笑得单纯无辜。

有孙权在这儿打岔，孙策心情也不知不觉好了起来，"仲谋，告诉幼平兴霸他们，今天夜里，趁曹军还没安顿好，两边联络不方便，夜袭武陵郡！"

"那公瑾哥……"孙策不担心了，孙权又开始担忧。

孙策微微一笑，笑容里带着自信和骄傲，"我相信公瑾。"

入夜。

武陵郡的夜静悄悄的，家家户户的百姓们都睡得熟了。

武陵与长沙的边界上，一支军队在暗夜中乍现，随即乌压压地跟出了一大片人。

寂静无人的夜被这群人的脚步踏碎，就像利剑划破长空，冰冷的寒芒毫不留情地指向武陵郡。

"杀！杀！杀！"整齐划一的喊声从两侧和前后方乍然响起，击碎了夜中的最后一丝宁静，也惊慌了江东将士的心。

"他奶奶的！他们早有准备！"甘宁恨恨地骂了一声，"咱们落入了埋伏！"

"嘿，他们还挺聪明。"一瞬间的惊讶过后，孙策很快就冷静下来，甚至还有闲心夸赞对手。

"主公，你有对策？"见孙策如此气定神闲，吕蒙不由得也放下心来。

孙策瞥了他一眼，眨眼笑道："没有啊，我又不知道他们会设伏。"

陆逊扶额："……您还真是淡定啊。"

"吴侯在这当口儿还有心情闲话家常，气度真是不凡。"暗中走出来一人，步子悠闲，声音带笑，还有些懒洋洋的，不知道是没睡醒还是困了。

他出现后，整齐的士兵从四面八方向出现，人数和孙策的差不多，不过却将他们包围在中间，占了大便宜。

孙策立时便认出来这人的身份，挑眉一笑，"曹操什么时候这么缺人手？就连只管出谋划策的郭奉孝都派上战场杀敌啦？不怕出来了就回不去吗？"

郭嘉也不生气，懒懒道："吴侯耍嘴皮子的功夫原来也这么厉害，不输于嘉啊。嘉看吴侯也别上阵杀敌了，不如随了嘉去给明公出谋划策吧。"

郭嘉这么一说，曹刘两军的将士顿时哄笑起来，惹得程普、甘宁等人直跳脚，就差冲过去干架了。

孙策淡然笑了笑，环视着两军将士，"咱们这人数也差不多，还不知谁能赢。难不成郭祭酒出的好主意就是和我硬碰硬？"

郭嘉眨眨眼睛，轻笑道："嘉怎么会出这么笨的主意？今夜并不是硬碰硬，而是一对一。不知道这个主意，吴侯意下如何？"

"一对一？"孙策哈哈大笑起来，"你郭祭酒手下有什么人物，能与我孙伯符一对一？难不成……"孙策顿了顿，扬眉笑道："是祭酒大人亲自上阵讨教？"

这次变成江东军哄堂大笑了。两边的将士看了看孙策，又看了看郭嘉，均觉这位身形单薄的祭酒大人，能在江东小霸王的手底下走上半招就算运气好了。

"嘉这细胳膊细腿的，自然不敢自不量力地挑战吴侯。"郭嘉将笑意隐在黑暗里，然后向身后瞥了一眼，"要跟吴侯一对一的，在这里。"

随着郭嘉话音落下，有一人从他身后踱步而出。

那人一身浅银色铠甲，在夜幕中隐隐光华流动，尽显风姿卓然，低调而奢华。当所有江东将士看到那人面容时，一个个的表情都跟被雷劈了好几次一样。

那人的肤色白皙，脸庞棱角分明，却又不显得太过刚硬。他一双眼眸宛如一汪深水，看进去就不由自主地着了迷；一双眉不浓不淡恰到好处，眉端压在水波流转的眼上，波光潋滟，却不觉张扬，山水到处自然晴好，任谁看了都不由得惊为天人。他鼻梁挺直，如玉肌肤光彩照人，带着一股浩然正气；而唇边那抹亘古不变的浅浅笑意，更是让人看了便觉此人温润，乃谦谦君子。

孙策愣愣地看了半天，眼光一刻都不愿离开他身上。

"公瑾……"

他只觉嗓子干涩，一句话都说不出，就连挤出这个平日里再平常不过的称呼都艰难之极。公瑾消瘦憔悴了不少，但是依然那样光华耀眼。

公瑾，四个月不见，你……可安好？

江东将士上到主公孙策到下到普通小兵全被雷得外焦里嫩，罪魁祸首自己却好像没什么感觉。

周瑜静静地立在那里，目光与孙策的在空中相碰撞。孙策目光炙热如火，就像要把眼前人烧出个洞来。然而周瑜的神色却极尽平静淡然，水般清凉，冰冷地仿佛不认识孙策一般。

终于，周瑜朝孙策笑了，温和地笑了。

可惜孙策刚高兴没多久，周瑜一句话就浇灭了他的兴奋，"吴侯，在下周瑜，周公瑾，初次见面，请多指教。"

第二十七章 交手

孙策怔忪地看着他，指了指自己，"你叫我吴侯？"

"是啊。"周瑜笑得温雅，丝毫不以为意道，"吴侯不希望瑜这么叫您？那么瑜该如何称呼吴侯？"

听周瑜自称"瑜"，而叫他为"吴侯"，冷淡疏离得就像陌生人一样，饶是孙策自诩承受能力强，什么都不放在心上，他心里的防线还是又崩溃了一层，扯着嘴角笑笑，"没什么，这样……挺好。"

公瑾对他，到底为什么这样冷淡？孙策想想就觉得心疼不已，公瑾在许都的这段时间，到底承受了什么？无数个问题得不到解答，孙策觉得自己真的快要被逼疯了。

郭嘉看戏看得津津有味，"吴侯，这个一对一，你觉得如何？"

虽然满腹疑问，不过在面对周瑜时，孙策就全然不是那副失魂落魄的样子。他冷冷瞥了眼郭嘉，心中觉得酸涩，但是事已至此，他也没有别的选择了。

"好，很好，非常好。"孙策随即转向周瑜，唇角勾起的笑容温暖灿烂，便如以前无数次面对周瑜时的笑容那样，"周公瑾，孤便陪你玩玩儿。"

孙策几乎从来不自称"孤"，对周瑜更加是从没有过，此刻这个字刚一出口，孙策觉得自己突然就没有回头路了。

周瑜的神情依旧淡漠，似乎将一切都看在眼底，又似乎什么都是过眼云烟。他看着孙策温文尔雅地一笑，"如此甚好。"

孙策点了点头，不顾身后众人的呼声，径自向前走去，在两军对峙中的空场站定，笑看着对面的周瑜。既然与公瑾一对一，那他的胜算就应该是百分之百了。不是看不起公瑾，而是两人无数次的交过手，于对方的每一招都了然于心，而这些次交手的结果……自然都是他稍胜一筹。

公瑾厉害，公瑾很厉害，但是……他真的比公瑾还要厉害一点点。

周瑜也上前两步，拔刀在手，刀尖稳稳地指着孙策。

这个姿势孙策见过很多次，和他的练习里，和敌人的对垒里。但是周瑜这样指着他，而且两人即将真刀真枪地拼命，这还真是头一遭。

孙策手中握着长戟，心中疑窦丛生。如果他赢了公瑾，郭嘉真的会认输吗？当然是不可能的。那么郭嘉此举，用意何在？难不成公瑾有十足的赢他的把握？公瑾自己应该知道他曾经无数次输在义兄手底下吧……？

周瑜浅浅一笑，"吴侯请了。"

事已至此，退是不可能了，只好赢了公瑾。孙策如是想，抢到周瑜身边，挥舞着长戟与他战到了一起。

孙策于周瑜的刀法了然于心，熟悉到不能再熟悉。周瑜从什么方向攻来，他该怎么回击，周瑜下一招会使什么，他又怎样防守，这些他根本不用想，早已刻在心中。

周瑜好像也有相同的情况，与孙策打得难解难分。他们看似料敌机先，实际上两人早已演练过无数次，只是没想到真的有天会在大庭广众之下对打。

"他们两个真的在打架？"凌统最先按捺不住心中疑问，"看起来太合拍了，就跟在演练武功一样。"

的确，两个人太合拍了，也太熟悉对方了，熟悉到，两个人的气场似乎天生就适合对方，没有办法不合拍。

周瑜身姿潇洒，一柄古锭刀使得流畅漂亮，越打越精神。

不过孙策却似是心不在焉，打了一会儿后渐渐地防守多过攻击，于周瑜的攻势只是随手拆解，并不还击，不知是不忍下手还是已经神游天外。

甘宁凌统等人越看越着急，指不定孙策一个疏忽，竟要输给了周瑜。

郭嘉却越看越得意，果然，孙策什么都好，什么都不怕，唯有周公瑾，是他的死穴。

"铮！"周瑜的刀与孙策的长戟相交，长戟竟然被弹得脱手，飞了出去，斜斜插在地上。

周瑜反应迅速，将古锭刀架在了孙策颈上，神色还是淡淡的，"吴侯，瑜赢了。"

孙策看了眼周瑜，又看了眼不远处的郭嘉，神情中染上茫然和惊诧。

他身后的江东军已经惊讶得话都说不出来，凌统眨了眨眼看向甘宁，"大叔，我莫不是在做梦？"

郭嘉抚掌笑了出来，"公瑾不愧是公瑾，干得漂亮。"

周瑜微微一笑，手抓上孙策淡金色的铠甲，押着孙策走到郭嘉面前，如果忽视孙策脖子上稳稳架着的古锭刀，倒是和以前的江东双璧没什么两样。

"瑜终是不负使命。"

周瑜朝郭嘉笑，笑得如释重负。

郭嘉毫不掩饰他的兴奋，走近周瑜和孙策，看着孙策笑得开怀，"吴侯，现在还觉得嘉的计策不够好吗？"

孙策勾了勾嘴角，叹息一声，"你这计策很好，知道我这个义弟，对我、对江东来说都太重要了，便利用公瑾擒住我，还是让我心甘情愿被擒。不过……郭祭酒算到了一切，却独独算漏了一件事。"

"什么事？"郭嘉眯眼笑了笑，看了眼身后曹仁和张辽，还有刘关张三人，以及曹刘大军，"刀都架到脖子上了，吴侯还拖延什么时间？在想脱身之计吗？从这么多人手下逃脱？"

孙策摇了摇头，"郭祭酒千算万算，却算错了公瑾的心。"

他话音还没落，周瑜就已经将古锭刀从他脖颈上移开，然后对准了郭嘉身后的曹仁奋力一掷，刀身从他前胸穿过，带着大片的殷红鲜血。

整个动作行云流水，流畅得像经过无数次演练一样。别人都还没反应过来，就已成定局。

同时，孙策一把擒住离自己只有两三步远的郭嘉，后者虽然顷刻间明白过来，但是两人武力值悬殊，他想逃也逃不开。

孙策得意地一笑，大声喊道："曹军听好了，你们的军师祭酒现在在我手中，不想他死就乖乖投降，否则爷爷我新账旧账一起算！打死你们是轻的！绝对让你们无法活着走出武陵！"

奇变突起，两边将士都没有反应过来。

江东军心情刚刚还跌在谷底，瞬间就涌上来一阵狂喜。

而刚才还得意洋洋的曹军，此刻郭嘉被擒、曹仁生死不明，顿时惊慌失措起来。

张辽眼看着曹仁性命就在须臾之间，忍不住气得破口大骂，"他奶奶的周公瑾！一天不骗人你能死啊！老子受够了！"

"瑜可没骗人，你家祭酒这样对瑜，还是人么？"

周瑜无奈地摇了摇头，不再去看张辽曹仁，而是回身走到孙策面前，唇边漾起一抹笑容。

"伯符，别来无恙。"

孙策凝视着周瑜，伸手在他肩上重重一拍，眉梢眼角是掩盖不住的激动欣喜，"他奶奶的周公瑾，还好你没忘了我。"

周瑜本来心情激荡，不知道该说什么好，听了这句话突然笑了出来，"义兄啊，忘了谁我也不敢忘了你。"

不过……"伯符。"周瑜忍俊不禁地看着神情激动的孙策，"你要用力别两只手一起用力，若是郭奉孝被你不小心勒死了，可就没有筹码了。"

孙策回过神来，郁闷地瞪了眼郭嘉，"真麻烦。喂，你死了没？"

郭嘉咳嗽了两声，觉得眼前有些发黑，却还哼声道："哼，死不了。"每每到冬天他的身体就愈发不好，是以春天一般都是慢慢调养着的。这一路从许都来荆州，他自己也觉得承受不住。再加上心情大起大落，还有这孙策……手劲着实大了点，再不松开恐怕就真死这儿了。

"张文远，你们现在退兵，瑜保证奉孝在荆州过得舒舒服服，到时候再好好给你们送回去。"周瑜微笑着望着张辽，"不过若是你们执意要帮刘玄德，那么郭嘉第一个死，而且你们谁也别想活。"

周瑜一想起四个月前在长沙被张辽暗算，就忍不住想要气气他，"而且，明公那样在乎祭酒，若是他死了，你们就算能回去，应该也活不长吧？"依他看来，郭嘉这个军师祭酒在曹操身边的谋士里，虽不能说有荀彧或荀攸等人位高权重，但也是聪明得独树一帜了——曹孟德在乎着他呢。

"快退兵吧，我的张将军。"周瑜笑盈盈地道，"文远，瑜看在你我一番交情的份儿上，刚才都没舍得对你下手，还不领情么？再不走，可就真走不了啦。"

一番交情？张辽忍不住翻白眼。是啊，他先暗算周瑜，再拍晕了他，后来他又被周瑜气得看见了就想躲，这交情啊，真深厚。

"你赶紧的。"孙策搭着周瑜的肩，眼眸中寒芒冷厉，"公瑾好说话，我可没他那好脾气，你们走不走？不走现在就打吧！憋了四个月的这口气，我可得好好出出！"

张辽看着不远处的一金一银，搭配起来嚣张得没话说。又看了眼就剩下一口气的郭嘉和半口气都快没了的曹仁，果断道："走！现在撤离！"

"记得问曹公好！"孙策笑眯眯地朝他喊。

"……曹公不好！！"

"兴霸，带一半人去跟上张文远。"孙策见张辽带人离开，侧头朝甘宁笑眯眯地道，"你懂的。"

甘宁正纳闷为何孙策就这么放走了张辽，这根本就不孙策了！"好！"甘宁闻言后立刻喜笑颜开，点了人堂而皇之地追去了。

张辽带走了一大半人，剩下的人根本不足为惧。

刘备看着实力悬殊的两边，神色却丝毫不惧。

倒是关羽张飞急得很，劝刘备道："大哥！大不了拼死一战！"

"哎，说什么死不死的呢，多不吉利。"周瑜笑吟吟地眨眼，和蔼可亲地道。

"公瑾说的极是。"孙策也笑吟吟的，"刘玄德，来江东，孤肯定好好招待你。"

周瑜侧首瞧着孙策，笑，招待……么？

时隔四月，周瑜再次回到了荆州。

已是后半夜，孙策的屋中，没有战场杀戮，没有血腥生死，有的只是许久不见的兄弟二人。

"公瑾，这四个月以来……委屈你了。"打量着几个月未见的周瑜，孙策率先提起了话头。

"哪里委屈？是我自己当时不查，这些个月来的一切，都是我自作自受。"周瑜微微一笑，神情坦坦荡荡。

"公瑾，跟我说说，这四个月，都发生了什么？"孙策不停地告诉自己，现在最好别问，但还是忍不住问了出来。

"嗯……"周瑜想了想，说了个大概其，"郭奉孝给我吃药，药没起作用，但是他以为起作用了，所以带我来了……然后没了。"

"……周公瑾你怎么能这么轻描淡写高度概括！！"孙策气得很，哭笑不得地道，"今天你那个样子，差点没吓死我。"以往都是在战场上并肩作战，横扫四方，可还从没面对面针锋相对过，孙策有点适应不良。

"咳，对不起义兄啦，那是剧情需要。你不是也成功地领会精神了么？"周瑜笑弯了眼眸，"然而这四个月真的只发生了这些啊，没有其他的啦，教我怎么说？"

"还好我够了解你。"孙策突然得意起来，"换个人的话，你周公瑾的戏可就要演砸了。"

周瑜笑看着他，"如果不是义兄你，我也不敢这样冒险。"

"公瑾，你待我……"孙策一句话还没说完，就被周瑜打断，"伯符……"周瑜扶着额头，皱了皱眉，"今天累了……咱们明日再聊……"还没等孙策说什么，周瑜便放心大胆地晕了过去。

第二十八章 明枪和暗箭

周瑜像是走在迷雾中，身边空无一物，全是白茫茫一片。

每一步踩出去都不知道接下来会发生什么，也不知道自己为何会身在此地。

他每天晚上似乎都会来到这里。可是，最初是舒城一幕阳光铺洒在屋檐下，一个白衣少年谈笑的情景，可是到后来，周遭的景物越来越模糊，那个少年的身影也越来越淡。

一切都在慢慢消失，独留他一人茕茕孑立。

迷茫的不知身在何处，只要去试着想起便会头疼欲裂。

似乎所有的记忆都在离他而去，但是，唯有一个名字深深烙在心底，根本无法洗去。

那个名字早已被他在脑海中轻轻念过无数遍，那是支撑他熬到现在的支柱。

孙伯符……

伯符……

整个世界，只有那一个身影依旧清晰，那个在舒城的阳光下朝他笑得嚣张又灿烂的少年。

……

"丫的华佗在哪儿呢？你们光会说些废话！这什么破玩意儿你们到现在也没个头绪！公瑾这半天还不醒你们一群废物还好意思在这儿

杵着赶紧去想法子啊好歹去给找个明白人来#&**&#*&@%￥#！*￥*@……啊公瑾你醒了！"

这是周瑜醒来时听到的噪音。

"伯符……你这是急什么呢？"周瑜按了按疼痛的额角，一脸无奈地看着孙策。刚醒的他眼眸里尚有一层薄薄水雾未曾退去，少了平日里的狡黠笑意，多了一丝迷蒙。

孙策神色中陡然射出的喜悦完全做不得假，"公瑾！你可算醒了，你刚刚可是梦到什么了？"

"梦？"

周瑜怔怔地看着墙壁，没有说话。

"是啊，梦里你死命抓着我手腕，简直要当我是救命稻草一样。"孙策调侃了两句，直接切回了正题，"公瑾，实话告诉我，那个郭嘉到底给你吃了什么玩意儿？！刚才那些个家伙都说你……你身体里积攒了毒素，可是却没人能说得出个所以然！"很久以前孙策同学的物理化学学的还是不错的，兼之他知道某个郭奉孝来过这里，是以不由得脑补出了郭同学用各种方法折磨公瑾的情景。每每想到这里，便恨不得将那位祭酒大人拉出去拖死顺带鞭尸。

看到没有人能得出一个可靠的结论，孙策更加觉得自己的脑补是有道理的。

奈何他自己根本就是个半吊子，也没认真学过什么医学方面的知识，根本什么都不敢做。

"梦到你不要我了。"周瑜任孙策搂着他，看着摇曳的烛光映着他们的影子，忍不住盈盈一笑，"至于什么毒素啊之类的，你还救不了我么？"

孙策毫不犹豫道："当然救得了！倾尽我之力也要救你。"

周瑜闭了闭眼睛，觉得头疼得厉害，"我其实也不清楚郭奉孝到底用了什么……只不过我觉得他肯定不会无动于衷，而且依他那性子……"周瑜低低一笑，"大概会搞出些与众不同的玩意儿。"

"于是……"孙策还是停不下来他的脑补。

"于是我一直防着他，可还是防不胜防。"周瑜笑容里没有丝毫阴霾，灿烂得……很孙策，"到那里头几天并没有什么事情发生，但是越到后来我的记忆就越模糊，似乎要将……要将你们都忘了一样。不过……"周瑜顿了顿，神情中满是坦然，看着孙策笑意微微，"日日夜夜反复思念着一个人，不停地写下同一个名字，这样深的烙印，大概怎么样也忘不了了吧。"。

如果爱一个人能爱到铭心刻骨，爱到了解对方比自己还要透彻，这世间又怎会有人力，将他们彻底分开？

如果爱一个人能胜过自己，这世间又怎会有人舍得，让他们从此陌路？

如果一定要受尽折磨才不会忘记孙伯符，那么，他周公瑾亦愿意如此。

孙策看向周瑜的神情很复杂，带着对自己的责备，又闪着怒火，简直要拍案而起，"他奶奶的郭奉孝，敢这么欺负你，现在他落在我手里，爷爷我教他走不出荆州！"他真是恨得牙痒痒啊，郭奉孝在许都仗着后盾人多，便大着胆子欺负公瑾，找死呢吧？

"哦对，伯符，我去找一趟奉孝，顺便……告诉他一些消息。"孙策这话倒是提醒了周瑜，说着便要起身去找人。

孙策刚想拒绝，不过看周瑜神色平静，眸中闪着笑意，一副自信满满的样子，话到嘴边又缩了回去，"公瑾，记得一定要整死他。注意身体啊，顺便问问他那个破药是什么东西。"一提起郭嘉那药，孙策立刻一脸想要拍死郭嘉的表情。

周瑜弯眸笑了起来，像阳光透过云层倾洒而下，帐内顿时明媚起来，"放心好了，我可不是什么君子，现在也该轮到他受受罪了。"

孙策搓了搓胳膊。

"公瑾这会儿看着还挺可怕……"

夜已经很深了，郭嘉却睡不着，一个人自斟自饮。

他不久就迎来了一个知道他肯定没心情睡觉的客人，笑得温雅可亲的周瑜。

听到外面看守的军士齐刷刷地行礼，郭嘉就知道，不用问，来的肯定是他周公瑾。

果不其然，推门而入的人一身暗银色锦袍，波纹隐隐流动，低调奢华的衣袍更加衬得他容貌光华无限，暗暗烛火摇曳中给气质清冷的他添了一份人间烟火气息，不是周瑜又是谁？

"奉孝，蜀地湿热，不比许都，不知道你休息得可好？"周瑜笑吟吟地坐到郭嘉对面，一副"我并不记仇"的真诚神情。

然而他不记仇就不是周瑜而是荀彧了。

郭嘉瞥了他一眼，神色依旧懒洋洋的，"如果没有中护军半夜打扰，应该休息得更好。"

"之前在许都之时，劳烦奉孝日日来照顾瑜，现在正好是个机会让瑜还你人情啊。"周瑜眨了眨眼，神色无辜。

郭嘉斜睨着周瑜，突然懒得跟他绕弯子，"公瑾憋着什么坏心眼儿大可以说出来，嘉不想猜哑谜啦。"

"瑜怎么会有坏心眼呢？"周瑜挑眉，神色讶异，"像瑜这般的君子，才不会如奉孝一样对朋友下手。今天来只是想告诉奉孝一个消息。"周瑜笑得谦和优雅，当真如翩翩君子一样。

郭嘉默默翻了个白眼，选择性无视了周瑜自称君子的言语，"什么消息？"他怎么有种不祥的预感呢？

"唔……其实也没什么。"周瑜一笑间波光流转，"只不过是去追击张文远的甘兴霸和凌公绩一不小心赢了那么一小下而已。"周瑜表示这真的很解气，想想前世什么八百对十万，这次可算给江东正名了。啧，果然还是伯符比较适合领军作战于两阵之间啊。

"不小心……赢了一小下？"郭嘉哼了一声，"周公瑾说得可真轻松啊，这一小下是多少？"张文远总不至于被擒吧，难不成他郭嘉这次有伴儿了？

"嗯，一小下大概就是歼灭了大半军队，一两千人护着张文远逃回许都。还有嘛，就是可惜了曹子孝。"周瑜眼眸中闪烁着笑意，前世南郡那一箭，今生算是在武陵还给曹子孝了。

郭嘉怔了怔，沉默了半晌，然后抬眸看着周瑜，"公瑾大半夜的找来，不让嘉睡觉，就是为了带这个消息给嘉？"

"自然不是。"周瑜弯起眼眸，优雅地看向郭嘉，"瑜是想问问奉孝，在荆州这些时日，想要享受些什么样的待遇呢？"

"待遇？"郭嘉半眯着眸子，忽地笑了出来，"大概是和公瑾在许都时的待遇一样？"

"奉孝与瑜各为其主，想方设法替主子寻些人才也无可厚非。你我本就站在对立面，换做是瑜，大抵也不会对奉孝太温柔。"周瑜语气有些惋惜，"不过，瑜不如奉孝神通广大，自是寻不到华元化，也就不能对奉孝使用相同的招数了。"

听到那个名字时，郭嘉猛地抬头看着他，半晌后复又垂头摆弄酒盅，懒懒笑道："忘了夸公瑾了。公瑾戏演得真好，可是彻彻底底瞒过了嘉。不过华元化的医术妙绝天下，此药又不广为人知，公瑾是怎么不坠入彀中的？"

"瑜并不知道在世间真有人能配出这样的药物。不过若是换做奉孝，你定然也和瑜一样。"周瑜笑意微微，"有的人，不是随便用药就能忘记的，他带来的深刻记忆，在人生中刻下的印记，远不是用药物能够克制的。我周瑜如此，奉孝亦如此。"

郭嘉若有所思，心想周瑜对孙策坚定不移的追随之意，他是掰不过来的了，不由得幽幽一叹，"却是嘉低估了公瑾……不过公瑾要知道。"他的语调忽地上扬，有些欢快的意味，"这玩意儿的后遗症也挺厉害，还教公瑾多多注意啊。"

"多谢奉孝关心了。不过瑜今日也不是来揶揄奉孝的。"周瑜不但打算和郭嘉斗口，反而连聊下去的意思都没有。他掸了掸衣袍上根本不存在的灰尘，优雅地起身，"奉孝应该知道，刘玄德一行也在此处。吴侯对你们二位不分轩轾，自然都得好好招待着。奉孝若是想走，大可写信给曹孟德或者荀文若，教他们亲自来接你。否则在这蜀地多待些日子，也没什么不好，吴侯自然乐意之至。"

郭嘉瞥了周瑜一眼，并没做声。

周瑜见已经有晨光透入屋中，笑吟吟地道："夜已深了，瑜便不打扰了，奉孝好好休息。"

天已经大亮，还夜深？郭嘉很无语，要找借口也要找个靠谱点的吧！

一个念头还没转完，郭嘉就大咳起来，在周瑜走后终于绷不住的恶心感铺天盖地而来。

郭嘉喘息了几声，停下来认真地想了想，如果他要在蜀地待上几个月，恐怕就真的见不到曹操了。

而屋外，周瑜弯着腰扶着门框，一阵强烈的眩晕感冲击得他有些站不稳，胸中也有烦恶难受的感觉，压得他透不过气。

情理之外却也是意料之中的，有人将他稳稳地扶了起来，还不忘心疼地责备道："公瑾啊，偏生这么要强？有什么，还有我跟你一起分担呢！"

"我再要强义兄你不也跟过来了么。"周瑜摇了摇头，半阖着眼睛低声道，"我说义兄啊……你还是找找华元化吧……"

相比周瑜和郭嘉间的暗潮涌动，同样被孙策"请"来的刘备一行却平静的多。

孙策表示他最近有更重要的人来陪，暂时顾不上管刘备他们，于是就将这个烫手山芋丢给了他弟孙权，美其名曰历练历练。

孙权欲哭无泪，再次心疼了没有哥哥疼爱的自己。

他思前想后，觉得幼平貌似不太适合和刘备这种人打交道，于是果断叫上了为人处世谦和又谨慎的陆家小伯言，然后也自然而然顺带手拐到了吕家子明。

"哎伯言啊，要不然你自己去吧我就不去了幼平不在我有点害怕啊我大哥怎么可以让我来呢公瑾哥也不管……诶诶子明别拉我……"

孙权一路嘤嘤嘤，干脆就要赖在地上不愿接着走，以至于短短一小段路三个人硬是走了小半个时辰。

吕蒙看着一脸"我受了委屈"的孙权，忍不住叹息，"二公子啊，你比伯言还要大一岁，怎么这么……咳，策主公和中护军这是相信你呀，你不能让他们小瞧了你。"吕蒙深深地发现还是伯言好，年纪轻轻便成熟稳重，遇事往往思虑周详。

孙权泪眼汪汪地望着吕蒙，"子明我哥和公瑾哥绝对是知道刘玄德不好对付才扔给我的……"

吕蒙："……"你对他俩的了解还挺透彻。

"二公子啊……早死早超生，真的。"陆逊认真地看了眼他，然后一手拉着吕蒙一手拖着孙权，大踏步朝前走，一脸的视死如归。

唉，刘玄德，虽然不知为何他们那样重视你，但是……既然来了吴侯的地界儿，就别想那么轻易离开。

孙权等三人来到了孙策安排给刘备的住处，却站在门前面面相觑了老半天，最终还是吕蒙敲响了门。

"刘皇叔……"孙权见来开门的人年纪四十岁上下，高鼻梁丹凤眼，一双耳朵比常人大上许多，立刻认定了他是刘备，随即就开始背自己准备的长篇大论开场白，"权及吕子明、陆伯言二位……"

……谁知道一句话还没说完便被打断了。

"孙二公子，还以为令兄会亲自来找备，没想到来的却是二公子。"刘备就这样温和地打断了孙权，平和的笑容里看不出他脑袋里到底有什么念头。

孙权："……"

这怎么和他设想的完全不一样呢？

"主公近日有其他的事情，又觉不好晾着请来的客人，便托二公子来招待刘皇叔，还请多多见谅。"陆逊揖了一礼，接过话头。说着见谅，神情却没有丝毫歉意。

刘备将目光移到陆逊身上，神色中微微染上了几分讶异，温和笑道："陆公子何出此言？吴侯近来自然是忙的，备一介闲人，自不敢劳烦吴侯。"

陆逊笑了笑，没再答话。他姿态放得很低，低到不似一个主人的身份，低到刘备好像真的是被请来的朋友，可是这刘玄德却没有对此作出任何反应，依旧这么淡定，不由得让陆逊另眼相看起来。

"刘皇叔身边有这许多人才，何来闲人一说？"孙权撇了撇嘴，还是将自己的想法说了出来。

刘备微微一笑，并不以为意，自己转了话题，"不知二公子今日来此，所为何事？"

"啊？"孙权眨了眨眼睛，一派纯真地笑了起来，"就是来看看刘皇叔在这儿待得习不习惯啊，也没什么事情。"

吕蒙在一旁看的时候忍不住想，一家人果然是一家人，这孙仲谋和孙伯符就是有异曲同工之妙，两个人笑起来别人完全没有招架之力啊。相比孙策那种自信满满、阳光耀眼、骄傲得意的笑容，孙权这种尚嫌青涩单纯的笑更让人愿意不由自主地去相信他。

"吴侯招待得很好，烦劳二公子忧心了。"刘备声音中含着感激，"备还曾想过一直住下去呢。"

孙权："……"

这个人的脑子还好吗？

第二十九章 三人顾茅庐

荆州孙策同时与刘备和郭嘉两路人马相互纠缠，斗智不斗力，气氛紧张凝重；许都只曹操一股势力，可是整个氛围也沉重压抑之极。

当张辽一个人回到许都时，曹操就差没把他给当场生吞活吃了。

"孤相信你的能力，才让郭奉孝随你一同去荆州，你却把事情给办成这样？！"曹操铁青着脸看着张辽，恨恨的声音在整个大殿中回响。

"辽知错。"张辽扯了扯嘴角，想起了在荆州时周瑜说过的话，失了郭奉孝，明公的心情果然不会太好，"请明公责罚。"

"孤当真想要狠狠地罚你。"曹操哼了一声，语声强硬。

"但是念在此事错不全在你，是那周郎做得太像，连奉孝亦没有发现，孤也不罚你了。"曹操叹了口气，挥手让张辽下去，"文远下去吧。"

张辽诧异地看了眼曹操，没想到他这么容易就放过了自己。虽然莫名其妙，但是有个机会还是赶紧逃，殿内气压太低他受不了，"多谢明公，辽告退。"

张辽很快离开，殿内只曹操一人。

"当啷"一声，上好的瓷质花瓶变成碎片满地，再没了刚才完好盈润的模样。正巧如了曹操此刻的心，真真是渣渣一样碎了一地。

"奉孝啊……到底还是孤大意了，竟是任由你胡来！那荆州岂是你自己去得的？"

此时此刻，被曹操念叨着的郭嘉正在从长沙去南阳的路上。

"阿嚏！"郭嘉打了个喷嚏，心想这身体真是一天不如一天，四月天都能感冒。

"公瑾你偏不放心，非要将嘉一起带出来，到时候死在半路上可怎么办？"郭嘉感到周瑜的目光射来，懒洋洋地侧头与他对视。

"奉孝放心，瑜可舍不得你死。"周瑜微微一笑，不再答话。

他只给孙策留了封信便自己跑出来，信中一个字也没写，只画了一座茅草屋，别人或许不懂，但是他相信孙策能看得懂。

因为孙权这些天被圆滑的刘备磨练得愈发成熟了起来，所以周瑜非常放心地将"招待"刘备的工作交给了孙权和吕蒙陆逊。周瑜又特意将甘宁和周泰找来看着关羽张飞等人，省得他们闹事。

除此之外，刘备在武陵深得民心，全部的荆州刚刚纳入江东版图，民心不稳，需要人主持大局。当年助孙策平定江东，周瑜于孙策在这一方面的能力非常有信心。作为吴侯，安抚一个小小武陵肯定手到擒来。不过短时间内也是分不开身的。

那么看起来，闲人就剩他一个了。

周瑜知道，江东没人能制得住郭嘉，自己也不行。武力值方面虽然可以，但是不能那样做。

他当然也可以直接干掉郭嘉以绝后患，但是现在杀了郭嘉，就相当于宣布与足够强大、已经干掉了袁绍的曹操为敌。同时，身在长沙的刘备定然也会摒弃前嫌，与曹操联手先除掉他们。内忧外患，以江东现在的实力，并不能很好地解决这样的问题。就算刘备担心曹操灭吴后会对他下手，是以选择与江东合作，那样也不会扭转曹操有优势的局面。

思来想去，周瑜只好将郭嘉一起带出来了。放眼江东人众，大概只有他够了解郭嘉吧。

想到那个他要找的人，周瑜甚至有些兴奋。他自己，郭嘉，再加上那人，当真有一出好戏看。

想到现代里那些将他们三人作比对的言论，周瑜觉得，有这么个机会三个人能同聚一堂，倒也有趣。

"公瑾这是喜欢上南阳的风景了？"这日已经到了南阳境内，周瑜便放慢了速度，开始慢悠悠地游山玩水起来，惹得郭嘉啧啧称奇。

周瑜并没有跟郭嘉说他要到哪里做什么，以前没有，现在似乎也没这个打算，"嗯，南阳风景如画，挺好看的，奉孝觉得呢？"

"挺好，不过公瑾带嘉来便是为了欣赏风景？啧啧，真是不像周郎的作风啊。"郭嘉懒懒地道，眸中闪着狐狸般的笑意。

周瑜也笑看着他，心中清楚明白地知道郭嘉的情况并不像他表现出来的这么云淡风轻。

　　每天晚上郭嘉都咳得厉害，有的时候一咳就是一整晚。即便他已经将声音压得很低，周瑜还是会听到。至于他为什么大晚上不睡觉去听人家郭嘉咳嗽，那是因为……他头疼睡不着。

　　他睡眠本就很浅，之前孙策不在，每晚不但要批阅公文，还要替孙权想尽办法开疆扩土，身体也不怎么好，大部分时候都整晚不睡，能睡上一两个时辰算好的。

　　再次回到自己二十余岁的生活，身体虽然好了不少，但是睡得少的习惯还是保持了下来，每天大约两三个时辰，即便是日常无甚大事，到了时间自己也睡不着了。在许都的四个月，郭奉孝给他的药物成功地让他回归了每天睡一两个时辰的作息。

　　虽然最近没人逼他吃药，但是大约是之前留下的后遗症，每晚他都头痛得厉害，根本无法入眠。于是他发现……他又养成了一个听郭嘉每晚动向的坏习惯。

　　唉，不知道等找了人再回去找华佗还来不来得及？

　　"奉孝，你听过三顾茅庐的故事么？"周瑜望着不远处的茅屋，心情特别的好。

　　郭嘉："……没有。"那是什么鬼？

　　"那现在瑜给你亲身示范一下好了。"周瑜笑嘻嘻地道。一切都好完美啊，虽然觉得郭嘉跟去总像颗定时炸弹，但是现在也别无他法，只好让他跟着了。

　　周瑜刚想朝茅屋的方向走去，衣袖便被人用力地拉住。

　　莫名其妙地转头望去，却见眼前一张放大的阳光灿烂的笑颜。

　　"哎，公瑾，这只乌鸦我来看，你放心地去找他好了！"

　　不是那义兄孙伯符还会是谁？

　　周瑜一脸"就知道是你"的表情，忍不住调侃道，"义兄当真就这么把荆州扔给仲谋吗？这样难道就没有罪恶感吗？"

"公瑾你就这么把荆州扔给我难道就没有罪恶感吗？"孙策不假思索地堵回去，眯起眼睛笑地得意洋洋。

"到了南阳之后总觉得有人跟着，果然是你。"周瑜白了他一眼，将郭嘉推给他，唇角漾起一抹笑，"你把郭乌鸦看好了，别让他飞了。"

被两个人推来推去的郭嘉表示无语，他什么时候有这种掉价的外号了？！

"没问题。"孙策笑嘻嘻的，"祝公瑾能顺利地再拐回来一人。"

"这个啊……有难度。"周瑜勾唇笑道，"都追到这里了你肯定知道我要找谁啊，得三顾呢。"

"那是因为某人魅力没有公瑾你大，公瑾一顾就够了。"孙策理所当然地道，看得郭嘉莫名其妙。

周瑜："……"你还真看得起我。

孙策看着不远处的茅草屋，笑容很魔性。诸葛亮啊诸葛亮，你赶快乖乖拜倒在公瑾的石榴裙下吧！

孙策和周瑜在南阳"玩"的开心，留在长沙的孙权可谓身处水深火热之中。

首先，幼平听了他本家周公瑾的话，成天去盯着关羽张飞他们，非但不主动来找孙权，反而和一同看守的甘宁关系越来越好，搞得孙小权很心塞。

其次，刘备那个大麻烦还是没能甩掉。整天和那个笑呵呵的家伙纠缠，孙小权想想就脑袋疼。

最后，他那不负责任的大哥抛下了荆州一堆破事儿，去追他不负责任的公瑾哥了。结果现在荆州大小事务都要他管，孙小权自己累个半死，还连累着小友吕子明陆伯言整日辛苦。

"大哥！公瑾哥！你们再不回来我就要离家出走！！"好不容易有时间也想起来过来看看孙权的周泰听到了这样的抱怨。

于是……周泰连孙权的面都没见就走了。

一向忠诚实在到不行的周幼平此刻心里转着一个念头——没想到，你竟然是这样的二公子。

浑然不知自家弟弟已经被亲信嫌弃的孙策此时则在和郭嘉大眼瞪小眼。

"吴侯，你就不想去看看周公瑾在和谁说话？"郭嘉眯着眼睛打量孙策。

"不想。"孙策笑吟吟的。反正他都知道里面是谁了，还用问吗？必须是那家伙啊。

"吴侯，你就不想去听听周公瑾在和那人说什么？"郭嘉眨了眨眼睛，一脸期待地看着孙策。

"不想。"公瑾会怎么忽悠人家他大概也都能猜到。

"吴侯……"

"郭乌鸦你自己想去就直说，绕什么弯子！"孙策不耐烦地打断了郭嘉的话头，一双斜飞的剑眉微皱，"你想去啊？走吧，去听听。"

郭嘉："……"

怎么突然这么好说话了？果然是智商低么？

诸葛亮是一副温文尔雅的书生打扮。

他比周瑜还要小上几岁，不过看上去挺成熟稳重的，似乎有几分大一号的陆伯言的意味。

他见到周瑜时神情有那么几分讶异，不过很快便又是一副淡然模样。

诸葛亮还没来得及表示什么，周瑜就先笑吟吟地开了口，"日前经过南阳，闻先生之名，今日特来拜访，叨扰见谅。"

"左右亮也无事……"诸葛亮半眯着眼眸打量着不请自来的客人，"还未请教？"

眼前之人约莫二十余岁，一袭绯色锦袍花纹繁复却不喧宾夺主，有一种低调奢华的味道。他眉梢眼角都浸着笑意，虽然笑容完美得无可挑剔，但温和中又带着些疏远。这样一号人物，却无缘无故"路过"他家……

周瑜勾了勾唇角，眼中笑意闪烁，"在下周瑜周公瑾，特来拜会。"

"……周郎。"诸葛亮神色了然，"谅旁人也无这等风姿。"

他不太理解啊，他一小年轻，基本上也算是籍籍无名，到底是做了什么，居然把这周郎给招来了？不过……此等风采，传闻果然不虚。

"与诸葛孔明这等聪明人谈话，也不需多绕弯子。"屋内周瑜浅浅一笑，决定还是直截了当一些比较好，忽悠的话还指不定谁忽悠谁呢，"此次瑜亲来南阳，便是想请先生出山。"

诸葛亮打量着周瑜，沉默了半晌后淡淡一笑，"江东双璧身边不缺人才，少亮一个不少。"

"的确。"周瑜也不先问诸葛亮是否同意，便悠然坐到了桌边，拿了个茶杯在手中把玩，神情悠闲得很，"义兄身边不缺人才，武有甘兴霸、周幼平、太史子义等人，亦有吕子明、陆伯言、凌公绩这样的优秀后辈。但是……"周瑜抬眸看着诸葛亮，神色真诚，"即便是瑜自己，或者鲁子敬，也不一定有先生这样的能力。可以说，江东谁都不缺，唯独缺先生一个。"

"荆州已经完全掌握在吴侯手中。"诸葛亮笑了笑，在屋中踱步，面对周郎也依旧淡定得很，"亮身处南阳，所以若是亮想的话，肯定早就投奔了吴侯，也不必等到今日周郎亲自来隆中。然，吴侯所信奉的，与亮的相差甚远。周郎该明白亮的选择了吧。"

屋内两人一站一坐，各怀心思。屋外气氛要轻松得多，但也有那么几分针锋相对的感觉。

"哎周郎好像出师不利啊。"郭嘉挑了眉，笑着侧头看孙策，"人家似乎并不愿意跟着你啊吴侯。"

孙策微皱着眉，似乎也很不解，"公瑾魅力那么大，这诸葛村夫……啊不诸葛孔明居然不从了他？"

　　"吴侯满脑子都想些什么呢，就这样儿还抢了荆州。"什么从不从的啊？郭嘉真的败给他了。果然像明公那样的主公不好找。

　　"不但抢了荆州还抢了你祭酒大人。"孙策也不生气，笑眯眯地道，"如果诸葛亮真的不打算合作，那么依公瑾的性格，肯定是宁为玉碎不为瓦全的。"

　　郭嘉想着曹操，没什么心情答话，不过孙策根本不在意，反而变得更加兴奋了起来，"诶，乌鸦你说，其实我要诸葛亮也没什么用对吧？不如直接弄死算了！"

　　郭嘉："……"他能活到现在其实还蛮不容易的？

第三十章 二公子和他的先生

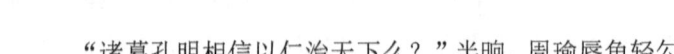

"诸葛孔明相信以仁治天下么？"半晌，周瑜唇角轻勾，问出这么一句话。

"噫？"诸葛亮微微一怔，眼眸微眯，神情若有所思。

周瑜又道："在茅庐中观天下也好，为了等待你心中的仁义明主、甘愿幽居在此也罢，都是你自己的选择和想法。但如果连自己想要什么都看不清，又怎么能看清这天下呢？"

屋中一片静默。

"瑜也叨扰许久了，就不继续打扰先生了。"周瑜见诸葛亮没什么反应，笑着起身，便要离去。

"那亮送送周郎。"诸葛亮眉眼上染了些许喜色，似是很乐意周瑜离开的样子。

周瑜径自开了门走到茅屋外，侧首笑道："不必送了，反正三日后瑜还会来拜访。"

诸葛亮："……哦，这样啊。"为什么还要来……

"孔明。"周瑜笑吟吟地转身离开，留下一句话轻飘飘落在诸葛亮耳边，"现在你尚年轻，有随意挥霍的本钱，亦有一腔热血未酬壮志。莫要因为一个未醒的大梦，任时光流逝，到来不及时……再去后悔。"

"公瑾。"孙策早就拖着郭嘉在等着周瑜，见他出来，立刻迎了上去。

"搞定了诸葛亮没有？"孙策笑着眨眼，一副"我之前根本没听墙角"的纯良无辜表情。

周瑜瞥了一眼忍笑忍得很辛苦的郭嘉，不在意地朝孙策笑道："自然没搞定，也不可能搞定。"

"没关系，公瑾可以二顾茅庐。"孙策嘿嘿一笑，还不忘瞪一眼郭嘉，"你这只乌鸦，想笑就笑吧。"

"吴侯，嘉可没得罪你啊，怎么能这样叫嘉？"郭嘉收敛了笑意，戏谑地道。他刚才居然起了跟孙策周瑜说笑的念头，他自己都不敢置信。不过，这两个人身上有着很强的感染力，让他们周围的人都不由得被他们的淡然和自信影响。诶好可怕他一定是离开曹孟德太久了他要回许都！！

"一会儿不见，二位这么又打又闹，感情升温得很快嘛。"周瑜淡淡看了一眼孙策和郭嘉，居然蹦出来这么一句，说完之后他自己都莫名其妙。

"……咳，走了，别耽搁时间。"周瑜惊觉自己这话说得实在是……于是微微红了脸颊，负了手想要快步离开。

孙策满眼桃心，"啊公瑾害羞了好可爱啊……"

郭嘉扶额，"吴侯你不觉得你该去追上他么？"这吴侯是怎么追到周公瑾那样的人物的？如果换做他肯定一脚踹墙角去了。

"用你说？"孙策白了他一眼，随即三步两步追上周瑜，从身后抱住他。

"公瑾……"孙策低低笑了笑，语声却是少有的正经，听得周瑜一愣，也就那么任他抱着。

"时光虽然在其他人的生命里流逝，却独独为你我回转。"孙策笑意微微，低声在周瑜耳边喃喃，"所以……咱们不会再有一次来不及，也不会再去后悔。"

当天晚上，孙策、周瑜和郭嘉就住在隆中的一家客店内。

孙策要了两间房，就和周瑜郭嘉两人时一样。郭嘉淡淡瞧着他，难得地夸了他一句。他夸孙策省钱。于是周瑜差点就揍了他一顿，还是被心情大好的孙策拦着，郭嘉才"幸免于难"。

跟周瑜同行的时候郭嘉就已经跑不掉，现在再来个孙策，郭嘉直接放弃了想要偷偷溜走的念头。

其实跟在孙策周瑜身边"游山玩水"好像也挺惬意的，就是……如果身边不是闪光弹二人组而是他的明公就好了。

唉，他要回许都！要去找他的明公！

曹阿瞒你丫的怎么还不来打荆州啊就忍心让他在这蜀地受折磨吗！

不过他好像忘了，如果让他这个祭酒来决定，他肯定也不会在刚刚吃了败仗后再次攻打荆州。他郭奉孝都不会做的事，现在曹操身边谨慎持重的荀令君就更加不会做。

郭嘉听着隔壁房间不时传来的笑声，不由得挺心塞。

明知道现在不该出兵，但是……多希望，曹孟德能为他郭奉孝任性一次。

相比郭嘉茕茕孑立形影相吊，孤身一人望窗边明月思念着明公，小别重逢的闪光弹二人组的屋中粉红色泡泡飞来飞去。

每次小别重逢都热情如火的孙策这次却出奇地冷静淡定，心下暗叹上一次和公瑾那个还是去年呢他容易吗。

"公瑾。"孙策环着周瑜的腰坐在榻上，偷偷亲了他一口，笑得像偷了腥的猫，"这么久不见，有没有想我？"

"今天你这什么路子？"周瑜挑眉，换做平日的孙策早就扑倒他了。

"公瑾想让我换回原来那个路子？"孙策眉梢眼角均带着笑，眼中闪烁的笑意狡黠。但是只搂着周瑜，似乎并不打算做什么。

周瑜瞪了他一眼，"有话直说。"今天这都什么鬼？

"公瑾不怪我把荆州扔给仲谋吧？"孙策眨了眨眼，捻了周瑜一缕发丝，绕在手指上把玩着。

"说实话我挺奇怪的。"周瑜侧首看着他，眼眸中蕴藏的情绪很深，"这种时候，你应该不会因为想要找我而离开荆州，这不像你。"他认识的孙策固然是喜欢周瑜的，但是也不会因为喜欢而这样任性，不会拿荆州随意挥霍。如果孙策连辛苦打下来的地盘都不在意，没有一点大局观，那么周瑜大概也不会很喜欢他。

"嗯……"孙策将周瑜往怀中用力按了按，声音有些闷闷的，"本来是不想出来的，也担心仲谋独个儿在荆州会过的很难，但是……"他顿了顿，突然笑了起来，"但是我还去找了华佗。"

周瑜："……"他该说什么？

孙策吻了周瑜，笑的得意洋洋，"从你告诉我开始我就在找华佗的踪迹，发现你带着郭乌鸦离开，我当时就急啦，所以决定亲自去找华佗。万幸他居然在荆州地界，所以我没两天就找到了他。他跟我说了事情原委，没想到……哼，没想到荀文若那家伙也是帮凶。"

周瑜听到这里也有些惊讶，"荀令君？"

"是啊想不到吧？"孙策有些忿忿的，"荀令看起来是温文尔雅的君子，其实又是什么君子啦？"

蓦然想到那日许都城内，郭嘉站在荀彧身边，笑得狐狸一样，眼眸中闪烁的均是算计。周瑜立刻就明白了，"荀令君……和咱们也是一路人。"不用问，定是那从现代跑来的郭奉孝跟荀彧说了什么，荀彧这才想方设法的来欺负他。不过现在那个郭嘉又去哪儿了？周瑜想着哪天有空去找那小鸟儿问问。

孙策见周瑜神色有异，有些了然也有些无奈，那种淡淡寂寥看得他心疼，"公瑾，别说别人啦，说你吧。我跟着华佗跟了三天，他这才答应替我试试。"

"试试？"周瑜眯了眼，觉得这个词孙策怎么用得这么心虚？

说到这里孙策可来了气，打开话匣子根本收不住，"是啊那混蛋说什么药都是第一次制作会有什么副作用根本不知道也没想过要配解药他也只能试试根本没法保证什么！"

周瑜："……伯符你肺活量真大。"

孙策："公瑾还知道什么是肺活量啊好棒！"

周瑜："……请问你的关注点呢？"

孙策："……你的好像也不太对。"

周瑜："谁让你说话不带喘气的？"

孙策："……公瑾我还是去给你熬药吧。"

周瑜："……嗯，乖。"

第二天，孙策表示他心情很好，周瑜表示他心情也还不错，郭嘉……郭嘉表示他想静静。

第三天，孙策表示他心情非常晴朗，周瑜表示他看见义兄也很神清气爽，郭嘉已经开始考虑变成乌鸦……啊不！变成喜鹊飞回许都了。

第四天上，若不是孙策周瑜要再访诸葛亮，郭嘉真的是……唉，一言难尽。

轻车熟路地来到诸葛亮的住处，孙策和周瑜发现诸葛亮没在家时并没有什么表情。

"他还真躲了？"郭嘉啧啧称奇。

"他大概只是想看看公瑾会不会真的再来找他。"孙策笑眯眯的，丝毫不以为意。

"嗯，他肯定是知道我会来，才躲了不见人的。"周瑜半眯着眸子看向空无一人的茅屋，没半分气馁，嘴角反而浮起一丝笑意，似乎为自己算对了而开心。

郭嘉以己度周瑜，心知他不会就这样离开，笑得那样诡异，难不成是想死赖在人家里不走不成？他在此之前对诸葛亮及其才能可谓一无所知，是以一直不太理解周瑜对诸葛亮的执着。依他看，这什么诸葛孔明差了他一大截呢。

这间茅屋屋内屋外都打扫得干净整洁，一丝不苟的气氛看得郭嘉挺不爽。家就要有家的样子嘛，整理成这样，害得住的人找个东西都麻烦，弄得比客店还要规整给谁看啊？于是郭嘉看这个周瑜无比重视的诸葛亮更加不爽了。

屋子不似太久无人居住的样子，显然主人是不久前才离开的，绝对不出一天。

周瑜在屋外转了一圈儿，慢悠悠地踱步进了人家，悠闲地坐了下来，居然还有闲情给自己斟了一杯茶。

"公瑾这是想等他回来？"孙策闻歌知雅意，也从善如流地坐到周瑜身边，笑吟吟地瞧着他。

周瑜施施然点了点头，侧首道："自然，请人重在意诚。"

"如果他一直不回来呢？"郭嘉挑了半边眉毛，懒洋洋地问道，虽然他大概已经知道答案了。

"这是他家，他怎么可能不回来？"周瑜怔了怔，一副"这种问题还需要问吗"的表情，"他不回来咱们就住下了等他咯，还省了住客栈的钱，岂不挺好？"他弯了眼眸笑得狡黠，同时又闪着一种纯良无辜，教人不知说什么好。

果不其然，这周公瑾打算在人家家里长住了……郭嘉无奈，于是开始思考一个很切实际的问题，"那住不下怎么办？"

孙策和周瑜对望一眼，转向了郭嘉异口同声道："你打地铺！"

江北，许都。

自从文远将军回来，并带回了祭酒大人身陷荆州的消息，低气压就一直在许都城内盘桓。

他们明公的脸这段日子堪称有史以来最黑最臭，合城上下没一个人敢惹他，就是一向受宠爱的四公子见了老爹都得绕着走。

本以为这种情况会被时间淡化，那人过两天许就消气了。可是在多日想不出办法营救郭祭酒后，曹公的情绪已经濒临火山爆发。

这日二公子曹丕就散个步，却好巧不巧地撞上了他爹，于是只得硬着头皮一路陪着曹操闲聊，七扯八扯就扯到了曹二公子最不敢跟老爹提的事情上。

"丕儿，听说你最近总是往司马家跑？"曹操淡淡瞥了自家儿子一眼，嘴角似笑非笑。

曹丕正昏昏欲睡，突然听老爹提起"司马家"三字，立刻就清醒过来，垂着头支支吾吾，"啊……哦……是啊，那个……司马家二公子近日生病，他……一直教导丕，丕……丕便想着过去探病……"他知道老爹不怎么喜欢司马家的人，尤其是他家老二，他还偏去跟着凑热闹，还虚心求教起来，老爹现在心情这么差，不打他一顿就怪了。

"那天生狼顾之相的司马仲达是丕儿的老师啊。"曹操斜睨着曹丕，语气听不出喜怒。

他这种不咸不淡的神情更加让曹丕慌了神，"父亲，丕……"他怎么办？和仲达斩断关系吗？曹操淡然看着他，似乎在思考这个儿子接下来会用什么样的理由来搪塞自己。

"父亲……"曹丕思虑已定，抬起头来看着曹操，"给司马仲达一次机会吧，丕相信……只有他能带回郭祭酒。"

曹丕提到郭嘉时，曹操脸色明显地阴沉下来。在曹丕都已经吓得要给自己准备后事的时候，曹操终于开了金口，"好，便让他一试。但若是他带不回郭奉孝……"

"那丕便押着他亲自来同父亲请罪！"曹丕飞快地接话道。

"嗯。"曹操点了点头，"对了丕儿。"

"父亲何事？"曹丕心情很好，非常好，不但免得自己遭殃，还替自家先生找了个立功的机会。他想，现在曹操不管说什么，他肯定都会一口答应的。

曹操微微笑着望向自己的儿子，"丕儿，你刚才不是说，司马仲达近日病了吗？他怎么去荆州啊？"

曹丕顿时一身冷汗："……呃，啊……那个，大抵差不多已经好了吧……"

仲达啊啊啊，我好像又给你惹事了……

"先生在吗？"

"啊，二公子来了啊。他早已在等着公子啦。"

"谢谢了，你快带我去见他。"

曹丕进得屋来，第一眼便望见了那倚窗而立的背影。一袭白衣儒雅中带着几分潇洒，身形有些单薄，却不损骄傲，温润与桀骜的相互冲击融合，单单只这个背影便表现得淋漓尽致。

"仲达！"曹丕神情里是抑制不住的兴奋，三步并作两步走到那人身边。

"要叫先生，说了好多遍啦。"司马懿无奈，"二公子，听闻刚才曹公邀您一叙，他最近心情算不得很妙，你没事吧？"

"那你叫我子桓，我也说了好多遍啦。"曹丕眨眼看着司马懿，乐呵呵地道，"我能有什么事呀？我爹又不能真的拿我怎么样。"

司马懿叹了口气，拿他没办法，"那曹公还让你来找懿？"对他居然能一忍再忍？这不似曹操的作风啊。

"我是来告诉你好消息的。"曹丕笑嘻嘻的，"我给你找了个好活计，我爹也开心。"

"……好活计？"司马懿怎么觉得最近曹操那里没什么好活计呢？难不成是……

曹丕笑得很得意，凑到司马懿耳边悄声道："父亲答应让仲达你去将郭奉孝带回来，你若成功他就不会再反感你啦。"

"……"

司马懿没回过神来。

"……什么？！"愣了几秒之后，司马懿终于反应过来曹丕的话是什么意思。然后，他就直接被这个消息雷了个外焦里嫩。

"怎么啦？"见状，曹丕也不由得一愣，一脸莫名其妙地问道，"不高兴么？丕可是冒着很大风险才帮你争取的这个机会啊。"

司马懿叹息一声，违心道："……开心，多谢二公子。"

这可连曹丕都听出他语气中的不开心，立刻担心起来，"仲达？难道我又做错了？"

"……没有。"司马懿扯了扯嘴角，安慰道，"只是稍微有些难办而已。"孙策周瑜是何许人？他自己倒没什么，本就不被曹操喜爱，性命也掌握在曹操手中。但是万一出错，他岂不是将曹丕一起连累了？

"稍微有些难办？"曹丕顿时像霜打了的茄子，没精打采起来。他失望地道："仲达一向很有自信的，不会说这种话。你都说难办了，那基本上就是办不到的任务啊……我又给你惹麻烦了啊，怎么办？父亲会不会直接……"

"二公子别担心。"司马懿打断曹丕的絮絮叨叨，目光中蕴着自信，"事情是有些难办，但是为了公子，懿也会尽全力尝试的。我一定会将祭酒大人安安全全地带回许都！"

"对了仲达……"见他答应，曹丕心情好的快要上天。他愉悦地眨了眨眼，突然又想起一件事，"父亲好像已经知道你是装病了……"

司马懿："……"曹子桓你走！！

三日后，司马家二公子懿病情好转，曹公亲点其南下荆州，旨在迎回祭酒郭奉孝。

当日二公子曹丕带了人出城狩猎。

司马懿出城后，没走几步便被那个熟悉的身影拦住。

"仲达！"眼前是某人放大的容颜。

司马懿扶额，"二公子，你不会是要随懿一起去吧……"曹丕理所当然地点了点头，"当然了啊，仲达说此事难办，丕当然要在仲达身边替仲达分忧呀。"

二公子你不是分忧的你是添乱的……当然这话他一个臣子，自然是说不出口的。

"二公子，此事不可……"

"我是公子，我说可就可！司马仲达有意见？"

"……"他很有意见。

"好！没意见就走吧！"

"……"喂！

"文若，命张文远带两千人远远跟着司马仲达，如果一切无甚动静，就切莫让司马懿发觉。如果……如果司马懿哪里出了差错……不用管他，更不用管丕儿，直接用硬手段，就算是把这两千人的性命都送在荆州，也要让他们把郭奉孝给孤带回来！"曹操语声冰冷，却根本容不得半点回旋余地，"这次如果再见不到郭奉孝……那么孤就亲自南下讨伐孙氏！"

荀彧垂着头，不去看他那位为了郭嘉什么都做得出来的主公，掩住自嘲的笑容，低声应道："是，彧自当转达文远。"出得屋来，满腹心事的他意外地和人撞了满怀。

荀彧抬起头，看到的是人唇边那抹永恒不变的淡淡笑容，眼眸中浮沉起落，带了些神秘，让他捉摸不透，"荀令君这是有心事吗？"

第三十一章　稀客

"文和，刚才抱歉，彧实无意冒犯。"荀彧站定后看了眼对面的人，自动拉开距离，致歉。

"是贾某不小心挡了荀令的路，该当贾某致歉才是。"那人微眯着眼睛，笑容像狐狸一样让人看不透，却是贾诩贾文和。

贾诩是曹操手下的另一谋士，在没投到曹操帐下时可谓是将大汉朝搅得乱七八糟的罪魁祸首，他总是简简单单一句话便能杀人，将本来就岌岌可危的大汉江山彻底搅成一盘散沙。尽管这样，他自己却能轻轻松松地明哲保身，教谁都杀不了他。这乱世就像他的玩具一样，基本上只有他祸害别人的份儿，没有别人伤害他的可能。

贾诩有此番能力，却未曾想着要还乱世人一个安宁，是以荀彧一直不喜此人的作风，从未想过与他深交，至今不过点头之交而已。

可是却没曾想自己失魂落魄的一面居然教贾诩看了去。

"不敢当。"荀彧淡淡道，"彧还有事，就先失陪了。"

"嗯，荀令慢走，可别再主动投怀了。"贾诩眯了眼睛笑得开怀，丝毫不理荀彧已经有些愠怒的神情。

"自然不会。"荀彧有些想要发火，却还是按捺住，拢了拢衣袖洒然离去。

看着人离开的背影，贾诩神情若有所思，半晌后居然笑了出来，

"荀令君……哈，荀文若……君子么……"

数日间司马懿和曹丕便抵达了长沙，明察暗访间，却发现郭嘉似乎已经不在长沙郡，却不知去了哪里。

长沙的风景是美的，菜肴是好吃的，本地人是热情的，妹子是鲜亮泼辣的，不过司马懿却没什么心情吃喝玩乐。如果找不到郭嘉，那么他和曹丕一起死。

这日司马懿下决心到孙策在长沙的临时府邸中探查，特意挑了一大清早，顺着早就摸熟了的道路往前走去，没走两步脸色就立刻黑成了锅底。

"唔……早安，仲达。"曹丕头发乱得像鸡窝一样，睡眼惺忪地站在司马懿面前，面上笑容却是阳光灿烂的。

司马懿："……二公子安。"曹丕你是在我身上装了雷达探测器吗！！

'快走吧，仲达带路。'曹丕揉了揉眼睛，甩甩脑袋保持清醒，"一定要有所收获啊，要不然白瞎了我起个大早。"

"……好。"我没让你起啊没让你跟着我！！

曹丕和司马懿一路上连哄带骗，顺顺利利地进了吴侯府。

可是吴侯固然没见着，中护军也没在，郭祭酒就更加没有影子。当曹丕进到吴侯府里面之后，立刻将府中建筑格局批评了个遍。一会儿说风格不够大气，一会儿又说颜色配得不对，比曹家品位差远了，声音大得就像生怕别人不知道他是偷溜进来、身价万金的曹操二公子一样。

司马懿叹了口气，决定回去再好好教教这孩子什么叫匹夫无罪怀璧其罪。

不过曹丕声音大归大，一大早居然有个声音比他还大而且比他还能抱怨的。

"老子不干了！凭什么什么苦差事都丢给我？读书也就算了！这破事儿为什么都要我管？我要离家出走！我要和幼平一起离家出走！！"

听到这字字句句怨气十足的抱怨，曹丕立刻眼前一亮，"知音啊！"然后一溜烟儿地冲了进去，拉着那人的手就开始絮叨自己的生活有多苦、两人经历多么相似。

司马懿思前想后，明知道过去找曹丕会暴露自己，还是硬着头皮前去"营救"羊入虎口的小子桓。毕竟连对方都不知道是谁呢，怎么就能放心大胆地进去？如果郭嘉没救出来，反而把曹丕也陷在这长沙郡，那他司马懿都不用回去了，立刻自尽就好了。

谁知道，等他进屋的时候，曹丕正和一个稍大他一些的少年交谈甚欢。那少年一双眼眸碧绿清澈，真的如一汪春水一样纯净透明。

"啊，先生！"曹丕还记得不将司马懿身份曝光的事情。他见司马懿进来，很是惊喜，立刻跑到人身边塞给了他两个深红色的圆球状物体，"呐，先生也尝几个，那位哥哥给的荔枝，我还说下次要带葡萄给他尝尝呢。"

司马懿："……"二公子懿不认识你，真的不认识。

许都城内众人各怀心思，长沙郡里孙权曹丕相见恨晚，身在南阳的孙策等三人生活则要简单得多。除了等待，还是等待。

三个人无聊且悠闲的生活持续了六天，第七天上，诸葛亮终于回来了。

看着自己家里的三个不速之客，诸葛亮愣了半天。

"你们……"

"我们七日前准时来赴三日之约。"周瑜施施然起身，笑吟吟地接过话头，"然先生却出去了不在家。为了表明我们的诚意，瑜等三人便在此等候先生，一等便是六天，今天已经第七天了。"

孙策倒了杯茶，递给诸葛亮，神情宛然主人一般，"诸葛孔明，远道而来也渴了，喝杯茶吧？"

"咳，不用了……"诸葛亮一脸"你们好可怕"的表情，"三位便在亮这草屋中……住了七日？"

孙策乐呵呵地看着他，"不然呢？"

"这位是……吴侯了？"诸葛亮见孙周二人神情亲密，一举一动都极为合拍，自然而然猜到了孙策的身份，"亮一介平民，不过在南阳躬耕，又怎能让吴侯纤尊降贵前来？吴侯还是请回吧。"

"不贵不贵，便宜得很。"孙策一脸阳光灿烂，看得诸葛亮不明所以，"孤就是特意来找你的，你既来了，我岂能就这么走了？"

"吴侯在这儿等了先生七日。"周瑜正色道，"先生若是还不愿给吴侯及你自己一个机会尝试一下，那未免对我们也太过薄情了……哈哈，对吧？"

"策与公瑾只是想让先生随我们回一趟长沙。"孙策悠悠一笑，"先生为何如此抵触？难不成是策真的如此不堪？令先生望而却步？"

孙策把自称从"孤"换成了"策"，诸葛亮显然也注意到了。他微微怔了怔，到底是抿了抿唇没说话。

"如今曹贼把持朝政，挟天子以令诸侯，又败袁绍，几乎一统北方。他手下谋士荀彧、荀攸、贾诩等人，抑或是武将夏侯惇、张辽等，没一个是省油的灯。"孙策站起身来，利用身高优势居高临下地看着诸葛亮。虽然孙策是笑着的，但是却有一种莫名的压迫感，"我先是踞江东观天下，现在又得了荆州，势力虽不如曹操，却几乎得了南方一大半天下。可是蜀地我只是初窥，要怎样与曹操二分天下，还须先生指点。"

唔，依着隆中对，诸葛亮接下来该说什么来着？大概是要分析天下形势了吧。

"汉室天下本姓刘。"诸葛亮侧开身子，与孙策拉开距离后淡淡道，"在亮看来，以后如果姓了曹或者孙，其实没什么区别。"

呃，似乎并没有隆中对出现啊。

"哈，原来诸葛孔明也拘泥于姓氏吗？"孙策笑得讽刺，负了手转身，"如果能让百姓安居乐业，皇帝姓不姓刘又有什么关系了？若不是汉朝那几个皇帝如斯懦弱无能，又岂会有董卓、曹操等人先后干政？这刘家的天下，又能给人带来什么好了？"

"乱臣贼子。"诸葛亮瞥了一眼孙策，神情淡然，"就依吴侯这种想法，亮认为吴侯并不是能给天下带来安宁之人。"

孙策听诸葛亮这样说，立刻就想反唇相讥。谁知还没等他开口，就有一人在屋外朗声道："既然先生认为吴侯并非明主，在下倒是有个明主的人选，不知先生可愿见见？"

"噫？"郭嘉闻声后挑起眉毛，本来懒洋洋的他立刻站起身来想要看看那人。

进来的人年轻得很，面带微笑，嘴角上扬的弧度不多不少，配上狭长的桃花眼，正好给人一种疏离感。他一身白衣有几分温润味道，但更多的是还没有学会被掩饰住的骄傲桀骜，以及那种与生俱来的不服输。看一眼他身后那人，哟呵，更年轻。

"你们……"一向潇洒、对人浑不在意的郭嘉难得出神，这次居然对着进来的两个人愣了半天，唇角勾起的笑有几分自怜的味道。

"在下司马懿，司马仲达。"司马懿毫不胆怯地自报家门，然后拉过身后的人，"这位是曹公二公子，曹丕子桓。"

诸葛亮看着对面二人，雍容气度自显，特别是那少年，年纪轻轻便有着不亚于在座其他人的气场，这是伪装不来的，那么二人的身份自然也不是作伪了。

但是，原则就是原则。

"亮早已说过，曹公也并非明主，挟天子令诸侯，亮并不赞同。"诸葛亮对司马懿语气也淡淡的，听得周瑜孙策很满意，至少他们不是唯一碰钉子的人了。至于丕懿二人为何在此，这件事以后可以再调查，目前对于策瑜来说，还是诸葛亮比较重要。

"懿与二公子远道而来，先生便是这样接客的吗？"司马懿微微笑笑，饶有兴致地打量着他。早就料到诸葛亮是块硬骨头，他还挺想试着啃啃的。不过远道而来倒是真的，在长沙耽搁数日后，居然还能赶上这样热闹的一场戏，这是司马懿没想到的。

话说在长沙郡时，曹丕遇上孙权，简直就是天雷勾了地火，两个人谈谈说说不带停的，以至于曹子桓都数度无视了司马懿。

司马懿觉得有些不爽，但是又不知道该怎样劝曹丕悠着点聊，别把家底儿都透露给人家。

好在曹丕还算头脑清醒，一直没说自己的身份，反而从孙权那里套出了郭嘉的下落。

司马懿当机立断，收拾好了东西准备去南阳。

临行前，曹丕还恋恋不舍地拉着孙权的手，哭唧唧地望着这位碧眼儿小哥哥，眼圈儿红红的表示哥我下次来一定给你带点儿葡萄，孙权也哽咽着说弟你下次来我肯定用更好的荔枝款待你。

被司马懿强行拉走的曹丕一路上都想着荔枝和孙权，不过还是乖乖地跟着先生星夜赶路，终于赶上了这场好戏的小尾巴。

"是亮怠慢了，不过先生还是请回，亮对辅佐曹公没兴趣。"诸葛亮揉了揉眉心，眼眸中带着几分倦意，转过身不想再理他们，"还有吴侯，也请回吧，你的所求，是不可能的。"

"啧，小辈就是麻烦。"郭嘉无聊地端着茶杯把玩。这茶入口淡淡的，有几分清香，回味余香，清淡雅致。但是他还是更偏爱他府中曹操从各地搜罗来的美酒，醇香浓郁，闻者自醉，不自倾心。此番司马懿前来，大抵是曹操的意思。

"先生，你或许不欣赏曹公的所作所为，但是懿想为您推荐的，是二公子。"司马懿不着痕迹地看了眼郭嘉，然后将曹丕往前推了一步，望着诸葛亮浅笑，声音中带着自信，"二公子的几位弟弟年纪尚轻，曹公唯二公子一个合适的继承人人选，相信他不会让先生失望的。"

"仲达……"曹丕大概明白司马懿是在替他找未来的幕僚，但是……"丕有仲达足够。"

谁知道司马懿一脸淡然，直接无视了这句话的含义，"二公子，太抬举懿了。"

曹丕不明所以地看着司马懿，一脸"我做错什么了吗"的委屈表情。

"仲达，丕没有……"

"既然二公子都认为亮可有可无，那么亮也没必要辅佐不重视自己的人。"诸葛亮看了眼曹丕和司马懿，默默表示他不想去被这二人闪瞎，跟他们回去还不如选孙策呢，孙策好像瞧着多少要靠谱一点儿。

默默叹息一声，诸葛亮觉得自己运气着实不好。来了这么多人，就没有一个靠谱点儿的能让他看得上的吗？！

再说司马懿，"道不同而不相为谋"八个字在司马懿看到诸葛亮时就立刻蹦了出来，虽不知为何孙策周瑜这样求贤若渴，但是他还真没看出诸葛亮有何过人之处。

意思意思尝试失败之后，司马懿也就懒得再邀请诸葛亮，反正他也相信，以自己之能，定然能够辅佐二公子。

"如此，懿也不能强人所难。"司马懿负了手，走到屋外，望着茅屋外一派春意盎然，"不过……"他顿了顿，回首望向孙策和周瑜，神色冷冷的，狭长的桃花眼中满是冰凉，"祭酒大人是明公的幕僚，一直跟在吴侯与中护军身边，似乎于理不合吧？"

一直做围观者的孙策突然被点名，换做他人都会多少有些惊讶。不过孙策大概是足够了解司马懿了，也完全没有小觑他。来此，司马仲达不就是为了带走郭嘉吗？突然提起，又有什么可惊讶的？

于是孙策并不理睬司马懿，而是笑吟吟地将郭嘉扯到身边打量，"唔，于理不合吗？那司马仲达打算怎么带他走？从孤手里硬抢么？"

　　"懿有自知之明，自然不会与吴侯硬碰硬，只得以己之长攻敌之短，用头脑克敌制胜罢了。"司马懿淡淡一笑，不去看孙策的反应。

　　静默了半晌，孙策转向周瑜："这丫说我没脑子？"

　　周瑜瞥了他一眼，忍住了笑，"嗯，是的。"

　　孙策笑得洒脱，挥挥手道："罢了，公瑾有脑子就行。"

　　周瑜："……"

　　司马懿半眯了眼睛瞧着这当口儿还有心情说笑的两人，觉得这地方自己实在呆不下去了，还是速战速决的好。他向四周环视一圈，嘴角轻轻挑起浅薄的一丝笑，朗声道："文远将军，懿知道你一路相随，此刻便出来见见这众位朋友吧，顺便将祭酒大人请回去，也好让明公放心。"

　　司马懿这句话可谓是从天而降的惊雷，将在场众人都多多少少都砸得有些晕。

　　张文远？！曹丕一脸茫然，他怎么来了？

　　诸葛亮叹了口气，他这小茅屋瞬间变成风水宝地了？怎么又来人了？

　　孙策和周瑜对望一眼，均在对方眼中看到了诧异，但是更多的是无畏。两人相视一笑，观对方与己所想相同，心中都安定了不少。管他谁来呢？且走一步看一步罢，江东双璧总归不会在阴沟里翻船。

　　郭嘉大概是几人中最不惊讶的。虽然他对司马仲达了解不多，但是如果换做他，绝对不会这么大摇大摆地来抢人，定是还有后援撑腰，才敢底气这么足。

　　"见过司马仲达。"司马懿话音落后，一名将军从院外走近。他眉目舒朗，飒爽英姿，一身铠甲在阳光下铮铮发亮，端的耀眼，正是张辽。

　　张辽走上前向司马懿一拱手，神情中也并没有太多谦恭，一份与生自来的傲气，到底还是没有磨光。他朝身后看了一眼，目光凌厉，却又带着淡淡得意，高声道："既然如此，那么大家就都出来吧！"

"是！将军！"

整齐响亮的声音划破天际，只觉眼前一花，着曹魏服饰的将士们立时出现在张辽身后。

司马懿垂眸掩饰住心中的诧异，走上前几步同张辽行礼，然后敛眉低笑，"文远将军安。原来明公竟让这许多人相随。"他猜到张辽当是带了些人尾随，却未曾想，竟然有千人之数。司马懿笑得自嘲。他该说是曹操重视郭祭酒呢，还是曹操完全不信任他？

张辽一怔，刚想说明公并无此意，却听司马懿笑道："明公如此这般，定然是担忧祭酒大人。现在郭祭酒便在将军面前，屋中寥寥数人全然不是将军千人兵马的对手，还是快去将祭酒大人救了出来，免得再生变故。"

张辽望了一眼刚从草屋中走出来的五人，有些想笑，哎，其中四个都是熟人了。

曹丕和郭嘉走在最前面，孙策和周瑜紧随其后，直接被无视了的茅屋主人诸葛亮自动与四人拉开距离。

孙策笑得满不在乎，弯起的眼眸中却暗藏冰冷，打定了主意一旦张辽有任何异动，先要将曹丕擒住，也好有个筹码。

温和微笑的周瑜心中转的念头与孙策一模一样。他虽然神情淡然，看似满不在乎，但是却时刻注意着郭嘉的举动。

孙策挥挥手跟张辽打了个招呼，一副老朋友的口吻笑眯眯地问候道："张文远，上次你为了保命，选择将郭奉孝扔下自己逃回去，曹阿瞒可没生气吧？"

虽说当时张辽的选择相对来说比较正确，也并非是要自己逃命才选择放弃郭嘉，但是孙策此刻哪里管那么多？现在只他与周瑜二人落入敌人彀中，能在不激怒对方的情况下尽可能地给自己制造有利条件就好，哪里管的了事实是什么样的。

"明公大度，自然不会与辽这等人生气。"张辽一见到孙策周瑜这俩货气就不打一处来，板着脸看了孙策一眼，懒得多费口舌。

"没生气就好。"孙策点了点头，拂了衣袖，笑吟吟地看着张辽，"没生气就让我与公瑾离开吧，反正没仇没怨的，你说是吧？"

张辽抬眼望着不远处谈笑自若的人，平复着心情克制自己不要冲过去揍他一顿。没仇没怨？骗鬼呐？鬼都不信好吗！

"明公曾言道，极为佩服孙郎与周郎这等年纪轻轻便能尽一己之力安邦定国之人，江东儿郎人才辈出，尤以江东双璧为首，是以一直想见见。"司马懿侧首，在桃花碎落的树下浅笑看着孙策，"不知二位可否赏脸？"春季花娇艳正好，一番心思却全然不似桃花那样美好单纯。

"不可。"孙策简单粗暴表明态度，懒得跟司马懿绕圈子。

司马懿观孙策眉眼带笑，懒洋洋地一副毫不在乎的神情，眸中渐渐染上几分冰冷，薄唇轻弯，笑意幽凉，"好言相劝吴侯不听，那就莫怪懿仗着人多胜之不武了。"

司马懿话音刚落，孙策立时就想要擒住身前曹丕，身形微晃右肩上提，马上就想要动手。

张辽作为习武之人，自然看得出孙策意图，即刻就要命人上前擒住孙策周瑜。

"慢着！"一声不大的呼喊硬生生让几人止住心中所想和手上动作，"张将军、司马仲达二位莫急，还是先看看谁人比较多为好。"

第三十二章 聚众抢人

话音刚落，便见两骑骏马并肩飞驰而来，一黑一白颜色倒是般配。二人身后又是清一色深红战袍的将士，遥遥望去少说也有数百乃至千人之众。

两匹骏马上各乘着一位少年将军，两人将黑压压一片人扫了一圈，看到被围在中间的孙策和周瑜时明显松了口气，对视一眼均浮现起笑意。

二人翻身下马朝孙策周瑜行礼，身法干净利落，毫不拖泥带水，都漂亮得很，"参见主公、中护军，蒙来迟了，请主公责罚。"还是之前那个声音，张辽回头一看，果不其然又是个熟人。

"是吕子明和陆伯言啊，先起来吧。"孙策见了他们简直又惊又喜，特想问一句他们从哪儿冒出来的呢？

周瑜侧首望一眼孙策，见人笑吟吟地点了点头，示意让他来就好，遂勾起一抹笑，朝蒙逊二人道："子明，伯言，责罚什么的说不上，但是眼前这位张文远将军看着实在碍眼，这事儿还需劳烦二位了。"

张辽："……"他哪里碍眼了？！他很帅气的好吗哪里碍眼？

"是，听凭中护军吩咐。"吕蒙朝周瑜恭谨一礼，神色谦恭，不过望向张辽时神情淡然，一派镇定自若，还真有那么几分大将风范，"张将军，您派的那些伏击蒙与伯言军队的人，蒙已经替您清理掉了。但也是因为这个，才险些儿置主公与中护军于险境，这笔账咱们可要好好算算呐。"

张辽默然。他也知道一路似乎有人尾随，所以才命人半路埋伏，自己则带其他人先赶过来营救祭酒大人。当吕蒙和陆逊出现的时候，他就猜到自己那些人大概早已命丧黄泉。不过……

"吕子明你杀了辽的人还想与辽算账？"这江东都是强盗土匪吗？讲不讲道理啊！

"嗯……有什么问题吗？"陆逊眨了眨那双黑白分明的眼睛，淡淡开口，声音清亮，一脸的无辜。

张辽："……当然……"

"当然没有。"郭嘉突然接过话头，朝陆逊懒洋洋地道，"交手互有胜负是正常的，让张文远带嘉回去，这事明公多半不会追究。但如果几位执意想留下嘉……"郭嘉顿了顿，低低笑道，"那么，恐怕整个江东都要替嘉陪葬了……"

郭嘉说完之后，心中也并没什么底气。如果他没能回去，曹操真的会出兵攻打孙策吗？

听郭嘉依旧是这副满不在乎但又带着自信的口吻，周瑜浅浅笑笑，不以为意。将手随意地搭在郭嘉肩上，周瑜淡然挑眉看着他，"奉孝还真是够自信，但是如果曹公纡尊降贵亲来江东，那么江东之众必定欢迎之至。"

郭嘉微微眯起眼眸，瞥了一眼周瑜，一副懒得理他的模样。

或者说，没信心理他？

自嘲一笑，曹操会怎么做，周瑜能猜到，他这个日夜跟在身边的祭酒，又怎会不知……

另一边，孙策望向张辽身后黑压压一片，又侧首看了眼自家黑压压一片，飞快在心中算了一下如果黑压压两片打起来，自己大获全胜的可能性。

呃……不好说啊。

虽然郭嘉曹丕和他们同时被围在圈内，但是如果和上次一样，上演挟持人质的戏码，第一成功率要低很多，毕竟此刻所有人都全神防备他们；第二这次多了个司马懿，他虽年轻，有些方面却要比张辽强得多。如果真的选择这条路，多半是个同归于尽的下场，倒是让诸葛亮捡漏了？绝对不行。

再说，同样的把戏，玩一次叫出其不意，玩两次岂不无聊？

实在不行，就开打了以后再慢慢找人质呗。

孙策嘴角挑起笑意，眸中星光闪烁，他没把握赢，不过有把握的仗打起来又有什么意思呢？

"现在看来……"孙策摸摸下巴，神色有些兴致勃勃，"大概只能硬碰硬打一场了？"

吕蒙和陆逊眸光注视着他家多少有些不靠谱的主公，握着剑柄的手心微有些出汗，滑腻腻的。两个人相视一眼，各自抿紧了唇，紧盯着场上的形势。

司马懿目光投向曹丕，见他神情似乎无恙，唇边的笑容慢慢扩大，手负在身后，安静地等待着。

　　诸葛亮皱眉看着一切，脸色黑得堪比锅底。xxx 这是他家啊！这群人在这闹个鬼啊！丫的经过他同意了吗！

　　不过他很懂得审时度势地没说话。现在一开口，这两群人不把他撕了才怪。窝没了可以再建一个，小命没了可就大事不好。

　　就这样，气氛保持着一种微妙的平衡，似乎没有人想打破这种寂静，率先做出攻击。

　　双方都在等待。

　　然而，暴风雨前的宁静才是最可怕的。

　　战事，一触即发。

　　南阳诸葛亮一间小小茅屋，引得各路大神相继而来，言语间已然硝烟弥漫，静待出手的一刻。

　　此刻的长沙，也可以说得上并不太平。

　　"子明伯言他们走了好几天了，也不知道跟大哥碰上没有？"

　　过了半晌。

　　"我把大哥公瑾哥的行踪告诉那颗葡萄，大哥知道了不会揍我吧？"

　　又过了半晌。

　　"呜万一子明他们没和大哥接上头，让葡萄钻了空子怎么办？"

　　再过了半晌。

　　"子瑜你被幼平传染了吗，怎么也不说话不理我？"孙权抬眼看着面前的人，清澈的碧瞳里染上担忧，一脸的委屈。

　　"承蒙二公子厚待，对瑾信任有加，将这些事与瑾分享。"相比孙权的神情无措，淡然微笑的诸葛瑾则气定神闲得多。他声音温润，唇边勾起的弧度让人看了便觉得温厚可靠，"不过，二公子，您知道这些问题的答案的，只不过是想找个人说一说，那瑾听着便可。"

一年前孙策和周瑜攻打许都与江夏时，留孙权看家。当时诸葛瑾避乱江东，因其才华，经人引荐见到了孙权，某弟弟看着喜欢，就做主将人留下，直至今日。

诸葛瑾处事待人温和有礼，胸怀宽广，江东上下对其无不信任。

江东的美玉，除了周瑜外，大抵便是眼前这位了。

孙权闻言点了点头，朝人一笑，托着下巴想了想，垂眸道："子瑜，那一大帮人去找大哥公瑾哥他们，大哥又多半在你弟弟那里，依着大哥的性子，再加上那么多人，不把你弟家拆了才怪呢！你不担心？"

听孙权提起诸葛亮，诸葛瑾怔了怔，神色有些恍惚，"虽为兄弟，但瑾与他分开多年，亦不知他现在处境为何。在这乱世中，无甚定数，团圆自是难求。不过，瑾的这个弟弟从小就聪明得紧，瑾都看不透他，所以他独善其身大概能做得到。"

"独善其身？"孙权敏感地挑出了这个词，眨了眨眼睛，有些不解，"子瑜的意思是你弟他不会跟大哥和公瑾哥回来？"

诸葛瑾喟然一叹，想到自家这个弟弟，还是摇了摇头，"瑾……亦不知。"

随着破空之声响起，两只箭矢如流星划过，飞快地朝着被围在中央的人飞去，速度快得几乎无法闪躲。

利箭未到，已然劲风扑面，孙策和周瑜都被逼得退了一步。孙策的长戟搁在了屋中，只得侧身躲开，任箭矢斜斜地插在面前地上。周瑜抬眸，嘴角牵起淡笑，一副淡定从容的模样。他抽出腰间的古锭刀，寒芒一闪，将羽箭斩成两截。

两人这么一躲一砍，定下身形后第一件事就是想要去制住身边的曹丕郭嘉二人。

可是就这么一瞬的闪避，已经晚了。

张辽朝孙策周瑜分射一箭，目的不为伤人，只是为自己争取时间。

　　他将弓随手掷在地下，看也不再看一眼，而是身形极快地扑向曹丕和郭嘉，手触碰到二人衣服时抓紧向后一带，双足点在地上向后跃出，即刻便有曹军围了上来将三人护在身后。

　　见身边二人无恙，张辽舒了口气笑了出来，"二公子，祭酒大人，得罪了。"

　　"无妨。"曹丕摇了摇头，没工夫注意张辽，侧头寻找着司马懿，当目光与人相触时，心中舒了口气。救人脱险后张辽还不忘致歉，听得郭嘉扬眉看着人，一副诧异表情，"文远将军说的哪里话，嘉怎会见怪。"

　　"嘿，我倒还不稀罕玩儿人质的把戏。"一个分神间曹丕和郭嘉已脱离了自己的掌控，孙策倒也不气，反而笑得愈发张扬且满不在乎，被阳光映得耀眼炫目。

　　"想玩儿也没人陪你玩儿。"郭嘉眯起眼眸浅浅嗤笑，声音小得像自言自语。

　　"先生，还好你还在啊。"周瑜将古锭刀插回刀鞘，朝努力减少自己存在感的诸葛亮温和一笑，示意自己绝对不会忘了来此地的初衷。

　　诸葛亮瞥了一眼周瑜，叹了口气决定侧过头去不理人。他倒是不想在呢，问题这是他家啊！谁把他当主人了吗！

　　孙策淡然打量着众人，眉峰微皱，眸中神色如出鞘利刃般凌厉。

　　他双唇轻启，淡淡吐出一个字。

　　"杀。"

　　一声"杀"声音不大，却如小石子投入幽深平静的湖水中，顿时泛起涟漪，紧接着便波澜壮阔起来。

　　吕蒙和陆逊，一向是乖巧听话好孩子，头儿都下令杀了必须不能留活口，于是果断抄家伙干起来。

　　陆逊这么长时间，从跟着吕蒙学砍人，到近些日子已经能两个人共同学习进步，画风虽然走歪了，全然不似儒将风范，但是作为陆公子他智商还是有的，且跟着吕子明一起，根本不苦不累，也算是升级成为日后武力值较高的儒将了？

"杀"字刚刚落下，陆逊长剑便即出鞘，身影一闪，毫不犹豫地冲在最前面。他抿紧了嘴角，一双眼睛倒是真如小鹿一般清澈明亮，眼瞳中倒映出的却是一片血色杀伐。

见陆逊打了兴奋剂一样，吕蒙自不能落后了，长枪一挥，枪头红缨抖动，上前加入战阵。

而张辽早就全神贯注盯着孙策，听他一声令下后立刻将曹丕和郭嘉推给副将，高声道："这群人杀了你们并肩浴血奋战的战友，是男人就跟他们畅快淋漓地打一仗！教他们以命抵命！"言罢冲到两军交战处，神色带着恨意，挥起钩镰刀砍向敌人，霎时间鲜血喷出染红了一片土地。

两军见各自主帅都已投身仗中，大抵是必须打一架来解决问题了，遂厮杀在一起，一丝回转的余地也无。

诸葛亮家屋子小，院子也不大，院外也没什么地方，两军数千人，大部分都在墙外头纠缠。

大概是没人在意这位主人的想法，两军将士打起来破坏性可谓不一般，刚刚修缮好不久的篱笆像多米诺一样倾倒在地上，不多时，本来整洁且一丝不苟的地方变得一片狼藉，血色将一切都浸成深红。

望着眼前一幕幕血红和冲杀在一起的军队，诸葛亮心中一团乱麻，是二十多年来从未有过的迷茫纠结。

乱世中人颠沛流离，他虽年轻却见了不少世事淡漠冰冷，遂避于南阳。一方面是不愿见这乱世无情，同时也在心中怀了小小期许，说不定能遇上那个他的明主，能辅佐其争雄天下。可惜此刻明主没遇上，倒是来了一群蛮横的主儿，且一个比一个不讲道理，见了面就打，一副打不死不罢休的架势。

诸葛亮不拟卷入其中，思量片刻便即决定放弃他的窝，东西也不收拾了，就这么独个儿跑路。

小窝早已成为废墟，就行行好让他走吧。

然而如果诸葛亮就这么走了才是不靠谱。

撞上那与他差不多年岁的青年，诸葛亮垂眸掩住了眼中苦涩笑意，再抬头时眼中一片清明，淡然地打量着司马懿，"亮不过一介平民，几位无需与亮过不去吧？便让我走又如何？"

司马懿半眯了眼睛，目光不离诸葛亮身上半寸，"能得江东双璧如此看重，先生就算是一介平民又如何？"

不远处的杀声震天，两人都当作没听见一样，一句一句搭话聊天，当真淡定有闲情。

被当成了背景板的两方却依旧杀得热火朝天不可开交。

孙策和周瑜本来被围在中间，不多时就已经莫名其妙地和吕蒙、陆逊会合。二人趁乱从包围他们的曹军中冲杀出去。

孙策一柄长戟，所到之处尽是血色，脸颊上几滴殷红不知是自己的还是别人的。张辽等人来的仓促，孙策并未有机会着铠甲，但气势却丝毫不减，更不曾因这便有半分退缩，笑得嚣张之极。有些参与了许都之战的将士，仿佛能在眼前勾勒出当日的惨烈战况，那时也是这小霸王，搅得一座都城天翻地覆。

周瑜的古锭刀下似乎是留了几分情面。他一向是优雅的，甚至有点懒散的，懒得打架，更懒得像他义兄那样时时刻刻拼尽全力。周瑜信奉点到即止，用七分力气能杀一个人，就绝不多用半分力。

他一袭绯色衣衫，穿插在两军之间，古锭刀所到之处便是生命终结之时。哪怕他刀下留情，七分力气也足够他在自保的同时顺带手砍死别人。鲜血飞溅，映着周瑜如地狱修罗般危险华美。

江东双璧的美，总是在战役中发挥到极致。

第三十三章 大战

硝烟四起，本来平静安详的地方被鲜血生死肆虐得不成模样。

不停地有人倒在血泊中，有人试着挣扎却徒劳无功，有人用自己的命换来身边战友的多活片刻。随着地上积累的尸身越来越多，两边损失相差无几，这场战役似乎已经要接近尾声。

本来在一处作战的吕蒙和陆逊早已不知何时被军队冲散，此刻唯吕蒙一人在敌军中心率军周旋。

张辽显然也捕捉到了这个机会，于是渐渐率曹军围成包围圈，想要逐个击破，先干掉吕蒙再找陆逊，或者想学学孙策周瑜，弄个质子在手。

吕蒙是个性子沉稳的，自是临危不乱。放眼望去不见陆逊，倒是莫名放下心来。

长枪枪缨飘扬，舞动时寒芒点点，挑、刺、拦一招一式皆行云流水，枪尖深红，不知是红缨倒映，还是血色迷茫。

张辽率领曹军缩小包围圈，很快便要将吕蒙等人围在中间，那时再想要逃脱可是极难。若是此刻从上俯瞰，便是一幅深青色一圈渐渐逼近中间一色绯红，像围棋一样拟要聚而歼之的画面。

正自窃喜间，忽听得不远处一声大喝，随即是一阵马蹄声响，令张辽不由自主抬头望去。

只见远处孙策骑在马上，勒转马头，居高临下看着他。他伸手抚了坐骑鬃毛，一副洋洋得意的悠闲神情，哈哈大笑间满是毫不掩饰的张扬，"想救曹丕司马懿郭嘉？我孙策在前面相候，想打架？随时奉陪！"笑音未落，一骑已绝尘而去。

四周顾盼，果然已不见曹丕等人身影，就连周瑜陆逊诸葛亮都没了影踪。

低咒一声，暗骂自己疏忽，当该多叮嘱几句才是。如今让孙策劫了二公子走，祭酒又没救回来，砍死多少个吕蒙也不够赔的啊！

孙策一句话让张辽微微慌了神，亦令曹军大吃一惊。

一时间都无措地望向张辽，等着主帅下令下一步该如何走。

他们的疏忽却给了吕蒙反击的机会。吕蒙心知陆逊一众已然离开，更无顾虑。

他一声令下，麾下将士齐心往一处冲击，趁着曹军人心不齐步法散乱之际，硬生生在包围圈中撕裂了一个缺口。一旦有一个地方出现破绽，那么冲破圈子便是轻而易举之事。待得张辽惊觉想要拦阻，已然太晚。

　　吕蒙一向沉着，此刻也不由得哈哈一笑，年少得意之情油然而生。率人快速撤离去追赶孙策等人之时还不忘大声朝张辽道："张文远！蒙亦在前方恭候！"

　　如今曹丕、司马懿、郭嘉在孙策手中，张辽亦别无他法，只得领兵追击。

　　"兵力虽然相差不远，但二公子、祭酒在人手里，对方除吴侯外亦有周瑜、吕蒙、陆逊等人，众将不可轻举妄动。"张辽有些恨恨地道。若按照他的性子，铁定是宁愿拼死一战也不会温水煮青蛙，奈何自家明公的未来继承人和最看好的军师祭酒都成了人家的质子，着实不能冒险。

　　追出不远，即是一片空旷平坦之地，放眼望去渺无人烟，安静得可怕。张辽命人四下查看，确定了就算有伏兵也没地儿躲，这才放心继续往前追。

　　没过多久，地势渐窄，竟有几分呈峡谷之势。张辽久经战阵，心中一直觉得不对，眼见地势越来越窄，勒马不前。

　　"嘿，此处做伏……"他打量着四周，哼了一声，满是不屑，"当真是好用得很呐。"

　　话音未落，箭矢已经如大雨般倾盆而下，两侧果有伏击。

　　在去和孙策周瑜会合前就在路上选好了这处伏击之所，陆逊撤军后当即回来准备埋伏，专程在此等待曹军。

　　见张辽带人来到此地，却停滞不前，心知以他的经验，必然已发现不对。也不磨蹭，陆逊干脆一声令下，弓弩齐发，爽利得不留一丝余地。

　　一阵箭矢当真如倾盆大雨，密密麻麻顺势而下，箭尖在日光照影下泛着冷冷寒光，似是迫不及待要取人性命，扰得曹军措手不及。幸得

张辽未入峡谷，此刻后方尚且空旷，有路可退，损伤不大，锐气却是大挫。

"杀！"陆逊居高临下淡然望着一切，果断地下令，干脆利落得自己都被吓一跳。

陆逊带领埋伏的人数却不如张辽多。张辽逾千人，己方数百人。

但是以少胜多的案例还少吗？陆逊满不在乎地笑笑，少年清亮的眸子里蕴着自信，"逊这次定会以一己之力，为江东扫平障碍！"

陆逊正面对上张辽，一战结局犹未可知。

他身边人少，却是因为剩下的人都被孙策周瑜两个家伙带走了。

"啧，这郭嘉司马懿他们能带诸葛亮去哪儿呢。"孙策带了二百余人，寻摸着分成几小队去寻找郭嘉等人的踪迹。

跟张辽炫耀时何等嚣张何等霸气，什么郭嘉司马懿曹丕都在己手，实际上完全不是这么回事儿。

周瑜微微挑起唇角，侧头望着孙策，心中暗暗好笑。自己那套空手套白狼的忽悠人的招数，自家义兄可学了个十足十。

之前孙策打得兴起，他却时刻注意着郭嘉等人的动向。第一次看的时候四个人都还在，顺手砍翻身边一人后再抬头望去，却不见了人影。莫说司马懿曹丕郭嘉了，就连诸葛亮都已没了影踪。

当时他与孙策简直一句话没说，全程用眼神交流，别人没看出个所以然，孙策却懂了他的意思。于是就有了之后那一番得意洋洋挑衅张辽的话。自己出了风头且打压了敌人是小事，趁机救了吕蒙一命可是天大的事。他张辽不稀罕吕蒙，他们江东可宝贝得紧。

不过欣慰归欣慰，骗走了张辽，他们还是得自己找到郭嘉。

"他们走的时候身边大概也带了些人，不然若按诸葛孔明自己的意愿，怎么可能随司马仲达离开。"周瑜微眯着眼睛扬头望向太阳，辨明了方向，"如果是我，大概会往南向市集走，市集人多不易被发现。向北走愈发荒芜，没有人烟，如果被抓个正着根本无法逃脱。"

"不过司马懿和郭嘉两条狐狸，公瑾想到的他们自然也想得到。"孙策懒洋洋地一笑，打了个响指，变得精神起来，眼神中蕴着精光，像是猛虎看到了猎物，蓄势待发要扑上去一样，"也不用分兵几路了，二百来人，捡寂静偏僻的小道追就是！"

"伯符知我。"周瑜淡然一笑，稍作停顿，续道："然而虚虚实实，本就无法定夺。你我猜到他们要走小路，若他们偏反其道而行之……"

孙策抬手拍了拍周瑜的肩，抚掌笑道："说我自信也好自恋也罢，我一向懒得做两手准备，公瑾该当知晓。"他飞快朝人扬眉一笑而过，毫不在意地道："自从公瑾回来，我一直运气不错，这次赌一把又何妨！"

周瑜想到他回来后近两年发生过的事情，一桩桩一件件，虽然有的时候过程曲折了些，但是结局都是不差的。或许，随便一穿，寻到更完整的他，就真的就得到好运了。

"既然伯符和瑜运气都挺好，那就赌上他一把！"哈哈一笑放松了心情，周瑜觉得自己之前的瞎担忧着实莫名其妙。就算追错了方向，又有什么大不了？一次抓不到就再来一次，多多益善嘛。

"主公！中护军！"未待孙策下令，之前出去查探消息的斥候疾驰而回，一脸地难以置信，"他们居然……居然……"

"居然怎么了？"孙策有些哭笑不得地打断，"什么事情让你惊讶成这样？"

那斥候喘息两声平复了心情，回答时语调上扬，是掩饰不住的兴高采烈，"子明将军就在前方，本拟是与陆将军会合，但是慌忙中追错了方向！"

周瑜闻言忍俊不禁起来，不由得追问道："子明跑错了方向，你高兴什么？难不成……"

难不成……他萌生了非常之不靠谱的大胆猜测，与孙策对视一眼，看到对方眼中闪烁的狡黠，相对大笑起来。

斥候不明所以地瞪着那两个笑成神经病的家伙，忍着想拍拍屁股走人的冲动，很负责任地将话说了下去："结果，子明将军莫名其妙越

追越远，道路偏僻人烟稀少起来，心知不对，便要往回走，谁知道却与郭祭酒他们打了照面！子明将军人多，便顺道将祭酒他们请了回来！"

"哈哈！果不其然！"孙策抚掌大笑，"捡偏僻小道，果然能追到猎物！"

"不过这次却麻烦子明了。"周瑜笑得温文尔雅，一派君子风度翩翩，"你我二人只是闲聊，什么忙可也没帮上呐。"

"没事没事，子明是我江东的人，他做的就是咱们做的，一样一样。"孙策满不在乎地挥挥手，全然不管吕蒙是否同意了他的就是孙策的。

"走了，去看看伯言怎么样了！"

孙策翻身上马，身姿潇洒漂亮，宛如初升艳阳，将前路照耀得绚烂。

陆逊军一阵箭雨疾下，扰乱了对方阵脚，随后他也不带跟人客气，率领大半数的将士从斜后方包抄而至，与张辽所领的人战作一团。

毕竟人数较少，硬碰硬不占便宜，陆逊显然也知道。

在不远处勒马督战，陆逊侧首招了身边等候之人，俯身在他耳边轻声说了句话。

传讯之人听完后望着陆逊连连点头，兴冲冲地离开了，留陆逊一人身处战场。

过不多时，吴军人少，明显渐渐不支，已呈败像。

然而，地势平缓处突然扬起火星，先是零星几点，随即是铺天盖地的火舌向两军混战处席卷而去，风助火势，因风向正好，不过瞬息间大火便熊熊燃烧起来。

本来五六月份，火根本不像冬日那般容易烧得起来。荆州气候较为潮湿，火攻更说不上有利。但陆逊军队早有准备。油一遇火即能大助火势，是以来南阳前吕蒙陆逊便已命每人都带着些，隐约觉得若有一场遭遇战，火攻之计许能派上用场。也不怕浪费，反正有人报销。

与张辽军交战之时，将士们无意中这边泼上点儿，那边洒上点儿，到时候一点火就全能燃起来了。

自家人的安危自不必忧心。陆逊珍惜兵力，是以根本舍不得用自己人的生命冒险。

不管是在做戏还是真的打不赢，陆逊军早已在有意无意地向两侧撤退，火光初现就立刻捕捉到信号，扔下家伙事儿拍拍屁股走人了，而且是从火着起来的那边离开的。

留张辽一众，要么在烈火中被烧死，要么从蜿蜒狭窄的地势中试着逃脱，而结果多半是逃出去一个就被早候在逃生路口处的敌人砍死一个。这还只是小部分，大部队根本没机会脱逃。

张辽横刀立马领于众将之前，目光倒是出奇地平静。平日里他自诩算不得最沉得住气的，然而此刻若是着急，那就是把同自己浴血奋战的将士们的性命当作儿戏。

他微微哼声，满不在乎地提刀向前方蜿蜒处踏上两步。

"将军！"本来就有些彷徨无措的军士见着张辽不但不退反而还作死地向前，都不由得惊呼出声。"将军！不可啊！"以前怎么没发现他们将军和郭祭酒一样喜欢作死呢？？

张辽不但没有停滞不前，而且还加快了速度。他朝身后摆了摆手，大声笑道："是我张文远将你们带来的，就一定要把你们完好无损地带回去！去他娘的江东乱臣贼子，老子偏不信这邪！"

张辽就这么在身后将士敬佩的目光中，拔刀在手，步履稳健，丝毫不惧地走向那很有可能在后面藏着刀斧手的小径，那唯一的出路。

一阵沉默。随着噼里啪啦的火星子越燃越响，终于有人喊道："将军说得对，与其在这儿活活烧死，还不如咱们都跟着将军！死前也先杀他个痛快！大伙儿说是不是！"

"是啊！是啊！"众人大声嚷嚷着，甚至还哄笑起来，平日里严谨有素的军队形象扔了个干干净净。他们跟着张辽向前踏去，目光丝毫不惧，燃烧着的只有怨恨和愤慨。男儿征战四方，可杀不可辱，如今被这样玩弄，任哪个有血性的汉子都会咽不下这口气。

火势蔓延得很快，热浪一阵阵扑来，根本没有时间继续纠结。

张辽握紧长刀，当先闯了出去，对身后众将士不自觉间发出的惊呼充耳不闻。

他刚迈出两步，眼前立刻白光闪现，两杆长枪当面刺下，称得上无声无息。枪尖耀眼地泛着光，红色枪缨硬是把雪亮的尖刃映成鲜红。

两柄长枪悄无声息直取面门，本拟一招制敌。素闻张文远骁勇善战，估摸着死是死不了的，但至少也得占了这个便宜，伤得他无法反抗，其他人就自然而然成了囊中之物。

"铛"地一声脆响，清脆得传出老远，却绝不是兵刃入肉之声。

两名将士愕然望着手中长枪相交，撞击声清脆，本该在那儿受他们一枪的目标却不知道跑哪儿去了。

陆逊是个小心谨慎的，选的人也是训练有素，经过战阵的。一击未中自知不妙，敌人都不知道去了哪里，自然不能傻愣着站在那里当活靶子，立刻旋身躲避。

哧哧两声划过，两名兵士最后看到的，是对方眼里的惊愕。

张辽刚踏入蜿蜒峡谷处便即遇伏，却是意料之中。

眼前白光初现时，他想也没想就矮身一跃，堪堪在长枪落下前从两人中间窜过。同时回手出刀，在对方还未反应过来的时候一刀一个解决。

"哈！老子说了！没那么容易去死！"一击得手，张辽扬声大笑，翻腕带起长刀，凛然不惧地望向团团围上来的江东一众，"来来来！爷爷陪你们玩玩！"

　　张辽沉下手臂，刀尖上挑，划过对面之人胸腹，血色鲜艳迸裂而出。他想起一路追击之艰辛，包括之前被周瑜装失忆耍得辛苦，满身杀意骤然迸发，咬牙大喝一声，腕臂翻转，长刀用力斜刺，直将上前阻拦者钉在地下。

　　张辽手执长刀立于江东军前数步，身后一小半曹军也已到来。他就那么站在那里，便神威凛凛，忤逆者死的架势没有人敢上前与其对峙。

　　如果孙策或者周瑜在场，大概会叹一句，如今的张辽，便似多年后逍遥津头的张文远！

第三十四章 交易

　　"张将军。"陆逊脸色有些苍白，不过唇边却挂着常有的笑容，漆黑的眸子直直望向张辽，丝毫不露惧色，淡定自若地开口，"将军神勇，逊自忖不如。"

　　张辽随手抹一把脸上不知是谁的血迹，眯眼打量着陆逊，半晌哈哈一嗤，"就这小身板儿，确实不如。"

　　陆逊抬手微摇，示意身后诸将不要轻举妄动，自己依旧不气，摇了摇头道："将军，如今逊确然处于劣势，不过，这种时候，且荒无人烟。在这旷野中燃起一场大火，主公、中护军与子明他们迟早会寻来。逊虽然不济，却也能撑到他们前来相助。届时胜负之数，将军心中想必有数。"他目光坚定，周身气场平和，即便身处战场也淡然得让人心神宁定。殊不知陆逊紧握成拳的手掌早已汗津津的，指甲掐入掌心刺激着自己不要在慌张下做出什么可笑的决定。

　　张辽不置可否地应了一声，目光扫过陆逊身后诸人。对面多数将士都咬牙切齿，一副恨不得生吞活剥了他的表情。那又如何？张辽有些不屑地转着念头。人数方面已然己方占优，灭了眼前这些人不过分分钟的事儿。然而陆逊适才分析时不疾不徐，现在也仍旧毫无惧意，还能悠悠然与自己谈条件，他的莫大勇气，张辽也不禁暗暗佩服。此外，他也不禁纳闷，陆逊这娃娃看起来就乳臭未干，之前也没听过他有什么大名头，大作为，却是这样淡定的神气，难不成还有压箱底的法宝没拿出来？等秀出来就能分分钟灭了他？

转这许多念头也不过一瞬间的事，张辽并非妇人之仁的人，加之上了战场他还就没怕过。他一扬手中长刀，刀尖皪皪生辉，对准了不远处的陆逊，"不用啰嗦了，就算他们迟早寻来，我也能让他们只看到你的尸体！"

孙策得到了吕蒙和郭嘉的消息，心知吕蒙做事精细谨慎，比自己反正是强，看住个把郭嘉司马懿曹丕应该还不在话下。虽然郭嘉和司马懿这俩人怎么看怎么不靠谱，还捎带上个诸葛亮，但是以吕子明之智，擒到手了就断然不能让他们跑了。

吕蒙那边可以放心，于是孙策和周瑜就紧赶慢赶地折回去相助陆逊。毕竟吕蒙带的人本来是要去增援陆逊的，现在陆伯言一人支撑，对抗的是久经沙场的名将张辽，当真很有难度。

"公瑾，你担心伯言那小子？"周瑜一直蹙眉不语，神情严肃，让一向不拿事儿当回事儿的孙策也有些担忧起来。

周瑜微微颔首，似是在思考该怎么措辞。

孙策侧首凝目望着他，静待下文，同时也出言安慰，"公瑾，伯言虽然年轻，但是你我像他那么大的时候，在做什么？都是这些打打杀杀的事儿啊！咱们做得，还做得挺好，他陆伯言也做得，否则枉顾了公瑾劝他来江东！"

周瑜知道自己的担心有些莫名其妙，许是吓怕了，想到此处不禁哂笑，定是想多了。不再多耽搁，他应了声，随即拍马向前奔去，"前方似乎有火光，伯言应该在那儿，伯符快来！"

"好！"孙策大声笑起来，一招手令身后众将跟上，"跟张辽真刀真枪地打上一架，也算替仲谋那小子挣个面子回来！"

"吕将军啊，人有三急。"郭嘉懒洋洋地跟在吕蒙身后，随地吐掉口中嚼着的草叶子，真诚地建议道，"嘉跟二公子他们出来得急啊，将军总得给时间解决一下内急是不是？"

吕蒙转头瞧了一眼没个正形郭祭酒，抿了抿唇答道："祭酒就这么解决……亦无妨。蒙不嫌弃。"

他心中其实也忍不住偷笑，偏生脸上还要摆出一本正经的神情。自忖自己还嫩了点，斗智的话，他一个人更不是郭嘉司马懿的对手，索性装傻。

司马懿忍着笑附和郭嘉，"将军，二公子是曹公之子，这样……似乎不太合适。"

吕蒙想了想，认真地道："此言有理，二公子需要解手吗？蒙派两位将士陪你去就是。"

曹丕怔了一会儿，眨巴着眼睛看向自家先生，又看向父亲家祭酒，纠结了半天后说："丕……现在还不想去。"曹丕心里苦。

"那就走吧，大家脚底下别磨蹭。"吕蒙招呼着身后将士，急着赶去和陆逊会合。如果陆逊出事，他一定会内疚死。

郭嘉慢悠悠地再次开口，"吕将军啊……"

"祭酒且慢。"耐心被耗光了的吕子明揉了揉额角，头疼地直接打断了郭嘉，"祭酒是文人，这是累了？哦好。"他随手拽过身边一名将士，毫不犹豫地道："辛苦你背祭酒走一段儿，回去以后蒙必有重谢！"

郭嘉："……"

孙策和周瑜向着火光的方向疾奔而去，只见一片火海燎卷过旷野，整片地方空无一人，打杀声却从对面传来。

此番景象，难不成……

孙策周瑜对视一眼，均是心中一沉。

当他们催马绕到对面时，震惊的心情才真是无以复加。

陆逊这丫，知不知道什么叫引火上身啊！

"伯言！"

但见陆逊身边将士死多活少，每个人都血染战袍，显然有过一场硬碰硬的恶战。

陆逊撑着长剑，身形摇摇欲坠。他身侧的张辽手提长刀，正架在陆逊脖子上。

孙策和周瑜俱是一惊，双双勒马不前。

周瑜不由暗骂陆逊自不量力。逞什么强？和张辽对打？要不要命了！

"哟，吴侯，周郎。"张辽见他们前来，竟然有闲心笑眯眯地打招呼，"好久不见啊。"

"张文远你别他妈废话！"孙策皱起眉头，直接打断最不像寒暄的寒暄，"又玩这种戏码，偏偏我还就吃这套。你说，怎么样才能放了他？"

张辽放声大笑，"吴侯爽快人！"他侧头瞥一眼陆逊，脸色苍白得可怕，随时像是要晕过去，但唇角紧紧抿成一条直线，眉目间也依旧带着那股子坚韧劲儿。"他小子虽然现在名不见经传，然而我看着像能成大事的，江东双璧对他看起来也挺看重。这样吧，我带他离开，你们大可以跟着。等我与二公子他们汇合后便将这小子还你们。二公子，郭祭酒，司马先生，一个不能少。"

闻言，孙策和周瑜对视一眼，心里都想着：张辽大概还不知道郭嘉等人在吕子明手上，否则就是一个换三个的局面了。

"好。"孙策首先点头，想也不想就同意了他，"也不怕你耍花样，想你也知道，你的人有葬身火海的惊吓在前，浴血奋战的打拼在后，早已疲惫不堪言。如果你敢伤他陆逊分毫，我孙策就敢让你们这些人，没一个回得去许都！"豪气凌人，当真有小霸王风采。

张辽自然也知道如今形势于他不利。如果他晚一刻制服陆逊，抑或是见到孙策周瑜时选择扔下陆逊撤离，现在等着他的应该会是全军覆没。既然如他所料，孙策周瑜如此珍视陆逊，那就唯有紧紧握住手中这张王牌，才能脱身，才能安全地把曹丕等人带回许都。

"如此便好，陆逊这小子可爱，够倔，我也舍不得伤了他。"其实这话也有几分真。英雄向来惜英雄，张辽胆气豪阔，视死如归，见陆逊临危不惧，对他当真起了几分惺惺相惜之感。

陆逊死咬着嘴唇不让自己晕倒，口中全是腥甜，也不知是咬破了唇还是腹中鲜血涌了上来哽在喉中。他听到孙策居然这么爽快地答应了张辽，顿时一个激灵，清醒了不少，哑着嗓子喊道："主公，不可！"

"你闭嘴，我说可就可！"孙策一嗓子直接盖过了陆逊虚弱的语声，"别那么多废话了，走吧走吧！"

张辽半拖半拽着陆逊上马，刚要领人离开，心中已经在琢磨曹丕到底去了哪里，却见前方奔来一斥候，跳下马来就朝着孙策周瑜奔去，报信的声音当真洪亮得紧，"主公，中护军！子明将军说他这便前来相助，不负使命将郭嘉等人一同带来……"

周瑜一句"噤声"卡在嘴边没来得及说出来，那厢张辽已然策马奔上前来，哈哈大笑道："原来吕子明已经替辽寻到了祭酒他们？甚好甚好！来与陆伯言做交换吧。"

陆逊昏昏沉沉间听到一句吕蒙的名字，眼中划过一丝明亮，随即反应过来发生了什么，不由得一声叹息。偏偏要这种时候吗？

"逊一人之身……不如祭酒三人珍贵……"陆逊咳嗽两声，转过头看着张辽，眼中毫无惧色，"这亏本买卖，主公和中护军不会做的。"

"你说了不算。"张辽咧嘴一笑，不再理会陆逊，转而盯着不远处的孙策周瑜，"怎么样？这买卖，也不算太亏？"

这事儿到底是让张辽听了去。孙策眉峰紧蹙，思索对策。然而就在这当口儿，吕蒙也已带人赶了过来。

他匆匆向孙策行了一礼，抬头时目光扫向不远处，恰巧撞入一双清澈的眸子，虽然布满血丝，却不失往日的明亮。

吕蒙震惊地盯着陆逊，僵着看了半天，最后还是硬生生地将滑到唇边的"伯言"二字咽了回去。他和陆逊想的差不多，如果此时脆弱或者感情用事，完全就是添乱，根本于事无补。

他慢慢转身，又朝孙策和周瑜一揖，"末将不负主公与中护军厚望，前来相援。亦……没能让他们跑了。"说着艰难地指指郭嘉曹丕等四人。

相比吕蒙，郭嘉可是要轻松得多，甚至还有空闲笑眯眯地跟离自己不远的张辽打招呼，"文远，嘉可就靠你相救啦。"

"文远将军！"曹丕见着张辽，也是不由得眼睛一亮，心想大概自己是有救了。

张辽见这么多人都等着他一人把他们带回许都，这难度可是够大。然而那也没办法，谁让他家老板有个不省心的儿子，还有个不省心的幕僚？

他持刀在陆逊脖颈上随意比划两下，扬首笑道："我们家祭酒和二公子自然是宝贝，不过这陆伯言想来也差不到哪儿去。吕子明那儿的四个人，我也不全要。将二公子、祭酒大人与司马先生还了给我就是。至于那诸葛孔明，辽也无所谓。

诸葛亮闻言愣了片刻，随即哂然一笑，这群人，来他家给他闹个底朝天，现在又一副对他爱答不理的神情，他还没说什么呢！不过也好，他们该走走他们的，这南阳，他再多待一阵也不一定是坏事。他的主，终归会来寻他。

周瑜一直沉默着未曾言语，直到提起诸葛亮，这才转头朝孙策道："此事起因俱是瑜只身前来寻孔明而致，回去后瑜自会请罪。然现在当务之急确是救回伯言，瑜以为……"

"跟他换。"孙策不耐烦地挥挥手，打断了周瑜的话。

公瑾啊，这个不是福只是祸的锅，还是我来背。这种话，还是我来说。

他不去看周瑜的表情，大声朝张辽道："陆逊你先留下，郭嘉曹丕司马懿，你拿去。敬你张文远是条汉子，我不仗着人多追你。"反正日后免不了交锋，到时候再公公平平地一决高下便是！

张辽听孙策这么说了，心知他定然言而有信，于是上前两步，一把将陆逊推出去，摊手望着孙策："好了，可否让我将二公子他们带走？"

陆逊少了张辽的支撑，踉跄几步，撑剑于地面想要稳住身形，却还是晃了两下。那厢吕蒙未等孙策发话，连忙上前扶住。

"子明，咳……累得你担心……"

陆逊感到身侧之人的熟悉气息，只觉温暖可靠，勉强说完整句话，便觉一阵天旋地转，支撑不住昏在了吕蒙怀中。

周瑜微叹口气，也上前拽过郭嘉、曹丕和司马懿，抬眼直直望着张辽，"文远将军不惧一死，只身相救数人，瑜佩服之至。"

张文远这等勇气胆气，试问，几人能做得到？

张辽也不客气，吩咐身后将士照看好曹丕等三人，哈哈一笑，坦然受了周瑜的赞扬，"多谢周郎夸奖，不过是为了明公，尽力而为罢了！"

周瑜微笑颔首，"将军说得极是，不过将军这等英勇，却曾经栽在瑜手中，瑜也倍感荣幸。"

张辽浓眉一皱，懒得跟周瑜打嘴仗、让他把自己的黑历史如数家珍。他翻身上马，策马扬鞭离开，撂下一句话随风飘散，"江东双璧，这一战辽没输，你们也没赢，期待下次交手！再会！"

第三十五章 那就罚

夜色已深，房内烛火摇曳，映得那榻上之人失血过多的脸色愈发苍白。

吕蒙俯身坐在榻边，心中百感交集。

"子明……"陆逊顿了顿，苍白的脸上溢出一抹笑，"江东的基业，主公和中护军……由你辅佐……"

"伯言……伯言！"他眼睁睁地看着榻上那人无力地磕上眼帘，手从自己掌中滑落，连忙想要伸手去抓住，却只听到了那人的手落在床榻上时发出的闷响。

你我虽非骨肉，却如至亲兄弟！

说好的并肩作战！不离不弃！

竟成了我一人辅佐吗？！

这……一切，他不愿接受！

他紧紧握住对方冰凉的手，将头埋在臂弯，胸中怨愤悔恨不平一齐爆发，几近崩溃的吼声中带着撕心裂肺，"陆伯言——"

"啊！伯言！"他猛然惊醒，额头上大汗淋漓，衣衫更是早已被汗水浸湿，在看到榻上那人安慰的睡颜时才稍稍放下悬着的心。

噩梦，不过一场噩梦而已。

与张辽的那场大战不过是不到一天前才发生的事，伯言并非常年习武，体质不如武人，而且伤势很沉重，失血过多，睡上一阵，是正常的。

吕蒙这么安慰着自己，又伸手探了探陆逊的呼吸，这才真正放下心来。虽然虚弱但却平缓，并无大碍。刚才那一梦，不过是自己吓自己罢了——江东少年，又怎会如此不堪一击？主公的大业，当由他兄弟一起辅佐。

他松了口气，取过新蜡烛换上，然后继续坐回榻边。

一夜间烛火通明。

因为陆逊伤势颇重，孙策周瑜并没有忙着赶路，而是往孙权那儿写信报了个平安，然后就这么慢悠悠的，等陆逊醒过来，伤势好转些再走。

也亏得吕蒙细心的照料，陆逊的伤势很快好转，几日后，一行人不再耽搁，启程返回荆州。

"这次带诸葛孔明回去，那荆州里还歇着个刘玄德。"孙策挑眉一笑，有些兴致勃勃，"可有的忙了。"

"回到荆州，生活回归正轨，一切都有瑜陪义兄一同应对。"周瑜这样回答。

没多少天孙策一行就回到了荆州，一切都和走的时候差不多。

"难得仲谋将荆州打理得这般井井有条。"孙策边走边打量着，满意地点点头，"他这样能干，以后可以多把事情交给他。"

这厢孙权听说大哥回来了，多日里忙得焦头烂额已经认命了的他立刻打了鸡血一样兴奋起来，将公文往桌上一扔，看也不看一眼，跳起来就出门迎接孙策。

"他这样能干，以后可以多把事情交给他。"刚出来就听到这么一句话，兴冲冲的孙权一下子就泄了气。如果他脑袋上长了耳朵，只怕此刻已经丧气地软软地垂下来了。

他三步两步跑到孙策周瑜跟前，"大哥！公瑾哥！"

孙策见了他直是眉开眼笑，习惯性地揉乱了孙权的头发。面对自家弟弟看起来成熟多了的容颜，硬生生把到嘴边的一句"真好，又有人可以欺负了"咽了回去，再开口的时候改成了这么句话："怎么样？一切都好？"

"不好！"孙策难得温柔一次，孙权却根本不领情，"大哥啊，这些乱七八糟的事，我可搞不定，日夜盼着大哥和公瑾哥回来呢！"

"我看你做得挺好！"

"没有大哥好！"

"嗯？"

"就是没有大哥好啊。"

"再说一遍？"

"咳，好吧……权儿做得的确好……"

"乖。"

……

"擅离职守、擅自携要人一同离开、还搭上一个主公；路上耽搁太久、擅自与张辽开战、差点损兵折将；令郭奉孝被带了回去、怯阵不与张辽血战到底、使伯言身受重伤……"

周瑜特意起了个大早，不为干别的，就为了一条条列自己的罪状。

"伯符虽然平日里好说话，但这种事情大概也由不得他护短。"周瑜自言自语着，"有张公啊仲翔啊在那儿戳着，伯符为江东之主，必须得给大家一个交代。"想到孙策身边儿有这么多秉性疏直的忠诚之士，一时间竟有些高兴起来。

他一边琢磨着这一桩桩一件件够他受什么罚的，一边找上孙策。但周瑜还没进屋，就听到屋里有说话声传了出来，语气还很是有些气急败坏。

"主公啊，你只身前往荆州，更不知会他人，这是拿性命在儿戏！"

"你弃荆州、江东两处不顾，二公子年纪尚轻，一人难以掌控全局，这是拿天下在儿戏！"

"你知不知道，万一你出事，江东上下要怎么办？"

"你知不知道，万一你出事，宏图霸业尚未彻底开启便即落幕，你对得起破虏将军吗？"

"你在南阳与张文远对阵，想没想过许都那位会怎么想？又会怎么做？"

"你这是让自己成为众矢之的！还嫌你不够耀眼吗？"

"还有，你与张辽对敌，这关键的当口儿居然不干掉他以绝后患，是故意想让他回去报信吗？"

"你居然还为了……为了陆伯言一人，放掉了曹二公子、郭祭酒和司马仲达三人！容我说句实话，这买卖不划算！"

"中护军也是，他一个人招呼也不打就……"

"仲翔，行了。"孙策猛一拂袖，终于打断了对方的唠唠叨叨，"策这次做事的确冲动了，但一切皆我一人之过。公瑾劝过我很多次让我回来，是我不愿意，他拿我没办法。阵前用郭嘉他们换回伯言，也是我独断专行，与他人无尤。"

虞翻听孙策这样说，一向都有一肚子话说的他竟也微微一愣。他性子直，顶撞孙策不是一两次了。但他也忠，孙策为人随和，也心知虞翻是为他好，所以每次都笑嘻嘻地不以为意，话说的这么绝还是头一次。

"仲翔。"孙策顿了顿，声音放软了些，"我知道你都是为我好，但说我便说我，身为主公，这事我考虑的不周到，更害得部下受伤，自然该说，狠狠地说。至于公瑾嘛，一切都是听我指挥，跟他没关系。"

一直在门外的周瑜听到这里，也不顾着什么规矩礼节，没打招呼就直接推门而入，朗声道："怎么没关系？当然有关系！"

"公瑾……"

孙策不由得一愣，暗怪自己没注意，这种时候哪儿能让周瑜来添乱？他望向虞翻明显越来越差的脸色，暗叫不好，这下解释都没法解释的清了。

"公瑾，策与仲翔有事相商，你再等等。"孙策赶忙上前两步，一手挡住了正在合上的门扉，另一手拽起周瑜衣袖就将他往门外推。

"主公不必袒护瑜。"周瑜自然也看得见虞翻神色不愉，更不欲与孙策多做拉扯。他伸手抵在门框上，低声朝孙策道："此事皆因我一人而起，伯符你身为主公，岂可如此偏袒下属？可不是糊涂！这大事上，我本以为你拎得清的！"

周瑜这句话一出口，孙策又是一怔，也不由得奇怪起来。自己这行事作风，什么时候这样婆婆妈妈了？

趁着他愣神，周瑜赶紧推开他，走到屋中央，然后回身朝孙策下跪行礼，不疾不徐地开口，温润清朗的声音在屋中响起，"主公，瑜以护军身份，擅离职守，悄然只身前往南阳，本已是大罪。不但如此，瑜还将郭祭酒带离长沙，未将他看好，以至于手中绝妙的一张好牌就这么失去。主公念在与我昔日交情、及我为江东出过的薄力，欲前往南阳将瑜追回。奈何瑜不听劝告，一意孤行，非但没能回长沙，还累得主公担心，一同奔波，罪加一等。在南阳与张文远兵戈相见，累伯言重伤，险些将命送在南阳，又一大罪。主公一向处事公正，今日仲翔先生也在，劳他做个见证，三罪并罚，依军法处事，周瑜心甘情愿领罚。"

虞翻秉性疏直，也没那么多弯弯绕绕。本来孙策再三袒护周瑜，他极为不悦。只因他素来服孙策这个主公，而且他说两句孙策也会听他的，所以对孙策倒是没有多大怨气。但对周瑜就不一样了。虞翻因这事对这周郎的好感度降到了极点，却在这时听到当事人这么一番话，不由得甚是佩服。他性子直爽，不怕得罪人；听周瑜这么诚恳认错，也毫不吝啬地赞他："照啊！中护军这话说的有理，翻就在此替主公与中护军作见证，中护军都承认了，主公是不是也莫要再袒护？"他顿了顿，又赞道："周公瑾处事分明，不徇私，翻佩服！"

毕竟，与孙策交情这样好，有孙策这个主公愿意一力承担责任，换别人估摸着都得多少徇私，又有几人做得到周瑜这样？

孙策负手沉默半晌，然后望向周瑜，后者也抬起头，一双清亮的眸子直直瞧着他，面上还微带笑意，周身气场依旧淡定又自信，仿佛他没有跪着领罪，而是在与孙策谈用兵之道，计划着攻城略池。

孙策背过身去不再看他，开口时语气也很斩钉截铁，"既然如此，那就罚。"

"那就罚。"

三个字清脆响亮，完全不拖泥带水，在屋中回响许久才落下，仿佛是要周瑜听个够。

周瑜听孙策这么说，反倒松了口气。至少这个锅不会让他那个身为主公的背了。

他俯下身去，额头触地，清凉的地面让他脑中更是清明一片，"谢主公。"

隔天，消息传开：中护军周瑜擅离职守、一意孤行，以至于郭嘉逃逸、陆逊重伤，江东上下人心惶惶，暂撤去护军之职，江夏太守职，收回一千兵马，杖责五十，以儆效尤。

凌统知道这事的时候，正在被甘宁拉着练武。

"啥？逗我呢？？主公脑子进水啦？？还是被门挤了？？"

凌统猛地跳脚，目瞪口呆地瞧着赶过来报信的吕蒙，一把将手中长枪掷到地下，理也不理一旁发怔的甘宁就拉起吕蒙的手狂奔，"快点带我去看中护军！"

甘宁愣了一瞬，猛地一拍额头，三步并作两步地追了上去，"公绩等我一起啊喂！"

等凌统和甘宁赶到的时候，杖责什么的已经责过了，一片安安静静的，人影子都见不到，听说周瑜已经回房休息了。倒是没见到什么血腥场面，甘宁暗暗舒了口气，若是见着什么血赤呼啦的场景，就凌统对周瑜那点"我的字是他取的"的恋母情结，还不知道得受多大打击！

"去看他！"得知周瑜在休息，凌统一双黑黝黝的眸子盯紧了甘宁，语气斩钉截铁，不容回转余地。

拗不过凌统，甘宁只得点点头，"好。"更何况初遇时周瑜虽然坑了他，但也有知遇之恩，这点知恩图报的心他甘宁还是有的。

"嘘，轻点！"到周瑜屋外，见甘宁一手就要推开房门，凌统给他翻了个大大的白眼，压低了声音道，"动作这么没轻没重的，再打扰了中护军！"

甘宁忍不住辩解，"我没有……"

"……兴霸公绩？"甘宁一句话还没说完，屋内就传出清浅笑声，声线有些疲惫，但却是带着笑的，"进来吧。"

凌统又赏了甘宁一个大白眼，低声道："你看你吵到他了吧！"

　　甘宁哭笑不得，又不能在这当口儿同凌统辩驳，只得轻手轻脚推开门，以此证明自己的动作并不是没有轻重，这不挺轻的吗！

　　屋内干净整洁，是周瑜一贯的喜好和作风。周瑜俯身趴在床上，双臂叠在下巴下面，除了脸色苍白些，看起来倒是一切如常。见凌统甘宁进来，侧过头弯起眼眸一笑，还是那种令人如沐春风的笑容，"我不方便起身，怠慢了真是抱歉。"

　　"不怠慢不怠慢！中护军你歇着！"凌统听周瑜这么说，连忙摆手，心疼全都写在那双漆黑的眼睛里了。

　　"公绩无须担心。"周瑜又是一笑，慢悠悠地道，"还有啊，你先别叫中护军了，让别人听见，多不好。"

　　凌统撇了撇嘴，"你就是中护军，唯一的中护军，永远的中护军！中护军这般为主公尽心尽力，他这么做也太绝情……"

　　"公绩！"甘宁和周瑜同时喝止了他，前者递个眼神示意"中护军你先说"。

　　周瑜望向凌统时面上有如覆了一层寒霜，低低咳嗽两声，抬起头来目光直视着站在那里不知所措的少年，"本来这一切就是瑜的过错，该罚。什么时候轮到公绩你说主公的不是？今日是因为在场二人，瑜与兴霸，都了解你，知道你心直口快，若是这话让别人听了去，你怎么拦着他们不让他们浮想联翩？又怎么保证，他们不会去告状？或者说，暗地里跟你捣鬼。"沉默半晌，周瑜补上一句，"以后这种话，不许再说。"

　　凌统有些委屈地瞧着周瑜，一脸的憋屈不服，忍不住就想要辩白。

　　"瑜累了，兴霸公绩先回吧。"周瑜偏了偏头，语声清淡地下了逐客令。

　　"多谢……公瑾。"甘宁朝周瑜抱拳一礼，"公瑾注意身子，好好休息，多谢你对公绩的教导。"

　　"嗯，无妨。"周瑜微微颔首，"请吧。"

甘宁带着还想挣扎的凌统前脚刚走，后脚就有人从屏风后面一阵风似的转出来，一脸心疼地赶着坐回榻边，替那嘴唇上都毫无血色的人细心披好了被角，"公瑾别多说啦，赶紧歇着！"

第三十六章 三年

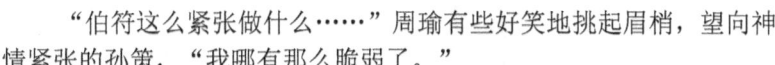

"伯符这么紧张做什么……"周瑜有些好笑地挑起眉梢，望向神情紧张的孙策，"我哪有那么脆弱了。"

"公瑾莫逞强，兴霸他们看不出，我还看不出吗。"孙策叹了口气，"自许都那回被郭奉孝坑了一番，你身子一直没大好，还不是因为要紧事一件接着一件，你替我忙活连轴转，都未曾好好休息。现在我还……公绩说的没错，公瑾你这般为我尽心尽力，我这样对你当真绝情……"

"现在不是能好好休息了么。"周瑜闲闲地打趣道，"伯符又何必自责。"

孙策一把掀开被子，望着周瑜刚换好药的伤口处又浸出点点血迹，眉毛拧在一起，"这叫好好休息？"

"主公，非礼勿视懂不懂。"周瑜嘴角噙了笑，瞥孙策一眼，"你说我前阵子忙，那现在正趁着这个空歇歇，不是挺好。"

"……也好。"孙策舒展了双眉，还是喟然一叹，"公瑾，策数度负你，如今又对不起你了……"

"莫要再谈相负。"

周瑜闭了闭眼睛，撂下这么一句话不再言语。

谈得上谁负谁？都是他自愿罢了。自愿倾家荡产生死相随，自愿在他去后守着仲谋与江东一片天下，自愿折回来再重新辅佐他一次，如今自愿一力承担这本属于两个人的担子。皆是他周公瑾自愿，皆因他孙伯符值得。

孙策沉默了半晌，握着周瑜的手良久无话。

周瑜成了闲人一个。

本来习武之人就身子壮健，休养了几天，他外伤倒是好得七七八八了。歇了这几天，以前时不时袭来的头痛也轻了许多。不过他这人虽然喜欢清静，在这是个人就不安分的世道，他也不是那能闲得下来什么都撒手不管的人。或许他这辈子就是个为孙策劳碌的命。

军中事务他现在的确是不好管，虽然他不是乐得清闲，但是趁这个时间找几个人好好唠唠嗑也是不错的选择。例如在长沙待了挺久都没被正经招待的刘备，还有刚刚从南阳纡尊降贵给请来的诸葛亮。

在这俩人间纠结了一瞬，周瑜很快就决定先去找刘备。

诸葛亮的确聪明，不过再聪明再成熟再稳重，也不过是个二十出头的小年轻，那股子年轻人的冲劲和对未来的向往，掩藏的再深，也到底是刻在骨子里的。甚至有的时候，周瑜会觉得，诸葛亮是几年前的他。那时在丹阳将兵迎孙策，随着义兄纵横江东，不是和现在期盼明主的诸葛亮差不多吗？当然，他很年轻就遇上了孙策，两人惺惺相惜，这是他比诸葛亮幸运的地方。

相比之下，刘备年长，经历得多，憋屈过也伏小做低过，要比诸葛亮能忍得多，也难对付得多。更何况，诸葛亮虽不知，但他周瑜却是知道的。刘备就是诸葛亮苦等的明主。鱼水之情，就算是在那个遥远的现代也是汉末时期最被人津津乐道的君臣情谊之一。所以，如果能劝得刘备改变心意，那诸葛亮就不足为道。

周瑜一身白色常服，简洁低调，腰间悬一块竹形玉佩，玉质莹润，雕工精巧。不但不喧宾夺主，反而还为主人添了几分温润的光彩。

他站在刘备的房前，抬手轻叩门扉，清凉温润的嗓音随着不疾不徐的节奏一同响起，"刘使君，周瑜前来拜访。"

"周瑜？周郎……"刘备一愣，随即淡淡笑开，搁下纸笔，起身前去开门，"中护军请。"

"刘使君安好。"周瑜也不跟他客气,就这么进屋随意找了把椅子坐下,然后朝刘备拱手一礼,也扬起一笑,"瑜已不是护军,中护军这三字便免了吧。"

刘备心下了然,也很佩服周瑜的洒脱,索性就随了他的意思,"周郎潇洒,备佩服。"

"与潇洒无关,这叫认命嘛。"周瑜倒是不怎么吃他这套,"刘使君不必忙着夸瑜啦,此番瑜前来,是想与使君开诚布公地谈谈。"周瑜顿了顿,又补了一句,"不是以护军的身份,而是周公瑾自己。"刘备这个人,确实挺重感情,与他拐弯抹角,还不如单刀直入,晓之以理,动之以情。

刘备也有些诧异于周瑜的直接,但还是点了点头,"好,周郎请讲。"

"如今曹操一家独大。"周瑜也不跟他废话,直接切入重点,"占据许都挟天子令诸侯,加之官渡之战大败袁绍,江北无人能及他。"

刘备虽然可以说是被孙策软禁在荆州几个月,近来消息不太灵通,但是这些天下大势他还是清楚得很,"是,曹公势大,非他人能及。"

周瑜续道:"反观长江以南,就算不说孙氏一家独大,但客观来讲,使君也得同意,讨逆将军是最有可能与曹操抗衡的人。不知使君以为如何?"

如今孙策占据了江东,更是将荆州收入囊中,两地也愈发臣服。江南还剩个刘璋,但论为人、统帅、用兵,刘季玉远不及孙策,这一点刘备也不得不同意。等荆州再安定些,孙策必定挥师荆襄最后苦苦支撑的刘璋。那时以孙策的兵力和能力,胜负之数,已不用多说。

"不错,吴侯年轻有为,这长江以南,假以时日,必被他尽数攻下。"刘备暗叹一声,大概知道了周瑜想要说什么。

"所以。"周瑜笑吟吟地望向刘备,"使君于吴侯,根本没有任何用处。"

刘备一脸"早就知道你要说什么",所以当周瑜这么诚实地说出实情后,他也完全没有露出惊讶的神情。

"但吴侯是何人？"周瑜又道，面上露出自豪又得意的神情，"他不愿无故伤人性命，更何况使君于他无恨无怨，又怎会这么杀了你们？"

刘备满心的"周郎是傻的吧？孙策还不伤人性命你逗我呢？他不愿无故伤人性命他是怎么拿下的江东荆州？"但是他当然不能这么说，因为他就算说了，周瑜那边估计也是"讨逆将军靠魅力折服的大家"。

"周郎之意是？"刘备心中无奈，还是决定先装傻，听听周瑜到底转着什么心思。

周瑜抬眸瞧着他，打量了半晌后突然起身，俯身一长揖，"但望刘使君能相助将军，助他平定整个荆襄，以抗衡曹操。"说他刘备没野心，周瑜绝对不信，所以他今日也只是试探刘备的态度，真的要刘备归服孙策，那还得费上好一番心力才有可能。

果不其然，刘备神色不变，却沉默了好半天才拱手道："周郎心诚，备感激你这般看得起我。然此事太大，更非备一人之事。归顺与否关乎备手下兄弟们的身家性命，备不敢一人立即给下了定论。"

到底还是用了不置可否慢慢耗这一招。就看他们两个谁先放弃了。

周瑜也早就料到他会这么说，心中反而更看不起刘备这优柔寡断有话不说的性格。他扬眉一笑，回道："使君慢慢决定便是，瑜不急这一时。"他的确不急，有的是时间。而且刘备安分了固然好，有他刘关张，孙策如虎添翼，实在不行，他拼个残忍嗜杀的名头，把这群人统统干掉就是。

见刘备沉默，周瑜抱拳回了一礼，启唇道："不多打扰使君。不过瑜真心实意相邀，盼使君能好好想想。"

有他在，终归是一祸患。

就在所有人都以为孙策要西进吞并了刘璋、彻底掌控江南的时候，他却突然安静了下来。

不，在安静之前，这人还特别诚恳地又给曹操写了封信。

信中说，曹公，孙策小子年轻莽撞不懂事，又错了，您再原谅我一次吧。

他说，他单知道南阳有个诸葛亮，于是就这么跟着公瑾去了，却不曾想曹二公子竟也跟了来。曹二公子跟来了也就算了，却还一不小心将文远将军也吸引了过来。文远将军来就来吧，谁知道太不巧了，两军竟然撞上了，他性子急，不由分说，也没看清楚人，就这么打了起来。这是他的锅，他都背。但是后来他发觉打错了人了，本以为是为国除害，结果却发现打了自己人。于是赶紧化干戈为玉帛，不敢再跟文远将军打了！两边打着打着一不小心还把伯言给打伤了，文远将军气恨小子莽撞，于是抓着伯言不放。好巧曹二公子、郭祭酒、司马先生三位在自己身边儿。明白了他自己是多么的大逆不道，心中百般悔恨，也不敢管伯言了，直接乖乖地把曹公家三位给文远将军送了回去，是一根汗毛都没损了他们的。文远将军心眼儿好啊，也就这么把伯言放了。

经过他孙策是终于明白了自己多傻多小气。傻在眼神不好见人就打，小气在和文远将军的大气比起来，自己简直自惭形秽。意识到自己错的有多么离谱，所以一有空就赶紧给曹公您老写信，说明错误，深刻检讨，并保证以后再也不犯！曹公您肯定不信他这空口说白话的吧？这事儿公瑾也有份，他已经把公瑾中护军的身份撤了，把江夏太守也换给别人做了，连兵马都撤了一千。曹公要信他，是真的意识到错误了！当初他这吴侯头衔是您老给封的，他深觉自己的作为对不起这吴侯二字，惭愧已极，特恳求曹公收回他吴侯头衔。为了证明他真的是无心再犯，他愿意保证，自己三年内绝不动一兵一卒侵踏别人家地盘。他是不会反悔的！但是为了让曹公相信，他孙策会把这道歉信检讨书公诸于众，让整个天下为他做监督，让大家都为他作见证，同样的傻错误，他孙伯符，绝不再犯！

于是孙策就真的把这诚心诚意一百万分真诚的检讨书公诸于众了。不止江东、荆州，这玩意很快就传遍了大江南北。

大家都赞，孙策，是个好孩子，知错能改，还这么真诚。

然而孙策这是故技重施，学了一年前攻许都之后的老样子，放低身段给曹操道歉，让曹操不得不原谅他。如果他这么情真意切地检讨，曹操还是要罚他，那么外人会怎么看曹操？无非就是小肚鸡肠，容不得人。所以他曹操迫于舆论压力，只能打碎了牙往肚里咽，更无他法了。

孙策就这么又逃过一劫，唯一失去的，就是他这个满心想着自立的人那根本没用的吴侯头衔，以及三年的禁足。

三年这个时间段，孙策这个时间是经过精打细算的。一者，曹操在江北早已一家独大，但袁绍新败，百足之虫死而不僵，他还有儿子，他东山再起并非不可能。曹操还没空顾忌孙策，在这三年里，他得平袁绍的余党。这些人却不是那么容易缴械投降的，孙策认为，给曹操三年，也未必能平得了。

二者，他的势力在三年内不可能再扩大，除非他能彻底吞并袁绍，而且再往北，征辽东、西凉。而这些地方地势险峻，天寒艰苦，西凉马腾、辽东公孙度等人并非无能之辈，三年之内必不能平。若曹操在短短三年间，能平袁绍余党、开疆扩土征服北边诸族，那他孙策也不打算跟曹操争了，这么牛逼，他可争不过。

不过孙策有自信，这些不靠谱的事情都是不可能发生的。

这三年的时间里，他却可以好好整顿一番。荆州新降，民心不稳，很多人都不服他这个半打进来半空降的头儿。

这三年，他可以让荆州彻底归心，更可以拓展兵力，囤积粮食，结交名士，增强自身的实力，为三年后的一场硬仗做准备。

更何况，他孙策无所动作是真，他手下也因此受了约束。不过有个他足够信得过的人现在却已经不是他的部署，不受他的约束。

这三年，不如公瑾你替我纵横驰骋，名扬天下。就算，我还一点点欠你的债。

三年时间转瞬即逝，建安六年很快就成了九年。孙策果真如信中所保证的那样，没出过一兵一卒。

而曹操也像孙策预料的那样，没能完全消灭袁绍余党。

孙策这边，不打架也乐得清闲，安心练兵，安心招兵买马，安心屯粮抢钱，安心跟荆州士族打好关系——这个事孙策直接扔给了孙权去做，因为按孙策的意思，就不是打关系而是打人杀人了。孙权做得居然很不错，三年里成长得更加成熟稳重的孙权，可以说得上是哥哥的好帮手。荆州的士族完全没遭到江东士族那样悲惨的待遇，而是好吃好喝地招待着。所以，孙策的生命安全也没什么好担心的了。荆州，大抵不会出现另一个许贡。

这三年里，最忙的大概要属本该最为清闲的周瑜。虽然他像是在江东军中消失了一样，但是却绝对没闲着。当然，也没什么纵横驰骋，名扬天下。

前两年半，他混成了刘备那里的常客。

周瑜每天都按时去刘备那里喝喝茶谈谈心，一开始还围着归服孙策的事转来绕去，令刘备心中一直提防戒备，不过后来真的快要混得和好朋友一样了。

周瑜真的可以称得上敬业又好相处的朋友。他胸中学识渊博，于天下大势清清楚楚，旁门左道也精通不少。他善音乐，抚琴之术一流；他也会下棋，以前成天被孙策拉着下棋，虽一直不如义兄，但棋艺也给磨出来不少。

他可以跟刘备从天下大势分合谈到宫商角徵羽音乐之道，再从音乐谈到弈棋之道。刘备提及的人和事，周瑜也多半都熟悉，就算不熟，也能提出独到的观点。两年多以来这两个人就保持着这样扯淡的关系，从来不会担心没有话题。

有的时候周瑜聊天聊得刘备都不禁开始怀疑人生。这个周郎，到底是有多闲啊成天拽着他不放？？他到底什么意思啊啊啊？？？

大概半年前，周瑜突然就在刘备的生活里销声匿迹了。周瑜最后一次见刘备的时候，讨论的是丹阳郡的地形。两年以来，周瑜居然从没提过归降一事。真是纯扯淡来着。

除了每天跟刘备唠嗑，周瑜也还有别的事情要做。

其一就是晾着诸葛亮——三年了，周瑜一次都没去见过这个小友。

其二，就是暗中替孙策做他不能做的事。

例如收集情报，最多的是益州刘璋的动向。毕竟他们都懂，下一个目标就是这刘季玉。

三年之内孙策按照约定，未动一兵一卒，却把刘璋的动向牢牢地掌握在了手里。

三年了，孙策还是他的讨逆将军，周瑜还是他的闲散人，一切似乎都一样，但是一切又都不一样了。

到了建安九年的仲夏，就是三年前的这个时候，孙策向曹操承诺，三年不动干戈。

如今，也到了蛰伏许久的江东霸王，向天下一展雄风的时刻了！

"周公瑾官复原职，为中护军，领江夏太守，还兵马一千，再增两千兵马！"

"今，周公瑾为策副将，挥兵，益州！"

第三十七章 欢迎回家

环视着许久未踏入的讨逆将军府，周瑜心中感慨万千，物还是物，人……亦是人。只不过，如今，他回来了。

"中护军，终于回来了。"吕蒙抿紧了唇，向着周瑜深深一礼，抑制着自己想要在他面前哭出来的冲动。

三年过去了，吕蒙也被时光打磨得更加成熟、稳重，二十多岁的青年已然可以肩负起属于他的责任，也已在孙策军中有了更重要的位置。

但是在周瑜面前，他大概永远都是以前那个年轻青涩的小子，也大概永远都会把周瑜当作他的人生导师。

"子明，辛苦你了。"周瑜伸手拍了拍他肩膀，欣慰地看着青年更加棱角分明的脸庞，以及神色中那几分以前没有的坚毅。

吕蒙的蜕变，源于三年的磨练，大概也源于心中对周瑜一直以来的想念，和想要肩负起周瑜那份责任的愿望。周瑜都是知道的。三年里他少在他们身边，就连和孙策都聚少离多。特别是吕蒙这些人要江东荆州两头跑，而周瑜还要顾着刘璋那边，见的次数就更少。

吕蒙点点头，又摇摇头，只望着周瑜不说话。三十岁的周瑜依旧有着以前的那份意气风发，不过周身的气质都更加温润，宛如珍珠宝石一般，光华内敛，但隐隐流光，再掩饰也仍然耀眼夺目。他一身简单的白色衣衫，却风华气度自生。

"中护军！"三年里，陆逊愈发成熟，也更加忙了起来。得知周瑜归来，他匆忙结束了与张公的谈话，一路小跑着赶来。

陆逊见了周瑜俯身就拜，却一把被周瑜扶住手臂，托了起身。感到手臂上那股熟悉又陌生的重量，他也没忍住鼻子一酸。

自从三年前那时，陆逊和吕蒙一样，都暗自下决心，要变得强大起来，肩负起周瑜卸下的、难有人背负的重担。

若说周瑜对吕蒙有恩，那么他对陆逊的恩情就更大。毕竟陆逊是周瑜带入江东的。可以说若没有周瑜，就没有陆逊。看到周瑜回归，陆逊心中激动难以抑制，哽咽无言。

周瑜喟叹一声，一手一个揽住二人用力拍拍，扬眉浅笑道："子明伯言别这样，难不成要瑜刚回来就随你们一起哭吗。"

"不是！不是！"两人连忙道，均别过头去，怕万一忍不住掉下泪来，反倒累周瑜伤心。

"唉……那就高兴点。如今，你们有我。"

周瑜微笑着安慰二人，心中却忍不住暗暗责怪孙策。这些年除了孙策以外，没人知道周瑜在做什么，以至于江东上下，都认为中护军真的不再是中护军了。若不是孙策坚持要保密，他或许就心软，对蒙逊甘凌等人透露几分口风，也不至累得他们如此难过。

"中护军！中护军！"刚安抚好了吕蒙陆逊，就又有人闻言赶来，这次是跑的气喘吁吁的甘宁和凌统。

凌统怔怔地看着周瑜，眼中神情难辨，沉默着一言不发。周瑜见了他忍不住感叹，大概是这三年来变化最大的，就是凌统这孩子。

三年前他还是个十二岁的毛孩子，任性又真性情，谁的话都不听，天大地大老子最大的性格很有几分像总角时候的孙策。如今，眼前的少年，身材在三年里飞快抽高，本来还有些婴儿肥的脸蛋俊俏清瘦了不少，想来性子也被磨练的坚强了不少。他已经不再是个男孩了。

周瑜还没转完"他不再是个男孩了"这念头，凌统就已经扑上来紧紧抱住周瑜，声音中几分颤抖哽咽，"中护军，你回来了，你终于回来了……我很想你，江东上下都很想你！我们都需要你！"弄得周瑜想笑，又感动得笑不出来。

甘宁的反应则要镇定许多。他深深看一眼凌统，单膝跪下给周瑜行一礼，"中护军，欢迎回来。"周瑜回来了，他甘宁定然不能让他再走。这是他对周瑜的承诺。想来，也是江东所有人对周瑜的承诺。

"公瑾哥……公瑾哥！"周瑜还未回话，孙权就已经跟来，身后还跟着周泰、诸葛瑾、虞翻、张昭、程普、黄盖等等一大群人。

"公瑾哥，欢迎回家……"孙权轻轻呢喃。他的变化也很明显。三年前的那些单纯和天真大概被世事洗掉了不少，如今的他更像能独当一面的领导，唯有那双碧色眼眸中神色依旧温暖清澈。

他身后的众人不约而同地朝周瑜行礼，"中护军，欢迎回家！"

周瑜抿紧了唇角，淡然如他，现在也心中波澜起伏难以平静。他本以为自己可以淡定地接受一切，淡定地离开，再淡定地回来，但是他……将自己看得太没有感情了。这个地方，不止有孙策，还有这些与他并肩作战生死相随的将士们，他，都割舍不下。

所幸的是，周瑜的位置，在江东上下的心中，也是无法撼动的，更是无人可以取代的。他，如同凌统所说，就是他们唯一的中护军，永远的中护军。

"公瑾。"

大家都来了，那个当主公的，跑哪去了。就当周瑜微觉奇怪的时候，这个熟悉到不能再熟悉的嗓音在耳边响起。

那人拨开人流朝他走来。他的面目依旧俊朗，一身红色劲装鲜艳如火，三年的时光丝毫没有磨掉他身上的阳光与张扬，依旧像以前那般潇洒，肆意，张狂。

他嘴角上扬起很大的弧度，眼睛仍旧亮晶晶的，里面带着毫不掩饰的欣喜与怀念。三年时光送给他的，是加倍的坚韧，加倍的热血，加倍的自信，加倍的不达目的不罢休的执着。

"公瑾，欢迎回家。"

许都。

"三年啦，他终于是，有所动静了。"曹操单手撑着桌案，另一手拇指与食指圈起轻叩于案，桌上摊着刚传来的文书，那是孙策的动向。

"三年了。"郭嘉坐在下首，手掌托着下巴，若有所思地笑道，"小霸王经过了这么修身养性的三年，怕是和以前的他也不一样了吧。"三年的时光，足以将一个人身上的冲动和冒进磨光，但或许也能洗掉些许的雄心壮志，令人更安于现状，这都要因人而异。如今的孙策，又会是什么样？

曹操抖了抖手中的文书，朝郭嘉道："奉孝啊，都过了三年，这孙策的目光，依旧是对准了刘季玉的。他这是想要占据长江以南，与孤平分南北哪。"

闻言郭嘉眼中竟带了几分喜色，"这孙讨逆，安静了三年果然只是让他用来养精蓄锐了。他还依旧这么志向远大。"

"奉孝听着竟有些高兴？"曹操听郭嘉这话里有话，不由饶有兴趣地问道。

"是啊。"郭嘉理所当然地点点头，弯起眼眸笑望着曹操，"明公，若他孙策都被时间磨砺掉了雄心壮志，那明公还怎么报他欺骗之仇，怎么把他一顿胖揍啊。"

曹操和郭嘉相对哈哈大笑起来，"奉孝言之有理，确是时间，让孤给他点颜色瞧瞧了！"当真以为他三年里一直对刘璋放手不管？嘿，曹刘联军，非得让你孙策栽个跟头不可！

郭嘉一笑，笑容踌躇满志，"是！"

他要用事实说话。而事实就是，孙策，永远都不会是明公的敌手。

刘备本以为孙策攻刘璋跟他没半毛钱关系，谁知道，他早已不可能抽身事外。

原因呢，就是周瑜这人虽然大气，但有时候还是有点小气计较的。例如，对自己没好处的事情他基本上不会做。

孙策决定打刘璋的当天，周瑜这久违半年多的客人又出现在了刘备面前，不过这次不再是那谈笑风生的、朋友般的周公瑾，而是孙策的中护军、左膀右臂。

刘备几乎没什么愕然地将周瑜请进了屋。本来嘛，周瑜先前对他那副样子，必然有所图。

"使君，如今瑜与卿相识，已有三年了罢。"周瑜依旧像半年前那样，随意地坐下，轻快地开口同他闲话家常。

"公瑾记性好，的确三年了。"刘备索性也就顺着周瑜的话说下去，"公瑾"二字叫得同以前一般亲昵友好。

"那现在瑜有一事相询。"周瑜修长的手指轻轻敲击桌面，无意识的舒缓节奏令人安心。他不等刘备回答就已经问了出来，"使君将瑜当作什么？"

他这话一出口，那边刘备便沉默了下来。

他当然可以敷衍，就像他以前对其他人那样，圆滑，没有棱角，真心如果与现实相悖，那么就全部隐藏起来。

但是其实，即便他不想承认，三年来有个人风雨无阻前来闲话家常，就算一开始有警戒心，也会渐渐淡了，就算立场不同，也已然将他当作了朋友。

"朋友。"刘备吐出一口浊气，抬头望着周瑜，将自己的答案诚实地说了出来。

周瑜听到这个答案，唇角轻轻挑起一个弧度，眸中带了几分笑意，"既然为朋友，那不如，请使君帮个忙？"

"益州……益州。"

三年的时光丝毫没有磨去孙策性格中的雷厉风行，反而给他添了几分一定要与曹操平分天下的坚定。好不容易等到行动自由，他立刻点兵，光明正大地向益州进发。

刘璋占据益州，本人虽性子懦弱多疑，能在这乱世中活到如今，多少是靠了天险。蜀区地势不似江东，不是孙策和周瑜最熟悉的战场，更没有他们最擅长的水战。

不过有了荆州的锻炼，拿下益州，又有何难？

"按照咱们的速度，明日就能到涪陵。"孙策在地图上划拉着，在涪陵二字上打了个圈。

他们两天前经过的武陵，如今已经接近荆州、益州的交界处。

"益州地形易守难攻，伯符怎么看？"周瑜抱臂靠在一旁，掩唇轻咳两声，神情淡然镇定地悠悠开口，"法孝直是人才，这伯符你也知道。不过刘季玉为人软弱，驾驭不了这等人才。"

"是啊，这人才，最后被刘备抢去了。"孙策一笑，随即皱了皱眉，"三年来聚少离多，公瑾你不照顾好自己，我却也管不来。"

周瑜见他这副置气模样，忍不住笑了出来。他走到孙策跟前拍了拍他肩膀，"伯符且放心，我一直在按照华佗给的方子调理，奉孝当初下的那点药，当是早就清干净了。大概只是蜀中天气闷热，有些不习惯罢了。"他早就忘了华佗的方子被他随手扔到哪里了，不过这个孙策没必要知道，"况且，义兄大事未成，瑜怎会先一步离开？"他挑起眉梢笑望着孙策，温润光华下不掩那份年少时的热血和意气风发。

"好好好。"孙策也笑了起来，"公瑾当比我晚十年离开。"

"这种话莫要再说。"周瑜瞥了他一眼，指指地图，回归正题，"刘玄德。"

"嗯？"孙策扬起了声调，逐渐睁大了眼睛，"公瑾你……好啊！比我还敢赌！"

周瑜知道孙策明白了他的意思，毕竟这许多年的默契，非他人可比。

"是，趁年轻赌一把吧。"

周瑜笑开，耳边却是一年多前，他刚从益州风尘仆仆地赶回荆州后，那家伙突然冒出来跟他说的话。扭转时空有悖常理，代价如何尚不明朗，然寿数之说不可不信，公瑾珍重。

孙策和周瑜虽然说着要赌一把，但却不可能真的毫无准备地让刘备独个儿跑到刘璋的地界儿上。

好歹这俩人也都姓刘不是？要算起来，比跟他孙策可亲得多了！

孙周二人一致同意，必须得找人留意着点儿刘备。

"当年吕布死后，曹操都不敢将刘备放虎归山，郭嘉都建议不杀不放。"孙策笑嘻嘻地托着下巴，一手打着响指，"如今你我却敢将刘备放到益州，这胆魄谁人能比？"

"说是放他走，实际上不也拿线儿牵着呢么。"周瑜给自家义兄泼冷水，"有胆子别找人跟着刘玄德啊。"

孙策懒洋洋地向后一靠，"那不叫有胆子，叫没脑子！"

"成了，别耍贫嘴。"周瑜眼中笑意蔓延，起身掸了掸长袍上不存在的灰尘，"昨日已然告诉了刘季玉，不日便遣使相谈，咱们这人选，是不是也该挑了。"

"我想自己上，公瑾你也不同意啊。"孙策耸了耸肩，"公瑾定然已有人选。"

"义兄知我。"周瑜含笑颔首，"这人选有二，一内两外。张松，子明兴霸。"

见孙策点了点头示意他继续，周瑜便分析了下去，"张子乔，益州别驾，刘璋部下，为人虽然放荡了些，但也有几分才干。他经常暗怨刘璋为人软弱，使他不得志展。依瑜拙见，伯符比那刘璋要强得多了，张子乔定然敬服。"周瑜笑着打趣几句，而后敛了笑意正色道："瑜观察益州日久，觉着从张松这里下手，最容易成功，是以一年前已经开始与他接触。"

"初见他时我便坦白了身份。"周瑜笑着补充道，"这人叫我中护军，就一直叫了这么些时日。"

　　"他知以公瑾的身份能力，这中护军一职，迟早是要拿回来的。"孙策哈哈一笑，"他这么称呼，是树大好乘凉，明白了咱们的动机，向中护军示好呢！"

　　"没错。"周瑜负手身后，在屋中缓缓踱步，"虽然张子乔现在仍是刘璋部下，但是他对刘璋的忠心，嘿嘿……倒是伯符的一大助力。"

　　孙策指节轻叩桌面，若有所思，"嗯……那么公瑾为何想要子明与兴霸随刘备前去？"

　　"兴霸武艺超群，且有勇有谋。而子明武虽不如子义、幼平、兴霸等人，但他比幼平多计谋，比兴霸更沉稳，两人搭配起来想来不错。伯言子瑜子敬虽好，但是万一出了什么事，他们无法镇压，怕是连自身都难保。而且……"周瑜忍着笑，"子明看着像是咱们这群人里唯一一个靠谱的好人了。"

　　孙策本来一直点头表示认同，听到最后一句话时剑眉一扬，就差拍案而起了，"我不靠谱？我不像好人吗？那公瑾当初为何还要执意跟着我？"

　　"义兄那是人格魅力，令瑜忽略了你盗匪的本性。"周瑜也一本正经地开玩笑。

　　"那么……"孙策将话题扯回来，"相烦公瑾联系张子乔，明儿个就让刘备跟子明兴霸一同前去涪陵。若谈好了自然好，刘璋同意了刘备，率益州归降，不费一兵一卒收取益州，简直佳话！若谈不好嘛，里应外合，兴霸子明擒贼擒王，全军准备好，随时出发，刘璋若执意要打，那就先干他丫的！"

第三十八章　刘备、刘璋和益州

　　"兴霸，明日便前往涪陵，可准备好了么？"待甘宁打开了门，正瞧着吕蒙一身月白色便装，站在他门前，眉眼温和。幽幽月光打在他身上，平添几分静谧。

"子明啊，进来进来。"甘宁咧嘴一笑，一手甩上门，回身在桌边坐下，替吕蒙斟了杯茶，"我自然是没啥好怕的，不就一个刘璋一个刘备吗，俩姓刘的，能浪出什么花样。"

吕蒙也随他坐下，伸手接过茶盏道了声谢，思索半晌开口道："刘备其人，蒙总觉得像那大海里的蛟龙，一旦脱手，令他归入海中，那便能掀起巨浪。"有种说不上来的异样感觉。似乎这一趟涪陵之行，没那么简单似的。

甘宁仰头将他那杯茶一饮而尽，随手将茶杯掷在桌上，抱臂笑道："反正我相信中护军。"

吕蒙微阖了眼睛点点头，是啊，周瑜都有自信了，他又有什么理由怀疑呢？

"那么兴霸早些休息罢，养精蓄锐，明日提起精神好好应对，蒙也不打扰了。"吕蒙侧头瞧了眼，月已至中天，于是起身一拱手，便要离开。

"子明莫要多想。"甘宁后背倚着门框，望着吕蒙踏入月色，朝他笑了笑，眉眼间含着自信与意气风发，"就算真有什么突发事件，有咱俩在呢，大事也能化小喽。"

甘宁笑意明朗自信，像太阳光芒闪烁，别说还真跟孙策有几分相似。

"好。"吕蒙也随他一起笑起来，转身离去时，虽然心中莫名的疑窦未能消除，但心情却好了不少。

"大叔啊就你们几个人去你得小心点儿知道吗别一个不留神……"一大清早，凌统就开启了碎碎念模式。

他将头盔一把扔到甘宁怀里，拍了拍手上下打量着眼前的人，清秀的脸上全是满意的神情。

"哈哈，你放心好了，爷爷我怎么去的，就保证会怎么回来。"甘宁拍了拍凌统的肩，笑容自信十足。

　　凌统点了点头，黑曜石似的眼睛里多少闪着点儿担忧，不过还是一句担心话没说，而是催促着他，"行了行了，快去吧，等你好消息！"

　　"好！等我好消息！"甘宁一手抄着头盔，另一手握住马缰，腰身用劲翻身上马，端的潇洒漂亮。

　　"驾！"他朝凌统挥了挥手，然后双腿一夹马肚，头也不回地绝尘而去。

　　留在原地的凌统瞧着他背影，眸中带几分惊羡几分欣赏。

　　甘宁赶到的时候刘备和吕蒙都已经在等候。

　　吕蒙一身劲装干净利落，见到甘宁颔首一笑，"兴霸早啊，精神好得紧哪。"

　　"子明也是。"甘宁一扯缰绳勒马，笑眯眯地跟吕蒙打了个招呼，随后转向刘备，"刘使君啊，是不是可以出发了？"

　　刘备瞧着他一左一右这俩人，暗暗摇头苦笑。这周公瑾呐，当真会挑人。不过，都在这当口儿了，他还怕什么吗？！

　　"好。出发。"

　　益州。涪陵。

　　"他们已经到了？"刘璋本来懒懒地靠在椅背上，听到有人前来通禀，立刻坐直了身子，一手紧紧握拳搁在案上，手心中的湿汗和手臂微微的颤抖泄露了他紧张的心情。

　　"刘牧莫要太过担心。"左边下首一人突然开口，他相貌长得着实有些对不起观众，加之虽然坐着，但也能瞧出来他身形很矮，当真其貌不扬，扔人堆里绝对找不到的那种。

　　刘璋投过去一个眼神示意他继续说，于是那人续道："孙策派遣的不过数人，就算是三匹狼三头虎，那么咱们这里这么多人，若他们真的暴起，也定能将其镇压。"

刘璋沉默了半晌，见其他人无人接话，便点了点头，"子乔之言有理，他孙讨逆既然欺上门，那便只好同他好好谈谈了。请他们进来吧。"

"只怕这是，引狼入室啊。"隐在内室听着外头讨论的人跷起二郎腿晃啊晃的，执起桌上清茶抿了一口，随即嫌弃地皱了皱眉将茶杯放下。

他敲了敲茶盏的沿，听着叮叮当当地响了几下，若有所思地眯起眼睛，"这益州之争，有意思极了。"

刘备、吕蒙和甘宁随着人进入大堂，当先的刘备气质谦和有礼，丝毫没有感到敌意，看得堂内众人倒是放心。

"见过刘牧。"刘备等三人朝刘璋行了一礼，得刘璋示意后落座。

"几位远道而来，辛苦。"刘璋的开场白客套极了，朝刘备、吕蒙和甘宁团团拱手的样子不像益州牧，反倒更像个和蔼的富家翁。

这厢刘备也是一脸的客套，寒暄之时毫不越矩，既瞧不出来意——虽然大家都心知肚明，也看不出他跟刘璋有多亲近。

看着这俩人不停地兜圈子，吕蒙突然想起，临行前一晚，他从甘宁处回来后，周瑜给他的东西。

"子明，这些你拿好，一一认真看完。"周瑜将一包东西递给他，"这里有手绘地图，汇集益州的地形地物、山川险要，以及兵器府库、兵力部署等等军事机密。义兄与我因此断定，从涪陵下手最容易得手。涪陵地势相对易攻，而且本地军士较少。近来刘璋将不少相邻郡部的兵士调来涪陵，但到底不是一起训练出来的，要拧成一股绳不容易。你与兴霸随刘玄德前去商谈，主旨皆在观察，不必轻举妄动。刘备对江东的忠心虽然非常不好说，但以刘备的性子，未曾与刘璋通过气，他也断然不会突然倒戈相向。"

周瑜这一席话，简直解了吕蒙很多个困惑。

首先，原来中护军，也不相信刘备。

其次，周瑜还是跟以前每次一样，都特别运筹帷幄——这一次，就连对方的军事机密，都全部掌控在手。

"中护军请放心，蒙定然不负所望！"吕蒙大喜过望地接了地图，以掌抵心信誓旦旦地保证。

他现在，也几乎有百分百必胜的把握了。

"几位此次前来，所为何事，我心里也有几分清楚。"吕蒙回过神来，便听得刘璋切入了正题，"不如就请你们都摊在明面儿上说了出来？"

刘备道："如今长江以南，唯刘牧与讨逆将军二人势大，然而将军不但坐拥江东，更已是荆州之主……那曹操挟天子以令诸侯，江南最有可能与他抗衡的，便是他了。与其等曹氏挥兵南下蚕食了这益州，刘牧还不如归附孙将军，整合势力以抗曹操。"他也没想到，有一天他会为孙策做说客。

见刘璋不答，于是吕蒙接了话头："现在讨逆将军大军压于涪陵郡外，若刘牧不愿合作，那么还未等曹军南下，刘牧便得正面迎战讨逆的大军了。而这后果，自是不必说。"

刘璋眉头微皱，眼神闪烁不知在想些什么。手指轻叩桌面，一下一下的节奏有律，但就是不开口表态。

吕蒙欲待开口相劝，话都到嘴边儿了，忽听得门外有些许动静，先是悉悉索索然后竟越来越响。

他一转头，正对上甘宁那边射来的狐疑目光，心中不由得一沉。

吕蒙欲拍案而起，但还未等他有什么动作，已听得外面躁动越来越大，还伴随着一个熟悉的声音大声下令，"快，将大厅围起来！"

异变忽起，大厅里不知道是谁嚎了一嗓子，"保护刘牧！"大家立刻就反应了过来。

张松先是一愣，随即三步两步抢了上去护住刘璋。他虽身形矮小，但那一股凛然气质竟让不少人都平静了下来。

张松身为刘璋别驾从事，他前去保护，别人自然不会拦着，说不定还会赞他一声勇敢。

但有句话说得好，计划永远赶不上变化。预计会发生的事，也不大会发生。

他手边寒光一闪，一柄匕首从衣袖里滑落至手掌中。

不过眨眼工夫，张松已然将寒光凛冽的匕首架在自己家益州牧的脖颈上。

他握着匕首的手有些微微颤抖，紧紧攥着的指节泛白。身为一文臣，他拿的都是笔，对着的都是纸与墨，还是头一次手里握着刀，竟然还把这凶器架在自己顶头上司的脖子上，心中紧张激荡不言而喻。

"张从事！您……这……"他这一举动就像投石入水，顿时在厅里揭起轩然大波，张松的同僚们都愕然之极。

还未等其他人有什么动作，甘宁已经率先会意，立刻抢上主位制住刘璋以做人质。

甘宁身形比张松高大得多，他解下佩剑随意往刘璋脖子上一搁，笑嘻嘻地将额间都出了汗的张松往旁边推了推，自己代替了控制刘璋的位置，还顺带手调侃了他一把，"从事使可不是干这行儿的，让我来就成。"他还没忘临行前吕蒙告诉他的秘密，这个张子乔嘛，是自己人。

吕蒙向甘宁投去欣赏的神色，嘴角微微勾起一个弧度，同时靠近刘备将手搭在他肩上，用赞赏的语气道："兴霸思维迅捷，与我想法亦不谋而合！"

刘备心知吕蒙这是想看着他，生怕他在这当口儿给惹什么乱子突然倒戈。他点了点头附和，却不禁在心里苦笑。这周郎，当真了解他。

"厅内诸位啊，手底下悠着点儿，那刀子别刺得很了。"随着门外一个懒洋洋的声音传来，几个熟悉的人影进入吕蒙甘宁的视线。

当先一人一身青袍，眉梢眼角带着笑意，不过却有点儿凉薄得温不到心底。

他身侧有两人，一左一右，左边的眉目间英气极具，气势沉稳更胜往昔。

右边的长相伟岸，气度威严，倒是吕蒙和甘宁都没见过的。

"张将军，郭祭酒，终于又见面了。"吕蒙怔了怔，随即调整心情，淡然一笑拱手。三年未见，张辽愈发有将军风范，而郭嘉倒是没什么变化，依旧那般云淡风轻。

不过，他们出现在这里，是他未曾料到的。或许是周瑜都没想到的。

"是啊，时隔三年，这江东，倒是更加新人辈出了。"郭嘉上下打量着吕蒙，眯眼笑了笑，懒洋洋地道，"如今这地方被两位张将军围了起来……呐，甘将军，你那长剑别唬人了，伤了刘牧你们更走不了。"

甘宁听他这么一说，立刻浓眉冷竖，握着剑柄的手攥得愈发紧，微微发力往下一压，刘璋脖颈处立刻有鲜血浸出。

"讨逆将军放你们自己来啊，是个错误。"郭嘉抱臂轻轻摇晃着身体，语气挺温柔，嘴下却毫不留情。

吕蒙眯了眯眼睛，他不太善于跟人吵嘴架，正琢磨着该怎么反唇相讥，忽然见到有人急急忙忙地从远处飞奔而来，在郭嘉和他右侧那人耳边低声禀报几句。

郭嘉神色中带了几分讶然，过不多时即隐去，那另一人脸上震惊则表现的清清楚楚，久久不能平复。

"好啊，嘿！"郭嘉面色冷峻地转向吕蒙和甘宁等人，啐了一口，不怒反笑，"当真好得很，居然还留着这一手儿。"

吕蒙听郭嘉这么说，不由得茫然。他干了啥啊？他怎么自己都不知道。

不过既然人家都那么说了，他索性就顺着郭嘉的话，装出一副知道发生了什么的样子浅笑道："面对郭祭酒这等对手，多留几手是表示尊重。"

"那么趁他们还没打过来……"郭嘉眸色一沉，缓缓抬起的手决绝地挥下，"上！"

时间轴退回到一个时辰之前。

就在郭嘉张辽准备包围正厅的时候，孙策和周瑜自然也没闲着。

"总觉得事情没那么简单。"周瑜与孙策已兵临城下，他单手握着马缰，侧头朝孙策一笑，"光靠三寸不烂之舌，怕是难兵不血刃地拿下这涪陵。"

"所以啊。"孙策双掌一击，弯起的眉眼中蕴着阳光般的自信热情，"不但要生擒刘璋，更要迅速拿下这涪陵，让这刘季玉瞧瞧咱们的实力，说不定就心甘情愿乖乖跟着咱了。"

"正是如此！"周瑜大声笑起来，君子风度融合骨子里的烈性，耀眼得让人舍不得移开目光。

孙策转头望向身后军队，随即挑起长枪在空中用力一挥，破空之声伴着他与周瑜的坐骑四蹄点地声响，"杀！这涪陵，要在一个时辰内拿下！"

"慢着，别急着上！"

大厅里互相牵制的两方刚刚被郭嘉一声令下打破平衡，就又被孙策这一句话停了下来。

往四周看看，孙策已然带兵围在了郭嘉、张辽等人的兵马之外。因为他带兵来袭，情况更加微妙起来：最外围是孙策周瑜的江东军，中间是郭嘉张辽以及刘璋手下、张松兄长张肃的益州兵，最里面是吕蒙、甘宁、刘备和刘璋等人。而内层的甘宁，却又制着刘璋，这也给了江东又一筹码。

"将军！中护军！"吕蒙差点就叫了出来，惊喜之情溢于言表。怪不得刚才郭嘉那副样子，原来中护军果然留了后手。若没有孙策周瑜的到来，郭嘉既不是义务保护刘璋，他和兴霸二人又势单力弱，虽控制着刘璋，但还真不一定能全身而退。

"涪陵的战斗力，基本上都在这儿了。"孙策笑眯眯地抬双手绕着大厅比了个圈子，"祭酒要不然别挣扎了吧。"

郭嘉与张辽对视一眼，神情丝毫不乱，更没一丝畏惧。他微微启唇，毫不犹豫地从唇间逸出一个冰冷的词，"动手。"

第三十九章 突围

郭嘉话音刚落，"手"字的尾音还未完全散去，本来凝重又静止的场面就被破坏，取而代之的是两军纠缠厮杀的混乱场面。

"我劝你老实点。"甘宁狠狠瞪了一眼刘璋，用眼神警告对方不要打趁乱溜走的主意。他将佩剑更用力地往下压着，一边观察场面一边琢磨着怎么最大限度利用手里这个人质。

而吕蒙则一手按上了刘备的肩膀，毫不掩饰他对刘备的警戒心。

大厅里一片混乱时，甘宁和吕蒙都是一个心思：想要趁乱溜出去跟孙策周瑜会合。

不过郭嘉显然也想到了这一点，"张从事，相烦你盯着点儿屋里那几位，别一个不留神儿让他们溜了。"郭嘉环视战场扫到了张辽高大的身影，见他一柄长刀舞得虎虎生威，对面那人毫不示弱，长枪枪尖寒光闪烁，舞成一片银光，却是撞上了孙策。琢磨着以他二人的能力，非拆到百招之后不能判定，郭嘉赶紧将张肃拽到了一边低声嘱咐他，"文远将军那边你不用担心，劳烦从事使尽量保证刘牧的安全，更别让甘兴霸吕子明溜了。"

"祭酒放心。"张肃点了点头，急匆匆地带人挤进大厅保护自家上司。他忽地在人丛中瞥到了自家弟弟张松，心中蓦地一痛。兄弟终渐行渐远，兵戈相见，如此，也罢。

"三年不见，张文远……宝刀不老。哈哈哈哈。"张辽长刀大开大阖，直向孙策面门劈来。孙策一挑长枪，红缨抖动刺向张辽要害逼得他不得不回刀自救。得个喘息的空间孙策还不忘调侃张辽两句，虽说

后者也就比他大个六七岁，不过毕竟人家也是……咋说，也是奔四的人了嘛！

"讨逆将军还是一如既往的油嘴滑舌。"张辽俯身提刀横削，去势沉稳凌厉，嘴上也还不忘还敬一句。

凛冽刀风扑面，逼得孙策只得侧身避过。他毫不示弱地从侧面抢上长枪推出急刺张辽腰间，百忙之中不忘朝对方扬眉笑过，"多谢将军夸奖，策受用不起，哈哈哈！"

他俩这样一来一往，不但手上过招不停，连嘴皮子也没歇着。对于张辽来说，手底下势均力敌，但拌嘴他可比不过孙策，是以这口头上的过招，要比真刀真枪更令他头疼。

没说几句张辽就发现你一句我一句的特别分散注意力，于是任孙策再怎么出演挑逗，他也无动于衷，始终闭口不言，将其当作耳边风，只不过手下长刀招式劲力更加狠辣沉雄。

孙策对阵张辽之时，周瑜正试图将甘宁等人从厅里弄出来。

郭嘉的人果然将大厅四周围了个严实，到哪儿都是两军交战叮叮咣咣兵器相碰撞的声音。周瑜就这么破门而入自是不可能，而且就算进去了，也出不来。

此刻唯一能指望的就是吕蒙和甘宁同他心有灵犀，找准了同样的突破点，他在外面带人接应，才有可能突围。只要吕蒙他们四个成功与自己会合，那么他们就已经占尽了先机。

环望四周，唯大厅正门处，虽然最显眼，但也正因为显眼，防守相对薄弱。如果从这里向外闯，应该相对来说容易些。

周瑜思绪既定，更没半分优柔寡断。他立刻提起古锭刀飞奔至正门，沉腕抬手砍翻了两个不怕死挡路的，然后在一旁伺机等待。

而屋内的吕蒙和甘宁显然也想到了这一点。"子明看好了他！"甘宁一把将刘璋推给吕蒙，清啸一声，衣袂带风提剑抢上。

利剑寒光闪闪，点点锋芒笼罩守兵，甘宁势不可挡地直接便要破门而出。

他手中长剑与拦路的益州兵将手中兵器相交，发出"铛"的一声响，对方武器拿捏不出脱手飞出，正巧给了甘宁一个空子。他握着长剑向上一挑随即翻转手腕用力横削，那益州兵脖颈中鲜血喷涌，身子软倒在地。

杀得一人甘宁精神一振，不去理会全都窝在一角面如土色瑟瑟发抖的那些个文臣，而是长剑直指大厅出口。

张肃与他弟弟同为别驾从事，这次强行带了兵，虽面色较为镇定，但握紧的拳头中都是细汗。不知所措的他也只得避在一旁，时不时向外瞧两眼寻找着郭嘉的身影，琢磨着他能不能来救急。

吕蒙现在可谓是一拖三的局面。他一手制着刘璋，一边盯着刘备，还得注意着张松别一个没看住乱跑。

不过好在张松是打定了主意跟孙策周瑜，不但没制造麻烦，还能替吕蒙看着点儿刘备。

四人组紧紧跟着甘宁杀出的路往前冲，他一打十都这么轻松地闯到了门口。张肃眼见情况不妙，不由得拔刀在手，怒喝一声，"张子乔！你摸着良心想想清楚！"想清楚了到底谁是你主子！

张松闻言脚步一滞，但几乎没有间隙地接着飞奔，对哥哥的话充耳不闻。谁是主子？有能力的才是主子！

这厢，血溅银甲，甘宁将长剑从最后一人身体中抽出，看也不看软在脚下的兵士，直接抬脚踹开大门！

敢拦他甘宁？吃拧了吧！

周瑜暗暗算着时间，正等得焦急，陡然见正厅大门被破开，当先一人正是甘宁！

"快！"周瑜拔出古锭刀用力一挥，当先冲了上去，身后另有十数人相随，那是早就埋伏好候着这一刻的。

其余人眼一花，还未反应过来，十数人已经在刘璋等人外头形成了一个圈子，护着中间的宝贝人质往外冲。

周瑜和甘宁一前一后，将企图靠近圈子的益州兵士都毫不留情地斩于刀剑之下。

远远能望见孙策军人多势众，占据了大片优势，而孙策本人还在与张辽缠斗。他身边围了半圈的人，万一孙策不敌，随时准备一拥而上以多敌寡占个便宜。

周瑜扫了一眼战场却不见郭嘉，心中虽微觉奇怪，但也不甚在意，毕竟当务之急是将刘璋留在手中。

而此刻的郭嘉，正是故意躲在周瑜视线不能及的地方，他侧目观察场上局势，见周瑜等人已经深入益州军的阵地，但离与孙策军会合还有一段距离，正是进也不行退也不能的时候。

郭嘉微微眯起眼眸，勾起唇角朝身边的人下令，"放箭。"

周瑜、吕蒙等人正在与益州军缠斗，本着只求自保不求杀敌的信条，他们突破重围的速度一点也不慢。

随着渐渐深入，孙策那边衣色殷红的江东军队已经是目光可及，但周瑜悬着的心却还没放下。

还没等他有什么反应，箭雨已然铺天盖地而下，果然全是对着他们来的！

周瑜顿时明白了过来。郭嘉其实一直在等，等他们几个人走到这进退两难的一步，这才命真正听他和张辽号令的曹军放箭。至于在伤他们几个的过程中射杀几个益州将士，他郭嘉才不在乎。

他低笑一声，手中古锭刀寒光闪闪，从一人身体中抽出后顺势上撩击开一支利箭，刀刃上鲜血四溅。"快，讨逆将军就在外头等着，没时间再拖延了。"周瑜将古锭刀来回舞动着拨开箭矢，周围一圈人也都效仿。

一轮箭雨过后，十余人中有几人受了箭伤，不过他们已经跟江东军接上了头，"子明兴霸，带人护好了刘牧，我先去助将军。"周瑜低声跟吕蒙甘宁嘱咐一句后立刻抽身离开相助孙策，转身之时扬起鲜血，估摸着是刀刃上带的。

　　孙策这边与张辽酣战已久，两人力道和速度均不如开始的时候，张辽到底耐力好些，已经渐渐把孙策逼得有些左支右绌。

　　再次与张辽兵刃相接时孙策直觉手臂酸麻，险些兵刃脱手。张辽看准了空隙，未等孙策缓过来便再一次将长刀推出，直指他右臂。

　　孙策无法再与张辽硬碰硬，于是赶忙后退一步拟要侧身避过，然而他久战之后脱力，闪避时身形不如最初灵敏。张辽的长刀在他臂上拖出长长一条痕迹，虽然不深却划到了动脉，随着长刀撤回鲜血喷涌而出。

　　他右手持长枪撑在地下，余光瞥见周瑜已然脱身，心知他定是已经成功把困在里头的吕蒙甘宁刘璋等人弄了出来。见周瑜手持古锭刀正欲上前相助，他口中吐一口浊气，收力避在一旁与周瑜肩并肩。"张文远武艺超群，今日暂且先这么着，改日有空一定打个痛快！"孙策笑嘻嘻地将长枪一震，丝毫不在意臂上伤处鲜血流出。他牵过下属早就偷偷摸摸……啊不，光明正大地弄到他身边的两匹坐骑，与周瑜两人分别跃到马上。他左手用力一扯缰绳，"单打独斗，时间再长点我肯定更不是你的对手，我甘拜下风。不过这益州，你却得承认，是我的了！来日再会吧！"

　　"益州众军听好了！我是孙讨逆，你们家刘季玉在我手里，刚才他已经同中护军周瑜商定好了，愿意与我合作，将益州并在我麾下。你们现在听从他的决定，乖乖缴械投降，别跟江对面的同流合污。"孙策跨在马上大声喊道，"刚才那郭嘉为了截住刘牧，竟下令放箭，丝毫不顾益州将士的性命，这种人，你们确定要跟？到时候上了战场，先把你们这些人推出去送死啊！"

　　吕蒙和甘宁一左一右制着刘璋将他带到孙策面前，"刘牧，策问你一句，你是不是说，愿意将益州并于我麾下？"孙策双目紧紧盯着刘璋，一字一句有力地问着。后者一副惊惧神色，嘴唇微抖，张张合合几次都没有声音发出，显然心中煎熬之极。

　　益州他舍得吗，父亲留下的地方，他舍不得啊。但自己据着这地盘又如何，有一个张子乔，还怕没人效仿吗？以孙策的实力，就算他不降，这益州也迟早有一天要被他踏平。

　　"我……答应你。"最终他还是吐出这几个字，这句话大概能救益州这些兵士，更能救自己和儿子们。

刘璋这句话刚一出口，益州军士顿时发出一阵唏嘘，有的一脸迷茫左顾右盼，有的干脆低声交头接耳起来。

安静被"当啷"一声响打破，还伴随着一声长叹。孙策伸长了脖子看着，忍不住扬起笑容。原来其中一名益州士兵直接将自己手中的兵器扔在了地上。

静默几秒后，随着这一个人的放弃，场上突然"叮叮当当"响成一片。

孙策满意地拍了两下手掌，抬起下巴环视众人，骄傲霸王之姿尽显，"张将军，郭祭酒，如何啊？"

郭嘉眨了眨眼，"挺好。"

"那不如请二位这就带人回去跟你们曹公交代？"孙策做了一个"请"的手势，"反正这益州，跟你们也没什么大关系。"

"好。"没想到郭嘉竟答应得爽快。

张辽叹息一声，抬手一挥，将队伍集合齐整后翻身上马，与郭嘉一前一后带人离开。

孙策望着这一切，笑得一脸满意，却也没被喜悦冲昏了头脑，而是很敏锐地捕捉到了郭嘉上马时撂下的一句话，"讨逆，不久还会再见的！"

孙策闻言微微一怔，益州已经十拿九稳到手，怎么不久还会再见？还未等他琢磨出郭嘉话里的意思，那厢曹军已然撤了个干净。

不过那也无妨，反正眼下，是大获全胜的局面，这益州已然是他孙家的了。

"咱也撤吧。"孙策哈哈笑了笑，这才感到手臂酸软脱力。他侧头看了看周瑜，后者抿着嘴角点了点头，脸色却苍白得有些不对劲。

孙策这才发现有些不对劲，集中在周瑜身上的目光来回扫着，越看越不由得浓眉紧蹙。周瑜黑色战袍下隐隐约约有血迹渗出，因为黑色与血迹颜色太近，不注意看完全瞧不出来。

他猛地想起之前突围箭雨时，周瑜定然闯在前头，定是受了伤却一直没说。

孙策懊悔地抬手一拍脑门，牵动臂上伤口又"嘶"地一声。他摇头无奈笑笑，心想今儿江东双璧可是都挂了彩了。

他双腿狠狠一夹马腹，那坐骑长嘶一声，四蹄翻飞奔起来，"快，先到刘牧府上，找大夫！"

第四十章 提前的战役

"中护军你醒了！"支着下巴在桌边脑袋一点一点的吕蒙半梦半醒间忽然见着榻上的人扭了扭头，立刻惊喜地跳了起来抢到榻前。

周瑜迷迷糊糊眨了眨眼，昏睡过去前的记忆是同孙策一起攻破益州，然后俩人都不幸挂彩。稍微清醒些后他朝吕蒙点了点头报以一笑，侧过身想支着手肘起身，却突然感到肋下传来的剧痛，额上渗出细密汗珠，"嘶……"他轻轻倒吸一口气，随即闭上嘴不出声地咬牙忍痛，"子明我睡了多久？"

"不到两天。"吕蒙见周瑜醒了终于松了口气，"你终于醒了。"

"一点小伤罢了，无妨。是我轻敌。"周瑜嘴角挑起一笑，有点苍白但却有着令人安心的力量，"讨逆将军呢？他没事吧？"没记错的话这家伙也让自己挂彩了。

"公瑾，哎你总算醒了！"周瑜话音刚落，便有人应声推门而入，可不就是那个同样挂彩的讨逆将军嘛。孙策手臂上的伤口早就处理过了，现在裹着厚厚的纱布，笨重得有些滑稽。"我没事儿，我能有什么事儿啊？"他眉眼间笑意掩都掩不住，"哪儿像你啊，蠢死算了。"

"是啊义兄说得有理。"周瑜没心思跟他开玩笑，"郭嘉就那么心甘情愿地回去了？"

孙策点了点头在一旁随意坐下，"是啊，虽说太轻松了些，但这益州的的确确是咱们的了。"

周瑜心里也有几分恍惚。他半撑着床榻微微起身，抬头对上孙策的目光，直接将疑惑之处道出，"依着郭奉孝的性子，或者说曹操的性子，怎么会这样善罢甘休。虽说益州目前来说，的确于他们作用不大，但是千辛万苦敢来蜀地，什么也没得到就回去，不太像他们以往的作风。"

孙策一手托着下巴一手中指拇指相扣在桌上轻轻敲击着，"公瑾言之有理，我也觉得……"

"咚咚咚"的敲门声打断了孙策的话，随着叩门声传来陆逊有些焦急的声音，"主公，中护军！"

"伯言？进来！"孙策微微皱了皱眉，陆逊平时也是个稳重的，这是发生了什么？

陆逊急匆匆地推门进来，将手中的一封信递给孙策，脸上表情忧心忡忡，"这是适才……来自曹军使者的。"

孙策浓眉皱起，一把拆开信笺，快速浏览一遍，越看脸色越差。

"郭奉孝做了什么？"周瑜闭了闭眼，心知肚明这是谁给的。

孙策顿了顿，突然哈哈大笑起来，"来啊。"

一屋子人都不解地瞧着他，周瑜眉尖微微蹙起，琢磨着那信中的内容。

"没事儿。"孙策轻松地将信笺叠了两下揣到袖子里，"公瑾你先好好休息，我不多待了。"他说着就起身跨了大步往门外走去。

周瑜突然出声制止，"伯符别急着走，先说说信里说的什么。"

"没说什么啊。"孙策眨了眨眼，"就是问个好儿。"

周瑜忍不住翻了个大大的白眼，"伯符你骗鬼呢？他郭嘉要是只是单纯的问声好，他就不是郭嘉了。"

"不用顾及我。"周瑜见他依旧犹疑不决，于是又补了一句，"你不说我也总有办法找出真相。"

孙策对上周瑜一双眸子，带着浅浅笑意却又满是坚定，愣了几秒后终是笑着吐出两个字，"赤壁。"

周瑜也笑了出来，"这场大战，大概是要提前了。"

"赤壁在荆州以东，而咱们现在却在益州。"周瑜半坐半靠在榻上微微沉吟着，"郭嘉肯定将咱们赶回去需要的时间也算在里头了，所以曹操才在这个时候挥兵渡江。趁着咱们尚在益州与张辽郭嘉等人缠斗，荆州人手不足，看准时机挥兵南下，强行夺了新野和江陵等地。"

孙策点了点头，嗤笑出来，"郭嘉，张辽，这被派来益州的诱饵，可还真是重量级。"

"曹操，夏侯惇等人，或许还有个贾文和？再加上赶回去的郭嘉、张辽。"周瑜叹了口气，"这一次没有刘备，哦不，有，但是没用。曹操那边却多了郭嘉，鹿死谁手犹未可知，还是先赶回去再从长计议。"

"就你这样？赶回去？别死在半道上。"孙策打量着周瑜，摇了摇头，"逞强也得有个度。"

周瑜微微一笑，手撑着床榻缓缓起身，抬头时一双晶亮的眼眸正对上孙策，"不过就是把赤壁和南郡的发生顺序掉了个个儿，上辈子做得，这辈子依然做得。"

"况且。"周瑜估摸着孙策还是不买他的账，于是笑吟吟地补充道，"这一次，不是还有伯符你么。"

"江东双璧，难得能肩并肩地欣赏，赤壁美景。"

"时不我待，这是战场。"

"伯符啊，早知你如此优柔寡断，当初我便不该回来。"

"孙策，你够了。"

听孙策还不吱声，周瑜脸色如同覆上一层寒霜，"你自己慢慢犹豫罢。曹操那大军，我自个儿前去迎战便是。"

"好，一起走，明日便出发！"孙策拍案而起，直直地逼视着周瑜的眼睛，"赤壁的烟火，这次由我为你点燃！"

周瑜终于露出满意的笑容，点了点头没再多说什么。

伯符，若你明白我的苦衷，定会体谅我的。

知道你为我好，但是，寿数有限，你我皆是，不好好燃尽这最后一把火，我终是心中不甘。

翌日，孙策和周瑜一大早就整装待发。

孙策不但没留多少人在这益州，反而将刘璋和近五万的益州兵带了一起前往赤壁。

"兴霸，带人慢慢走，这一堆益州军士可就交给你了。"孙策笑眯眯地拍了拍甘宁的肩膀，"我与公瑾先带一小部分人赶过去，看看形势再说。"

"主公就放心吧！"甘宁大笑着拍拍胸脯，一口保证下来。心里却琢磨着若不是周瑜执意要与孙策同行，这照顾中护军的任务大抵也是交到他手上了。

孙策点了一千余人相随，随即握着马鞍潇洒地翻身上马，"益州有伯言和子瑜看着，料来不会有什么大事儿。"他侧头朝周瑜一笑，"让仲谋同兴霸和幼平一起跟着大军慢慢走，也定然无事。咱们便可无牵无挂地先赶过去了。"

周瑜肋下箭伤未好，但终究也已休养了几日，虽然此刻身体不如几年前，不过习武多年，到底有些底子，现在跨在马上气度卓越，风华自显，看不出像是有伤在身的。他执意要骑马先行，不然肯定如甘宁所料那般，得同大部队一起走了。"好，这就出发吧，早一分是一分。"他点了点头，心想赤壁那头曹操都要打过来了，无人主持大局终是不行，还得快些回去才是。

"走！"孙策一拽马缰，那坐骑长嘶一声撒丫子就跑。

他的目标很明确，烧光曹操大军！

先遣部队除了孙策和周瑜以外，还有吕蒙、凌统、程普、黄盖等人。他们大多数都是个顶个儿的武艺精湛，耐力持久，而且荆州有一半被曹操所占，所以绕到赤壁东南与从江东赶来的鲁肃等人会合，要额外花时间，是以这一行人基本上一天十二个时辰有八九个都在赶路，生怕到得晚了错过些许机会。

至于周瑜，白天赶路时同大家无二，全是一副温文尔雅的样子，除了比往日沉默些，也丝毫看不出哪里不对头。

不过他的晚上，就不那么一样了。

在不赶路的几个时辰里，一半时间用来殚精竭虑推算曹操的部署，再试着与记忆里的加以印证，如果有哪里不对，就推翻重来。就算各个迹象都吻合，也会怀疑自己哪里算的出了错。毕竟，如今这一世，一切都不那么一样了，包括，活到了现在的郭嘉。

而另一半的时间，他就用来好好休息。

为了不让其他人担心，周瑜白日里要强撑着一副若无其事的样子，但他伤势未愈就来回奔波，没法休息令箭伤恢复得更加缓慢，总有撑不住的时候。一般这种时候，他就关起门来躺在榻上，闭上眼睛一脸疲惫。白天的精力一下子被抽空，却还要忍着箭伤痛楚，推演曹操接下来的动作。

离开益州已有数日，这天晚上周瑜照例将自己关在屋子里。

许是白天赶路时间太长，他觉着今晚眼皮异常沉重，靠在榻边就要睡着。

烛火摇曳的屋子里，周瑜歪着头迷迷糊糊睡着，并没有第二个人出现，寂静得很。

然而过了半晌，他腰间却突然亮起一阵刺眼的白光，随着光芒隐隐约约地响起一个声音，"周瑜？公瑾！周公瑾！"一开始还模模糊糊的，最后一声周公瑾就已经变得特别清晰。

"啊……啊？"周瑜听到似乎有人呼唤，于是半睁开眼睛想要瞧瞧情况。当他突然反应过来是他腰间有东西在闪光时，脑中顿时清醒了不少，差点吓得跳起来，"你……"

"我，我怎么啦？"那个声音听到周瑜有反应，立刻带了笑意。

周瑜撑着脑袋慢慢镇定下来，轻轻吸口气伸手从腰上将那玩意解下来拿在手中。

一枚玉佩。几乎不离身的玉佩。

他垂眸看着掌心里躺着的竹形玉佩，很快明白了是谁在找他。哎，真不容易啊，总算是那头主动联络一次了。

"咳，小凤凰……怎么了？竟然特地来找瑜。"周瑜望着玉佩中浮动的人影，翘起唇角一笑。多少年都改不掉的称呼，那头大概只能受着了。

果然那只凤凰早已习以为常。他根本没纠结称呼，而是盯着周瑜看了半天，疑惑地眨了眨眼，"公瑾看起来气色不太好？"没记错的话上次联系这家伙还活蹦乱跳的啊。虽然……上次好像是一年前了。不过对于他这种活了不知道多久的生物来说，一年简直不算什么。

"无妨，大概是你说的限期快要到了罢。"周瑜摇了摇头，将话题扯了回去，"你找瑜，所为何事？"

小凤凰一愣，连忙掰着手指头算了算时间，随即换上一副恍然大悟的表情，"啊……果然是快到了。"他有些不好意思地挠了挠头，"不知不觉你俩都在那头待了快五年了，我却没主动找你们几次，真是……咳，有点儿不负责任。"

"是啊。"周瑜笑吟吟地点了点头，"所以，你快说到底有什么事吧，别浪费时间啦。"

"好好好。"许是忽略策瑜太久，许是那期限快到了，小凤凰心里觉着不是滋味儿，简直是乖极了，对周瑜有求必应，"我在文台家里窝久了，前儿个出门转了转，没想到碰上了曹子修，我就突然想起个事儿来。"

"曹昂？"周瑜有些奇怪，"碰上他你想起什么了。"

"想起前段时间，我送郭奉孝回去过。"小凤凰叹了口气，"他回去，定然留下了什么计策。"

"计策？"周瑜有些忍俊不禁，"还真搞什么遗计？"

小凤凰一脸严肃地点了点头，"我这……对你俩心有歉疚，这才如实相告，要是不信我就算啦……"

周瑜有些无奈地揉了揉额角，"留下了计策，你这话说的，对我也没什么大用处啊。他郭奉孝，不管死的活的，什么都缺就是不缺计策。"

"公瑾你这话说的……"小凤凰听他这么说，不禁有点着急起来。

"对了，小凤凰，如今瑜正要往赤壁去……"周瑜突然想起，"郭奉孝留下的，会不会与赤壁有关？"

小凤凰一愣，随即一拍脑门跳了起来，"我的天哪你都准备烧赤壁了？？"

周瑜即使状态很差随时都想要睡过去，但还是忍不住吐槽这货，"消息闭塞，你这神鸟到底活在什么年代啊？"大概是真的状态差导致大脑转得不够溜，周郎都忘了活在古代的其实是他来着。

"赤壁啊赤壁……"小凤凰自己念念叨叨，"郭嘉留的遗计肯定跟赤壁有关啊他最大的遗憾不就是没活到赤壁吗！"

"可这一世郭奉孝明明还……"周瑜说到一半突然消音，然后就忍不住哑然失笑，"瑜也是太蠢了些。"这一世的郭嘉虽然还活着，但是那个扭转时空却没能回到本体的穿越货怕是早就挂了。

他的遗计，加上这一世仍然活得好好的军师祭酒，周瑜下意识地握紧了拳头，手心里有些冒汗。

这一世，还能不能让他好好烧赤壁了？？

第四十一章 夜探曹营

"明公。"他朝上座那人行了一礼。

"文若，如今文远奉孝尚在益州，但依孤的想法，现在就得开始下一步部署。"曹操手指轻叩桌面，若有所思地瞧着他，"文若以为如何？"

　　"或认为……"他顿了顿，感到衣袖中那薄薄的一纸信笺像要被他的体温带着一起燃起来一样。他不但记得那上面每一个字，还记得那潇洒又不拘一格的字体，就跟人一样不羁，带着些许轻狂。那是将近四年前的事了，现在却依然记得清晰。

　　虽对此计有些不确定，但是终究是那人的一点愿望，况且，那只狐狸的计策，也没失手过。

　　他平静了一下心情，再开口时平静得没半点波澜，"若孙策能再吞并益州，那么便要真正做到与明公南北抗衡。趁眼下定数变化无常，明公下一步，应前往……"

　　"明公！"许都的夜静谧黑暗，荀彧猛地从睡梦中惊醒，深吸一口气，等眼睛适应了周围的黑暗时才意识过来是梦。

　　他抬手抹一把额头上的细汗，不明白为什么自数日前明公离开后就一直梦到这些片段，要么是他为明公献奉孝的计策，要么是他看着郭嘉留下的字迹满心煎熬。

　　荀彧忍不住暗暗自嘲，既然都下了决定，为何仍然婆婆妈妈地去想它？

　　现在便安心给明公料理着后方，等待结果罢。

　　孙策和周瑜称得上日夜兼程，不日便过了江陵，来到了赤壁会合早就焦急等待着他们的鲁肃。

　　"主公，中护军，总算来了！"鲁肃闻讯立刻赶出来迎接，喜悦之情溢于言表。

　　"曹操他们什么时候到的？"孙策翻身下马，头一句话就是问曹操。

　　鲁肃道："两天前。"还好那边到了之后就没什么动静，要不然孙策不在，他肯定有些束手无策。毕竟那头，据说有八十万大军。

　　"八十万么？"周瑜笑吟吟地插话。

　　鲁肃一怔，哑然道："公瑾你已经知道了？"

周瑜侧头与孙策对视，忍不住相视而笑，"还是这把戏。"

鲁肃一头雾水的瞧着这俩笑得开心的人，"把戏？"

孙策打了个响指，笑得洋洋得意，"子敬不必多问啦，没什么内情，但我保证那货没有八十万军队，绝对是虚张声势。"

鲁肃不禁感叹，这都什么时候了，他家将军还能笑得这么阳光灿烂。不过既然孙策都不急，他也没什么好担心的了。"是。"鲁肃抱拳回道，对上孙策周瑜的神色，顿时信心倍增。

"曹操这回，又是八十万。"孙策一手撑着沙盘的沿，另一手在上头划来划去，"这一次情势不同，荆州早已归于我的掌控之中，他曹操虽然趁着你我大部队在益州时暂时夺走了新野、江陵，但毕竟孙家占据荆州已有三年之久，又很得民心，曹操南下较之上次更为冒险。"

"这种险计，也只有那郭嘉想得出了。"周瑜斜斜地倚在沙盘边上，笑着点了点头，不多时却眉头微蹙，"但益州新败，你我又折回得匆忙，民心不稳，万一趁这时候倒打一耙，可就有点麻烦了。"周瑜有点头疼，每次都有新麻烦啊。

孙策扬眉笑道："哪里管得了那许多，有陆逊诸葛瑾那俩小子在，多半没事。"

"如果有事，那么赤壁失利只会让事情更加难以解决。"多年的默契使周瑜一下子明白了孙策的意思，也笑了起来，"所以现在，还是好好赢下眼下这一仗。"他话音未落便弯起眼眸笑着走近孙策，抬起手来。

孙策会意，哈哈大笑着抬起右手与他的手在空中相握。

不过不同于往日的用力与热情，这次孙策只是轻轻碰了碰。感到周瑜诧异的目光，他也不插科打诨了，而是少有的认真道："公瑾别强装着豪情万丈，连日奔波，别以为我……什么都不知道。公瑾为我……唉，我实在负你良多。"

"伯符，曹操号称八十万大军，多半是假。"沉默了半晌，周瑜一脸的风轻云淡，权当什么也没听见，仍是淡淡地接着之前的话题说道，"但以防万一，还是前去查探查探为好。"

孙策皱起眉瞪了他一眼，"周瑜我告诉你，你要是说想亲自前去，我就立刻马上现在立即把你锁屋里严加看守直到曹操被我打得屁滚尿流地滚回江北！"

饶是周瑜现在有些头疼，也忍不住被他逗笑，于是顺着他的话也开起了玩笑，"瑜只管放火，其他事情，现在是心有余而力不足啊。"

"派子明前去，公瑾以为如何？"孙策眨了眨眼，笑着建议道。

周瑜点了点头，"正合我意。"

夜幕沉沉，月朗星稀，正是十五月圆之时，大大的月亮就跟天然照明灯似的。

入夜已有两三个时辰，通常这个时候人最容易困，注意力跟精神都不集中。曹操营外的守军也都有一半在打瞌睡。

放眼望去都看不到头的战船整齐地停靠在岸边，一艘艘庞然大物让人望而却步。

这静谧的半夜，大部分人都该睡得死沉的时候，却突然有一个黑影在营外一闪而过，稍作停留后立即隐蔽到一旁。

吕蒙矮着身子躲在巨大的船身投下的阴影处。他抬头打量着一大排战船，不禁感叹数目的确可观。大家都以为曹操的江北军士不善在水上作战，所以战船也必然不如江东一众的。但这大概个错误，至少数量上，很有得一拼。

他握紧了腰间悬着的长剑的剑柄，准备找个时机摸到船上研究研究，或者溜进去探探这一片巨大的营寨里到底有多少人。

根据他的初步判断，八十万？绝对不可能。五十万？或许。

　　月光渐渐移到另一边，他这里正是一片黑暗。吕蒙看准了时机，悄悄起身，正准备用力一跃，忽然间曹操大营方向火光乍现。随着拿着火把的士兵齐刷刷地出现，一声号令也炸响在夜空中，"搜！"

　　"唔……"突然有一人从吕蒙身后冒出来，一把捂上他的嘴。他生怕挣扎会弄出声音引得人来搜查，不敢动弹的他硬是被那人拉回了原来躲藏着的阴影里。

　　"嘘，别做声。"那人低声在吕蒙耳边嘱咐着，声音熟悉到不行。

　　"妈的这群混蛋，果然有准备。切，爷爷我还怕了不成？！"见吕蒙果然不出声，刚才出现的黑衣人放心下来，又低声骂了一句。他这话一出口，吕蒙立刻恍然大悟，心情既激动又惊讶：卧槽啊主公你丫怎么也跟来了不怕中护军砍了你！

　　"还好我跟来了吧要不然你小子自己肯定回都回不去。"孙策拍了拍吕蒙的肩膀，轻声笑道，"怕什么？别怕。"

　　他从怀中掏出一枚手弹，看准了机会扬手扔了出去，立刻"轰"地一声炸开，白色烟雾弥漫四散，模糊了视线。

　　"主……你……"吕蒙目瞪口呆地看着身旁的人刷地一声站起来，不但没逃跑，反而将手在船上一撑，一跃而上战船，朝大营里头奔去。

　　孙策回头朝他比了一个"嘘"的手势，"子明你先回去！"

　　吕蒙一脸的哭笑不得，他要是把主公自个儿扔曹操大营里，他也不用回去了好吗，直接抹脖子算了！

　　他也学着孙策在船身上一按，奋力跃上了船头，一边追自家主公，一边叹息自己都能联合二公子伯言兴霸等等人出一本叫做《论有一个不靠谱主公的悲惨经历》的书了，绝对在江东大卖啊。

　　"哎主公等等！"吕蒙见孙策都要跑得没影儿了，赶紧放弃脑补，飞奔着追了上去。

　　江东大营也是一样灯火通明。

周瑜手负在身后，又好气又好笑地望着空荡荡的大帐，"一群人硬是看不住一个孙策。"

地上齐刷刷跪着的一排将士闻言均把头埋得更低，虽然满肚子委屈，想要反驳说"他是主公我们想看也看不住啊"，但周瑜正在气头上，没人敢发一言。本来周瑜早就传下令来，要他们好好看着孙策，也的确，是他们办事不力，没看住他。

周瑜抬手揉揉眉心，"若是跟着子明走的……"

"公瑾！"鲁肃匆匆忙忙地赶进帐内，焦急之情溢于言表，"刚传回来的消息，曹操大营那头，搜探子细作呐，都快搅个天翻地覆了！"

"唉……"周瑜闭紧了眼睛长叹一声，无奈地挑起个笑容，吩咐道，"备马。"

"公瑾你……"鲁肃一愣，没想到周瑜竟然这么大反应。

周瑜微微一笑，手抚上鲁肃的肩，"子敬放心，瑜不过是带数十人前去接应罢了。大战在即，不会似他那般莽撞惹乱子。"

"接应？接应的话谁不会……喂公瑾你等等啊！"

"你们在此等候。"周瑜勒马止步，边说着边翻身下马。他抬头看了看月色算着时间，朝身后众人道："不出两个时辰瑜便回来，此处离曹军大营不远，多加小心注意。"

"是，请中护军多多……"那将领一句话还没说完，眼前周瑜已然只给他留下了个背影，留一群人面面相觑。

"呃，在营中时我听着中护军说他只是来接应的？"其中一人莫名其妙地给同伴抛个眼色。

"是啊。"另一人茫然。

"那他现在……？"头先一人很无奈。

"唔，大概这就是接应……"

"看着样子，能有五十万就到头了。"孙策早已趁乱在曹操营里转了一圈儿，更加确信了心中的猜测。

吕蒙舒了口气，渐渐放下心的他也开起了孙策的玩笑，"是啊，令将军你犯险，若再不随你的愿，那可亏大了。"

"哈哈，你小子。"孙策一笑，"再耽搁只怕要出事儿，先回去再说。"

吕蒙点点头，正准备寻路出去，忽然一下眼前就亮得刺眼，心中一惊，心知大概是被发现了。

"哈，我当是谁，原来是老朋友了。"那当先的将军手举着火把，却是好久不见的曹仁。

"哟，曹子孝啊，几年不见老了不少。"到此地步也无法再躲藏，孙策丝毫不惧，笑嘻嘻地从暗处走出来，还不忘调侃曹仁。

曹仁也丝毫不怒，反正拿下孙策已如探囊取物，便让他再嘴上占几分便宜，"讨逆将军倒是越长越年轻。明公想念你得紧，您来得正好，不如随仁一同去跟明公叙叙旧罢。"

孙策张了张嘴，还未出声，却突然听到有人惊慌失措地大喊："将军小心！"

曹仁闻言立即侧身躲避，却觉冷冷的刀风扑面，利刃擦着肉而过，仅差毫厘。还未等他拔刀反击，那人已经一手抓住他肩膀另一手手腕翻转横刀架在他脖颈之上。绕是他久经战阵，也不由得出了一身冷汗。

将火把转向那人，众人都"咦"的一声。曹军将士疑惑是因为那人穿着竟是曹军服色，但竟然做出如此令人费解之事。

而孙策和吕蒙则是喜出望外。前者的惊喜中还带着些羞愧——私自跑出来又被发现了嗷！

"曹将军一时不查，得罪了。"那人笑得谦和，"还请将军随我们走一趟，出了营地自会放将军安全回来。"

不等曹仁答应，他就已经朝孙策道："讨逆将军，杵在那里做什么？当真想见曹公不成！"

　　孙策拔剑在手，跟在曹仁二人身后，曹仁就跟个大盾牌一样，挟持着他，所到之处无人敢轻举妄动。

　　四人快步撤出曹营，随路可见被周瑜放倒的曹军士兵。

　　"曹将军放心，未伤要害，他们没事的。瑜一人未杀，至多不过……借了套衣服穿穿。"周瑜朝身侧曹仁微微扬眉一笑，一副尽在掌握之中的气度。

　　孙策转头瞧了一眼不远处的一群追兵，然后回过头来对上周瑜的目光，"再走一段便放了他吧。"

　　周瑜点点头，"前头有人等着接应。"

　　"主公！中护军！吕将军！"就快到两个时辰，被周瑜强行甩掉的一群人正焦急地等待着，忽然看到那四人的身影出现，立刻惊喜地飞奔过去。

　　"今晚有劳曹将军了。"周瑜将古锭刀收回刀鞘，笑吟吟地朝曹仁一拱手。

　　曹仁微微哼了一声，将表情隐在黑暗中，"几位，届时堂堂正正地大战一场，且看鹿死谁手。"

　　孙策、周瑜和吕蒙瞧着他转身离去，还拦住了想要继续追击他们的曹军，孙策忍不住笑了出来，"堂堂正正地大战，赢的也会是我们。"

　　"义兄今夜若是将命送在了这里，那么赢的就不一定是谁了。"周瑜冷冷地扔下一句话，然后牵了坐骑翻身上马。

　　孙策见周瑜并未带多余的坐骑前来，索性跨上马与周瑜同骑，令两名士兵同骑，把一匹马让给吕蒙。

　　"公瑾，这次没跟你说就跑出来，是我不好。"孙策伸臂虚搂着周瑜，认真地坐在马背上道歉，"令你担忧，还大半夜跑出来找我，闯曹营劫曹仁，置自身安危于不顾，为兄真的错了。"

　　周瑜皱了皱眉头，神色依然淡淡的，摇摇头低声道："先回去再说。"他抬手拭了拭嘴角，然后随手在衣袍上一抹。

"也是，公瑾你箭伤尚未痊愈，半夜奔波，可又是我对不住你了。"孙策叹了口气，握紧了缰绳双腿一夹马腹，"驾！"

第四十二章　演戏

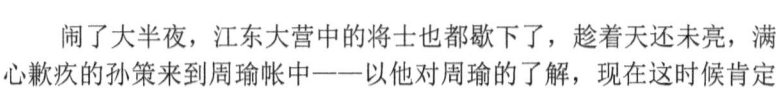

闹了大半夜，江东大营中的将士也都歇下了，趁着天还未亮，满心歉疚的孙策来到周瑜帐中——以他对周瑜的了解，现在这时候肯定睡不着。

还没等他撩开帐帘，就听到里头传出一阵压得很低的咳嗽声。

孙策在外头怔怔站了一会儿，就没听帐内的低咳声间断过。之所以没人过来，不过是因为旁人耳音不如他好，听不到罢了。

他叹了口气，刚想转身离开，却听周瑜笑声传来，"伯符么？在外头杵着做什么，进来啊。"声音虽轻却很清亮。

唉，公瑾啊，偏偏这么精明，又这么云淡风轻。

孙策无奈地笑笑，挑开帐帘举步入内，"公瑾，还……还没休息啊。"

周瑜只着了一身素白内衣，未披外袍，倚在榻上闭目养神。他见孙策进来，睁开眼睛侧头颔首，"这便要歇息了。"

孙策听周瑜语气中依旧掺着冷淡，心知周瑜还生着他的气，于是琢磨转移个话题，"公瑾，我也并非一无所获。"

"当然有收获了。"周瑜挑眉一笑，语气中依旧带着刺儿，"以身犯险就为了证实一个十有八九靠谱的猜测。现在证实了，能没收获吗。"他真是被孙策气得可以。本来大敌当前，主将相互置气，简直是下下策。但是他就是气不过，孙策真是嫌自己命大啊？这当口儿拿性命乃至整场战役的成败当作玩笑，这么大……呸，这么老个人了冒险精神比之前有过之而无不及？？

"不不不，不是这个！"孙策连忙否认，"是我在他们的船上，发现了点儿东西。"

被孙策、周瑜和吕蒙折腾完了的曹营也没安歇，特别是主帅，聚了一屋子挨个儿在那儿出主意外加检讨。

"明公，皆是仁粗心大意，一个不查被那周公瑾钻了空子，竟无端生出这么多事端。请明公责罚。"曹仁当仁不让，第一个儿跳出来承认错误。他神情惶恐诚恳，低头跪在大厅中央。

曹操坐在上首，听曹仁这么说却不置可否。他神色淡淡的，竟对曹仁满腔真诚的道歉不予理会。

"孙讨逆他们寥寥三人，摸着黑进来神不知鬼不觉。"郭嘉却突然出声替他开脱，"将军若是真将他们擒住，那么嘉怕是会怀疑其中有诈了。"

曹操微微露出笑意，斜睨一眼郭嘉，"奉孝这话有意思，孤倒是想接着听听。"

郭嘉身子微微前倾，一双眼睛顿时亮了起来，头头是道地分析道："大战在即，主帅孤身犯险，本来就是极其不寻常的事。如果再毫不反抗地任由将军抓他们，那么肯定得怀疑点什么啊。"

"不过。"郭嘉眨了眨眼睛，勾起唇角道："即使他们来了，也没什么的？"

曹操眯起眼睛，将欣赏的目光投向郭嘉，缓缓点了点头。

"发现了东西？"周瑜的注意力果然被吸引了过去，也就忘了跟孙策置气，"船上的东西……会是什么？"

孙策将他注意力带开，先是舒了口气。他眨了眨眼，笑道："酒。"

"酒？！"周瑜猛地起身，惊讶地重复了一遍，"你没看错？？"

"没错。"孙策忍着笑道："这难道是天助你我？"

周瑜神色疑惑地沉吟半晌，"曹操的常识被吃了？？"他一脸无奈，"伯符可还记得许都时那个郭奉孝？就算他曹操不知道，那人在离开前也定然留下了什么。"

"他知道上一世公瑾你用火攻。"孙策一叹，"所以就算不出主意，也至少会警告提醒一下他家明公。什么劳什子酒坛，肯定不会出现在船上。"

周瑜点了点头，"要么是故意骗你的，要么是……"

"要么是什么？"孙策好奇地追问。

周瑜顿了顿，还是忍不住翻了个白眼，"要么是你蠢，看错了。"

孙策："……"

"明公。"人都差不多散干净之后，郭嘉留到了最后，朝曹操笑眯眯地道，"船上那些玩意儿，不如撤了吧？"

曹操抬起手拍了拍郭嘉的肩，长声笑得畅快，"是，布置了这些天，总算派上用场了。"

郭嘉抱拳一拱手，笑道："我这便把令传下去。他们今儿来闹，日后便可放心喽。"

曹操哈哈大笑，点了点头道："奉孝之计，孤岂有不放心之说？"

"公瑾啊，你知道江对面故弄玄虚什么鬼么？"孙策离开后，最近看上去越来越有责任心的某神兽又冒了出来，好奇地打听着消息。

周瑜瞥了眼玉佩中那张脸，无奈地摇摇头，"我行动可比你更受制啊，你都打听不到，怎么会指望我？"一个不为人知的上天入地都当过家家的神兽，跟一个敌方手握兵权的重点提防对象，这小鸟想什么呢？

"还有啊。"周瑜微微眯起了眼睛，"你可别告诉我，你还跟郭奉孝那头儿有着联系。"

玉佩中的小凤凰一脸冤枉，委屈地叫了起来："周公瑾你别不知好歹啊！我这儿帮你呢，你还怀疑我！"小凤凰叹口气，其实真相是他根本联系不上那个不认识他的郭嘉，要不然……双面间谍的确是挺好玩儿挺刺激的。

"瑜开个玩笑，别介意。"周瑜淡淡一笑，随口安抚着炸毛的家伙，"不过，你能不能打听到那个穿回去的郭嘉到底留下了什么秘密？"孙策带回的船上有酒坛子的消息依旧令他疑惑之极，虽然十之八九断定了是为了骗他们轻举妄动地上钩，但也仍旧留了一两分怀疑。

小凤凰诚实地摇了摇头，"之前那个奉孝，的确是回来了，不过记忆却停留在离开前的时候，怕是得等你那头那个再……咳，再死一死，才能融合记忆。"

"好，那么，瑜想再麻烦你一件事。"周瑜微微挑起一个笑容。

他的笑自信里带着点神秘，看得小凤凰硬是一愣，不由自主地就答应了他，"好，公瑾你说！"

"啊？你也太难为我了吧！"小凤凰听完周瑜的要求，立刻惨叫起来。

"嘘！小声些！"周瑜将食指抵在唇上，低声喝道，"生怕别人不知道我大半夜在偷着摸着做些什么吗？"

小凤凰赔着笑脸道："是，是。不过公瑾，你这要求……"

"办不到也得办到。"周瑜挑起了眉梢，一点都不让步，"是你说答应我的，堂堂一神兽，答应帮人类办这么小小一件事，怎能反悔？"

小凤凰郁闷地点了点头，"的确是我先答应的。"但他没想到这人这么黑啊！！

周瑜抱拳拱手，笑眯眯地道："劳烦你了。"脸上表情却一点没有叨扰别人时该有的歉疚。

"我欠你的。"小凤凰翻了个大大的白眼，认命地叹气，"公瑾什么时候需要？"

"半月之后。"

"好！"

翌日清晨，孙策周瑜等一众人早早地就聚在大厅内。

孙策和吕蒙夜探曹操大营，收获应算颇丰。

"昨夜探查时，蒙发现曹操的战船并未首尾相连，主公应该也是看到了的。"吕蒙摇了摇头，"中护军让我注意着，我便特意留心查看了一下，但是……"

"曹操的军士尽是北方人，大多不会水，也不习惯坐船。"周瑜眉头微皱，缓缓地分析着，"按说将战船连在一起，首尾相接，便可令士卒们如履平地，易于作战。"

鲁肃听周瑜这么说，立刻表示赞同，"公瑾言之有理。更何况前几日已经传出消息言道曹操大军日夜赶路，艰辛劳累，已有不少人水土不服，自然而然就战斗力下降。这种境况下，曹操居然不想办法将不擅长的水战改造得更接近擅长的陆战，也是奇了。"

"如果曹操的战船首尾相连，便可使用火攻，将其一举拿下。"黄盖建议道，"若风势助我江东，那么驶艨艟快船前去，定可一击即中！"

孙策沉吟了半晌，终于下了最后定论，"无论如何，也得烧他丫的，大不了拼一把！"

相比孙策军中的举棋不定，曹营中的氛围，也没轻松到哪里去。

"舰船首尾相连，将士与马匹在上便可如履平地，这水战也就与陆战无甚两样。"郭嘉见曹操心中纠结，便大胆地做出了猜测。其实也不是猜测，而是肯定地下结论，"那么明公为何迟迟没有动作？"他疑惑地问了出来。将战船首尾相接，不失为一个好主意啊。

"奉孝知孤。"曹操一叹，心中仍旧有些烦乱。临行前荀彧曾交给他书信一封，那信中写到，万望明公行事前谨慎小心，仔细思考，尤

其是将舰船连接一举，万不可如此。江东众人狡猾者多，时刻提防有诈，若有投降者，更需三思后再决定是否接受。

本来这样一封信没什么的，但是毕竟是文若给他的，而且那字迹潇洒飘逸，却是他认的熟了的，郭嘉的字迹。

他疑惑此事已经很久，明明郭嘉就在他身边，为何需要通过荀彧给他送信？此举究竟意义何在？此刻听郭嘉提起战船之事，曹操再也按捺不住，当即掏出那封信递给郭嘉，"奉孝你瞧瞧，这是不是你的字迹？"

郭嘉接了过来仔细看了几遍，边看边皱起了眉毛，一副百思不得其解的模样。这明明是他的笔迹，但他却并没有写过这样的东西啊？饶是他郭奉孝机变百出，也摸不着一点门道。"嘉并未写过这字条。"郭嘉吐出口浊气，抬头瞧着曹操，眼神清澈，语气肯定。

他这么一说，曹操便定下心来。虽然不知道文若那边搞的什么玄虚，但是写信之人肯定不是郭嘉就对了。"孤也觉得，奉孝有话自会直说。"他斜睨一眼郭嘉，朗声笑着拍了拍他肩头。

"是，嘉自然不会通过这些拐弯抹角的法子向明公表态，不过……"郭嘉沉吟着，"总觉得这事儿没那么简单啊。"

"既然那提醒并非出自奉孝你，那么便立刻命人将舰船首尾相接。大战在即，如果己方将士均因水性原因萎靡不振，那么孤就算输，也输的太不甘心了些。"曹操干脆利落地下了决定，随后侧首笑看着郭嘉，"毕竟，有奉孝在，孤不惧。"

大战在即，孙策却往周瑜处去得很频繁。

俩人在一处还不是讨论军情，至少并没有什么情报或者进展。

一天，大家只不过是有些奇怪。

两天，大部分人都安慰自己，很快就好了，这俩人间接抽风自己还见得少吗？

三天，众人开始嘀嘀咕咕了。

　　四天。

　　"他奶奶的我这个暴脾气！都快打起来了这俩人还在里头谈情说爱！"程普忍不住破口大骂，撸起袖子就要踹门进去捉……捉奸。

　　他抬起脚正准备踹门，那大门却"吱呀"一声开了个缝隙。

　　"程公莫心急啊。"孙策笑嘻嘻地探出头来，摇晃着脑袋。他头发有些乱蓬蓬的，还一副没睡醒的样子。

　　"不心急？怎么能不急！"程普简直要发飙了，又是跺脚又是摊手，"我的主公啊都日上三竿了您还这副样子，生怕江对面打不赢是吧？"

　　孙策毕竟不敢也不忍惹程普生气，只得正经起来，"公瑾为救策夜闯曹营，本来就带伤赶路，未能好好休息，如今伤势未愈，策自然得多照顾着点儿的。"。

　　程普张了张嘴，还没来得及说话，孙策就已经"嘭"地一声关上了门。他的声音从屋内透出来，清亮得很，"程公别担心啦，策自有分寸！"留屋外程普一人急得跳脚，火冒三丈，却半点法子也没有。

　　"公瑾我演得如何？"孙策脸上依旧挂着适才那种笑容，脚步轻快地凑近周瑜。

　　"伯符演得好。"周瑜头也不抬，敷衍地夸了两句，"别嗝瑟了，接着过来研究。"

　　"好好好！"孙策扬起一笑，坐到了周瑜身边，有些心疼地搂住他消瘦的肩，不过很快就把注意力又集中在了周瑜手中的地图上。

　　赤壁之战，即将打响。

第四十三章 献降

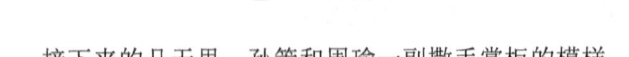

接下来的几天里，孙策和周瑜一副撒手掌柜的模样，搞得几位老将都莫名的火大。

程普一向急性子，又对周瑜一直有那么点不服气，这一次周瑜的行径则是导火索那最后一段——彻底把程普的暴脾气给点燃了。

至于军中另一位德高望重的将军黄盖，则是闷声不爽。他表面上虽没表现出什么，但内心于情于理，都与程普统一战线。

七天了。

若从孙策周瑜到来时算起，两军隔江僵持，都快半个月了。

本来按照孙策雷厉风行的性子，早该动手，可如今却大反常态，不但不琢磨着打架，反而在军中铺张浪费地大摆筵席起来。

"还没打呢，摆个头的庆功宴！"程普一边走一边骂骂咧咧的，不过在见到上头坐着的孙策时立刻没了声音，特别是后者的目光还朝他这边射了过来。

孙策从主位上站起来，笑吟吟地走到程普身边拉起他的手，"难得程公赏脸，快坐吧！呀，黄公也来了！"他回身一瞥，正巧瞧见黄盖，立刻热情地上前招呼，"黄公，今儿真是热闹，几位竟都来了！"

黄盖礼节性地笑了笑，朝孙策一抱拳，"主公相邀岂能不来。"说着便在程普身边落座。

孙策点了点头，转身坐回上首，举杯朝身边的周瑜道："公瑾，大好时光，你我依旧同席。"

周瑜也执起面前酒杯，与孙策递过来悬在空中的酒盅一碰，仰头一饮而尽，微微笑道："是，义兄总算未曾负我。"

尽管大厅上有不少人，但孙策和周瑜却对其他人视若无睹。两个人举杯对饮，一杯接着一杯根本停不下来。他俩的酒量都还不错，不过数杯乃至十数杯烈酒下肚，周瑜的眼神也不再那么清澈，白皙的脸上染上一层微红，倒是徒增几分夺目的艳丽。

孙策还保持着点儿清醒，将酒盅掷在案几上，开口劝道，"公瑾少喝点儿吧，酒毕竟伤身，你还嫌你最近身体不够差？"两人难得地调换了角色，改成孙策来劝周瑜别喝酒。

"伯符放心，瑜自有分寸……"

孙策最终还是放弃了跟他斗争，决定缴械投降，"哎好好好，公瑾你……"

"中护军。"突然有个声音插了进来，就这么直接打断了孙策的话。

却是黄盖和程普两人端着酒杯出现在孙周二人面前。

"中护军，多年来你辅佐主公，大风浪经历了无数，年纪轻轻就战功显赫，盖的确佩服。"黄盖率先开口，神色真诚地举起酒盅，"如今曹贼压境，中护军必能再次力挽狂澜，盖先敬你！"

周瑜眼神有点飘忽迷离，点了点头却不去取酒盅。

黄盖的双手举在半空中，手臂因尴尬愤怒而有些微微发抖，满满一杯酒晶莹澄澈，随着他的动作泼洒出一部分。

周瑜皱了皱眉，依旧没有动作。

"好了好了，公瑾今儿有些喝多了，这一杯策便代他接了。"四人间的气氛越来越微妙，就在空气都快要凝固的时候，孙策终于出来打圆场。他抓起周瑜手边的酒杯，哗啦哗啦倒满了一杯，双手举到面前，"黄公莫要介意了，策代公瑾赔个不是便是。"

周瑜眼睫微颤，歪了歪头朝孙策露出一笑，"劳烦伯符啦。"

"喝什么喝！敬什么敬？？"程普的怒火再也抑制不住，他猛地将手中酒杯摔在地上，另一手拉起黄盖就往外走，"大敌当前，还未获胜却在这里大摆宴席！破虏将军若是知道，他在天之灵亦不得安息！"

"程公！此言休得胡说！"孙策怒不可遏地拍案而起，想要破口大骂却依旧保持着对程普的尊敬和礼仪。

周瑜皱着眉晃了晃脑袋，一副不太清醒的样子，对眼前发生的事情也没什么反应。

"主公，中护军！"黄盖甩开程普铁钳子一样扣在自己手腕上的手，回身朝孙策和周瑜深深一礼，"主公，中护军，多年来追随破虏将军与主公，大仗小仗无数，主公一直民心所向，心甘情愿令人追随。但是，唉……"他顿了顿，似乎想要说些什么，但最后还是摇了摇头，长叹一口气，"万望……主公与中护军珍重。"

他撂下这句话便头也不回地大踏步离开大帐，一同离开的，还有程普。

两位德高望重的将军的背影里，没有一丝留恋。

"哦？"曹操讶异地挑了挑眉，抖了抖手里的文书，"江对面大营里可发生了不少事情呐。"

他拇指与食指相扣，有节奏地敲击着案几，神情若有所思，自是在思索这献降的真假。

过了半晌他将文书往桌上一掷，叹道："去将郭祭酒唤来，孤有要事与他相商。"

帐内侍卫正要答应，曹操却是改了主意。他一挥手，撩了袍子起身，"算了，不必了，孤亲自去见他。"

郭嘉帐内有些阴暗，四下无人。

他闷头大咳着，一向清亮的眼睛里也带了点疲惫，难得地倒了杯茶而不是酒。他将茶杯拿在手中，打量了半晌，终是将它扔回桌上。

"奉孝。"曹操拦了通报之人，自个儿掀帘径直踏进了郭嘉的军帐。

"明公。"帐里就他与曹操二人，郭嘉更加懒得行礼，而只是毫无形象地半靠在桌上叫了曹操一声而已。

曹操瞥了一眼几上一口没动的清茶，打趣地道："奉孝可是想酒了？"

郭嘉揉了揉额角，哼哼两声，"军中禁酒，又不是一天两天了，嘉怎么会突然想喝酒。再说了，明公你说的嘛……喝酒伤身——"他拖长了语调，懒洋洋地道。

"知道就好。"曹操叹息一声。"明公找嘉做什么？"郭嘉撑着下巴瞧着曹操，"对面有动静了？"

"奉孝知孤。"曹操笑着点了点头，将手中文书递了过去，"黄盖献降。"

"献降？"郭嘉讶异地挑了挑眉，有些难以置信地笑起来，"这当口儿，投降，不是捣鬼我都不信。"他将手中的文书抖得哗哗响，一脸地不相信，"明公，你信吗？"

"就知道奉孝你定然不信。"曹操在他身边坐下，"不过孤却有几分相信。"

"哦？"郭嘉语调上扬，带了几分好奇心，"明公这意思是……"

"江东那边热闹得很。"曹操微微眯了眯眼，"人心浮动不是假的。"他想起江对面收集来的情报，琢磨着这事儿十有八九是真的。若是牺牲上下一心的军心来做戏，也太不值得了。

郭嘉不再反驳曹操，却也是一脸若有所思。他怎么觉着，江东那群人，都是些赌徒啊？什么大招都放得出来。

明公，真的准备好接招了吗？

正如曹操所说的那样，孙策营中看起来的确军心不稳，而大战在即，最忌的就是上下不齐心。

不过那也只是看起来而已。

"都给老子打起精神来！"程普插着腰巡视着眼前的士卒们，眼睛瞪得老大，"到时候谁要是敢掉链子，爷爷我先打死你。"

程普老爷子年纪虽大，气势却丝毫不减，声若洪钟，在校场对面的孙策和周瑜隔着大半个营地都听了个清清楚楚。

　　孙策弯起眼睛，双手交叉放在脑后，冲着阳光一笑。他又微微侧头瞧了瞧周瑜，无奈地笑道："公瑾，程公这架势，是生怕别人不知道他忠于江东啊。"

　　"程公他……太实诚，演技有待提高。"周瑜也无奈地摊手，表示无可奈何。程普本就看他不顺眼，他可不去给人家添堵。

　　"到时候明公瞅着你们一群弱气得连个兵刃都拿不稳，我还指望着能被重用吗？"程老爷子的抱怨声再次传来，孙策脚下一个踉跄，皱起眉一脸心痛，"身为江东的智商担当，我已经深深地被程公折服了。"

　　周瑜忍俊不禁地摇了摇头，"行了，别耍嘴皮子啦，准备明天的正事吧。"

　　夜色已深，周瑜帐中照例灯火通明。

　　他一手揉着额角一手捧着一卷文书，平时戴在腰间从不离身的那块竹形玉佩现在有些反常地被他摘了下来搁在手边。

　　莹润的玉佩突然散发淡淡光晕，周瑜从书卷中抬起头瞧了一眼，正瞥见发亮的玉佩，于是立刻扔下手里军务将玉佩拾起来拿在手中。

　　"公瑾！"玉佩中传来熟悉的声音。

　　"你那边都准备好了吗？"周瑜有些期待又有些紧张地望着玉佩中的人，手指不自觉地紧紧捏着那块上好的玉。

　　小凤凰眨了眨眼睛，拍拍胸脯笑起来："自然，公瑾吩咐的，我自当办好。"剩下半句没说出来：要是办不好你烤了我咋办。

　　"那就好。"周瑜点了点头，手指摩挲着玉佩，无意识地微微勾起嘴角，"明天一过，一切就都有个了断了。"

　　那头的小凤凰突然急匆匆地转头瞥了一眼大门处，然后压低了声音朝周瑜说道："公瑾，别那么悲观啊。我之前跟你说了，你二人强行回到一千八百余年前的时空，扭转历史，是逆天的行径。而续命一说也没那么神奇，不过是将你多出来那十年与他平分，里外一合计，依旧没差。"

　　周瑜微微颔首，垂下眼睫掩盖住眼中光芒，唇角边的笑意一如既往的温润而坚定，"是，虽然瑜事后才知道，无法续命，但也不悔。就算是将瑜多出来的十年寿命全部赠与他，那也没什么大不了。"

　　"公瑾我的重点不在这里啊！"小凤凰跳着脚急冲冲地道，"你与孙伯符如果不见血、不杀人，少造杀孽，那么我就有办法让你俩活下去，至少多活个三五年是可以的，总比逆天而行后落个魂飞魄散的下场好！"

　　周瑜立刻敛了唇角的笑意，挑了挑眉梢一脸和蔼地打量着玉佩中的人，"现在你跟我说这个？"他语气挺温柔可亲，但目光中却是不容置疑的冷厉和坚决。

　　小凤凰被他凌厉的目光盯得发毛，说话都打磕巴，"啊……是，是啊。怎么了？"

　　"没什么。"周瑜云淡风轻地道，"虽然此刻义兄不在，但瑜相信，他与我想法一样。男儿在世，便当披坚执锐，征战天下，死也当死在沙场之上，那才了无遗憾。绝没有为了活命，畏缩着连打仗杀人都不敢一说！"他此时虽只一身中衣，长发随意披散，一副书生模样，但气势冲霄，言语间掷地有声，眸中闪烁着凌厉锋芒，让人不由自主地想去信服，不敢更不忍反驳。

　　"再说了。"他的语声放轻了些，脸上充斥着笑意，"自从找回伯符起，瑜就没想着能与他活得长长久久，只想着能为他拼命打下一片江山。三年前你向我吐露真相，我算着时间不多了，这三年间便更加追求任何事都速战速决，所以这副躯壳本也没多少年的活头了。我一切都不后悔，只可惜……"他顿了顿，然后悠悠一声叹息，"只可惜如今时间已到，却各地动荡，连二分天下都未能保证。只盼明日这一战，能将那曹操重创，若能取他首级，自然是好。再不济，也要把他彻底赶回江北，再不敢来犯！"

　　"……好。"小凤凰见他坚决至此，心中也不由得钦佩，更是没有立场再接着劝他，只好答应下来，"明天这场大火，我定会助公瑾，烧得漂亮。"

第四十四章 大结局

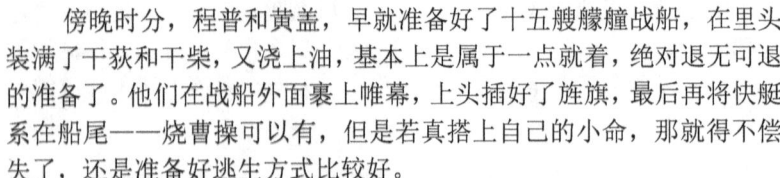

傍晚时分，程普和黄盖，早就准备好了十五艘艨艟战船，在里头装满了干荻和干柴，又浇上油，基本上是属于一点就着，绝对退无可退的准备了。他们在战船外面裹上帷幕，上头插好了旌旗，最后再将快艇系在船尾——烧曹操可以有，但是若真搭上自己的小命，那就得不偿失了，还是准备好逃生方式比较好。

两个人一切准备妥当，蓄势待发。

"主公中护军放心，某前去打头阵，定然不负所望！"黄盖朝孙策周瑜一礼，语气掷地有声，带着绝对的自信。

周瑜微微笑起来，嘱咐道："黄公一定记得，到江心时升起船帆，向前前进，等到离曹军三四里时会有东南风起，不可慌张更不可太兴奋。见风起时，立刻令十五艘艨艟同时点火加速。"

黄盖拍着胸脯满口保证，"某定当详细叮嘱德谋与将士们，必然不负主公与中护军的期望！"他说话时眼中竟像燃着火焰，那是独属于江东少年……和中老年的拼劲儿。

他承诺过后掀了帐帘径直走出，与门外等候的程普交换了目光。两人并肩望向整装待发的军队，胸中激动难以言喻——这一刻，他们都等了很久了。

"出发！"

"时未到冬至，并无东南风，那周公瑾，就算想要火攻也无从攻起。"郭嘉侧头朝曹操笑了笑。既然无法阻止黄盖程普献降，那么他也得把风险降低一些。

对于孙策和周瑜，他还是有一定了解的。六年前孙策追击黄祖，在沙羡放的那一把大火，可谓是将黄祖烧得屁滚尿流。四五年前，在江夏，周瑜大战黄祖，又把江夏烧了个七零八落。三年前在南阳时，张文远与陆逊相遇，那陆伯言选择的也是放火。纵观孙策周瑜纵火团的屡屡前科，郭嘉自然是不得不防。不过这次是风向的问题，就算孙策周瑜的本事再大，也烧不起来什么的。

曹操有可能也转过和郭嘉一样的念头，也有可能完全没想过，郭嘉并不知道。

此刻的曹操也没工夫搭理郭嘉，而是目不转睛地注视着江面。夜幕微沉的江上平静得很，却忽然有一个黑点出现在远处。他眼睛一亮，低声欣喜道："来了！"

夜幕降临，隐约可以看见江心平静无波，并没有什么大风大浪。

黄盖和程普并肩立在第一艘战船的甲板上，望着远处越来越清晰的灯火通明的曹操大营。

"差不多了。"静默地等待了一阵子之后，黄盖与身边的人对望一眼，深吸一口气，大声道朝身后将士们道："已到江心，升起船帆！"

"是！"众人答应的干脆利落，消息依次往后面十四艘战船上传去，升起了帆的十五艘庞然大物同时前进。

江面依旧平静，无风。

"等到离曹军三四里时会有东南风起……见风起时，立刻令十五艘艨艟同时点火加速。"

周瑜的话回响在耳边。

"公覆啊，你说中护军怎么会这么肯定。"离曹营越近，程普就显得越发焦躁起来，"万一……万一没有什么东风……"

黄盖道"就算没有……"

"就算没有——"程普却直接打断了他，大手一挥，神色中满满都是自信，"就算没有什么东风，咱们也能把那曹操烧个屁滚尿流！"

黄盖眼中带笑，欣赏地打量着自己这个老战友，只觉威风凛凛，忍不住打趣道："德谋这副样子，当真神威凛凛，衣袂带风……"

"……好像不是我带风。"程普顿了顿，脸色有些奇怪。

两个人面面相觑地愣了一阵，然后程普猛地一拍巴掌，大声朝身后众人吼道："风起，点火，加速！"

漆黑的夜色覆盖住了整个江面，平静的水波仿佛昭示着一场大战最静谧的前夕。十余艘战船升起了船帆，悠悠出现在天水相接的地方，安静而坦然地走向它们那早就写好了的终点。

一切都平静又正常。

突然，狂风呼啸着打破了原本的宁静，拍打着江面卷起浪花，推动着船只飞速向前行驶。

沉沉夜幕中倏然亮起一点火星，随着星芒跳跃，安静的夜空下不停地炸响"噼啪"的音节。一晃神的工夫，一点火星就已然燃成了一片火海，那十数艘战船全部被火焰缭绕。火烈风猛，遮天蔽日，浓烟滚滚中隐约可见那些战船像离了弦的箭一样，在东风的助力下飞快地向对岸驶去，如同一团火球，不与敌人同归于尽，决不罢休！

"居然起风了……"

"火！天哪！"

不远处的曹操营地自从风起后便陷入了一片混乱。当众人看到黄盖献降的战船变成了一条条火船朝着自己方向冲过来的时候，更是不知所措起来。

"妈的！这月份哪里来的东南风？？"郭嘉忍不住指着天破口大骂，怎么也想不出这东风是从哪里钻出来的。

他的话音刚落，燃烧着的庞然大物已然狠狠地撞上了曹军的战船，借着风力，顷刻间在岸边燃起了一片火海。

"快，把船身都分开！"曹操一边拽着郭嘉撤退一边大喊，从来都坚定冷酷的眼睛里也染上了慌张的神色。

"咳咳……战船首尾相连，怎么分开！"郭嘉被浓烟呛得连连咳嗽，也扯着嗓子大叫，声音堪堪盖过周围惊慌失措的将士们，传到曹操耳朵里，"明公快撤吧！咳……"

就在这君臣交换几句话的工夫里，曹军首尾相连的战船已经全部被烧起来，最初被撞的那几艘已然被烧毁，船上无数的将士和战马葬身火海。

更可怕的是，那大火借着东风猛烈的风势，从船上蔓延到了曹操设在陆地上的营寨。顷刻间，浓烟烈火，铺天盖地地席卷了曹操的军队。大部分人连逃跑的机会都没有，或者连发生了什么都未反应过来，生命就已经被烈火吞噬。

而黄盖和程普早已让船上的将士们在点火之后顺着船下到了预先准备好的快艇上，烈火的冲击于江东军来说并不算什么。

惊恐的叫声混杂着被烧焦的肉体的刺鼻气味，渐长的风势推动着烈火更加肆意的蔓延，饶是最骁勇善战的士兵也失了信心。

"咚！咚！咚！"气势磅礴的鼓声突然响起，在曹军一片的混乱和惊叫声中显得尤其振奋人心。

曹军的将士眼中带着希望，惊喜地抬头望去。可惜，那眸中的希冀却在看清来人后彻底灭去。

来者是两人，他们并肩而立，轻装的精锐将士紧随在后。二人一金一银的铠甲被火光映得竟有几分神祇的味道。

左侧身着淡淡银色盔甲的男子缓缓拔出腰间长刀握在手中，刀身锋利雪亮，倒映着肆虐蔓延着的火势。

他在漫天火光下微微笑了起来，唇边的温润笑意与眸中的凌厉杀伐相互交错，美得如同暗夜嗜血的修罗。

他身侧的男子眼中带着懒洋洋的笑意，随随便便地站在那里，却带着天生的王者的气势，让人不禁想要臣服于他。金色盔甲的男人右手紧握长枪，抬起手猛地一挥，带着绝对自信的声音随着破空之声响起，"追击！一个不留！"

随着震天的鼓声，孙策和周瑜领着精锐战士们一路猛进，所到之处曹军溃散。

孙策一马当先冲在最前面，一柄长枪舞开令人难以近身，雪亮的枪尖没多久便被染成血红，飘扬的枪缨与营中的火光漫天融成一色。

周瑜紧随其后，手起刀落间更是毫不留情。

"你与孙伯符如果不见血、不杀人，少造杀孽，那么我就有办法让你俩活下去！"

小凤凰带着些紧张的声音回响在脑海中。

"……总比逆天而行后落个魂飞魄散的下场好！"

魂飞魄散吗。

周瑜百忙之中抽空侧头瞥向身边的孙策——身披金色铠甲，目光灼灼像是燃烧着火焰，宛如太阳神一般。在战场上挥洒着汗水，甚至是鲜血的他，是肆意潇洒的。

这是战场，他是王。

他为这里而生。

周瑜抿紧了唇角，自嘲地笑了笑。他怎么忍心，为了多几年活头，而去这样限制伯符？

毕竟，王还沙场，乃天注定。

他不再多想，踏上一步挥刀斩向面前拦路之人，鲜血飞溅中偏头与孙策对望一眼，大声道："四处围追！不可放过曹操！"

陆地上有孙策周瑜追击，而水军则由甘宁统帅。

"冲上去拦住他们，我堂堂江东水军岂能拖了主公的后腿？"甘宁扛着把长刀，眯眼望向不远处的一片火海，语气掷地有声，充满着自信。

凌统站在他身边，少年的脸庞上带着期盼和兴奋，"大叔，这简直像是，见证奇迹的时刻啊。"

甘宁哈哈笑了起来，拍了拍凌统的肩膀，"这奇迹，有主公和中护军在，就有奇迹。"

若说适才狂风烈火是在为江东军奏一曲慷慨激昂的战歌，那么对于曹操的军队来说，这大风便是永恒的梦魇。

狂风呼啸中，曹操率军从华容道步行撤退。

一路上死的死伤的伤，如今还未葬身火海或成为孙策周瑜刀下亡魂的将士，数目已然不到一半。

"天不助孤！"曹操脸上是难掩的怅然。他环视着身周兵将，又望向前方满地的泥泞，心中焦躁难言。

体力透支的郭嘉瞥见曹操的愁容，一边大口喘着气，一边飞快地想着办法。

"明公，令老弱与伤兵背上草铺在路上，让骑兵通过罢。"郭嘉闭了闭眼睛，摇头叹气，"一时间没有更好的办法能救下更多的人了。"

曹操深深地瞥了一眼郭嘉，苦笑道："奉孝一如既往地知孤。孤意下也正是如此。"

他闭上眼长叹一声，再次睁开眼睛时那几分惆怅已然一扫而空，取而代之的是孤傲与冰冷，"动身罢！"

"脚下已不是实地了。"周瑜勒马停止了前行，长眉紧皱。

他和孙策所率的轻装精锐一路追击，又击溃了几波负隅抵抗的敌军，加速堪堪追到了曹军身后，却被泥泞挡住了前行的脚步。

"他曹操……哈，当真狠心！"孙策思考了一瞬已然反应过来，恨恨地啐了一口。

周瑜回望自家的精锐骑兵，无可奈何地摇摇头，"若我是他，或若伯符你是他，定然会选择同样的方法。奈何……"如斯精兵，怎可葬身于此？

"主公——"似乎有人明白了过来，当下便想要自荐。

"闭嘴。"孙策冷冷地瞥了他们一眼，立刻做出了决定，"放弃追击，你们立刻回去与黄公程公等人会合，四方追捕，陆路上不可放过任何一个人。水军方面由甘将军统帅，料想无碍。虽让他曹操跑了，但他身边人少，还早已自伤三千，你们只要截下其余曹军将士，依然可以大获全胜一把！"

"是！"众人大声答应，却不动身。

"你们先去，瑜与主公商量一下接下来的计划，稍后便去。"周瑜朝一群愣着的人温和地笑了笑，"一切听吕将军指挥，去吧。"

"是！"在江东大营，除去孙策，众人最信任的便是周瑜。是以江东将士毫无怀疑，立即领命，调转马头飞奔离去。

望着众人的背影渐渐消失，周瑜露出了疲惫又释然的笑容。

"咚。"刀锋与地面撞击的声音。

周瑜右手持刀撑着地面，却还是身子一软，支撑不住，半跪在了地上大声咳起来。

"公瑾！"孙策一直就站在周瑜身边，见他这样立刻上前将人扶住，然后毫不犹豫地搂在了怀中。

周瑜也没反抗，反而松手将古锭刀扔在了一旁。他抓着孙策的衣服闷声咳着，鲜血从口中不停地涌出。

"公瑾……"孙策大惊，"公瑾你……"

"伯符……"周瑜微微抬手打断了他的话，侧头注目瞧着孙策带着些血迹的俊颜，轻声叹息，"伯符啊，我瞒了你三年，你可不怨我罢……"

这句话挺没头没脑，但孙策还是立刻反应过来有些不对劲，"公瑾你……你瞒了我什么？"周瑜这话令他突然有种特别不好的预感。一场大战下来，他只觉身子轻飘飘空荡荡的，本以为是最近太过专注于战事而导致有些筋疲力竭，但听得周瑜这话，再联系他自身的情况，不免在慌张中添了一分害怕。

"三年前我得知，你我此行乃逆天而行，所谓从建安五年再来一次，不过……不过是将我这多出来的十年寿命，与你平分……"周瑜的淡然中还掺杂了一丝歉疚，半开玩笑地道，"早知道……早知道我真该多活几年，也不至……不至连累你这么早就……"

"公瑾你便是喜欢胡说……"孙策微微一愣，然后竟笑了起来。那笑容仿佛炫目的阳光，穿过云层洒向大地，令人不由自主地开心起来。他边笑边用手抚上周瑜的脸，轻轻地吻过他唇边刺目的血迹，"我的公瑾啊……策怎会怪你？你瞧瞧你这样，我看了……心疼得很。"

孙策看了看怀中人渐渐合上的眼睫，先前的慌张害怕反而消失殆尽。他轻轻低头凑到周瑜耳边呢喃，"别说五年，哪怕是一年，或者半年，能有你相陪，都是我的幸运和幸福。"

他觉得头很痛，眼前一阵阵晕眩黑暗，也好想休息休息，但还是打起精神，一手搂着周瑜，另一手指向他们不久前才点燃的满天红霞。

"公瑾你瞧，这赤壁的烟火，烧得多好看，多绚烂呐。"

"公瑾你瞧，这是给你我，最好的礼物……"

"公瑾啊，有你，乃我毕生之幸……"

近乎永恒的黑暗后，铺天盖地的酸痛伴着微微光亮袭来，他累得连一根手指都懒得动弹。

隐约听见耳边有些叽叽喳喳的声响，随后还有个更加清晰的声音在压低了嗓子喊"闭嘴"。声音虽低，却自有一股气势。

最后那个声音有点熟悉。是谁啊。

他昏昏沉沉地琢磨着，接着睡还是醒来，这是个难题。

在做了半天斗争之后，他终于费力地将眼睛睁了一条缝。

刺眼的光对于沉睡了太久的他来说很不适应，不过好在立刻有人心有灵犀一般地将灯光立刻调暗。

随即映入眼帘的是一张笑脸。

他长得好看得很，脸上带着阳光的笑容，看了就温暖之极，黑白分明的眼睛眨啊眨的，流露出的关切之情熟悉到不行。

那人旁边突然又钻出一个脑袋，一头红毛扎眼得很，不过很快就被最开始的那个人给推到了一边，他还听见红毛被苛责了一句，"小鸟先离远点。"

那人的俊颜在他面前慢慢放大，眼中流露出的暖意将他整个人包围。

那人轻启双唇，就和五年前一样——一样的地点，一样的人。

"欢迎回家。"那人扬起一笑，"重来的一生，只愿共你白首。"

番外 1 周公瑾自白

书香阵阵，琴音寥寥，在自己很小的时候，他一直以为自己的生活不过就是这样普通的、世家公子般的游手好闲，因为他所在的周家，有父亲帮着撑起一片天。

即便是身处乱世，有父亲，他就不必负起责任。

谁知，美好总是不久长，父亲之死让他深刻地体会到了世事无常。

他认了，在这乱世之中，能在父亲庇护下过几年无忧无虑日子，已经够了。而他周瑜，本就不是逃避责任之人。

年少的他独自撑起周家，好在不久后遇到了那个他累时一直在身边相陪的义兄，孙伯符。

那时候他还不知道，正是这个让他倾心信任的人，让他尝到了生死离别的铭心刻骨的痛苦。

或许命运就是这么可笑，他与那孙伯符结为义兄弟，就偏偏要经历一样的丧父之痛。

他放他走，去肩负起破虏将军未能完成的任务。

伯符说，他会回来找他。

他笑了笑，我等你。

但是他终究没有自己想的那样洒脱，也未能一直在舒城等着他。

他忍不住想去投奔他，于是自作主张散尽家财，卖了老爹的房子，遣散了家中从人，还找到了大财主鲁子敬抢了他家粮仓，甚至连自家叔父的兵将都借了没还，钱财、粮草、士兵，他通通带去了给义兄孙伯符。

很多人不理解他为什么要这么尽心极力地帮伯符，还有人说，以他周公瑾的能力，完全可以自己起兵，也弄个头儿来当当。

他一开始是不知道该如何解释，后来直接懒得解释了。

他对伯符的感情，只有他们二人懂。

他觉得，值得。

在这样烽烟四起的年代，谁不想一展宏图，谁又不想在热血的杀场上留下属于自己的靓丽色彩？

他也想。

想闯出属于周公瑾自己的一片天下。

然而他还有那人，他还有孙伯符。

有那比他还要热血沸腾的小霸王，他就愿意一直在他身边，做那个协助他的人。

他甘愿让那小霸王张扬地在青史上留下痕迹，甘愿将自己的光芒掩盖在他之下。

可是，就连这样简单的愿望，都无法实现。

建安五年以后，即便他再想让那人用光芒掩盖自己，也终是空想。

那之后他便将自己活成了孙伯符。

活得光芒四射，活得耀眼之极。

赤壁的那场大火，是他人生的巅峰。

别人都以为是他恨极了曹操，才有了那样一场江上大火。

但是只有他一个人知道，那一场焰火，是他送给伯符的祭奠。

纪念那个曾经与自己并肩赏天下的孙伯符，那个让他安心的笑容阳光耀眼的舒城少年。

建安十五年，他三十六岁，抛却了这孙氏江山，和他一样撒手不再去管。

穿着盔甲一辈子，在战场上意气风发。回首这一生，虽然二分天下的梦想终成泡影，与他并肩俯瞰天下的誓言也未能实现，但是，他总算对得起伯符。

这一辈子，也就这样了，伯符，但愿来世再携手。

峥嵘终是一场梦，多想回到少年时。

番外 2　孙伯符自白

他第一次见到周瑜，还是舞勺之年的少年。

他是，他也是。

那时他在寿春结交名士，十几岁的少年便已小有名气。他还记得那时候是周瑜从舒城来找他的。　他刚刚见到那与他同岁的少年便打心底对他有好感。

他想为这天下尽一己之力，他亦不愿只守着周家无动于衷。

那时候他就认定，眼前之人便是能与他策马天下、并肩俯瞰大好山河之人。

　　后来周瑜将房子都让给他们家住了，他又感激又兴奋，感激于周瑜的大方和对他的理解，兴奋于……他也不知道。或许，是因为可以同居了？但是当时的他可没这么想过。

　　两个少年虽然只在小小的舒城里，但是却不约而同地在脑海中勾勒出了一幅他们二人谈笑指点江山的图画。

　　两个人之后升堂拜母，结为异姓兄弟，在他看来均是理所当然。周瑜的义兄，除了他，谁也没资格做。

　　他知道周瑜喜欢清淡素雅的颜色，可是结义那天却没有顺着他，而是很反常的让人赶制了两件一模一样的大红色衣袍，一件给自己，一件给公瑾。

　　他本以为周瑜会不同意，毕竟这样张扬的颜色，一向低调奢华的周瑜不会喜欢。谁知道公瑾只是深深地看了他一眼，就很顺从地接过衣袍，有些沉默地换上了。

　　那时他还有些诧异有些不解，不明白公瑾为什么会这么爽快地答应。不过后来他懂了，看到从那以后公瑾开始频繁地穿绯红色衣裳，他就懂了。

　　尽管当时他还一知半解，但是那种感觉他到现在也一直铭记。

　　因为，那是他的梦想，亦是公瑾的。

　　母亲在上，公瑾在旁，一拜天地，二拜高堂。

　　后来他不得不肩负起父亲留下的担子，不得不与公瑾分开。

　　他说，公瑾，总有一天，咱们能再次携手，完成一直以来的誓言与梦想。

　　公瑾说，他会等他。

　　结果没等他做出点成绩回去找公瑾，人家就先来找他了。

　　他来后有一阵子他才知道，原来公瑾为了他，卖了房子卖了地，遣散了家仆从人，从一家之主变得孑然一身；他抢了鲁子敬家的粮仓，将粮草全部送来江东；他还坑了他叔叔周尚的兵将，通通带了来给他孙伯符。

得妻……咳，得友如此，他亦没别的所求。

他心中有小小的得意，因为这样完美的周公瑾，只会为了他倾尽全部。

为了表示这份压抑不住的自得，在迎接从居巢归吴的周瑜时，他简直是能多任性就多任性。

他不但赠他宅邸，赠他鼓吹，而且亲自前往相迎，授予他建伟中郎将，给他两千兵将，五十匹战骑。

对于当时刚刚起步的他来说，这些已经很多，多到军中没几个人比得上，多到从他父亲时起就跟随着四处征战的程普等人羡慕嫉妒恨。

他却丝毫不以为意，甚至觉得他给公瑾的还不够多。

他，小霸王孙伯符，就是想要告诉天下人，就是想要所有人都知道，周公瑾是他最珍视的人，没有其他任何人比得上。

那时他们两个只有二十四岁，却被人称作孙郎和周郎，被赞为江东双璧，一时间风光无限。

可惜，这样的日子只过了两年。

可惜，这短短的两年之内，还是聚少离多。

建安五年四月，公瑾，我舍得江东，因为仲谋会好好替我守着，可我却舍不得你，因为，没有了我，谁来守着你？

不过，你还是要活得长长的，带着我俩的誓言和梦想，意气风发地征战天下。

我会等你的，一直一直等下去。所以，不到一百岁，我不愿在阴世见到你。

公瑾，我的二十六年里，有你，值得。

番外 3　曹郭

　　建安的某一年，曹操忙里偷闲，在七夕当日起了意，突然想浪漫一番。至于对象，自然是多年来与他相遇相知相伴的得力助手军师祭酒郭奉孝。诚然，郭奉孝与文若、公达一样，是他的谋士和属下。不过，郭嘉于他，或许从一开始就不是单纯的下属。自从最一开始的初遇，郭奉孝便在他心里占有了特殊又微妙的位置。

　　曹操一向不懂如何讨别人欢心，因为坐到他这个位子，只有别人来讨好自己的份儿，所以对于郭嘉，想浪漫是真，不知该怎么做也是真。

　　当晚，特意早早结束了工作的曹操来到郭嘉帐前，却被告知祭酒大人与令君大人出去了，去哪儿了也不知道，不过去了有一阵子了，大概两个时辰前就走了。

　　从来没被人无视过的曹操立刻气不打一处来。难道郭嘉不知道今天是什么日子吗？不在这儿等他去和荀彧鬼混什么？荀文若那家伙不好好替他干活儿又会带他家奉孝去哪里呢？

　　好不容易想跟郭嘉浪漫一次的曹操还没开始就受到了打击，心上人还被自己最信任的人给撬了墙角，各种不爽自然是有的。

　　不爽的曹操自然而然地生出了一种奇特的自暴自弃的想法，心想既然你郭奉孝随别人出去，置我于不管不顾，我能找的陪我乐呵的人还能比你少了？于是，手握大权的孟德公带着一种不满的复仇的心理踏进了自己一向非常不屑的……青楼。

　　曹操脸上一副波澜不惊的老手的样子，心中却暗暗生气。要知道这破地方是自己一向教导丕儿不要来的地方，要找人作乐也不能找女人……呃不，也不能找青楼女子。这样一个地方，自己却在七夕这么美好的日子里踏了进来。

　　"让你们的头牌过来陪我。"曹操为了应景，来之前特意喝了点酒，微有些醉眼迷离，借用了一句非常烂大街的开场白，再配上一副"我有钱你来宰"的表情，在老鸨眼里活脱脱就一财大气粗的金主，根本无法让人联想到他就是那位高权重的曹操。

　　那笑得花枝招展、脸上涂脂抹粉、身上脂粉香气能在阵前把敌军主将熏死的青楼老鸨一步三扭地走到曹操跟前，陪着笑道："这位爷，

真不好意思，咱们的头牌姑娘已经在陪两位爷了，大概有一个多时辰了，怕是正在兴头上……现在怕是抽不开身啊……"

见曹操脸色不悦，那老鸨立刻拉过来一画得跟妖精似的姑娘，笑道："这位爷，咱们这儿的青儿姑娘也是有名的美女，要不然……唉那二位可是官爷啊……"

"官爷？"曹操眯起眼睛，"一个多时辰前来的？"他怎么有种想要揍人的欲望？

那老鸨被他突如其来的情绪变化吓了一跳，结巴道："是……是啊。"

"他们在哪间房？"曹操收敛了眼中危险的光，淡淡问道。

老鸨被他的气势震慑得不敢不说，只得道："上楼……上楼左拐第一间……"

曹操"嗯"了一声，随手拨开人群，三步并作两步地上楼，更是直接无视身后老鸨的大喊大叫。

曹操上楼左转，身周气压低到是个人都绕着走。他想也没想就一脚踹开了左边第一间的门，"郭奉孝！你给我出来！"

曹操早就有心理准备，例如像头牌整个黏在奉孝身上啊，头牌和奉孝相拥深吻啊，甚至于两个人直接拉帘干那事情，他都想过。

可是他怎么也没想到自己会看到这样一幕。不是奉孝与头牌在干什么，而是奉孝与……荀文若？！

一个多时辰之前，荀彧突然找到郭嘉，问他晚上是否有事，若是没事就一起吃个饭什么的，他有事相询。

郭嘉自然说无事，毕竟荀令君一般不主动来找他，今天既然亲来相邀，肯定是有什么要紧的事。

既然荀彧都亲自来问了，而且又拍着胸脯说他请客，各种美酒管够，郭嘉有什么理由拒绝呢？

郭嘉本以为荀彧会带他去酒楼一类，是以当他被荀彧拉着来到现在他所在的地方的时候，郭嘉深深地怀疑了荀令君的君子属性。

郭嘉怀疑地望着他，而荀彧只是泰然自若地说这是为了"掩人耳目"。郭嘉表示很无语，若是谈论的是机密，那干吗还出来呢？如果不是机密，又何须掩人耳目？当局者迷的他没想到，身边的人需要瞒过的，只不过是那一个人罢了。

他跟着荀彧进了一间里面早有头牌候着的房间，差点被屋里的脂粉味道熏个跟头。郭嘉侧头去瞧身边的荀彧，他那双好看的眉毛也不着痕迹地皱了皱。嘿嘿，原来荀文若你也受不了这里的味道吗？

两个人坐下来后荀彧根本就没理那头牌，甚至连郭嘉都给无视了，而是自斟自饮起来。

郭嘉喝了两杯酒后，越待越觉得气氛不对，忍不住问道："文若，你约嘉来此，所为何事啊？"

荀彧微微一笑，叹息道："彧与奉孝相识相知，比奉孝与明公要久了吧。"

郭嘉也是一笑，"是啊，还是文若举荐嘉于明公，否则嘉也没有今天啊。"

"那么……"荀彧向郭嘉的方向挪了挪，语声中带了些无奈，"彧与明公，真得差得那么远吗……"

郭嘉："……！"他明白这诡异的走向是怎么回事了…天哪打死他也想不到荀彧居然会问出这样的话！

荀彧却不似打算想要放过郭嘉，站起来俯身看着他，嘴角带了丝自嘲的笑容，"奉孝，聪明如你，又怎会猜不到彧的心意？不过是你不愿承认罢了……"

而这幅荀彧俯身望着郭嘉的画面，就是曹操推开门时看到的"荀郭旖旎图"。

荀彧和郭嘉听到曹操那声带着怒气的"郭奉孝"时，都是浑身一激灵。

"奉孝……荀彧！"曹操瞪着眼睛不可置信地望着那君子般的荀令君从郭嘉身上让开，觉得有些语塞。

荀彧垂眸，朝曹操行了一礼，"明公，彧……告退。"他不知道过了今天曹操会怎么看他，但是……事已至此，他也无悔，虽然……都是自己的一厢情愿。

在荀彧非常善解人意地离开并拽着那"掩人耳目"的头牌一起离开后，气氛依旧旖旎的屋中就剩下了曹操和郭嘉两人。

"奉孝……能否给孤解释解释，这是怎么回事？"曹操只有很生气的时候才对郭嘉自称孤，而现在……自然算在很生气的范畴之内。

郭嘉瞥了他一眼，自斟自饮，"没什么啊。"

曹操走到郭嘉身边，俯身看着他，和刚才荀彧站的地方貌似没什么差别，"七夕之夜……不好好等着孤，却和荀文若来此地寻欢作乐……敢问奉孝把孤放在哪里？"

刚才面对荀彧时郭嘉心中多是惊讶，而现在换了曹操……他怎么有点儿激动呢……还有曹孟德，他这是吃醋了？他居然也会吃醋？

郭嘉越想越觉得有意思，唇角微扬，"明公觉得，嘉将你放在哪里？"

曹操见他居然笑了出来，心中那股无名火顿时就被浇灭了不少。冷哼了一声，曹操离郭嘉越来越近，轻声道："我觉得……你的意见好像并不重要……"

"……诶？"郭嘉怎么觉得他要羊入虎口了呢……

祭酒大人的预感一向都很准确，孙伯符那件事是这样，现在的预感更是准到不行。

曹操见郭嘉喝得脸色微红，半眯着眼睛的样子非常特别的招人喜欢，深吸了一口气，心想反正这地方来都来了……不办点事怎么对得起这地方嘛……

"曹孟德你想做什么……！"

"我想做荀文若没做成的事情啊……"

"哎次数太频繁了真的不好啊……今天早上才刚……"

"没关系我金枪不倒……"

"问题是我吃不消啊……！"

祭酒大人表示，他腰疼，真的。

番外 4 五一劳动节的一天

如春的四月来了又走了，江东土匪窝里的众人迎来了五月的第一天，劳动节。

吕蒙心想他和伯言认识以来，还没一起过过什么节日，虽然五一没有情人节什么的那样浪漫，但是好歹也是个节日嘛。

"伯言。"吕蒙拉住了迎面而来的陆逊，"你忙完啦？"

陆逊朝吕蒙微微一笑，点了点头，"嗯，怎么了？"

吕蒙背书一样地道："伯言咱们认识那么久了还没有什么单独在一起的时间今天正好咱俩都没事儿不如一起出去吃个晚饭什么的？"

陆逊心知肚明面前的人想干什么，是那种想想就让他脸红的事，于是说道："先生找我还有事儿，子明咱们改天吧。"

吕蒙可舍不得就让陆逊这么走了，见他要转身离开，立刻拉住了他手臂，"伯言别走啊。"

陆逊隔着衣袖都能感觉到吕蒙的体温，不由自主地脸红起来。

"伯言！"吕蒙见他这副神情，扑哧一声笑了出来，"你先回去换个衣服，一会儿我去找你，咱们一起去。"

陆逊看着笑得开心的吕蒙，默默叹气，他好像没答应他啊……？

孙权最近被老哥折磨得很惨。他那无良大哥非说要锻炼他的能力，将自己懒得批改的公文都交给了他，锻炼什么能力啊？他的公文还不都是陆伯言帮忙批改的？可惜最近子明缠伯言缠得紧，后者一看到子明就一副脸红心跳娇羞少女的样子，也就没了替他干活儿的心情，所以只剩他一个人挑灯和公文作战。话说他可是见过伯言胆大的一面的，好几次背着别人一起玩儿火把他吓也吓死了，怎么子明一来就换了个人一样？

更可气的是向来疼他的温柔的公瑾哥这次也不打算帮他，还说他将来能堪大用，现在磨练一下挺好。孙权有种深深的无力感，他能堪大用，他自己怎么不知道？

连日与公文奋战的孙权同学觉得自己快受不了了，最重要的是……他已经很多天没见过幼平了啊！

"二公子。"说曹操……不对，想周泰周泰到，推门而入的男子正是孙权刚才想得肝疼的周泰。

"幼平！"孙权眼睛一亮，想也不想就扑了上去，"快救救我吧！"

周泰哭笑不得地看着孙权，却舍不得也不想将他和自己分开。多少年了，身边的人已经从当年青涩的少年成长为能独当一面的青年，可是对他的那份依赖，却始终如初。他很感激，也有点儿小窃喜，因为能让孙权这样对待的，只有他。

"嗯，二公子……我在。"

"喏，大叔，你把那个搬到后院儿去，然后把那箱书搬出来晒一晒吧。"凌统翘着二郎腿靠在床边，手里把玩着一根鸟羽，笑眯眯地指挥着某人忙来忙去。

甘宁路过他身边的时候咬牙道："没记错的话你今天已经让我晒了十多箱书了，还有大叔什么的不许再叫了！"

凌统笑嘻嘻的，"劳动节嘛，要劳动。"

甘宁将手里的东西"嘭"地一声扔在底下，"那你怎么不劳动劳动？老子不干了！"

凌统瞥了他一眼，哼声道："当初是谁说要保护我来着？还说什么不让我受委屈，现在替我搬几箱书就不干啦？"

"……"他这么一说，甘宁立刻就没了气，走上前摸摸头，"嘿嘿，是我说的，公绩放心好了，我肯定保护你一辈子。"

凌统连忙躲开某人的"魔爪"，站起身心情颇好地拍拍甘宁的肩，笑道："大叔，当年让你随便摸也就算了，现在摸起来不太方便了吧？"

"长得高又怎样？还不是我喂得好？"甘宁表示他的厨艺都是为他练出来的，不然他家凌公绩早就不在他这儿待着了。

"跟你这个大叔有什么关系……"凌统鄙视。

甘宁半眯着眼睛，"再叫大叔信不信老子办了你？"

凌统向门口退了两步，"不信。"今天水贼大叔怎么这么狂躁啊？

甘宁见他要跑，用极快的速度包抄过去然后将门猛地关上，得意地笑了笑，"啧，老子行军打仗都少有这么眼明手快的时候，看来今天这是天意啊。"

凌统没刹住车差点撞到门上，很有一种不祥的预感，"天意什么……甘兴霸大白天的你注意影……唔……"

屋外阳光明媚，一片静好。

"公瑾，节日快乐啊。"孙策神秘兮兮地从周瑜身后搂住他的腰。

周瑜莞尔一笑，"只是劳动节罢了，有什么快乐不快乐的。"

孙策眨了眨眼睛，"劳动节很重要的呢。"

周瑜挑眉，"嗯？"

"虽然有你的每天都像过节一样……"孙策笑得神秘，"不过劳动节还是不一样啊。"

"伯符……你想表达什么？"周瑜一边眉毛越挑越高。

孙策做忧伤状，"公瑾，忧心战事是好事儿，但是你要不要这么忧心战事啊？"孙策表示他这个主公都没急成那样，他家公瑾那么急干吗？

周瑜突然敛了笑容,淡淡道:"在有限的时间里尽量多做点事吧。"如果可以,他也很想慢慢做这些事啊。

孙策感觉到气氛突然有些异样,察觉到了什么,却并没有说出来,而是笑道:"也是,这乱世中的人,每天都是当做最后一天来过。"不过,他要给公瑾,无数个最后一天。

"所以这和劳动节有什么关系?"周瑜叹了口气,岔开了话题。大小也是个节呢,把自己搞那么伤感做什么?

"劳动节啊,顾名思义就是要劳动嘛。"孙策眨巴眼睛。

周瑜向门外一指,优雅地笑道:"兴霸正在替公绩搬东西,伯符你要是想要劳动一下也可以去帮忙啊。"

孙策声音突然低了下来,还带着些暧昧,"咳,兴霸那个劳动,和咱们的劳动不一样哟。"

周瑜投过去怀疑的目光,"孙伯符我警告你,现在光天化日外面都是人,你给我注意点。"

孙策扑哧一笑,朝门外喊道:"外面有人吗?有人就都赶紧滚远点!孤要与公瑾商议军事!"

外面有人答应了一声,之后就一片安静。

"现在外面没人了。"孙策嘿嘿一笑,像饿虎扑食一样朝某人扑了过去。

……

"孙伯符!"不多时后周瑜躺在床上咬牙切齿,"过个节你就这么对我吗!"

"劳动节啊……公瑾你说的,要多运动……"

"……你简直侮辱了运动这两个字!"

"我不在乎……"

"你……唔……"

"公瑾……节日快乐。"

"……伯符，你也是。"

番外 5 甘凌

凌统一直有个随手写日记的习惯。

因为从小跟在心思完全称不上细腻也从来不管儿子的凌操身边，凌统习惯了将每天发生的事情用笔记下来，这个从小养成的习惯直到很多年后都没丢。

某日，凌统说孙仲谋和陆伯言有事找他，好像还是瞒着周幼平吕子明的，三个人凑在一起笑得神秘，嘀嘀咕咕的不知道在说些什么。

这天是个周末，本想拉着凌统出去约个会什么的，然而现在女朋友都被人拐走了，甘宁便在家无所事事起来。

在现代日久，甘宁也越发熟悉起电脑这玩意儿的操作，觉得这高科技简直就是打发时间的必备之物。

甘宁最喜欢的要属孙策设计的三国系列游戏，其中真爱的人物就是甘兴霸和凌公绩，除了游戏人物长得比他差太远之外，还都算令人满意。

无聊的他上贴吧看了几个帖子，有讨论到底游戏里他强还是公绩强，结果那群家伙都一边倒地认为凌统比他好用，甘宁顿时不平衡了。

"不尊重历史都去死吧。"甘宁一边噼里啪啦地打字一边咬牙，"我要是没他强怎么会压他一压那么多年？"

"啪"的一声按下回车键，甘宁很爽地将自己的长篇大论"论甘宁比凌统强在哪里"发到了贴吧上。

由于武将甘宁同学太兴奋而且用劲儿太大，电脑上面"啪嗒"掉下来一个线装本，很厚，纸页是微微泛黄的，恍惚回到了那些时光，让他突然有种很怀念的感觉。

纸页上潇洒地写着"凌公绩"三个字，居然还是用毛笔写的，而且墨迹似乎已经有了些年月。

甘宁望着手中的本子，这里面应该是凌统的日记，是他许多年来记录下来的点点滴滴，或许是都没跟他分享过的。

看或者不看？这根本就不是个问题。

带着偷窥的紧张和刺激，甘宁翻开了凌统的日记。

让他惊讶的是，不知道为何原因，日记前面的十数页都被撕了下来，好像是有意而为。

由于前面的缺失，导致了日记的第一篇就是关于他的。

当年笔划还很稚嫩的、根本没有间架结构的一行行字颇有些生动的描绘了他们初遇的经历，"今天公瑾哥他们带我去找了一个头上插着鸟毛还系着铃铛的怪大叔。我叫他鸟毛大叔，他生气地瞪我。他不但自称老子，还同我说不许我叫大叔，他没那么老。都自称老子了还不老吗？脑子呢？后来他气得将我扛在肩上，虽然有点儿晕，但是好像还挺舒服的。就跟曾经做过无数遍一样，似乎还有种奇怪的熟悉感，要不然我也不会随便让他扛着那么久。对了，他还看着我笑，一脸想要吃了我的诡异表情，这都是什么鸟事儿？"

甘宁一脸黑线地望着这篇日记下方用笔画的一个满脸胡子茬、头上插着鸟羽的头像，笑得色眯眯的，再配上日记的内容，简直就是怪蜀黍拐带小正太的即视感。

甘宁摸了摸光滑的下巴，不爽地嘟囔，"老子有这么老？"

再不爽也还要接着看，毕竟这第一篇已经成功地勾起了他的好奇心——他很想知道凌统究竟是怎么看他的。

"大家都嫌我太小，都不让我上战场，就连爹爹也这么说，不过我没想到那个大叔居然那么支持我。他跟主公一说就让我上战场了，简直让我高兴了一天！"

"怎么样都想不到会是这样的结局，一场仗打赢了，爹却死了，从此只剩我一个人。简直难以置信，一天之间，失去了我最亲的人。多么想扑在那个大叔怀里大哭一场，让那个最能给我安全感的人安慰我，然而我不能这么做。杀死父亲的，也有他。一天之间，不但失去了父亲，还失去了他。归根究底，还是我错了不是么？我不该缠着他让他带我上战场，如果我不去他也不会一心想着保护我。其实害死父亲的，是我自己才对。"

"他又来找我了，同我道歉，让我给他一次机会，让我原谅他。然而，我不能原谅的不是他，是自己。"

"真是见了鬼，一边不能原谅自己，一边又不停地想他。"

"今天是我不理他的第十三天，好想哭。"

"第十四天了，真不想一直这样坚持下去，真的想告诉他，自己也喜欢他。"

"半个月了，不知道他会不会偶尔想我？"

……

一页页翻过泛黄的纸页，字迹越来越成熟，感情也越来越深切。因为年深日久而显得异常脆弱的纸质此刻很恰到好处的表达了甘宁的内心，多少年来少见的迷茫、脆弱、疼。

凌统喜欢他，这他自然是知道的，不然依着凌统那性子，也不会答应同他在一起。

然而他却不知道，多年前还只是个孩子的凌统，也会有那么强烈的情感。也会像他一样，在两人冷战的时候一天一天地数着日子，盼着与对方修好。

甘宁眼眶酸涩，他也想哭。

自从那天以后，他多少年都没哭过了。这次居然想哭，而且又是为了同一个人。

甘宁发现，这本日记中偶尔有几篇被撕掉，然而剩下来的，全部都是关于他的，无一例外。

有两人冷战时的气愤，有被他欺负时的吐槽，有偶尔对他的表扬，还有细细记录下的两人间或美好或打闹的一点一滴。

"一切都是新的开始，新的环境新的人，之前的都已成为了过去，唯独你依旧在我身边。从今天起，抛下过往的一切，唯独留着你。"

甘宁看到这行钢笔字时突然笑了起来，笑容中带着满足。

骄傲如他，竟然愿意洗掉同他无关的所有过去，只为更好的在一起。

凌公绩，我该如何爱你才足够？

番外 6 笔友组

都说在对的时间遇到对的人，是一种幸福，然而这也并不一定成立。

在对的时间遇到对的人，自然可以是一种幸福，例如小年轻周瑜以崇拜爱出风头帅哥的心理离家出走去拜访孙策，从此成全江东双璧一段佳话。

不过，什么都对了，却不一定幸福，也可以是一出闹剧，例如孙策他弟孙权，还有曹丕。

那日曹丕拽着司马懿翻墙摸进孙家，顿时看上了孙权，二人一副相见恨晚的样子。

时间挺对的，双方家长都不在，熊孩子可以随便嗨。

人也挺对的，两个老二瞬间二到一块儿去了。

就是似乎不怎么幸福。

先是曹丕接近孙权的目的——想要抢回他老爹的后宫啊不他老爹的祭酒大人。

再是孙权命吕蒙陆逊暗中跟着曹丕，准备随时在背后捅刀子。

两人各回各家之后，都看清了对方，特别是曹丕，简直生气得不行，握紧了拳头表示再也不给碧眼儿哥哥带葡萄吃了。

孙权则表示，他无辜极了。一切都是他哥和他嫂子教的，不服找他们去啊！

不过曹丕是个爱显摆的孩子，有了什么好东西，在自家地界上显摆完一遍之后就想到了这个远江对岸的朋友。

曹丕兴冲冲地伏案疾书，写了厚厚一打信，折吧折吧命人给孙权送去了。

于是此刻江东。

"嘿哟你小子干嘛呢！"最近周瑜跟陆逊走得近，动不动就被陆家那娃拉去研究怎么放火。每次孙策去义正言辞地要人，有几次甚至把吕蒙也拉过去助阵，总是被陆逊以"主公啊逊与中护军讨论的这些事情是为了壮大江东的军事为了主公能更好的开疆扩土主公你怎能阻拦！"的理由搪塞。在默默地崇拜了陆家小伯言的肺活量之后，孙策也不好再说什么。他义弟被抢了，又没有架可打，百无聊赖中想起抽查自家老弟，结果刚进屋就呆住了。

"啊哥……我好好看书啊！"孙权猛地抬头，见进来的是孙策，连忙将案上书简打乱，然后弯了眼眸一副乖巧模样看着自家哥哥，碧色眼瞳清澈极了。

孙策在一旁随意坐下了，伸出手掌，也笑眯眯地看着自家弟弟，"你哥我最近也想好好学习，仲谋来给我看看你刚才看的书？"

孙权一愣，挣扎了半天，像是费了很大力气才下了决心一样，抬起头一脸无辜地看着孙策，"大哥，刚才我一不小心将这些书简都打乱啦，真的找不到了。"默默叹一口气，孙权有意无意往门口瞥着，欲哭无泪地想着，伯言啊你拉着公瑾哥到底在搞什么鬼快点把公瑾哥还给大哥啊要不然受罪的是我！

孙策本来就是想检查检查自家弟弟的功课，自己忙着谈恋爱也不能太无视老弟了。如果孙权给他看了，他也就意思意思离开了，但孙权像现在这样藏着掖着，反而勾起了他的好奇心。

"仲谋啊……"沉默了半响，孙策幽幽开口。

"大哥怎么了？"孙权一脸乖顺。

"想当年……"孙策若有所思，"想当年你公瑾哥追我的时候，我也是你这副表情。"

"……啥？"孙权本来听得认真，同时还大脑飞转想着怎么搪塞哥哥，这下直接懵了。

"想当年呐，你公瑾哥在舒城也算有房有地的大户人家。但是你哥我太帅了啊，他听说了我从袁公路那里讨还了旧部准备渡江，果断就把宅子卖啦，还找了子敬，那可是个大粮仓！接着从他叔父那里忽悠了三千将士，借了不还说的就是他。然后这许多人啊钱啊粮啊，可都在历阳送给我了！"孙策提起话头就滔滔不绝下去，幸福兴奋之情溢于言表。

"嗯嗯……啊……是啊……哦……这样啊……"孙权一边点头嗯嗯啊啊表示赞同，一边抄起桌案上一份书简，一步步往门口蹭去。

"这些还没什么，他把自己这辈子都无偿给我了啊……喂孙仲谋你去哪儿不许走给我回来！"孙策眯眼瞥去，孙权立刻站定了身子，小碎步蹭了回去，讪讪将手中之物递给孙策。

孙策哈哈大笑着将书简展开，看到内容的第一反应——这谁给孙仲谋写的情书？！

只见满篇皆是不吝赞美致词，洋洋洒洒，字里行间透着喜爱。虽然没明说是谁，但是可以看得出能用心写这么一大篇，且辞藻虽华丽却不失真诚，有时还透着平凡的孩子气，绝对是真爱。

"孙仲谋你什么时候勾搭上的这姑娘？"孙策没看两页就烦了，整篇都是赞美之词他懒得看下去，"我不是教育过你得搞……得洁身自好别和太多姑娘有牵扯吗？"

"大哥这不是姑娘啊！"孙权忍不住为自己辩解，虽然这辩解似乎没什么根本性的避嫌作用。

"咦……"孙策抄起书简，认真看了下去，表示如果自家弟弟不是被姑娘糟蹋了倒是还可以考虑这桩婚事。

孙权见孙策态度倒也没有坚决否定，竟有几分小得意。他凑到孙策身边，"大哥啊他这么夸我，不会真喜欢我吧……"孙权开始认真考虑起来，如果曹丕喜欢他，那幼平怎么办啊他很快就要把幼平追到手了！

孙策翻到最后一页，盯着最后一行字看了许久。就在孙权都觉得不对劲起来的时候，孙策一把将书简扔给孙权，头也不回地径直离开，声音中带着显而易见的怒气，"孙仲谋你小子别想那些乱七八糟的事情了丫的好好看好周幼平吧！"

孙权一脸不明所以，不过在看完书信后也呆住了。

"仲谋兄，以上丕所赞美者，其外形莹润饱满，入口微带酸甜，是为葡萄，为吾所爱。为报上次仲谋兄以荔枝热情款待之情，特意写下这果子以兄聊遣之用。言辞单薄，所写不如其万一美好也，万望见谅。"

孙权表示，他以后再也不多想了，真的。

www.ingramcontent.com/pod-product-compliance
Lightning Source LLC
Chambersburg PA
CBHW030407180626
46812CB00005B/1953